메커니즘 2

절차탁마切磋琢磨

메커니즘 2 절차탁마 切磋琢磨

발행일	2021년 10월 18일

지은이	권보성		
펴낸이	손형국		
펴낸곳	(주)북랩		
편집인	선일영	편집	정두철, 배진용, 김현아, 박준, 장하영
디자인	이현수, 한수희, 김윤주, 허지혜, 안유경	제작	박기성, 황동현, 구성우, 권태련
마케팅	김회란, 박진관		
출판등록	2004. 12. 1(제2012-000051호.)		
주소	서울특별시 금천구 가산디지털 1로 168, 우림라이온스밸리 B동 B113~114호, C동 B101호		
홈페이지	www.book.co.kr		
전화번호	(02)2026-5777	팩스	(02)2026-5747

ISBN	979-11-6539-970-2 04810 (종이책)	979-11-6539-971-9 05810 (전자책)
	979-11-6539-967-2 04810 (세트)	

(주)북랩 성공출판의 파트너

북랩 홈페이지와 패밀리 사이트에서 다양한 출판 솔루션을 만나 보세요!

홈페이지 book.co.kr • **블로그** blog.naver.com/essaybook • **출판문의** book@book.co.kr

작가 연락처 문의 ▶ ask.book.co.kr

작가 연락처는 개인정보이므로 북랩에서 알려드릴 수 없습니다.

메커니즘

2

절차탁마

切磋琢磨

권보성 지음

북랩 **book** Lab

제11장

주택 및 상가 임대차

그는 대항력을 인정받을 수 있는 법인이 국가나, 지자체에 속하는 한국토지주택공사LH나, 서울주택도시공사SH 등 공공기관 단체 법인이라는 설명을 깜박 놓치고 있었다.

"헉…! 대박!"

이들 중 몇몇이 탄식을 하듯, 소리를 질렀다. 수강생들은 몰랐던 사실에 고개를 절레절레 흔들면서도 한편으로는 새로운 사실에 놀라는 표정을 보였다.

"건 또 뭔, 된장 바른 개소리야. 젠장!"

개념 없는 소리를 잘하는 짱구머리 나겁재가 마땅찮은 듯 툴툴거렸다.

"그러나 중요한 사항은 공공기관이 아닌 법인의 경우에는 반드시 전세권 등기를 설정해 놓아야 전세금을 보호받을 수 있다는 사실입니다."

말끝에 사발 머리 나 교수는 눈알에 힘을 잔뜩 주고는 아시겠느냐며 희번덕거렸다.

"엉! 정말?"

수강생들은 서로의 얼굴을 쳐다보며, 애매하고 짓궂은 표정으로 소곤거렸다.

"잘 기억해 두세요."

사발 머리 나 교수는 이마를 잔뜩 구겼다 펴고는 모두를 바라보았다.

"예…!"

그의 위압감 때문에 사람들은 목청을 힘껏 올렸다. 곧이어 수강생들은 그의 설명을 들먹이면서 서로의 견해 차이로 웅성웅성 떠들고 있었다.

그러거나 말거나 사발 머리 나 교수는 자신의 강의를 계속 이어갔다.

"하나 더 물어볼까요?"

그는 의미심장한 미소를 보이며 눈짓을 했다.

"다가구주택으로 전입신고를 하면서 주소는 정확하게 적어서 작성을 했지만, 실수로 호수를 잘못 기재한 임차인은 대항력이 있을까요?"

사발 머리 나 교수는 모두를 쳐다보며, 누가 한번 답변을 해 보라는 눈짓을 하면서 고개를 주억거렸다.

"헐…! 다가구는 단독주택인데?"

둥근 머리 맹비견이 혼잣말로 중얼거렸다.

"있습니다!"

흰머리 윤편인을 비롯한 몇몇의 수강생들이 목소리를 높였다. 곧이어 나머지가 외쳤다.

"없습니다!" 하며 반사적인 반응이 나왔다. 그들은 신경질을 부리듯 소리를 질렀다.

부정적인 대답이 우세하자 새치 머리 안편관은 자리에서 반쯤 일어나 손을 들었다.

그를 발견한 사발 머리 나 교수가 곧바로 주절거렸다.

"그쪽에 일어나 손 드신 분 말씀해 보세요."

사발 머리 나 교수는 그를 가리키며 손짓을 해 보였다.

"주소를 잘못 적은 경우라면 대항력이 없다고 봅니다."

새치 머리 안편관은 곧바로 답변하고는 히죽 웃고 있었다.

"다만, 물건이 다가구나 단독주택일 경우라면 아파트나 연립 그리고 다세대 등 공동 주택과는 다르게 접근해야 된다고 봅니다."

새치 머리 안편관은 문제의 정답을 아는 얼굴로 설명을 하고 있었다. 그의 핵심을 찌르는 예리함에 사발 머리 나 교수는 흐뭇한 표정을 보이고 있었다.

새치 머리 안편관은 중키에 투쟁심과 행동력 그리고 책임감이 투철하며, 뒤끝이 없는 상남자였다. 반면 공격 본능이 강해 강건하고 난폭하며, 냉정한 성격의 소유자였다. 그는 어려운 시기에 힘을 발휘하기도 하며, 운동가로서 자질을 가지고 있었다.

참을성과 인내심이 강한 반면 성급한 성격을 가진 사내이기도 했다. 새치 머리 안편관은 정직하고 책임 있는 행동으로 공직이나 명예를 위해 사명감을 가지고 실천하는 자세를 선호하는 인물이었다.

"바로 그겁니다. 정확하게 핵심을 들여다보고 설명을 해 주셨습니다."

사발 머리 나 교수는 히죽 웃어 가며, 그를 추켜세웠다.

"헐…! 뭔데?"

감을 잡지 못한 사람들은 어리둥절한 표정으로 중얼거렸다.

"아파트나 연립, 그리고 다세대(빌라) 등 공동 주택은 동과 주소(신주소: 도로명)와 번지 및 호수까지 빠짐없이 정확하게 기재하시고, 신고하셔야 됩니다."

사발 머리 나 교수는 이제 아시겠느냐는 눈빛으로 모두를 바라보았다.

"헐…! 정말?"

이들은 탄성을 지르기도 하고, 몇몇은 눈알을 희번덕거리며 술렁거렸다.

"다만, 단독주택이나 다가구주택은 주소(신주소: 도로명)와 번지만 정확하게 기재해 신고하시면 대항력이 발생한다는 것이 대법원 판례입니다."

사발 머리 나 교수는 목이 타는지 물컵을 집어 홀짝 마셨다.

"헐…! 대박! 그런 거야?"

수강생들은 순식간에 여기저기서 술렁거렸다.

"저, 교수님! 그럼 단독주택이나 다가구주택은 주소와 번지만 정확하게 신고하면 호수와 상관없이 대항력이 발생한다는 말입니까?"

둥근 머리 맹비견은 뭔가 의심쩍어 재차 확인하고 나섰다. 그의 표정은 '이게 도대체 어떻게 돌아가는 심산인가?' 싶은 표정이었다.

"예… 말 그대로입니다."

사발 머리 나 교수는 툭 대꾸를 해 주며, 그를 쳐다보았다.

"헐…! 다중주택(각 실별로 욕실은 설치할 수 있으나 취사시설은 설치하지 않은 주택으로 건물의 연 면적이 330평방미터 이하이고 층수가 3층 이하인 단독주택)이나 다가구는 단독주택이 맞네."

이들 중 누군가 "그런 줄 몰랐다."라고 중얼거렸다.

"다가구주택은 설령 호수를 잘못 적었다 해도 대항력을 잃지 않는다는 말입니다."

사발 머리 나 교수는 아시겠느냐는 얼굴로 히죽 웃었다.

"오…우, 대박! 그런 거였어…?"

둥근 머리 맹비견은 이제야 확실하게 감을 잡은 눈치였다.

"어째… 이제 이해들이 좀 되셨습니까?"

사발 머리 나 교수는 양팔을 올려 두 손을 모았다가 다시 벌렸다.

"예…!"

수강생들은 길게 대답을 했다. 핸드폰 조작에 정신이 팔린 수강생들은 무턱대고 소리를 질렀다. 사발 머리 나 교수는 우렁찬 목소리가 흐뭇해 웃는 얼굴로 고개를 까닥까닥거리고 있었다.

"저기, 교수님! 주택 1층은 점포로 사용하고, 2층은 살림방이라면, 주택 임대차 보호법과 상가 건물 임대차 보호법을 둘 다 적용을 받습니까?"

삼각 머리 조편재는 차분한 표정으로 묻고는 그를 올려다보았다. 무슨 대답이 나올지 무척이나 긴장된 표정으로 기대하고 있는 눈치였다.

"만약, 여러분이 점포 딸린 주택을 입찰할 때 경계심을 가지고 접근할 필요가 있는 물건이 바로 이런 케이스입니다."

사발 머리 나 교수는 약간 경직된 표정으로 목소리에 힘을 주었다.

"엥, 어째서…?"

삼각 머리 조편재가 속살거렸다. 일부 수강생들도 어리둥절한 표정을 보이고 있었다.

"왜냐하면 주택 상가는 주택 임대차 보호법의 적용도 받지만, 상가는 상가 건물 임대차 보호법에 적용을 받기 때문입니다."

사발 머리 나 교수는 주택과 상가로 분리된 주택은 두 가지 법에 해당된다는 말을 하고 있었다.

"오…호! 대박!"

삼각 머리 조편재는 자신도 모르게 탄성을 질렀다.

몇몇 수강생들도 깜짝 놀라는 얼굴이었다.

"이러한 사실을 기억하고 있어야 망할 놈의 실수를 조금이라도 줄일 수 있습니다."

여성 수강생들은 그의 말씨가 별안간 거칠게 나오자 평소 생각하고는 달리 보여 키득키득 웃고 있었다. 그는 자신도 모르게 튀어 나온 감춰진 구린 모습에 어처구니가 없어 민망한 표정을 보였다.

그러고는 실소를 자아내듯 저도 모르게 웃음이 툭 터져 씨익 웃었다. 사발 머리 나 교수는 잠시 말을 중단하고서 교탁위에 놓인 교재를 뒤적거렸다.

그리고 이어서 설명을 다시 시작했다.

"만약 주택 점포로서 주거와 비주거지로 나눠져 있다면 주거지로 되어 있는 곳은 문제가 없지만, 점포로서 비주거지로 된 부분이 말썽의 소지가 될 수 있습니다."

"…."

"헐…! 징말?"

그 소리를 듣자. 수강생들은 술렁거리기 시작했다.

"그러므로 여러분은 이 문제를 전부 주거지로 판단하시고, 보수적으로 접근할 필요가 있습니다."

사발 머리 나 교수는 중요한 대목이 나오면 곧바로 목청을 높이면서 강조하곤 했었다.

"아이, 젠장! 또 뭔, 개소리야?"

누군가 앓는 소리로 투덜거렸다.

"저기요, 교수님! 점포를 어째서 주거지로 접근하는 겁니까?"

상구 머리 노식신은 도무지 자신의 상식으로는 이해를 못 하겠다는 표정으로 물었다. 다른 수강생들은 아리송한 눈길로 지켜보고 있었다.

"그 이유는… 경우에 따라 사정이 달라지는 판례 때문입니다."

사발 머리 나 교수는 굳은 표정으로 그를 보았다.

"헉…! 빌어먹을 판례?"

흰머리 윤편인은 탄식을 하듯 나지막이 종알거렸다.

"가령, 영업을 하고 있어도 방이 딸려 있는 점포는 주택 임대차 보호법의 적용을 받을 수 있다는 주장이 대법원 판례입니다."

사발 머리 나 교수는 약간 상기된 표정으로 주절거렸다.

"와…우, 대박!"

몇몇 사람들은 뜻밖이라며, 놀라는 낯빛이었다.

"젠장! 아주 지랄들을 하세요."

둥근 머리 맹비견은 말도 안 된다며, 구시렁거렸다.

"다만, 그곳이 유일한 주거 공간이고, 일상적인 생활을 유지했다는 단서가 붙긴 합니다."

사발 머리 나 교수는 점포라도 경우에 따라서 주택으로 인정받을 수 있다는 말을 강조하고 있었다.

"헐…! 증…말?"

수강생들은 새삼 놀라는 눈치였다.

"그래서 주거용과 비주거용이 섞여 있더라도 전체를 주거용으로 판단하는 태도가 망할 놈의 실수를 줄이는 지름길이다, 이 말씀입니다."

사발 머리 나 교수는 해죽 웃으며 모두를 보았다.

"와…우, 완전 쩐…다!"

젤 바른 선정재는 꼬마 빌딩에 관심이 많아 툴툴거렸다.

"그쪽에 질문하신 분 이제 좀 이해가 되십니까?"

사발 머리 나 교수는 손짓을 해 그를 가리켰다.

"예!"

상구 머리 노식신은 히죽 웃어 가며, 대답하고는 고개를 끄덕거리고 있었다.

"여러분이 점포주택을 입찰하러 들어갈 때 주의해서 살필 사항은 점포가 유일한 생활공간인지, 아니면 임차인의 자녀들이 그곳에 거주(의식주 해결)하면서 학교를 다니는지를…."

"…"

"헉…! 정말?"

몇몇 수강생들은 별걸 다 조사해야 된다는 사실에 부담감을 느끼고 있었다.

"임차한(물건을 빌리는 일) 부분 외에 다른 생활 주거 공간이 없을 때는 무조건 주거지(살림집)로 판단하는 방법도 망할 놈의 손해를 줄일 수 있다는 겁니다."

사발 머리 나 교수의 거친 말투는 봇물 터진 것처럼 심심치 않게 섞여져 나왔다. 자신도 민망해 히죽히죽 웃어 가며, 모두의 눈치를 살폈다.

"헐…! 그런 거야?"

짱구머리 나겁재는 혓바닥을 내두르며, 중얼거렸다. 미모의 명정관은 그의 행동거지를 보고 있다가 넌지시 웃었다.

"알겠습니까?"

사발 머리 나 교수는 점포도 실체를 잘 살피지 않으면 나중에 피똥 싼다는 말을 돌려서 강조했다.

"예…!"

시간이 흐를수록 모두가 지쳐 가며 강의실은 맥 빠진 목소리들로 채워지고 있었다.

"힘드시죠?"

"…"

사발 머리 나 교수는 모두를 위로하며, 한마디 외치고는 히죽거렸다.

"예…!"

이들의 죽어 가던 목소리가 달콤한 말 한마디에 낚여 목청이 약간 올라갔다.

"그래도 어쩝니까? 참고 견뎌야 됩니다."

사발 머리 나 교수는 담담하게 달래가며 씨익 웃었다.

"쟤 뭐래? 젠장!"

짱구머리 나겁재는 입속말을 중얼거렸다.

"이 세상 돈 벌기가 쉬웠다면 누가 자투리 시간을 쪼개서 이 고생을 하시겠습니까?"

사발 머리 나 교수는 이들의 속을 후벼 파 놓고는 빙그레 웃음을 보였다.

"으이구…. 차라리 염장을 질러라!"

둥근 머리 맹비견은 혼잣말을 속살거리며 그를 째리고 있었다.

"여러분은 하나라도 더 배워야 되지 않겠습니까?"

사발 머리 나 교수는 비열한 웃음을 민낯에 감추고, 나불거리는 인간처럼 인상을 폈다 오므리면서 말하고 있었다.

"당근이죠, 비싼 수업료를 냈는데…. 흐흐…."

흰머리 윤편인은 돈에 비례하며, 당연하다는 듯이 속살거렸다.

"저는 경매 지식을 하나라도 더 가르쳐야 할 의무가 있다면, 여러분은 가르쳐 달라고 할 권리가 있다, 이 말입니다."

사발 머리 나 교수는 당연한 것을 선심을 쓰듯 말하며, 이마에 개기름을 쓰윽 문질렀다.

"헐…! 그걸 누가 모르나. 기름칠은…. 젠장!"

둥근 머리 맹비견은 배알이 꼴려 혼잣말로 구시렁거렸다.

"돈 생각하면 이 정도쯤이야 고생도 아니죠, 안 그렇습니까?"

사발 머리 나 교수는 말끝에 히죽 웃었다.

그는 물질 만능시대에는 돈이 최고라는 사람들을 비웃기라도 하듯이 콧방귀를 슬쩍슬쩍 뀌면서 빈정거렸다.

"예…!"

허접한 소리에도 당장은 돈이 좋은 이들의 대답 소리는 시원스럽게 들렸다.

"아니요, 그래도 힘은 듭니다!"

찻잔 속에 태풍처럼 누군가 이죽대며 소리를 자주 질렀다.

"아니…. 한 방에 대박을 친다면 누가 마다합니까?"

삼각 머리 조편재는 심통스런 낯짝으로 이죽거리며 비아냥거렸다.

"그런데 그게 어디 말처럼 쉽냐 이 말이죠, 젠장!"

짱구머리 나겁재는 누가 들어 보라는 수작으로 장단을 맞추며 중얼거렸다. 수강생들은 '맞아… 맞아…' 하는 눈길로 사발 머리 나 교수를 쏘아보았다.

"상가건물 임대차 보호법도 주택 임대차 보호법과 별반 다른 내용이 없습니다."

사발 머리 나 교수는 두 눈가에 힘을 주면서 이들을 보았다.

"대항력 발생에서도 두 법은 주택 임차인의 전입신고와 상가 임차인의 건물인도 다음 날 효력이 발생하는 조건은 동일합니다."

"…"

"단, 상가는 전입신고 대신 사업자 등록을 신청한다는 사실입니다. 그리고 건물 인도와 사업자 등록 신청 중 먼저 신고 된 날짜를 기준해 대항력을 인정한다는 사실을 기억하시면 됩니다."

사발 머리 나 교수는 주택과 다르게 상가는 등록 신청과 인도 신고 가운데 빠른 날을 전입 날짜로 우선하며, 그리고 전입신고 대신 사업자 등록을 신청하고 있다는 것을 강조하고 있었다.

"와…우, 사업자 등록 신청?"

짱구머리 나겁재는 새로운 사실에 혼잣말로 중얼거렸다.

"헉…! 대항력은 건물 인도와 사업자 등록 신청 중 빠른 날짜를 기준 한다고…?"

신고 방법이 독특하다며, 수강생들은 잠시 술렁거렸다.

"그러므로 전대차(빌린 물건을 남에게 다시 빌려주는 계약)에서 전대인(빌려준 사람: 임차인)과 전차인(빌린 사람)의 관계를 이해하면, 나머지는 주택 임대차 보호법과 별 차이가 없습니다."

사발 머리 나 교수는 설명을 하고는 수강생들의 표정을 두루 살펴보았다. 제대로 이해들을 했는지, 그리고 자신의 설명이 어렵지는 않았을까 싶어 그는 모니터를 하는 심정으로 희번덕거렸다.

"헐…! 그런 거야…?"

흰머리 윤편인은 연신 고개를 끄덕대면서 혼잣말을 하고 있었다.

"무슨 소린지를 이해들 하셨습니까?"

사발 머리 나 교수는 다시 목청을 높였다.

"예…!"

몇몇 수강생들의 대답 소리가 터져 나왔다.

"아니요!"

일부의 수강생들은 고개를 흔들었다. 이들의 대답 소리는 영락없이 갈라져 나왔다.

"뭔 소리야? 지금…."

이들 중 누군가 구시렁거리자, 수강생들은 금세 술렁거렸다.

"저기요, 교수님! 상가 건물은 사업자 등록을 하지 않으면 대항력이 없다는 말씀이십니까?"

상구 머리 노식신은 짐짓 아무것도 모르는 얼굴로 질문을 던지고 있었다.

"그렇습니다. 주택 임대차 보호법은 주택 인도와 전입을 마쳐야 대항력이 발생합니다. 하지만, 상가건물 임대차 보호법은 건물 인도와 사업자 등록을 마쳐야 대항력이 발생하는 겁니다."

사발 머리 나 교수는 두 법의 차이를 구별해서 설명했다.

"쳇! 알아…, 알아! 누굴 등신 핫바지로 아나? 젠장!"

삼각 머리 조편재가 구시렁거렸다. 수강생 몇몇이 여기저기서 툴툴거리고 있었다.

"그래야 다음 날 0시부터 효력이 발생합니다."

사발 머리 나 교수는 이 교시에 들어서면서 컨디션 난조를 느끼며, 힘든 표정을 자주 보였다.

"저, 교수님! 그럼 확정일자는…요?"

상구 머리 노식신은 재차 질문을 던졌다.

"음…. 주택은 주민 센터 등에 가서 계약서[2020년 7월 30일 국회 통과되어 동년 7월 31일 국무회의 통과부터 시행된 임대차 3법(2년씩 한 번 연장 4년, 계약갱신청구권/임대료 인상 5퍼센트 이하, 전월세 상한제/2021년 6월 1일 시행 임대차 당사자가 30일 내 신고 시 확정일자 자동 등록, 전월세 신고제)이 개정되었음]에 확인 도장을 받으시면 됩니다."

사발 머리 나 교수는 고개를 끄덕이며 계속 주절거렸다.

"오…호, 정말?"

수강생들은 이 정도는 대부분 알고 있는 눈치였다. 그래서 그의 설명에도 불구하고 의외로 반응이 작게 나왔다.

"그리고 상가는 세무서로 찾아가서 계약서에 도장을 받으시면 됩니다."

사발 머리 나 교수는 몇 번씩 반복해서 설명을 하느라 꽤나 힘이 드는 눈치였다.

"오…호! 그렇군."

그들 가운데 일부가 나지막하게 탄성을 질렀다. 그래도 대부분 의 사람들은 수차례 반복 끝에 비로소 이해를 하는 눈치였다.

그러나 주택은 전자계약 시스템(자동 생성으로 확정 일자 신고됨)을 이용하면 주민 센터 등에 거래신고 없이 확정 일자를 받을 수 있 도록 현실화되어 있었다. 이제는 전월세도 신고제로(2021년 6월 1일 부터 당사자가 30일 내 신고하면 확정일자 자동 등록) 개정되었다.

"이제는 설마 기억들 하시겠죠?"

사발 머리 나 교수는 동공을 회번덕거리며 묻고 있었다.

"예…!"

이들의 목청소리는 우렁차게 터져 나왔다. 마치 스트레스를 푸 는 것처럼 외치고 있었다.

"저기요? 교수님! 전대차에서 전대인은 누구며, 전차인은 누구인 가요?"

미모의 명정관이 차분한 어조로 물어 왔다. 가만히 듣고 있던 속 알머리 봉상관의 눈길이 여전히 그녀를 따라다니고 있었다.

"아⋯. 전대인(임차인)은 임대인(소유주)에게 세를 얻은 임차인입니다."

사발 머리 나 교수는 가볍게 응대하며 그녀를 보았다.

"엥⋯! 재임대인이 전대인이라고?"

노랑머리 여자 수강생이 잘 모르겠다는 표정으로 고개를 갸웃갸웃 흔들며 중얼거렸다.

"전차인은 전대인에게 다시 세를 얻은 새로운 임차인입니다."

사발 머리 나 교수는 계속 이어서 설명을 했다.

"헐⋯! 전대인이 임차인이라는 걸 누가 모르나."

새치 머리 안편관은 입속말을 속살거리고 있었다.

"즉 임차인이 전세를 얻어 다시 전세를 주거나, 월세를 얻어 다시 월세를 놓는다고 생각하시면, 이해가 빠르실 겁니다."

사발 머리 나 교수는 전전세의 연결고리를 풀어 헤치듯 월세 이월移越도 같은 개념이라고 설명했다.

"어머⋯. 그렇게 연결되는 관계를 전대차라고 하는 구나⋯."

그녀는 새삼스럽다며 혼잣말로 중얼대면서 고운 머릿결을 살랑살랑 흔들었다.

속 알머리 봉상관이 가만히 흘려듣고는 '그 정도는 알고 덤벼야지, 이 여우야⋯' 하듯 살가운 눈총을 쏘고 있었다. 그러는 와중에도 사발 머리 나 교수는 계속 이어 가며, 빠르게 주절거렸다.

"우리가 주의해서 살펴야 될 것은 임대인의 동의가 있느냐 하는 겁니다."

사발 머리 나 교수는 모두를 살피듯 눈을 희번덕거렸다.

"헐…! 저건 또 뭔 소리야?"

짱구머리 나겹재가 속삭거렸다. 수강생들은 뭔 소린가 싶어 눈길을 모았다.

"만약 임대인의 동의 없는 전대차(전대인과 전차인끼리 주고받은 계약)라면, 문제가 발생한다는 사실을 알아야 합니다."

사발 머리 나 교수는 동의 없는 전대차는 계약 자체가 무효라는 설명을 하고 있었다.

"저기 말이죠, 교수님!"

속 알머리 봉상관이 손을 번쩍 들었다.

"예… 말씀하세요."

사발 머리 나 교수는 말과 동시에 그를 가리켰다. 수강생들의 눈길이 순간 이들에게 모아졌다.

"임대인의 동의가 없었다면, 주택이나 상가건물 임대차보호법을 적용받지 못합니까?"

속 알머리 봉상관은 궁금해하던 지난 일이 불현 듯 생각이 났다. 그래서 회심의 미소를 짓고 물어 왔다. 얼마 전에 임차인 문제로 마음을 다친 그로서는 간과할 수 없는 골칫거리 문제가 하나 있었다.

상가 건물에 세 든 임차인이 다른 사람에게 전대차를 주는 과정에서 임대인의 허락도 없이 전대차 계약을 성사시키면서 불거진 사건으로 그로 인해서 그는 한동안 속을 끓인 적이 있었다.

"상가건물 임대차 보호법이나 주택 임대차 보호법 문제는 예외로 하더라도, 민법 임대차(제630조 1항부터 제654조까지)를 적용받는다는 사실을 기억하셔야 합니다."

사발 머리 나 교수는 그의 예상과 달리 미간을 찌푸리며, 이들 모두를 긴장을 시켰다.

"헉…! 아니, 민법 임대차까지…?"

속 알머리 봉상관은 의외에 답변에 깜짝 놀라 아연한 표정으로 웅얼거렸다.

"지랄… 아주 생쇼를 해요…."

상구 머리 노식신은 혼잣말을 속살거렸다.

"저, 교수님!"

그 소리에 놀란 듯 새파래진 얼굴로 속 알머리 봉상관은 재차 손을 들었다.

"예… 말씀하세요."

사발 머리 나 교수는 그를 보며 가리켰다. 일부의 수강생들이 그를 지켜보고 있었다. 대부분의 수강생들도 예외는 아니었다.

"임차인이 상가건물 일부분을 소유주의 허락도 없이 빌려줬는데요?"

속 알머리 봉상관은 금세 흥분해 갑자기 뒷말이 생각이 나지 않았다. 그는 잠시 호흡을 고르며 고심의 끝에서 머뭇거렸다.

"그래서요?"

사발 머리 나 교수는 이야기가 중단되자, 그를 부추기며 물어 왔다. 그러자 머뭇거리던 속 알머리 봉상관이 그사이 약간 진정이 된 표정으로 다시 입을 열었다.

"만약 임대인이 상가임차인의 계약위반을 문제 삼아 두 사람의 계약을 해지할 수는 없습니까?"

속 알머리 봉상관은 맺혔던 응어리를 풀고 싶은 마음에 주저 없이 까발렸다. 그는 한동안 가슴앓이를 하며 몹시 신경을 곤두세웠던 터라 임차인과의 갈등을 해소하고 싶었다. 그래서 더욱 절실한 마음이었다.

"예에, 계약해지라…. 본인 상가입니까?"

사발 머리 나 교수는 의외의 질문에 긴장하고 그를 보았다.

"예… 제가 관리하는 건물입니다."

속 알머리 봉상관은 고개를 끄덕이며, 겸손하게 응했다.

"아, 그러세요? 그 일로 마음고생을 많이 하셨나 봅니다. 흐흐…."

사발 머리 나 교수는 괜히 마음이 짠해서 안타까운 표정으로 물었다. 속 알머리 봉상관은 순간 힘들었던 지난 일이 스치듯 지나갔다. 그는 금세 어두운 낯빛이 되어 고개를 끄덕거렸다.

사발 머리 나 교수는 잠시 무슨 생각을 하는지 입을 다문 채 침묵을 했다. 그러고는 금세 미안한 표정을 짓고는 다시 설명을 이어갔다. 속 알머리 봉상관은 그의 안색을 확인하고는 '쳇! 틀린 모양이군,' 하며 생각을 다시 하고 있었다.

"만약, 주택이라면 필히 임대인의 동의를 얻고 나서야 전대(재임대)를 할 수 있습니다."

사발 머리 나 교수는 주택은 반드시 임대인의 허락을 받아야 재임대를 할 수 있다는 사실을 강조하고 있었다.

"헐…! 대박!"

짱구머리 나겁재는 순간 짜증을 내듯 소리를 질렀다.

"그러나 상가건물은 임대인의 동의 없이도 일부분을 전대 할 수 있습니다."

사발 머리 나 교수는 말끝에 눈치를 주면서 그를 주시했다.

"헉…! 그 말이 정말이야?"

짱구머리 나겁재는 탄성을 지르며, "젠장! 누군지 천만다행이네…" 하고 혼잣말을 하면서 슬쩍 속 알머리 봉상관을 쳐다보았다.

그러고는 당신도 안됐다는 표정을 보이며 능청을 떨었다. 건너편에서는 흰머리 윤편인이 안타까운 눈길로 그를 쳐다보고 있었다.

"안타깝게도 선생님의 경우는 임대인이 일방적으로 계약을 해지할 수 없습니다."

사발 머리 나 교수는 안됐지만, 법이 그러니 어쩔 수 없다는 눈빛으로 속 알머리 봉상관을 안타깝게 바라보고 있었다.

그는 금세 낯빛이 어두워져 실망한 표정을 잠깐 보이면서도 이미 내 그럴 줄 알았다는 얼굴이었다.

"헐…! 완전 짱 나겠네, 저 양반."

뒤쪽에서 누군가 비아냥거리듯 쫑알거렸다.

"그런데… 있잖습니까?"

속 알머리 봉상관은 포기할 수 없어 고집스럽게 말을 이어 갔다.

"예…에, 말씀해 보세요."

사발 머리 나 교수는 그의 심정을 이해하는 표정으로 고개를 주억거리며, 그에게 눈짓을 해 보였다.

계약 갱신 요구 권리

속 알머리 봉상관은 울화통이 터져 그러는지, 아니면 버릇 때문인지, 하여튼 갑자기 말문이 막혀 잠시 멈칫거리다가 다시 말을 이어 갔다.

"저기… 임차인이 전차인과 6개월로 계약을 했다며, 상가를 비워 달라고 말을 했다는데요."

그는 사발 머리 나 교수를 올려다보며, 자신의 속 터지는 심정을 말하듯 울분을 터트렸다.

"그런데요?"

사발 머리 나 교수는 얼굴 근육을 움츠렸다 펴면서 차분하게 대꾸했다.

일부를 제외한 대부분의 수강생들은 스토리 전개가 궁금해 두 사람을 향해 눈길을 주고 있었다.

"전차인은 1년을 주장하면서 버티고 있는데, 이런 경우에도 해당이 됩니까?"

속 알머리 봉상관은 전차인과의 앙금이 남아 있어 어떡하든 해결책을 찾으려고, 끈질기게 매달리는 눈치였다.

"임대인의 동의하에서 체결된 계약은 전차인이 1 년을 주장할 수 있습니다."

사발 머리 나 교수는 임차인을 대위하는 계약 갱신 청구권(법적인 문서의 효력이나 기간이 끝났을 때 그 기간을 연장하거나 새로 바꾸는 청구권)에 문제가 있다고 보았다.

"헐…! 당연하지."

일부의 사람들은 공감을 하듯 중얼거리고 있었다.

"그러나 임대인의 동의를 얻지 못했다면 임차인을 대위(제삼자가 타인의 법률상의 지위를 대신해, 그가 가진 권리를 얻거나 행사하는 일)해서 계약 갱신 청구권을 행사할 수는 없습니다."

사발 머리 나 교수는 문제의 해결점을 찾았다는 생각에 자신 있게 말하고 있었다.

"헐…! 대박! 정말 그런가?"

수강생들은 새로운 사실에 고무된 채 소리를 질렀다.

사발 머리 나 교수는 설명을 하면서도 수시로 속 알머리 봉상관을 쳐다보며 눈치를 살폈다. 그러나 그는 이미 해결책을 찾아내고, 더 이상은 파고들지 않았다.

침묵하는 속 알머리 봉상관을 위해 사발 머리 나 교수는 팁을 주듯 한마디 주절거렸다.

"자… 자, 정리하자면 이렇습니다."

사발 머리 나 교수는 실실 웃어 가며, 사람들의 이목을 끌어 모았다.

"뭐… 뭐 으쩌라고…?"

둥근 머리 맹비견은 짜증스러운 얼굴로 입술을 실룩거렸다.

"주택은 1년을 계약해도 2년을 주장할 수 있습니다. 게다가 2020년 8월부터 2년을 한 번 더 연장할 수 있는 계약 갱신 청구권도 주어집니다.

즉 임차인이 주택 임대차 보호법(제6조의 3 계약 갱신 요구 등)이 요구하는 위반 사항 등에 저촉되지 않는 이상 한번 계약으로 4(2 + 2)년을 살 수 있다는 겁니다."

사발 머리 나 교수는 '이 정도는 다들 알고 있죠?' 하는 눈빛으로 모두를 돌아보았다.

수강생들은 고개를 끄덕이며, 그를 주목하고 있었다.

"헐…! 그걸 누가 모르나…"

삼각 머리 조편재는 구시렁구시렁거리고 있었다.

"그러나 상가건물은 임대인과 임차인이 6개월을 계약했어도 1년씩 10년(2018년 10월 15일까지 계약은 5년, 2018년 10월 16일부터 10년)동안 계약 갱신을 연장할 수 있다는 사실을 알아야 합니다."

사발 머리 나 교수는 새로운 상가건물 임대차 보호법을 적용시켜 설명하고 있었다.

"헉…! 10년씩이나…?"

다주택이나 건물을 소유하고, 세를 놓은 수강생들은 경악을 금치 못하고 툴툴거렸다.

"젠장! 완전 임차인 천국이구먼, 무슨 개뼈다귀 경우야 쌍!"

하고는 살벌한 눈초리로 그를 째려보고 있었다. 이들은 그가 입법을 제안하고 국회를 통과시킨 장본인처럼 죄 없는 오명을 씌어 눈총을 쏘았다.

그러나 상가 등을 임차한 수강생들은 하늘에서 돈벼락이 떨어진 기쁜 얼굴로 웃고 있었다. 이들은 후에 고난길이 될지 모르고 경사라도 난 얼떨떨한 기분이었다.

게다가 한술 더 떠 임차인을 위한 팁으로 세입자로서 상가건물 임대차 보호법 제10조에 상응하는 불법적인 위반 사유가 없는 한 권리금까지 보장받을 수 있다는 대법원 판결이 나왔다.

거기다 우라질 전염병(COVID-19)이나 천재지변 등의 사유로 경제적인 어려움에 처한 경우 6개월 동안 임차료를 지급하지 못해도(연체) 상가건물 임대차 보호법제10조에 저촉되지 않는다는 시행령이 통과되었다.

그러한 사실을 듣자, 속에서 불이 붙은 상가건물 소유주 수강생들은 짜증스럽게 뒤통수를 부여잡고 오만상을 찡그린 채 부르르치를 떨고 있었다.

이들은 부작용은 누가 책임질 것인지 한마디로 난감하다는 입장이었다. 임대인들의 고민과 달리 현재 임대를 살고 있는 임차인 수 강생들은 우라지게 신이 난다며, 당장 신명나는 춤사위라도 놀아 볼 기세로 낄낄거렸다.

"교수님! 상가는 1년씩 5년 아닌가요?"

상구 머리 노식신은 믿을 수 없다며, 부정적인 시각에서 묻고 나왔다.

"하하하! 맞습니다. 기존 임차인은 2018년 10월 15일까지는 5년 계약이 맞습니다."

사발 머리 나 교수는 구법을 들먹이는 그에 말에 부정을 하지 않았다.

"헐…! 고새 바뀌었나, 젠장!"

강의실은 금세 술렁거렸다.

대한민국은 자고 일어나면 부동산 법이 변경되어 전문가도 잠시만 한눈을 팔면 부동산 법을 모르는 비전문가나 선무당 소리를 듣는 세상이 되었다.

왜냐하면 우리나라는 정권이 바뀔 때마다 새 옷을 갈아입거나 수시로 짜깁기를 하는 부동산 제도 때문이었다. 마치 누더기 옷을 걸치고 패션쇼를 하는 것처럼 부동산 법 자체가 변화무쌍했기 때문이다.

그래서 이들은 부동산(토지·주택 등) 건축, 세금, 임대, 금융, 규제 법을 빗대서 '짜깁기 대책' 또는 일명 '각설이 패션 법'이라고 자기들끼리 속닥거렸다.

그러거나 말거나 사발 머리 나 교수는 계속 주절거리고 있었다.

"그러나 국회 입법을 통과한 새 개정법이 2018년 10월 16일부터 10년으로 변경되었습니다."

사발 머리 나 교수는 설명을 해 주고도 자신도 어이가 없어 쓰디 쓴 탕약 한 사발을 억지로 들이마신 인상을 하고 있었다.

"헐…! 대박! 아주 지랄들을 떠세요."

누군가 중얼거렸다.

사발 머리 나 교수는 잠시 호흡을 고르며, 이 대목에서 중요한 핵심을 이어 갔다.

"다만, 중요한 사실은 임대인의 동의를 얻은 임차인과 계약한 전차인은 임대차 계약 갱신 등에서 요구하는 의무사항을 위반하지 않아야 자기 권리를 적법하게 주장할 수 있다는 사실입니다."

사발 머리 나 교수는 임차인과 똑같이 지켜야 하는 전차인의 의무사항을 말하고 있었다.

"헉…! 뭐야 임대인을 위한 장치인가?"

상구 머리 노식신이 구시렁거렸다.

"저기… 말이죠? 임차인 위반사항은 어떤 내용들이 있습니까?"

둥근 머리 맹비견이 설레발을 떨며 들이대었다. 그 순간 궁금증을 품은 의아한 눈길들이 사방에서 이들을 향해 쏘아보고 있었다.

"아하! 위반사항이 궁금하시다 그 말입니까?"

사발 머리 나 교수는 적극적인 그의 태도에 슬며시 웃음을 보였다.

"예—!"

그는 야릇한 목소리로 목청을 높였다.

주변 사람들이 입을 막고 킥킥거렸다.

"그러시다면 상가건물 임대차 보호법(제10조항 계약 갱신요구 등)을 참조하시면 됩니다."

사발 머리 나 교수는 미꾸라지가 빠져나가듯 툭 한마디 던지고는 슬며시 벽시계를 쳐다보았다. 촉박한 강의 시간에 많은 분량을 설명하려니 상가건물 임대차 보호법 조항들을 일일이 열거할 수 없다는 생각에 가끔씩 중요한 포인트를 짚어 주고는 대충 넘어가고 있었다.

"젠장맞을! 우리 같은 경매 초짜들이 어디 가야 알 수 있는지를 알 수가 있나 말이지…"

짱구머리 나겁재는 신경질적으로 구시렁거렸다. 미모의 명정관은 '나도 아는데 그걸 모른다 말이야…? 쪼다 같은 사내자식 같으니라고…' 하는 눈길로 그를 무시하듯 쏘아보고 있었다.

"사람 참! 어이가 없네, 그거야 인터넷 사이트에 들어가서 주택이나, 상가건물 임대차보호법을 치면 단번에 찾을 수 있는데 뭘 어려워하십니까? 아니 그보다도 스마트폰으로 찾아서 읽는 게 더 편하겠습니다."

흰머리 윤편인은 안타깝다며 찾는 방법을 일러 주고는, 그를 흘기듯 쏘아보았다.

이들이 수다를 떨고 있는 사이에도 사발 머리 나 교수의 강의는 계속 이어지고 있었다.

"아… 참! 상가 임차인은 계약 만기 6월에서 1월 사이에 반드시 매년 연장 신청을 해야 1년씩 10년의 권리를 주장할 수 있습니다."

사발 머리 나 교수는 깜박했다며, 놓친 내용에 대해 보충 설명을 해 주었다.

"헐…! 정말? 연장 안 하면 권리가 꽝인가? 젠장!"

젤 바른 선정재는 의구심이 드는지 고개를 갸웃대며 웅얼거렸다.

"그러나 권리를 찾아먹기 위해서는 임차인에게 주어진 의무를 지켜야 합니다."

"가령 임대료를 연속해서 주택은 2개월 상가는 3개월을 연체 하거나, 걸러서 한 번씩 주택은 두 번 상가는 세 번의 연체 사실이 없어야 자신의 권리를 주장할 수 있는 겁니다."

즉 사발 머리 나 교수의 설명은 임차인은 권리를 주장하기 위해서라도 지켜야 할 의무를 준수해야 한다는 것이었다.

"헐…! 대박! 그런 거야?"

누군가 마땅찮아 소리를 질렀다.

"설마 이 정도는 모두 아시겠죠?"

사발 머리 나 교수는 모두를 쳐다보며 눈짓을 해 보였다.

"예…!"

자존심을 건드리며 묻고 있는 그의 얼굴을 향해 사람들은 큰소리를 외쳤다. 사발 머리 나 교수는 대답과 동시에 웅성대는 소리에도 계속 이어 가며 주절거렸다.

"그리고 임대인은 임대차 기간이 끝나기 6개월 전부터 임대차 종료일까지 새로운 임차인에게 권리금을 받으려는 행위를 방해해서 안 됩니다."

사발 머리 나 교수는 말끝에 고개를 갸웃거리며 해죽 웃었다.

상가 권리금 및 부속물 매수 청구권

"헉…! 정말?"

깜짝 놀란 일부의 수강생들은 탄식하듯 소리를 질렀다.

"자세한 내용을 알고 싶은 분은 상가건물 임대차 보호법[제10조의 4(권리금 회수 기회 보호 등), 제10조의 5(권리금 적용 제외)]내용 등을 참조하세요."

사발 머리 나 교수는 판도라 상자를 활짝 열어젖힌 얼굴로 모두를 향해 해쭉거리고 있었다.

"저기, 교수님! 전차인이 우리 건물에 공작물 및 기타 부속물을 설치했다고 주장하거나, 임차인에게 인수받은 부속물(부동산에 부속된 물건)을 매수해 달라고 청구하면 임대인은 거절할 수 있습니까?"

조용히 자리를 지키고 있던 흰머리 윤편인은 모처럼 궁금한 표정을 지어 가며, 문제를 제기하고 나섰다.

수강생들도 새로운 질문에 관심을 보이며, 눈길을 모았다.

"그 질문은 임대인의 동의가 열쇠를 쥐고 있겠지요?"

사발 머리 나 교수는 수강생들에게 되묻고는 모두를 둘러보았다.

"예…!"

이들은 기어들어 가는 목소리로 대답했다. 순간 사발 머리 나 교수의 표정이 일그러지며, 눈초리가 매섭게 변했다.

자신은 정성이 뻗쳐 목청을 높여 강의를 하는데 이들의 반응이 영 신통치 않자 나온 반응이었다. 그러자 수강생들은 잠시 술렁거리다 차츰 숙연해졌다. 사발 머리 나 교수는 한참을 쏘아보다가 혼자 분을 삭이고는 이어 주절거렸다.

"가령, 임대인의 동의를 얻었다면 부속물 매수 청구권(타인의 부동산의 용익권자가 사용·수익의 편의를 위해 그 부동산에 부속시킨 물건의 매수를 청구할 수 있는 권리)은 법적으로 인정이 될 뿐 아니라, 임대인은 그 요구를 받아들여야 되겠지요?"

"…"

"헐…! 정말?"

흰머리 윤편인은 작은 소리로 중얼거렸다. 그는 임대인의 동의에는 의무와 권리가 포함되어 있다는 설명을 하고 있었다.

"헉…! 완전 대박!"

큰 머리 문정인은 갑자기 소리쳤다. 그는 새로운 사실에 짜릿한 희열을 느낀 얼굴이었다. 사발 머리 나 교수의 한마디는 팀원들의 이목을 한 곳으로 집중시켰다.

"저, 교수님! 그 근거는 어디에서 찾을 수 있습니까?"

흰머리 윤편인은 새로운 사실에 눈이 번쩍 뜨여 먼저 질문을 해 왔다.

"하하하! 아주 좋은 질문입니다."

사발 머리 나 교수는 큰소리로 웃어 가며 그를 추켜세웠다.

"헐…! 쟤 뭐래…?"

구석진 곳에서 누군가 빈정거리자 주위사람들은 킥킥대며 웃었다. 그러든 말든 사발 머리 나 교수는 다시 주절거렸다.

"그럼, 그 이유를 살펴볼까요?"

그는 소란스러운 소리에 묻혀 그의 넉살을 제대로 듣지 못했다. 그래서 대수롭지 않은 듯 강의를 이어 갔다.

"완전 땡큐죠. 흐흐…"

흰머리 윤편인은 혼잣말을 속살거렸다. 그즈음 수강생들의 수업 참여도는 점점 활기가 떨어져 맥이 빠져가고 있었다.

"근거는 민법 제 육백사십 칠조(제647조: 건물기타 공작물의 '임차인'이 적법하게 전대한 경우에 '전차인'이 사용의 편익을 위해 '임대인'의 동의를 받아 이에 부속한 물건이 있는 때에는 '전대차'의 종료 시에 '임대인'에 대해 그 부속물의 매수를 청구할 수 있다)를 근거해서 판단할 수 있습니다."

사발 머리 나 교수는 강의 중간 중간에 마치 카멜레온처럼 변화무쌍한 표정을 보여 주고 있었다. 특히 소통의 장애와 수강생의 이해도에 따라 그의 긴장감은 극에 달했다.

"헐…! 이제는 민법까지 아이고… 차라리 날 잡아 잡수, 젠장!"

짱구머리 나겁재는 혼잣말을 구시렁거렸다.

"여기요, 교수님! 임대인한테 매수했거나 동의를 얻어 임차인에게 매수한 부속물(부동산에 부속된 물건)은 청구권(특정인에 대해 일정한 행위를 청구할 수 있는 권리)이 있습니까?"

큰 머리 문정인은 오랜 침묵을 깨트리며, 겨울잠에서 튀어나온 개구리처럼 불쑥 질문을 해 왔다.

"당근이죠. 허허허!"

사발 머리 나 교수는 나오는 대로 대꾸를 해 주고, 괜히 겸연쩍어 너털웃음을 웃었다.

"와! 쩐…다!"

어디선가 고시랑대는 소리가 들려왔다. 여자 수강생들은 "지린다!", "쩐…다!", "대박이다!", "으…구!" 등 다양한 음성을 외치며 속닥거렸다.

사발 머리 나 교수는 그들의 대화에서 빼놓을 수 없는 관심의 대상이기에 그럴 만도 했다.

그는 시대의 히어로처럼 그녀들의 우상이기에 더욱 열광했었다.

"그런 경우는 당연 부속물 매수청구권에 해당됩니다."

사발 머리 나 교수는 확인을 시켜주듯 다시 강조했다.

"저어, 교수님이 주택은 임차인이 1년을 계약해도 2년을 살 수 있는 권리가 있다고 말씀하셨는데요? 만약 임차인이 6개월만 살고, 이사를 가겠다고 하면 집주인(임대인)은 2년을 주장할 수 있습니까?"

새치 머리 안편관은 문제를 약간 비틀어 가상현실(컴퓨터를 이용해서 어떤 상황을 실제로 겪는 것처럼 모의실험을 할 수 있는 가상의 세계)처럼 역으로 물어 왔다. 호기심이 발동한 사람들은 '무슨 소리가 나올까?' 싶어 이들을 향해 강력한 눈총을 쏘아 대고 있었다.

"하하하! 당연 주장할 수 있습니다. 그러나 임차인 입장에서는 문제 될 것은 없습니다.

왜냐하면 주택은 2년, 상가건물은 1년의 기간을 당사자끼리 합의하에 계약을 했더라도 임차인은 계약 이행에 대한 손해 배상(부동산 중개료, 3개월 임차료 등)을 제공하면 아무 문제될 것이 없으니까요. 흐흐…"

사발 머리 나 교수는 결국 계약 기간의 이행을 준수해 달라는 임대인의 권리행사를 돌려서 말하고 있었다.

"헐…! 대박! 손해배상…?"

둥근 머리 맹비견은 어이가 없다며, 탄성을 지르듯 중얼거렸다.

"그러나 6개월만 살겠다고 계약을 했다면 그 기간의 유효함을 임차인은 주장할 수 있습니다(주임법 제4조, 상임법 제9조)."

사발 머리 나 교수는 서로를 비교해 가며, 임차인의 권리를 짚어 주면서 그를 내려다보았다.

"헐…! 정말?"

내용을 듣고는 수강생들은 탄식을 자아내며, 웅성거렸다.

"따라서 6개월 정식 계약을 임대인은 2년을 주장할 수 없습니다."

그는 히죽 웃었다. 즉 불리한 조건을 임차인에게 주장할 수 없다는 것이었다.

"헉…! 이랬다저랬다 정신이 하나도 없네, 젠장!"

짱구머리 나겁재는 어리둥절한 표정을 보이며 툴툴거렸다.

"이해되셨습니까?"

사발 머리 나 교수는 새치 머리 안편관을 주시했다.

"예…."

그는 피식 웃어 가며, 고개를 끄덕거렸다.

"저기요? 교수님!"

삼각 머리 조편재가 손을 번쩍 들고 그를 불렀다. 순간 수강생들의 이목이 그에게 쏠렸다. 사발 머리 나 교수가 곧바로 주절거렸다.

"거기, 손 드신 분 질문하세요."

그는 반가운 얼굴로 오른손을 들어 삼각 머리 조편재를 가리켰다.

"단독주택 옥탑방에 세 들어 살다가 주택이 경매로 넘어간 임차인은 대항력이 있습니까?"

그는 평소에 관심을 가지고 있던 문제를 꺼내 놓았다. 삼각 머리 조편재는 언젠가 건물을 올리겠다는 계획을 가지고 있어 기회가 생기면, 대부분 그쪽 물건에 관심을 드러내며, 묻곤 했었다.

"음…. 주택 임대차 보호법은 등기된 주택이나 미등기 주택까지도 인정하고 있습니다."

"와…우! 미등기까지…?"

수강생들은 놀라는 얼굴로 서로를 마주보며 중얼거렸다.

"에… 또 주택 임대차 보호법은 무허가 건물이나 해체가 용이하지 않은 건물, 그리고 공부(관공서에서 작성·비치하는 장부) 상으로 주택은 아니나 주거용으로 사용되는 경우 등을 모두 인정하고 있습니다."

그는 삼각 머리 조편재에게 '대답이 되었느냐?' 묻듯이 눈짓을 하고는 자기 긍정에 사발 머리를 까닥까닥 흔들고 있었다.

"쳇! 무허가씩이나…. 쯧쯧! 엄청나갔네, 젠장!"

중간에 누군가 혀를 차며, 무식이 펑크 난 듯 구시렁거렸다.

"그렇다면 옥탑방도 대항력이 있다는 말입니까?"

짱구머리 나겁재는 말하는 도중에 불쑥 끼어들었다. 수강생들은 '우라질 자식! 이제껏 듣고도 딴소리는….' 하며, 눈총을 쏘아 댔다.

"그렇습니다, 임차인이 일상적인 생활을 하면서 주거 목적으로 사용했다면, 당연히 대항력은 발생 하는 겁니다."

사발 머리 나 교수는 주택 점유와 전입신고를 마쳤다는 전제하에 설명하고 있었다.

"와…우! 대한민국 살 만하네."

짱구머리 나겁재는 머쓱해서 괜히 큰 소리로 외쳤다.

그 소리를 듣고 짜증 난 수강생 몇몇이 '아주 지랄을 떠세요.' 하며 눈총을 쏘아 대고 있었다.

"그러나 거기에는 지켜야 할 의무적인 조건이 있습니다. 즉, 주거점유와 동시에 전입신고를 마쳐야 된다는 겁니다."

사발 머리 나 교수는 목소리에 힘을 잔뜩 주고, 눈을 희번덕거렸다.

"헐…! 그거야 전자레인지에 식은 밥 데우기 아니겠어? 히히!"

둥근 머리 맹비견은 씨익 웃으며 익살을 떨었다.

"저기, 교수님! 전입과 점유가 확실하다면 대항력을 인정받을 수 있고, 계약서에 확정 일자를 받아 놓으면, 우선변제권(다른 후순위권리자보다 먼저 배당을 받을 수 있는 권리)도 보장받을 수 있다 이 말입니까?"

상구 머리 노식신은 그의 말끝을 붙잡고 재차 묻고 있었다.

"예…. 그것이 대한민국의 현실이고, 주택 임대차 보호법을 근거로 한 대법원 판례이기도 합니다."

사발 머리 나 교수는 권리분석의 중요한 기본 상식들을 확대해 설명하면서 거기에 필요한 기초 지식들을 반복하고 있었다.

"헐…! 완전 대박! 판례까지…?"

순간 수강생들은 기특하다며, 금방이라도 머리를 쓰다듬어 줄 표정으로 술렁거리고 있었다.

"저, 교수님!"

흰머리 윤편인은 손을 반쯤 들고 소리쳤다.

"예, 그쪽 손 드신 분 말씀하세요."

임차인 몰래 퇴거시킨 임대인

그는 흰머리 윤편인을 가리키며, 손짓을 하고는 또 너냐는 반가운 표정을 짓고서 히죽 웃었다.

"망할 놈의 집주인이 임차인도 모르게 주소를 퇴거(이사)시켜 놓았는데 말입니다."

그는 미간을 잔뜩 찌푸린 채 구시렁거렸다.

"허허! 그래서요? 계속 말씀해 보세요."

사발 머리 나 교수는 그의 말투가 은근히 비위에 거슬렸지만, 헛웃음을 웃고 말았다. 한마디 뭐라고 할 만도 한데 그는 무슨 생각인지 평소와 달리 묵묵히 듣고 있었다.

수강생들은 시작부터 거친 말투에 뭔가 심상치 않다는 생각에 눈빛을 반짝거리며 듣고 있었다.

"아, 글쎄, 이 우라질 놈이 주택에 근저당권을 설정한 이후에 임차인을 재전입을 시켜 놓았지 뭡니까."

그의 말에는 아직 삭이지 못한 분노가 여실히 드러나 있었다.

"저런 쳐 죽일 놈이 있나?"

그 소리를 듣고 수강생들은 여기저기서 술렁거렸다.

"그런데 문제는 주택이 경매로 넘어갔다는 겁니다. 이런 경우 임차인의 대항력은 후순위로 밀려납니까?"

흰머리 윤편인은 자기가 괜히 흥분해서는 평소에 사용하지 않던 비속어까지 섞어 가면서 까칠하게 말하고 있었다. 마치 자신이 당한 것처럼 분노를 드러냈다. 사람들은 서로를 마주 보며 죽일 놈 살릴 놈 웅성거리고 있었다.

"음…. 그 사건의 경우는 임대인이 임차인 몰래 주소를 이전(전출)시켜 놓았다. 그런데 그 사이에 금융 기관으로부터 대출을 일으켜 근저당권을 설정한 다음에 임차인을 원상 복구(재전입)시켰다 이 말 아닙니까?"

사발 머리 나 교수는 그를 쳐다보며 재확인을 하듯이 숨 가쁘게 묻고서 눈짓을 해 보였다. 수강생들은 듣다보니 기가 막히고, 코가 막혀 일제히 사발 머리 나 교수를 향해 '무슨 말이 나올까?' 궁금한 눈길을 주고 있었다.

"예,"

흰머리 윤편인은 고개를 끄덕대며 대답했다. 그러고는, 순간 분노를 삼킨 얼굴로 사발 머리 나 교수가 당사자인 양 죽일 듯이 바라보고 있었다.

"우…와! 완전 사기꾼 뺨치네, 그런 우라질 새끼는 쪽박 차야 되는데, 날벼락은 뭐 하는지 몰라? 그런 우라질 자식 안 내리치고 말이야…"

이들은 각자 한마디씩 퍼부어 대며 술렁거렸다. 참 세상에는 별거지 같은 일들이 쥐도 새도 모르게 벌어지고 있다는 탄식의 눈빛들이었다.

그러나 사발 머리 나 교수는 경악하기보다는 그보다 더한 일들이 하룻밤에도 셀 수없이 벌어지고 있다는 냉랭한 표정을 보이고 있었다. 다만 그는 임대차 권리분석이라는 점에서 그냥 넘길 수 없었다. 그래서 관심을 드러내고 있었다.

"으흠, 그러니까 임차인 몰래 전출을 시켜 놓았다가 대출을 뽑고 난 이후에 재전입을 시켰다 이 말입니까?"

사발 머리 나 교수는 고개를 끄덕이고는, 재차 확인하듯 물어 왔다.

"예…에, 맞습니다. 집주인이 대출금을 융자 받기 위해 세입자 몰래 전출시켰다가 원위치를 시킨 겁니다."

그는 사발 머리 나 교수의 질문에 서슴없이 대답을 하고는, 똥밟은 표정으로 미간을 찌푸렸다.

"어머…. 그 집주인 놈은 완전 사기꾼에 파렴치한 말미잘이네."

미모의 명정관은 괜히 자신이 화가 치밀고 약이 올라 혼잣말을 쫑알거렸다

"내 말이…. 완전 임차인을 등골 파먹는 오사리잡놈이죠."

젤 바른 선정재는 그녀의 말을 듣고 괜히 성질이 나서 구시렁거렸다. 그 주변의 수강생들은 슬쩍슬쩍 사발 머리 나 교수의 눈치를 보면서 소곤거리고 있었다.

이들이 하는 수다를 들어 보면 이랬다. 세상 집주인 가운데 임차인 보증금을 사기 치는 임대인의 수법은 아주 다양하다며 서로에게 으르렁거렸다.

그러면서 노가리를 풀기를 이들은 돈이 되는 짓거리라면 뭐든 한다는 것이다. 가령 임대차 계약서(사문서) 위조부터 시작해서 위계에 의한 사기죄까지 우리가 상상하지 못했던 부정을 마구 저지르고 있었다.

이들은 경매 방해죄가 되어도 상관하지 않는다. 그저 돈이 된다면 뭐든 못 할 게 없다는 파렴치한 잡것들이었다. 세입자를 가볍게 속여서 세를 놓고 그들의 전 재산이나 다름없는 보증금 털어 가는 것이다.

이들은 보증금 액수를 속이거나 차입금이 없는 것처럼 사회 초년생들을 상대로 기만하고, 사기를 친다는 것이다.

사회에 나와 겨우 아르바이트로 근근이 돈을 모으거나 대출을 받은 보증금을 꿀꺽 해 처먹는 분양업자나 집주인을 잘못 만나 죄로 전 재산 또는 전세금을 사기당하는 사람들이 하나둘이 아니라는 것이다.

하지만 이러한 우라질 사기꾼이 세상에는 널려 있다는 것 자체가 원망스럽다. 말해 뭐 하겠는가? 국가에서 공인한 공인중개사까지 전세금을 월세로 돌려 그 돈을 가지고 자신이 유용하다가 걸리는 세상이다.

놈들은 해 처먹다가 걸리면 그제 서야 나자빠지거나 나몰라 도망치는 날강도 같은 사기꾼들이다. 그런 잡것들이 버젓이 간판을 걸고 영업을 하는 세상인데, 대체 누군들 이들에게 당하지 않겠는가? 하여튼 분양을 받거나 전세나 월세를 들어갈 때는 철저한 자기 방비가 필요하다는 것을 알아 두어야 한다.

특히 등기부 등본을 철저하게 검토하고 걸림돌이 하나라도 있으면 아쉬워도 포기할 줄 알아야 내 소중한 전 재산을 지킬 수 있다는 것이다.

그래서 최소 임대차 법 상식은 고등학교 때부터 일반교양으로 가르쳐야 사회비용을 줄일 수 있다.

그리고 전월세 계약은 반드시 집주인 입회하에 서로 신분증을 확인하고, 계약을 치러야 한다. 또한 월세나 보증금도 반드시 집주인 통장으로 이체해야 한다. 덧붙여 당일 인터넷으로 등기부 등본을 철저하게 검토해 자신의 보증금이 안전할 수 있는가를 확인부터 해야 한다.

그리고 임차인이 몇 명이고, 전체 보증금은 얼마인지를 정확하게 파악해 내 보증금이 경매를 넘어가도 안전한가? 충분한 권리분석 후에 계약을 이행해야 안전할 것이다.

그보다도 중요한 것은 자신이 부동산에 관한 일반적인 상식을 익혀 두어야 낭패를 면하는 지름길이라는 것이다.

"그런 놈들 때문에 힘없는 임차인만 거리로 내몰리는 거지 뭐. 아이, 쓰발시끼!"

짱구머리 나겹재는 입맛이 쓴 지 거친 욕설을 주저 없이 내뱉고 있었다.

"민법에서는 이런 경우를 반사회질서의 법률행위(제103조 강행규정)로 보고 그에 반한 행위에 대해 완전 무효로 처리합니다."

사발 머리 나 교수는 교재를 뒤적거려 민법 내용을 간추려내고는 걱정을 한껏 담은 얼굴로 모두의 표정을 살폈다. '이들이 제대로 이해는 하는가?' 싶은 근심 어린 감시의 눈초리로 희번덕거렸다.

"헉…! 무효라고? 완전 대박!"

수강생들은 새로운 사실에 경탄을 자아내며 소리쳤다. 희열을 느껴 카타르시스가 뿜어져 나오는 순간처럼 이들은 소리쳤다.

"따라서 임차인은 대항력을 상실하지 않는다는 것이 정설입니다."

사발 머리 나 교수는 실실 웃어 가며, 수강생들을 둘러보았다. 처음 들어 보는 뜻밖의 설명에 강의실은 금세 떠들썩해지며 웅성거렸다.

그는 별거 아니라는 얼굴로 빙그레 웃어 가며, 강의를 이어 갔다.

"대법원 판례에도 집주인이 임차인 모르게 임의(자기 의사대로 처리하는 일)대로 주소를 퇴거시킨 행위는 위법으로 판결하고 있습니다."

사발 머리 나 교수는 말끝에 히죽 웃고 있었다.

"와…우! 당연하지…."

이들은 사필귀정은 당연지사요, 인과응보는 세상 정의 구현을 개혁하는 힘이라며 입을 모아 속닥거렸다.

"즉 주민등록이 원인 없이 다른 주소지로 전출된 경우에는 당초 주택 소재지로의 주민등록 효력에는 아무런 영향을 받지 않는다고 판시(어떤 사항을 판결해 보임)하고 있습니다."

사발 머리 나 교수는 교재를 뒤적거려 대법원 판례 하나를 칠판에 적어 가며 참조하라고 강조했다(대법원 판결 90다카11377).

"여러분도 경매 물건을 자주 접하다 보면 이러한 물건들을 간혹 경험할 수 있을 겁니다."

사발 머리 나 교수는 씨익 웃고는 모두를 둘러보았다.

"헐…! 우리 보고 사기꾼을 만나 보라는 거야 뭐…야?"

짱구머리 나겁재는 신경질적으로 쫑알거렸다.

"아무쪼록 여러분은 임장 활동을 게을리 하지 말아야 망할 놈의 실수를 범하지 않는다 이 말입니다."

사발 머리 나 교수의 충고는 경매에서 임차인 등을 두려워하지 말고, 서로 상생할 수 있는 길을 모색하라는 당부이기도 했다.

"헹, 알아…, 알아…."

삼각 머리 조편재는 속에 말로 쫑알거렸다.

"알겠습니까?"

"…."

사발 머리 나 교수는 모두를 향해 눈을 부라리고는 목청을 높였다.

"예…!"

수강생들은 건성건성 대답을 하는 몇몇 사람을 제외하고는 대부분은 목소리에 힘을 주고 있었다.

"재차 말을 하지만, 전입 신고한 임차인은 보수적으로 접근하는 경계심이 필요합니다."

사발 머리 나 교수는 권리분석을 할 때는 엄벙덤벙 처리하거나 얼렁뚱땅 넘어갈 생각은 아예 꿈도 꾸지 말라는 경각심을 심어주었다.

"헐…! 누가 그걸 몰라. 보채기는, 젠장!"

수강생 중 누군가 탄식하듯 나지막이 읊조리고 있었다.

"알겠습니까?"

사발 머리 나 교수는 새삼 다부지게 고함을 치고는 눈동자를 희번덕거렸다.

"예…!"

수강생 가운데 일부가 고함을 질렀다.

그러고는 무슨 이유인지 이들은 낄낄 웃고 있었다. 아무래도 그의 행동이 코믹스러웠던 모양이다.

그때였다.

"저, 교수님! 대지 다섯 필지筆地가 경매로 나왔는데요."

젤 바른 선정재는 냅다 고함을 질러 그의 눈길을 붙잡았다.

"예…. 계속 말씀해 보세요."

사발 머리 나 교수는 가만히 한 손을 들어 그를 가리켰다.

"물건을 조사하다 보니 임차인 하나가 전입신고를 했는데 말입니다. 아… 글쎄, 주택이 있는 부지(대지, 땅)와 착각을 일으켜 엉뚱하게도 다섯 필지 가운데 하필 주택이 없는 부지에다 전입신고를 해놓았지 뭡니까?"

젤 바른 선정재는 말하는 중도에 잠시 끊었다가 다시 이어 가기를 반복했다.

"젠장맞을! 아니 그런 경우도 다 있나? 미치겠군."

둥근 머리 맹비견은 슬쩍 끼어들며, 신경질적으로 구시렁거렸다.

"이런 경우라도 대항력이 발생을 하는 건지? 궁금해서 질문을 드리는 겁니다."

젤 바른 선정재는 낙찰받은 토지에 노골적으로 버티고 있는 골때리는 임차인이 생각이 나자 벼르던 차에 곧바로 질문을 해 왔다.

"대지 다섯 필지가 떨어져 있습니까? 아니면 이웃해 붙어 있습니까?"

사발 머리 나 교수는 토지가 하나로 묶여 붙어 있는 토지냐, 아니면 여기저기 떨어져 분산되어 있는 토지냐를 묻고 있었다.

"대지는 이웃하고 있습니다만, 한 필지로 볼 수 있는 토지입니다."

사발 머리 나 교수 물음에 그는 즉각 답변을 달았다. 수강생들의 시선이 이들을 향하고 있었다.

"그러면 주소는 각각 따로 되어 있습니까?"

사발 머리 나 교수는 고개를 갸웃거리며, 다시 물어 왔다.

"예…. 주소는 다섯 필지로 토지마다 번지가 다릅니다."

젤 바른 선정재는 고개를 까닥거리며, 주절주절 대답을 이어 갔다.

"다만, 한 필지에만 주택이 있는데 그곳에서 임차인이 정주해 살고 있습니다."

그는 혹시나 하는 불안한 마음에 긴장한 얼굴로 그를 바라보고 있었다.

"으흠, 그래요?"

사발 머리 나 교수는 고개를 끄덕이며, 잠시 뭔가를 생각을 하고 있었다. 궁금중으로 조바심이 난 그는 사발 머리 나 교수가 묻기도 전에 새로운 내용을 끄집어내서 이렇게 말했다.

"문제는 임차인이 주택이 없는 부지에 전입신고와 확정일자를 받아 놓았다는 겁니다."

젤 바른 선정재는 말을 하면서도 사발 머리 나 교수의 의중을 살피며, 그를 연신 정면으로 쏘아보고 있었다.

"그럼, 살기는 주택이 있는 주소지에서 생활하고 있습니까?"

그는 대뜸 반문하고 나왔다.

"예! 그렇습니다."

젤 바른 선정재는 현장 상황을 본 그대로 빼거나 보탬 없이 그에게 설명해 주었다.

"혹시, 일부라도 전입한 부지에 주택이 걸쳐 있지는 않던가요?"

사발 머리 나 교수는 작은 실마리라도 찾을까 싶어 재차 되짚고는 젤 바른 선정재의 얼굴을 쳐다보았다.

"아니요. 없었습니다."

젤 바른 선정재는 고개를 좌우로 저었다. 사발 머리 나 교수는 힘들겠다는 표정을 보이며 '내 이미 그럴 줄 알았다.' 하는 기색이었다. 그러고는 고개를 살랑살랑 흔들며 이렇게 주절거렸다.

"그럼, 안타깝게도 임차인은 대항력이 없다고 보아야 합니다."

사발 머리 나 교수는 어깨 뽕을 살짝 올리며 그를 보았다. 수강생들은 그의 실망에 안됐다는 표정으로 소곤거렸다.

"왜죠?"

그는 동공을 확장시켜 가며 강렬한 눈빛으로 그를 보았다.

"주택 임대차 보호법(제3조 1항: 임대차는 그 등기가 없는 경우에도 임차인이 주택의 인도와 주민등록을 마친 때에는 그 익 일부터 제삼자에 대해 효력이 생긴다. 이 경우 전입신고를 한때에 주민등록이 된 것으로 본다.)이 요구하는 조건을 충족하지 못했기 때문입니다."

사발 머리 나 교수는 살고 있는 주소로 '주택임대차보호법'이 구비되지 않았다는 것이었다.

"헉…! 정말? 그런 거야…?"

돈 사랑 팀원들은 처연한 표정으로 서로를 번갈아 보면서 속닥거리고 있었다. 그러거나 말거나 그는 이어 가듯 계속 주절거렸다.

"또한, 제삼자가 인식할 수 있는 유효한 공시 방법으로도 적법하지 않기 때문입니다."

사발 머리 나 교수는 말끝에 자기 긍정을 하느라 고개를 끄덕이며, 잠시 머뭇대고 있었다.

그에 말을 빌리면 임차인이 주택 임대차 보호법과 유효한 공시 조건을 충족시키지 못해 대항력이 없다는 것이었다.

"헐…! 큰일이군…."

젤 바른 선정재는 순간 쓸개즙을 씹은 표정으로 웅얼거렸다.

옆에서 지켜보는 미모의 명정관은 그 모습이 꽤 안쓰럽고 힘들어 보였는지 남몰래 아파하는 눈치였다. 그래서 그랬을까? 그녀는 몹시 안타까운 눈빛으로 그를 한동안 바라보고 있었다.

"다만 주택이 두 필지에 나누어 걸쳐 있다면 구제를 받을 수가 있습니다."

사발 머리 나 교수는 두 눈에 힘을 바짝 주며 그를 보았다.

"와…우! 그런 거야…?"

수강생들은 새로운 사실에 경쾌하게 소리를 질렀다.

"즉, 대항력을 인정받을 수 있다는 말이죠."

잠시 교재를 뒤적거린 그는 모두가 참고하라며 대법원 판례 하나를 칠판에 쓰기 시작했다(대법원 2000년 6월 9일 선고 2000 다 8069 건물 명도). 사발 머리 나 교수의 말끝에 표정이 어두워진 그는 남모를 쓴웃음을 삼키고 있었다.

젤 바른 선정재는 그제야 얼마 전 낙찰을 받은 우라질 토지 문제가 쉽게 풀리지 않을 것 같다는 불길한 생각이 들었다. 그러자 갑자기 모골이 송연해지는 느낌이 들면서 소름이 돋았다.

그래서였을까? 별안간 기분까지 더러워졌다. 왜냐하면 대항력이 없다는 사실은 임차인이 보증금을 한 푼도 받지 못하고, 졸지에 거리로 내쫓기는 개떡 같은 상황이 전개되기에 그에게는 뼈아픈 고통이며, 힘든 현실이 코앞에 닥친 것과 같았기 때문이었다.

젤 바른 선정재는 주택을 인도(명도)받을 생각만 해도 벌써부터 골이 찌근거려왔다. 만약 천만다행히도 빚잔치가 끝난 이후 여유 잔액이 남았다면, 그나마 조금이라도 보탬이 되겠지만, 그럴 가능성은 희박한 경우가 대부분이었다.

그래서 임차인을 어떻게 잘 달래야 순순히 주택을 인도받을 수 있을까? 눈앞이 캄캄한 상황이었다. 그는 생각만으로도 벌써부터 골머리가 쪼개질 것 같아 사발 머리 나 교수의 목소리는 점점 귓가에서 멀어지고 있었다.

그때 젤 바른 선정재의 사정은 아랑곳없이 누군가 질문을 해 왔다.

"저, 교수님! 등기부 등본(등기사항 전부 증명서)에 나와 있는 주소와 건축물 대장(건축물의 표시에 관한 사항과 소유자 현황에 관한 사항을 등록해 관리하는 대장)에 나와 있는 주소가 다른 경우에는 무엇을 기준해야 합니까?"

묵묵히 지켜보던 흰 머리 윤편인은 갑자기 생뚱한 질문을 던졌다. 그는 토지 문제가 불거져 나오자 뜬금없이 떠오른 궁금증을 참을 수가 없었던 모양이었다.

"음, 그럴 때는 건축물 관리 대장을 기준해서 전입신고를 마치면 임차인의 대항력은 다음 날 0시부터 효력이 발생하게 됩니다."

사발 머리 나 교수가 간단하게 말을 마치자 곧바로 질문이 들어왔다.

"저기요, 교수님! 목동에서 나온 물건인데요?"

그는 큰 머리 문정인이었다.

"그런데요, 계속 말씀해 보세요?"

사발 머리 나 교수는 손짓으로 그를 가리켰다.

"분양 임대 아파트에 전세를 살던 임차인이 전차인에게 다시 임대를 했다가 아예, 임대 아파트를 매입을 했는데요?"

그의 질문이 낯설고 특이했다. 그래서 사람들의 목소리가 급격히 낮아지며, 점점 숙연해져 갔다.

"아하! 최초 분양 임대 아파트 임차인이 자기가 살던 아파트를 분양을 받은 경우라 이거죠?"

사발 머리 나 교수는 내려온 머리카락을 가만히 들어 올리며, 다시 그를 보았다.

"예…. 맞긴 한데…. 제 질문은 여기서 전차인의 대항력은 언제 발생하는 겁니까? 저는 그게 알고 싶습니다."

큰 머리 문정인은 말을 하고서 그를 뚫어져라 쳐다보고 있었다.

처음 듣는 생소한 소리에 수강생들은 생뚱맞은 눈길로 시선을 모으고 있었다.

"음…. 전차인에게 무슨 문제가 발생했습니까?"

사발 머리 나 교수는 그를 향해 되물었다.

"그게 아니라 전대인이 임대 아파트를 매입하면서 금융기관에 근저당권을 설정했는데 말입니다."

큰 머리 문정인은 눈에 힘을 모으고 안면을 오므렸다 펴 가며, 그를 보았다.

"예…에, 그래서요?"

사발 머리 나 교수는 그런 모습을 보자 씨익 웃어 가며 받았다.

"전차인의 전입신고 날짜가 근저당권 설정 기일보다 빠르게 기재되어 있는데, 그 이유가 뭔지 아리송해서 말입니다."

그는 보충적인 설명을 보태고는 사발 머리 나 교수를 빤히 주시했다.

"그렇게 등재되어 있었다면 전차인의 대항력은 임대아파트를 매입하고, 소유권 이전등기를 접수한 날짜와 같은 날 인정이 됩니다."

사발 머리 나 교수는 설명을 해 주고는 이해가 되셨느냐는 눈짓을 주면서 고개를 끄덕거렸다.

"헉…! 징말, 그럼 근저당권보다 빠르다는 얘기잖아?"

큰 머리 문정인은 가슴을 쓸어 가며 안도의 표정을 지었다.

흰머리 윤편인도, 돈 사랑 팀원들도, 그의 표정을 확인하며, 깨소금 맛을 느끼지 못한 아쉬움을 감춘 채 거죽으로 안도하는 척 해죽해죽 웃고 있었다.

"교수님! 그러면 근저당권은 소유권 이전등기가 접수되고 난 이후에 근저당권 설정 등기가 접수되었다고 볼 수 있습니까?"

흰머리 윤편인은 아는 척 묻고 나섰다.

"하하! 그래서 제1금융권 은행에서는 이런 경우를 대비하고, 경매 잔금대출은 취급하지 않거든요."

사발 머리 나 교수는 지난날 금융권들이 분양임대 아파트 대출에 나섰다가 근저당권보다 순위가 빠른 임차인을 권리분석에서 놓쳐 손실을 감수했던 기억이 떠올라 한마디 보탰다.

단, 잔금을 치른 이후에는 담보대출이 가능하다는 것을 몇몇을 제외하고 대부분은 아직 모르는 눈치였다.

어쨌거나 큰 머리 문정인의 사정을 모르는 사발 머리 나 교수는 다시 설명을 이어 갔다.

"그럼요, 만약 후순위로 밀린 전차인이 배당을 제대로 받지 못했다면 낙찰자가 인수해야 하는 선순위권리입니다."

설명을 끝낸 그는 큰 머리 문정인의 표정은 아랑곳하지 않은 채 시선을 다른 쪽으로 돌렸다. 수강생들은 새로운 내용이 하나씩 밝혀질 때마다 경악을 금치 못한 채 서서히 긴장이 고조되어 갔다.

"헐…! 완전 독박 낙찰이네, 젠장!"

수강생들은 기가 막힌 표정으로 구시렁거렸다. 순간 큰 머리 문정인은 예전 일이 떠올라 피식 웃었다.

그는 얼마 전에 입찰에 참가했다가, 낙찰자와 30만 원 차이로 탈락의 고배를 마셨다.

분한 마음에 한동안 잠을 이루지 못한 적이 있었다. 그러나 인간

사 새옹지마(말을 얻은 행운이 다리병신이 되는 불행을 가져다주고, 불행이 다시 전쟁에 나가지 않는 행운을 가져다준다는 고사)라 했던가? 사발 머리 나 교수의 강의를 듣고 나서 새삼 자신의 욕심은 재앙에 불과했다는 사실을 깨달았다.

하마터면 그는 권리분석을 잘못한 대가로 어렵게 마련한 입찰 보증금 10퍼센트 금액을 눈앞에서 공중분해 될 뻔했었다.

하지만 결과적으로 그날의 실패는 자신의 마중물을 지켜 준 셈이었다. 큰 머리 문정인은 그때 일을 돌이켜 보면서 저절로 터져 나오는 웃음에 얼굴 가득 미소를 머금고 있었다.

그는 오늘따라 사발 머리 나 교수의 강의가 왜 이다지도 달콤한 건지, 그의 얼굴에 꿀이 떨어진 것도 아닌데 그를 훑느라 눈을 떼지 못했다.

한편 복잡한 그의 머릿속과 달리 사발 머리 나 교수는 수강생들의 궁금증을 보다 쉽게 해소시키기 위해 비슷한 사건 하나를 더 끄집어냈다. 그러고는 예를 들어 가며, 보충 설명을 이어 갔다.

"음…. 앞의 사건의 경우와는 반대되는 사건으로 매도한 주택의 전 소유자가 매매와 동시에 임차인으로 세를 들어가 그 집에서 예전 그대로 살고 있다면, 임차인으로서 그의 대항력 발생 시기는 언제로 볼 수 있습니까? 누가 한번 답변해 보세요."

큰 머리 문정인의 경매 사건하고는, 조금은 성격이 달랐다. 하지만, 사발 머리 나 교수는 본질이 다르다는 것을 증명하는 차원에서 비슷한 사건 하나를 끄집어냈다. 그러고는 비교하듯 이들에게 질문을 던진 것이었다.

"제 생각에는 소유자로 이전 등기를 마친 그날부터 발생하지 않을까 싶은디 틀렸—남요?"

상구 머리 노식신은 코믹스러운 소리로, 넉살을 떨었다. 강의실은 순식간에 웃음소리로 가득 퍼졌다.

"으하하하…!"

"까르르…!"

수강생들은 동시에 빵 터졌다. 지루한 오후 수업에 매달리는 사발 머리 나 교수나 이들에게는 청량감이 넘치는 위트 한마디가 스트레스를 확 날려 버리는 피로 회복제를 대신하고 있었다.

"허허허! 또 다른 분은 없습니까?"

사발 머리 나 교수도 터져 나오는 웃음을 참지 못하고, 실실 웃고 있었다.

"흐흐흐, 저, 으…. 주택 임대차 보호법은 임차인의 주민등록을 의미하는 규정으로 소유자로서 주민등록은 보호 대상이 될 수 없지 않습니까?"

둥근 머리 맹비견이 오래간만에 그럴싸한 의견을 내놓았다. 사람들은 공감을 하며 고개를 가볍게 끄덕이고 있었다.

"그렇다고 본다면 전 소유자는 대항력이 없다고 보십니까?"

사발 머리 나 교수는 새로운 방향으로 질문을 돌렸다. 일부의 수강생들은 고개를 흔들며, 부정을 하고 있었다.

"교수님! 제 생각에는 임차인의 대항력은 새로운 소유자가 소유권 이전 등기를 접수한 날 다음 날 0시에 발생한다고 봅니다."

흰머리 윤편인은 생각이 나는 대로 중얼대고는 히죽 웃었다.

"그럼, 확정일자는 언제 발생할까요?"

사발 머리 나 교수는 그의 답변에 토를 달았다.

"에…. 확정일자도 계약서를 신고한 날이 되겠지만, 제 생각에는 접수한 날보다 신고한 날이 빠르다고 해도 등기 접수한 날 다음 날에 우선변제권의 효력이 발생한다고 봅니다."

흰머리 윤편인은 거침없이 자기 의견을 밝혔다. 몇몇 수강생들은 설마 하는 눈길로 고개를 흔들고 있었다.

"여러분 중에는 이분과 견해가 다른 분은 없습니까?"

사발 머리 나 교수는 주위를 둘러보며, 잠시 기다리고 있었다.

웅성대는 소리만 요란할 뿐 누구 하나 나서지 않았다.

"하하하! 그러면 이분 설명이 옳다고 모두들 동의를 하십니까?"

사발 머리 나 교수는 웃어 가며 질문을 던졌다.

"예…!"

수강생들은 아는 건지 모르는 건지, 일단 대답부터 하고 있었다.

"그럼, 모두들 이분께 박수 한번 쳐 주세요."

사발 머리 나 교수는 먼저 가볍게 손뼉을 쳤다.

몇몇 수강생들은 아니꼬운 눈길로 쏘아보면서 그냥저냥 허접한 물개 박수를 쳤다.

"짝짝짝…!"

일부 수강생들도 눈치껏 따라 치고 있었다. 그러나 사발 머리 나 교수는 강의한 보람을 느꼈다. 그래서였을까? 그의 입꼬리가 귀에 걸려 입이 찢어지도록 웃고 있었다.

"맞습니다. 주민등록에 의해 나타나는 점유관계에서 임차권을 매개로 하는 점유임을 제삼자가 인식할 수 있어야, 비로소 주택 임차인의 대항력은 발생한다고 보는 겁니다."

사발 머리 나 교수는 전 소유주의 전입신고는 새로운 소유주가 등기를 마친(경료) 날 다음 날 0시부터 임차인으로서 대항력이 발생한다며, 강조하고 있었다.

"헐…! 그런 거야?"

새로운 사실에 헷갈려 하는 몇몇 수강생들은 술렁거리고 있었다.

"그러니까 전 소유자가 현재 임차인일 경우에는 새로운 주택 소유자가 소유권 이전 등기를 접수한 날 다음 날에 대항력이 발생한다는 겁니다."

흰머리 윤편인은 확인하듯 재차 묻고는 해죽 웃었다.

"예…"

사발 머리 나 교수가 가볍게 대꾸하자, 몇몇의 수강생들이 고개를 끄덕이며 속닥거렸다.

"헐…! 대박! 아까와는 완전 반대다 이거야?"

상구 머리 노식신은 혼잣말로 구시렁거리고 있었다.

"뭐라 그러는지? 도통 모르겠다. 젠장맞을!"

둥근 머리 맹비견은 투덜대며 입술을 실룩 실룩거렸다.

"어머…. 저도 그래요 호호!"

미모의 명정관은 무슨 소린지 자신도 헷갈린다며, 어려움을 드러냈다.

전세 사기꾼

그런 마음을 아는 걸까? 사발 머리 나 교수의 눈길만은 자주 그녀를 향하고 있었다. 사발 머리 나 교수와는 다르게 흰머리 윤편인은 언제가 강남에서 부동산 아파트를 매매하면서 갓 개업한 공인중개사 하나가 중개 수수료를 챙길 욕심에 엄청난 실수를 저지른 사건 하나를 떠올렸다.

작정한 사기꾼에게 걸려든 초보 공인중개사의 사건은 이랬다. 그는 사무실을 찾아온 사기꾼에게 매물을 보여 주다가 얼마 전까지 15억 원에 나온 아파트가 하나 있는데, 만약 사신다면 13억 원에 매수할 수 있도록 매도인을 설득해 주겠다고, 사기꾼을 유혹했다.

그러나 사기꾼은 한술 더 떠서 그에게 이렇게 접근했다.

"매도인인 2년 동안 전세를 살아주는 조건으로 계약을 주선해주시면, 중개 수수료를 후하게 지불하겠다."라며 오히려 공인중개사를 넌지시 꼬드겼다.

'이게 웬 떡인가?' 싶은 그는 사기꾼의 떡고물 유혹을 뿌리치지 못하고, 도리어 자신이 그에게 말려들었다. 수수료에 눈이 멀어 버린 중개사는 조금의 의심도 없이 한번 해 보겠다며 아예 두 팔을 걷어붙이고 나섰다.

그러고는 득달같이 아파트 소유자에게 전화를 걸어서는 점심이나 함께 하자면서 집주인을 사무실로 불러냈다.

공인중개사는 사기꾼이 제시한 조건을 슬쩍 꺼내서는 그를 설득하고 나섰다. 하지만 소유자는 처음부터 "그런 조건은 싫다."라며 완강히 거절하고 나왔다. 그렇게 나올 줄 알았다는 듯이 사기꾼은 새로운 제안을 그에게 제시했다.

사기꾼이 내세운 조건은 이랬다. 전세를 살아주는 대신 2억을 깎지 않겠다며, 원래 제시한 금액대로 주택을 15억 원에 매입하겠다고 미끼를 던졌다.

중개사를 통해 그 소식을 전해들은 주택 소유자는 2억 원이라는 달콤한 유혹을 뿌리치지 못하고 홀딱 걸려들었다.

결국 그의 바람대로 매매가 성사되었다. 그러나 사기꾼은 계약금을 지불하면서 주택 명의 양도 서류(등기 사항 전부 증명서, 부동산 양도용 인감증명) 등을 넘겨주면 중도금과 잔금을 한 번에 치르겠다며 공인중개사를 앞세워 조건을 내걸었다.

돈 욕심이 앞선 공인중개사는 자신이 알아서 뒤탈이 없도록 처리할 테니 자신에게 모든 것을 위임해 달라고 집주인에게 부탁을 했다. 매도인은 어차피 이사를 가지 않고 2년 동안 전세를 산다는 계산 아래 그렇게 하라면서 공인중개사에게 전권을 맡겼다.

하지만 그때부터 사기꾼의 숨겨진 마각은 서서히 정체를 드러내며, 이렇게 사건은 시작되고 있었다.

두 사람을 감쪽같이 속인 사기꾼은 제2금융권을 찾아가 미리 받아온 서류를 빌미로 잔금의 90퍼센트를 대출금으로 꺼냈다. 그러면서 주택은 근저당권이 먼저 설정되었다.

그렇게 진행될 것이라고 공인중개사는 이미 알고 있었지만, 소유주는 거기까지 몰랐다.

다만 대출금을 받아넘기는 과정을 공인중개사가 잘 알아서 처리해 주겠지 싶어 믿고 의지할 뿐이었다. 그러나 서류를 넘기면서 친절하게 은행까지 동행한 공인중개사는 전세금으로 9억을 제한 나머지 중도금과 잔금(4억 5000만 원)을 받아 소유주에게 전달하고 나머지 중개 수수료를 챙겼다.

한편 이렇게 전세금을 챙긴 사기꾼은 그날로 종적도 없이 사라졌다. 물론 사기꾼이 제출한 주민등록과 서류 등은 거리에 노숙자에게 용돈을 집어 주고 빌린, 날조된 증명서였다. 그러나 한동안은 조용했었다.

왜냐하면 원리금을 갚아야 하는 날짜부터 금융권이 연체 독촉이 시작되기 전까지 상당한 시일이 지나가고 있었기 때문이었다.

문제의 사단은 은행에서 담보물을 법원에 경매 신청을 하면서 여기서부터 문제가 복잡하게 꼬이기 시작했다.

왜냐하면 이미 거래된 매매부터 전세금까지 연 걸리듯 문제가 속속 드러나고 있었기 때문이었다.

사기거래는 이미 앞서서 설명했지만, 전세금이 걸린 문제는 사건 자체가 이랬다. 전 소유자가 매도한 아파트는 새로운 소유자가 명의 이전을 하는 과정에서 전세 임차인은 근저당권자 보다 후순위로 밀려 전세금 배당도 후순위로 밀린 것이었다.

이들의 기막힌 내막은 앞에 보았던 임차인처럼, 매도인(전세인)은 새로운 주택매수인(소유자)이 등기를 접수한 다음 날 0시를 기해 대항력이 발생하기 때문이었다. 즉 근저당권 담보설정 순위보다 배당순위가 늦는다는 것이다.

그러나 더 큰 문제는 공인중개사였다. 매도인(전 소유자)이 소송을 걸어오면 판결은 분명히 매도인 승소로 끝날 것이 불을 보듯 빤하다. 물론 손해금 전부는 아니더라도 법에서 정한 금액을 배상해 주지 않을까 싶어서다.

젠장! 공인중개사는 중개수수료를 한 푼이라도 더 벌어 보겠다고 나섰다가 집안 망하게 생긴 것이다.

매도인은 전세를 살아 준다는 조건으로 2억을 벌었다며, 좋아했었다. 하지만, 세상은 말한다. 공짜 점심은 없다고, 그가 경매개시 통지서를 받고 나중에 확인해 보니 자기 생돈만 완전 사기당한 꼴이었다.

그래서 계약을 할 때는 반드시 전후 사정을 다 따져 보고, 근저당권 사전 담보는 반드시 특약을 걸어야 한다.

이런 경우 전세권을 먼저 설정한다는 약정을 맺고, 계약서를 작성해야 하는 것이다.

물론 금융기관에도 이러한 사실을 미리 알려 줘야 한다. 세상이 요지경이던 말든 사발 머리 나 교수는 계속 주절거리고 있었다.

"이번 문제는 임차인이 외국인일 경우 어떻게 대처해야 할지 누가 설명해 보겠습니까?"

사발 머리 나 교수의 눈길은 모두를 향하고 있었다.

외국인 임차인

수강생들은 혹시나 자기가 걸릴까 싶어 슬며시 눈을 돌렸다.

"헐…! 외국인?"

뒷자리에서 누군가 중얼거렸다. 사발 머리 나 교수는 강의실을 두리번대다가 눈이 마주친 미모의 명정관을 바라보며, 차분하게 주절거렸다.

"그쪽 숙녀분이 설명해 보실래요?"

사발 머리 나 교수는 손짓으로 그녀를 꼭 집어 가리켰다.

"어머, 저요?"

그녀는 당황하며 자신을 가리켰다. 그는 가만히 사발 머리를 끄덕였다.

"저는 외국인은 경험해 보지 못해서 잘 모르는데요."

미모의 명정관은 긴장한 탓에 엉겁결에 혀가 꼬여 생뚱맞은 말이 튀어나왔다. 순간 여기저기서 키득키득 웃음소리가 새어 나왔다.

"어머…. 저 호랑말코 말미잘 같은 우라질 자식은 왜 하필 나를 가리켜서 개망신을 시키고 지랄이야! 아유, 쪽팔려…."

그녀는 순간 확 달아오르는 얼굴을 두 손으로 가린 채 혼잣말을 웅얼거렸다.

"허허! 그게 아니고요, 경매 물건에 외국인 임차인이 살고 있다면, 사실관계를 어떻게 파악하실 요량인지를 묻고 있는 겁니다."

사발 머리 나 교수는 그 순간 슬며시 고개를 돌린 채 빙그레 웃었다. 강의실 곳곳에서 튀어나오는 노골적인 웃음소리에 젤 바른 선정재는 비위가 상했다.

그래서 그는 어정쩡한 상황을 수습해야 되겠다는 생각에 서둘러 질문을 하나 던졌다.

"교수님! 그 문제야 외국인 출입국 사무소에 찾아가면, 확인할 수 있지 않습니까?"

그는 말을 하면서도 미모의 명정관을 흘끔흘끔 쳐다보았다. 그녀는 어정쩡한 미소를 머금은 채 부끄러워 제대로 그의 얼굴을 쳐다보지도 못했다. 차마 고개를 들지 못해 그냥 수그리고 있었다.

난처한 상황을 빠르게 전환시킨 그의 순발력 덕분이었을까? 술렁대던 강의실은 점차적으로 수그러들고 있었다. 미모의 명정관은 그제야 겸연쩍은 미소를 머금고, 냉정을 되찾은 듯 고개를 들었다.

"그렇습니다."

사발 머리 나 교수는 웃음기가 있던 얼굴을 지우고 담담하게 받았다.

"출입국 관리법(대한민국 국민과 외국인의 대한민국에의 출입국 관리에 필요한 사항을 규정하기 위해 제정된 법률)은 외국인이 국내에 체류하는 경우에는 외국인 등록을 하도록 규정하고 있습니다."

사발 머리 나 교수는 이제 무슨 소리를 하는 건지 이해가 되셨느냐는 눈짓을 해 보였다.

"오…호! 체류하면 등록해야 된다, 뭐… 그런 거야?"

생소한 내용에 수강생들은 여기저기서 술렁거렸다.

"또한 외국인이 체류지를 변경한 때에는 새로운 체류지로 전입한 날로부터 14일 이내에 전입신고를 하도록 규정하고 있습니다."

그는 칠판에 몇 글자를 휘갈기고 돌아섰다. 수강생들은 그가 적어 놓은 내용을 필기하느라 부지런히 펜을 놀리고 있었다.

"오…잉! 새로운 체류지로 전입한 날로부터 14일 이내에 신고하라고?"

짱구머리 나겁재가 혼잣말로 중얼거렸다. 사발 머리 나 교수는 잠시 호흡을 가다듬고 있었다. 그 순간에 질문이 들어왔다.

"근데요, 교수님! 외국인이 임차인이라면 부동산 관할 지방 자치 단체를 방문해 거류 신고 여부를 확인할 수 있지 않습니까?"

흰머리 윤편인은 아는 척하며 슬쩍 끼어들었다.

"예… 그렇게도 확인할 수 있습니다."

사발 머리 나 교수는 순간 긴장한 듯 머쓱한 표정을 지었다.

"헉…! 관할 지방 자치 단체에서 거류 신고 여부를 확인할 수 있다고?"

순간 수강생들은 '이건 또 뭔 소린가?' 싶어 헷갈린 표정을 짓고서 웅성거렸다. 사발 머리 나 교수는 순간적으로 당황을 했었다. 하지만, 싫은 내색 없이 받아들이고 덧붙여 설명을 늘어놓았다. 여기저기서 소곤거리는 소리에 강의실은 금세 술렁거렸다.

급기야는 사발 머리 나 교수의 안색이 붉어지며 목청이 터져 나왔다. 마치 애꿎은 화풀이를 하듯이 그가 빠르게 주절거렸다.

"자… 자! 여기 주목해 주세요!"

탁! 탁!

사발 머리 나 교수는 고함과 동시에 탁자를 두드리며, 눈동자를 희번덕거렸다.

"주민 등록법 시행령 제6조에서는 외국인은 주민등록에 관한 신고 대신에 출입국 관리법에 의한 외국인 등록을 신청하면 된다는 내용을 규정하고 있습니다."

사발 머리 나 교수는 주억거리다가 다시 설명을 이어 갔다.

"따라서 외국인도 출입국 관리법에 의해서 주택 임대차보호법에 의한 보호를 받는다는 사실입니다."

사발 머리 나 교수는 외국인도 내국인과 똑같은 주택 임대차 보호법에 준해 보호를 받는다는 사실을 강조했다.

"헉…! 대박! 그런 거야?"

외국인에 대한 설명을 듣고 그동안 몰랐던 사실에 놀란 표정을 보인 수강생들은 너나없이 웅성거렸다.

"이제 모두 아시겠죠?"

사발 머리 나 교수는 모두를 향해 목청을 높였다.

"예…!"

이들의 대답 소리는 시간이 갈수록 모기가 날갯짓을 하듯 점점 작아지고 있었다.

"조금 전에 수강생 한 분이 말한 대로 외국인임차인 거류(떠남과 머무름) 신고 여부는 부동산 관할 지방자치단체(구청 등)에 문의하시면 확인하실 수 있습니다."

사발 머리 나 교수는 순간 민망해 넌지시 웃었다.

"헐…! 그걸 누가 모르나."

일부의 사람들은 탄식을 하듯 속살거렸다.

"굳이 출입국사무소까지 가는 수고를 하지 않아도 된다 이 말입니다."

사발 머리 나 교수는 말을 해 놓고 겸연쩍게 미소를 보였다. 수강생들은 '아하! 그렇구나…' 하며, 고개를 끄덕이고 있었다.

"쳇! 헷갈리게 하네. 젠장!"

짱구머리 나겁재는 순간 구시렁거렸다. 몇몇 사람들도 이랬다저랬다 한다며 툴툴 불만을 터트렸다.

"아시겠죠?"

"…"

사발 머리 나 교수는 다짐을 받듯 모두를 둘러보았다.

"예…!"

그녀의 효과였을까 대답 소리는 약간 경쾌하게 나왔다. 사발 머리 나 교수는 배당 권리 순위와 관련해 여러 관련법을 늘어놓고 있었다. 때로는 사례를 열거하면서 수시로 비교도 하며, 강의를 이어 나갔다.

그는 외국인과 관련된 부동산 문제는 시간을 핑계로 이쯤에서 적당히 넘어갔다.

"아니, 경매하는데 꼭 외국인까지 알아야 하나? 제기랄!"

둥근 머리 맹비견은 이맛살을 찌푸리며, 푸념을 늘어놓았다.

대부분의 팀원들은 듣는 둥 마는 둥 딴청을 피우고 있었다.

"허허허! 알아서 남 줍니까? 체류 외국인이 230만 명이 넘어가는 다인종 시대인데, 그냥 들어두면 다 약이 될 겁니다."

속 알머리 봉상관은 혀를 끌끌 차면서도 한편으로는 그를 다독거렸다. 그 사이 사발 머리 나 교수는 새로운 내용을 꺼내 놓고 있었다.

"여러분은 대항력이 없는 임차인이 권리 신고 겸 배당요구를 하지 않는 경우에는, 배당에서 제외된다는 사실을 이미 배워서 알고 있지요?"

사발 머리 나 교수는 눈가에 힘을 잔뜩 주었다.

"예…!"

수강생들은 그의 눈총을 맞고는 무심결에 대답을 하고 있었다.

"모르는디!"

짓궂은 누군가 장난스럽게 중얼거렸다.

"아니…. 지랄하고 대항력도 없는 주제에 권리 신고까지 안 한다 말이야? 거 배짱 한번 똥배짱이군그래…."

짱구머리 나겁재는 괜히 못마땅한 표정을 짓고 구시렁구시렁거렸다.

"이런 경우라면 무슨 문제가 발생할까요?"

사발 머리 나 교수는 질문을 툭 던지고 누군가 한 사람을 바라보며, 답변을 기다리는 눈치였다. 수강생들은 서로의 얼굴을 바라보면서 둘레둘레 고개를 돌리고 있었다.

"부동산을 명도(인도)받을 때 골치깨나 썩지 않을까요?"

상구머리 노식신은 주저 없이 지껄였다.

"그렇습니다. 임차인을 내보내기가 쉽지 않겠죠?"

사발 머리 나 교수는 그를 쳐다보며 지그시 미소를 보였다.

사람들은 '그거야 당연한 수순 아니야?' 하는 눈길로 그를 쏘아보았다.

"예…!"

몇몇 수강생들은 건성건성 소리를 질렀다.

"이런 상황을 대비해서 미리 요령을 익혀 둔다면 막상 일이 발생했을 때 잘 처리할 수 있을 겁니다."

사발 머리 나 교수는 현장수습을 깔끔하게 처리하는 상황 대처야말로 명도 과정에서는 절실하게 필요한 테크닉이라고 누누이 강조했었다.

"헐…! 당근이죠."

젤 바른 선정재는 입속말을 속살거렸다.

"예…."

상구머리 노식신은 고개를 끄덕였다. 수강생들 몇몇은 금붕어 모습을 하고서 입만 벙긋대고 있었다.

"말이라고…"

흰머리 윤편인은 혼잣말을 중얼거렸다.

"저, 교수님! 이사 비용 대신에 다른 처리 방법은 없습니까?"

속 알머리 봉상관은 궁금한 눈빛으로 그를 뚫어져라 쳐다보았다. 팀원들은 내가 묻고 싶었던 질문처럼 눈길을 모아 쏘아 대고 있었다.

"이런 경우는 임차인을 직접 설득하면서 미리 권리신고서(임대차 계약서사본 및 주민등록등본 첨부) 및 배당요구서를 제출하도록 권고하는 방법이 상책입니다."

사발 머리 나 교수는 궁색한 답변을 내놓고 히죽거렸다.

"헐…! 그걸 누가 모르나. 좀 확실한 팁을 알려 달라는 거지… 젠장!"

수강생 가운데 하나가 중얼거렸다.

물론 사발 머리 나 교수 입장에서 법적 조치를 강구해서 처리하는 방법을 알고 있었다. 그러나 그는 소송의 끝은 재災만 남는다는 확고한 신념을 가지고 있었다. 그래서 그 내용에 대한 것은 절제하며, 입으로 화禍를 만드는 수단은 삼가고 있었다.

"여러분이 주택을 수월하게 인도받기 위해서는 임차인을 찾아가서 배당절차에 참여하지 않으면…"

"…"

"그 이후以後에 다른 채권자가 배당받은 금액에 대해 부당이득(정당하지 못한 방법으로 얻은 이익)으로 반환 청구를 행사할 수 없다는 사실을 적극적으로 알려 줘야 합니다."

사발 머리 나 교수는 자신이 할 수 있는 최선의 노력을 다하고 기다려야 하늘도 돕는다는 것이었다. 어찌 보면 황금만능 시대와 상반되는 고매한 인격자 같은 말이었다.

"헉…! 징말?"

"젠장! 경매 교수 맞아?"

수강생들은 애매모호하고 의아한 표정으로 서로에게 확인하듯 쑥덕거렸다.

"왜냐하면 사람 관계는 상대의 마음을 얻어야 협조받기가 쉽기 때문입니다."

"따라서 여러분이 낙찰자가 된 이후에도 명도 받기 위해 방문했을 때 세입자에게 공감을 얻은 만큼 협조 받기가 수월하기도 하겠지만, 비용을 절약하는 데도 상당한 도움이 될 겁니다."

그는 설명 끝에 모두를 둘러보며 계속 이어 주절거렸다.

"헐…! 그게 사실이야?"

노란 파마머리 수강생이 의심의 눈초리로 중얼거렸다.

"이해들 하시겠습니까?"

사발 머리 나 교수는 수강생들의 반응을 살피며, 목소리를 높였다.

강의실은 순식간에 웅성거리며, 그 가운데 나지막한 대답 소리가 흘러나왔다.

"예…. 조금요!"

이들의 반응은 그의 기대와 달리 신통치 않았다.

"아니…. 그럼 보증금을 돌려받은 임차인에게도 이사 비용을 대줘야 한다는 거야, 뭐야? 젠장!"

둥근 머리 맹비견은 괜히 열이 뻗쳐 툴툴거렸다.

"설마! 그러려고? 보증금을 다 찾지 못한 임차인이야 달래느라고, 그런다 치더라도 그건 아닌 것 같은데?"

짱구머리 나겁재가 설레발을 떨어가며 맞장구를 쳤다.

"에…이, 맹 형! 멀쩡히 잘 살고 있는 사람을 이사 나가 달라고 생잡이로 부탁하면 당신 같으면 '아, 예… 알았습니다.' 하고 순순히 집을 비워 주겠습니까?"

흰머리 윤편인은 가만히 듣고 있다가 한마디 거들고 나섰다.

"뭐 그렇기는 하지만, 그렇다고 뾰족한 수가 있나?"

둥근 머리 맹비견은 어정쩡한 표정으로 애매모호하게 받았다.

"이 우라질 망할 놈의 새끼들이 어디 와서 개수작을 떨고 있느냐며, 당장 쌍말부터 튀어나올 겁니다. 안 그래요?"

흰머리 윤편인은 그들을 향해 세상 돌아가는 인심 좀 알고 살라며, 에둘러 까대고는 안타깝다는 눈으로 두 사람을 빤히 처다보았다.

주변에 수강생들은 이미 눈치를 채고 키득키득 웃고 있었다.

"허긴, 듣고 보니 이런저런 비용들이 발생하니 그렇기도 하겠습니다."

두 사람은 어찌 된 일인가? 주변의 빈정거리는 반응에도 고개를 끄덕거렸다. 그들도 가만히 따져 보니 이사 비용과 중개 수수료 등 여러 가지 피해들이 줄줄이 발생하고 있다는 생각에 조용히 입을 닫았다.

한편 사발 머리 나 교수는 작은 도움이 될까? 싶어 이것저것 굴비 엮듯이 늘어놓으며, 강의를 이어 가고 있었다.

"보증금을 돌려받은 임차인이야 우선 당장은 재계약을 권해서 눌러 앉히는 요령도 한 가지 방법입니다."

사발 머리 나 교수는 생각이 나는 대로 하나씩 알려 주고는 필요한 나머지에 대해서는 자신들이 스스로 노력해서 협상 기술을 익히라고 강조했다.

"헐…! 하나의 궁색한 묘안이긴 하네. 쓰…벌!"

짱구머리 나겁재는 영 재미가 없다는 표정으로 중얼거렸다.

자기 딴에는 혹시 신묘한 술수라도 한 가지쯤은 알려 주지 않을까? 싶었다가 크게 실망하는 눈치였다.

"글쎄… 틀린 말은 아니지만, 세상 일이 어디 그렇게 말처럼 호락호락 합니까? 흐흐…"

속 알머리 봉상관은 그렇게 말을 하면서도 엄지손을 쓰윽 내밀었다.

떠들썩한 소리에 사발 머리 나 교수는 강의를 잠시 멈추고서, 눈동자를 주억거리고 있었다.

임차인의 불법점유

그 순간 누군가 질문을 해 왔다.

"저 말이죠, 교수님! 제가 낙찰을 하나 받았습니다. 그런데요…"

그는 냅다 소리를 지르다 말고 멈칫거렸다. 낙찰을 받았다는 소리가 귀에 꽂힌 사람들은 떠들던 잡담들을 잠시 멈추고 그를 주시하기 시작했다.

"계속 말씀해 보세요."

사발 머리 나 교수도 낙찰이라는 소리에 솔깃해서 그를 가리키며, 눈짓을 해 보였다. 그는 기다렸다는 듯이 빠르게 주절거렸다.

"대항력이 있는 우라질 임차인과 대항력이 없는 망할 놈의 임차인이 동시에 집을 비워 주지 않고 있습니다. 거기에 대해, 음…; 무슨 좋은 방법이 없을까요? 후후…"

삼각 머리 조편재는 근간에 임차인 문제로 골치를 썩다가 비슷한 내용이 나오자, '기회는 이때다.' 싶어 질문을 한다는 것이 감정의 골이 깊어 자신도 모르게 거친 말투가 섞여져 튀어나왔다.

"질문하신 분, 속이 상한 것은 알겠지만, 말을 좀 가려서 질문해 주세요, 그리고 대항력 있는 임차인은 배당 요구를 했습니까?"

사발 머리 나 교수는 예의를 갖춰 달라며, 따끔하게 지적하고는 곧바로 다시 그에게 물었다. 삼각 머리 조편재는 주변머리를 긁적이고는 '젠장! 사람도 가려서 핀잔을 주나⋯. 저 흰머리 우라질 놈이 질문을 할 때는 말 한마디 없다가 왜 나한테만 개소리야! 정말⋯ 인간 차별하는 거야 뭐야⋯?' 하며 혼잣말을 하고는 이어 주절거렸다.

"예⋯. 하지만 나중에 올려 준 임대보증금 중 일부를 받지 못했습니다."

삼각 머리 조편재는 속생각과 달리 고개를 끄덕이며, 미간을 잠깐 찌푸리면서 다시 주절거렸다.

"대항력이 없는 임차인도 일부 보증금은 받았지만, 일부는 받지 못했다며, 버티고 있습니다."

삼각 머리 조편재는 분통이 터져 미치겠다는 얼굴로 이맛살을 찡그린 채 사발 머리 나 교수를 올려다보았다.

"그래서 어떻게 하실 작정이십니까?"

사발 머리 나 교수는 눈치를 살펴 가며, 그의 의향부터 먼저 확인했다.

"음…. 그게 고민이긴 합니다. 그래서 인도명령을 신청하면서 명도소송 신청까지 미리 해야 하나 고민하고 있습니다."

삼각 머리 조편재는 말을 하면서도 연신 고개를 갸웃갸웃 거렸다.

"왜냐하면 재판까지 가고 싶지 않거든요, 마땅한 해결책이 없을까요?"

그는 사발 머리 나 교수의 시원스러운 답변을 기다리며, 시선을 고정시켰다. 수강생들은 '대단한 묘책이라도 나올까?' 싶어 잔뜩 기대를 걸은 채 사발 머리 나 교수를 쏘아보고 있었다.

"대항력(선순위)이 있는 임차인이 보증금 중 일부를 되돌려 받지 못했다면, 낙찰자가 인수받게 되어 나머지 잔액을 해결해야 됩니다. 하지만…."

사발 머리 나 교수는 중얼거리며, 그를 바라보고 있었다.

"헐…! 그걸 누가 모르나?"

삼각 머리 조편재는 귀를 쫑긋 세운 채 혼잣말을 속살거렸다.

"지금 질문의 요지는 기준권리(최선순위) 이후에 올려 준 임대보증금을 돌려달라고 버틴다는 겁니까?"

말끝에 사발 머리 나 교수는 그를 빤히 쳐다보았다.

"그렇습니다."

삼각 머리 조편재는 단조롭게 받았다.

"그렇다면 기준권리보다 빠른 대항력을 가진 임차인은, 주택에 버티고 있어도 불법 점유에 해당하지 않습니다."

사발 머리 나 교수는 선순위 기준권리보다 빠른 임차인은 보증금을 다 받을 때까지 점유할 권리가 있다는 사실을 먼저 말하며, 넌지시 운을 뗐다.

"엥…! 뭔 소리야?"

몇몇 수강생들은 자신의 귀를 의심하며, 놀라 얼굴을 찡그렸다.

"따라서 대항력을 가진 임차인은, 낙찰자에게 보증금을 돌려받을 때까지 부동산을 점유 및 사용을 할 수 있는 겁니다."

사발 머리 나 교수는 무슨 소린지 이제 이해가 되셨느냐는 눈빛으로 그를 처다보았다.

"헉…! 정말 그런 거야?"

누군가 깜짝 놀라며 소리쳤다. 순간 수강생들은 여기저기서 술렁거렸다.

"그러나 지금처럼 기준권리 이후에 올려 준 임대보증금을 이유로 임차주택을 점유하고 사용한다면, 불법점유에 해당되어 실질적인 부당이득에 해당합니다."

"…"

"와…우! 불법점유는 부당 이득이라고…"

짱구머리 나껍재는 나지막이 소리 내어 중얼대면서, 그들을 처다보았다.

"따라서 부당 이득에 대해서 낙찰자는 부당 이득 반환 청구 소송(이익을 얻은 자에게 권리자가 반환을 청구하는 소송)을 제기할 수 있습니다."

사발 머리 나 교수는 불법점유는 부당 이득이라며, 만약 낙찰자가 대항력이 없는 임차인을 상대로 청구 소송을 걸어 승소한다면, 부당 이득을 환수할 수 있다는 것이었다.

"헉…! 징말?"

삼각 머리 조편재는 그 소리를 듣는 순간 짜릿한 희열을 느끼고 있었다.

"헐…! 이거야말로 완전 대박이네!"

일부의 수강생들은 새로운 사실에 탄성을 지르고 있었다. 그는 삼각 머리 조편재 얼굴을 지그시 쳐다보며, 이제 이해가 되십니까? 하는 표정을 보였다. 또 한편으로는 무얼 당부하는 제스처를 동시에 보여 주었다. 그러면서 그에게 자신의 신념을 갈구하는 눈짓으로 바라보고 있었다.

"그러면 대항력 없는 임차인은요?"

삼각 머리 조편재는 조바심을 내며, 그를 쏘아보았다.

"대항력이 없는 임차인이 주택을 점유 및 사용하고 있다면, 불법점유(점유할 권리가 없이 점유하는 것)에 해당합니다."

사발 머리 나 교수는 당연하다는 얼굴로 자신 있게 중얼대고는 계속 이어서 주절거렸다.

"따라서 손해배상 청구(법률을 위반해 타인에게 피해를 준 행동에 대해 책임을 묻는 것)도 할 수 있습니다."

사발 머리 나 교수는 법률적인 잣대로 설명하고 있었다.

"헐…! 상처 입은 가슴에 고춧가루를 뿌려도 유분수지. 내 참!"

상구 머리 노식신은 보증금도 못 찾고 쫓겨나는 임차인을 바라보는 안타까운 심정으로 투덜거렸다.

"내 말이…. 세상인심 한번 고약하네. 젠장!"

짱구머리 나겁재는 불만을 드러내면서 중얼거렸다.

"헐…! 당연한 거 아니야?"

흰머리 윤편인은 가만히 속살거렸다. 우리가 느끼는 인간적인 마인드로 보는 세상과 캐피털리스트 자본가 마인드로 보는 세상이 다른 것처럼, 경매 시장은 일반적인 시장 경제 원리가 우선이었다.

"그러나….."

사발 머리 나 교수는 호흡을 고르며, 잠시 머뭇거렸다. 삼각 머리 조편재는 궁금한 마음에 조급증을 보였다.

"그러나 뭐죠?"

삼각 머리 조편재는 턱받침을 한 채 고개를 주억거렸다.

"재災만 남는 소송을 제기하거나 인도 명령(부동산 등을 인도하라는 법원의 명령) 및 명도 집행(명도 명령 이후 6개월 내에 이행되지 않았을 때 이루어지는 강제집행) 등은 시간과 비용이 만만치 않게 든다는 사실도 각인해 두시기 바랍니다."

사발 머리 나 교수는 속된 표현을 최대한 자제해 가며, 절제된 단어를 사용하려다 보니 가끔은 자신도 모르게 입 안에서 거친 표현이 겉돌곤 했었다. 그러나 교수라는 체면이나 명예 때문에 쓰지 않을 뿐이었다.

하지만 그도 세상 사람들이 쓰는 오만가지 욕은 다 알고 있었다.

다만, 함부로 사용하지 않을 뿐이었다.

"그러면요?"

삼각 머리 조편재는 숨이 꼴딱 넘어갈 것처럼 침을 삼키며, 물고 늘어졌다.

"낙찰자 입장에서도 쉽지 않다는 것을 각오하셔야 합니다."

사발 머리 나 교수는 숨을 고르듯 전체를 돌아보며, 고개를 주억거렸다.

"그 정도 각오도 없이 시작했겠습니까?"

삼각 머리 조편재는 히죽대며 굳은 의지를 보였다. 수강생들은 저마다 소리를 죽여 '키득키득' 웃고 있었다.

"그렇다고 하더라도 추가 비용이 발생한다는 사실을 감안하셔서…"

사발 머리 나 교수는 그를 보며 해쭉 웃었다.

"뭐… 어쩌라고…?"

삼각 머리 조편재는 입속말을 속살거렸다.

"임차인들과 원만한 합의를 이끌어 내는 협상도 명도를 쉽게 끝내는 명쾌한 전략이 아닐까 권유해 봅니다."

사발 머리 나 교수는 소송보다는 적덕을 베풀고, 행복을 만끽해 보라는 것이었다.

"헐…! 그걸 누가 모르나, 젠장!"

수강생 가운데 하나가 구시렁거렸다.

사발 머리 나 교수의 해결책은 특별한 지략이 없었다. 기껏해야 합의점을 찾으라는 권고가 전부였다. 그는 법률적인 잣대를 들이대고 해결하는 방법을 지양하라는 것이었다. 삼각 머리 조편재는 놀라 자빠질 묘안이라도 있을까 싶어 은근히 기대를 했었다.

그러나 자신이 알고 있는 범위를 벗어나지 못하자 '그럼 그렇지.' 하고 고소를 금할 수 없었다.

수강생들도 기대가 컸다가 별 소득을 얻지 못해 실망하는 눈빛들이 역력했다.

그때 이들의 마음을 훤히 알고 있는 대변자처럼 누군가 그에게 들이대며 주절거렸다.

"만일, 악질 임차인을 만났다면 어떻게 처리합니까?"

까칠한 새치 머리 안편관은 비위장이 몹시 상한 표정을 보이며, 소리쳤다. 그는 비딱하게 비틀어 묻고는 차가운 눈길로 그를 주시했다.

"그때는… 어쩔 수 없이 최후의 방법을 동원하고, 그래도 해결이 안 나면, 그때 비로소 소송을 시작해야 되겠지요?"

거칠게 질문을 던진 그를 보고, 사발 머리 나 교수는 약간 당황한 표정이었다.

그는 잠시 머뭇대다가 이렇게 돌려서 넉살을 떨었다. "하지만 여러분이 명심해야 할 것은 부동산 경매의 기법을 달통한 사람은 경매의 신神이요, 부동산 시장의 메커니즘을 달관한 사람은 부동산의 신이라 말할 수 있습니다."

"그리고 두 가지를 모두 섭렵한 사람을 가리켜 국토의 신이라고 볼 수 있겠지요, 그러나 진짜 경지에 오른 사람은 그런 신들의 마음을 모두 훔칠 수 있는 협상의 신이라는 겁니다."

사발 머리 나 교수는 '세상이 아무리 물질의 노예가 되다시피 한 황금만능 시대로 치닫고 있지만, 인간에게 남은 휴머니즘마저 저 버린다면, 세상은 삭막한 사막과 다를 것이 무엇이냐.'라며, '서로를 존중하는 상호주의가 쌍방이 다투어 재만 남는 소송보다는, 각자의 자존권을 보호하고 남을 배려하지 않을까 싶다.'며, 고심하는 눈빛으로 협상이라는 마인드를 강력하게 권장하고 있는지 모른다.

"저기… 교수님!"

흰머리 윤편인이 손을 번쩍 들었다.

"예, 말씀해 보세요."

사발 머리 나 교수는 그를 가리켰다.

순간 사람들의 눈길이 번쩍이는 빛처럼 그에게 쏠렸다.

"그러면 주택을 명도(인도)하러 가기 전에 비용이 들더라도 인도 명령이나 명도 집행 등을 법원에 미리 접수 시켜놓고, 임차인과 주거 이전 등 합의에 임하는 것도 시간을 버는 방법이 아니겠습니까?"

흰머리 윤편인은 평소에 자신이 즐겨 사용하는 방법을 거들먹거리며, 행여 자랑거리나 되는 것처럼 알은척 까발렸다.

"하하하! 그 방법은 접수 비용은 추가로 더 들겠지만, 토끼가 만약을 대비해서 세 개의 굴을 파 놓은 것처럼, 시간을 단축시키는 효과가 있을 겁니다."

사발 머리 나 교수는 가볍게 웃으며 턱을 치켜들었다. 그러고는 긍정을 하는 표정으로 끄덕이며 그를 바라보았다.

"젠장! 그 소리는 나도 하겠다. 체!"

짱구머리 나겁재는 '재판 이외에 좋은 수가 있나?' 싶어 귀를 기울였다가 자신의 기대에 미치지 못하자, 못마땅한 심기를 드러내고 있었다.

그러거나 말거나 강의실은 뭔가를 하나라도 더 알고 싶어 하는 이기적인 수강생들로 왁작거리고 있었다.

"여러분들은 임차인의 주소변경에 관해서도 알아 둬야 할 내용이 있습니다."

사발 머리 나 교수는 이들의 눈치를 살피고는 질문이 없자 새로운 문제를 하나 끄집어내서 계속 주절거렸다.

"엉, 이번엔 또 뭐야? 아주 골을 때려요. 젠장!"

생소한 문제가 튀어 나올 때마다 수강생들은 이곳저곳에서 소곤대며 수런거렸다.

"임차인이 전입신고 시에 본인의 실수로 주소를 잘못 기재했을 경우 대항력과 우선변제권은 언제 발생 하겠습니까?"

사발 머리 나 교수는 모두에게 묻고 있었다.

"헉…! 주소를 잘못 적었다고?"

흰머리 윤편인은 혼잣말을 읊조리고는 그를 쏘아보고 있었다.

"그러나 그 실수가 본인이 아닌 공무원의 잘못된 오기로 기재가 되었다면, 임차인의 대항력과 우선변제권은 언제 발생하겠습니까?"

사발 머리 나 교수는 두 가지 예를 열거하고는, 모두를 쳐다보았다.

"와…우! 글쎄, 하나는 본인의 실수요, 또 하나는 공무원이라고…?"

처음 들어 보는 생소한 소리에 수강생들은 금세 소곤거렸다.

"이 두 가지 경우에 대해서 누가 답변해 보시겠습니까?"

사발 머리 나 교수는 '그동안 얼마나 알고 있을까?' 싶어 테스트를 하는 심정으로 질문을 던졌다.

"제가 해도 될까요?"

동쪽에서 석양이 지는 걸까?, 둥근 머리 맹비견이 모처럼 손을 들고 나섰다.

"그럼요, 누구든 좋습니다. 답변해 보세요."

사발 머리 나 교수는 그를 향해 미소를 짓고는 손짓을 해 보였다.

"본인 실수나 공무원 실수는 주소를 정정(바로잡음)한 후에 발생하지 않을까요? 흐흐…."

둥근 머리 맹비견은 답변을 하고서 싱겁게 웃었다. 사람들은 '그렇게 쉬운 거라면, 너 같으면 문제라고 내놓았겠느냐? 이 능신아!' 하는 눈총으로 따갑게 쏘아 대고 있었다.

"허허허! 하나는 맞고, 하나는 틀렸는데, 누가 다시 답변해 보시겠습니까?"

사발 머리 나 교수는 사람 좋게 웃고는 다른 답변자를 찾았다. 그때 누군가 나섰다. 그는 흰머리 윤편인이었다. 삼각머리 조편재는 '또 너냐? 우라질 자식!' 하고는 째리듯, 차갑게 쏘아보고 있었다.

"본인의 실수는 주소를 정정한 날에 대항력과 우선변제권이 발생하지만, 공무원의 실수는 처음 신고한 날을 기준해 대항력과 우선변제권이 정정 기재된다고 봅니다."

흰머리 윤편인은 아는 척 설명을 늘어놓고는 슬쩍 턱을 내밀었다. 수강생들은 고개를 갸웃거리며, '설마?' 하고 있었다.

"그렇습니다. 본인의 잘못은 직권정정(공무원·법인 등의 기관이, 그 지위나 자격으로 행할 수 있는, 사무나 그 범위)이라 해서 새로 정정된 날을 기준으로 합니다."

그는 흰머리 윤편인에게 엄지 척을 해 주면서 히죽 웃었다.

"헐…! 직권정정?"

이들은 새로운 사실에 놀라는 표정을 보이며, 서로를 마주 보았다.

"그러나 공무원의 실수는 착오에 의한 기재정정으로 전입 신고한 날을 기준으로 합니다. 이제 아시겠습니까?"

사발 머리 나 교수는 본인의 실수와 공무원의 실수는 근본적으로 다르다는 사실을 설명을 통해서 확인시켜 주었다. 그리고는 모두가 문제를 이해하고 있는지도 물어 왔다.

"예…!"

수강생들은 거듭되는 질문 속에서 대답 소리마저 수시로 달랐다. 자기들 기분 내키는 대로 소리를 질렀기 때문이었다. 스트레스가 쌓이면 더더욱 앵무새처럼 대답을 하고서 웅성거리기가 일수였다.

그러다 보니 강의실은 이들의 쑥덕거리는 소리로 잠시도 조용한 틈이 없었다. 이제는 설명을 하고 나면 으레 웅성거리는 소란이 아예 습관처럼 자리를 잡아 가고 있었다. 사발 머리 나 교수도 거의 포기하다시피 떠드는 소리에 관심이 두지 않았다.

아니 흥미도 없다는 듯 별다른 반응을 보이지 않았다.

"헐…! 본인의 잘못은 직권정정이고, 공무원 실수는 착오에 의한 기재정정이라고, 거 말 되네, 말 돼…!"

둥근 머리 맹비견은 입맛이 쓴지 인상을 구겨가며, 중얼거렸다.

"아이고! 어렵다, 어려워. 젠장!"

새치 머리 안편관은 괜히 짜증이 솟구쳐 혼잣말로 웅얼웅얼 대고 있었다. 앞자리 미모의 명정관은 어려운 법률 용어들이 조금씩 귀에 익어 갔다.

그래서 미모를 핥듯이 수시로 들러붙는 주위의 시선들을 의식할 틈도 없이 수업에 빠져들고 있었다.

그녀는 시간이 갈수록 점점 흥미를 느껴가며, 필요한 핵심 내용들을 빼곡하게 받아 적고 있었다. 물론 젤 바른 선정재가 함께 있기에 더욱 신이 났다. 그 대가는 실질적 소득으로 이어져 자신의 미래를 풍요롭게 할 지적 자산이라고 그녀는 믿고 있었다.

그 사이에 누군가 새로운 질문을 준비하고 있었다.

"자… 자, 여기서 잠깐 휴식 시간을 갖기로 하겠습니다.

그리고 다음 시간에는 가압류 와 임차인에 대한 학습을 이어서 하겠습니다. 지금부터 10분간 휴식 시간을 갖도록 하세요."

그 말을 끝으로 사발 머리 나 교수는 강의실을 서둘러 나가버렸다.

휴식 시간

수강생들은 순식간에 와글거리며, 각자의 볼일을 챙기느라 북적대고 있었다. 흰머리 윤편인은 수업 시간 내내 커피 한잔을 마셔야되겠다는 생각을 했었다.

왜냐하면 잠깐씩 몰려오는 졸음을 참느라 애를 썼기 때문이었다.

그래서 휴식 시간이 되자, 부리나케 화장실로 달려가 오 마담을 상대로 해결할 볼일을 마쳤다. 그러고는 돈 사랑 팀원들과 어울려 커피 자판기가 있는 복도로 나갔다. 그곳은 벌써 많은 사람들이 몰려들어 차례를 기다리며, 커피를 뽑고 있었다.

강의실을 비롯해 이들이 움직이는 장소마다 무슨 사연과 곡절들이 그리도 많아 소란스럽기가 그지없었다.

흰머리 윤편인은 커피를 두 잔 뽑아 한 잔은 큰 머리 문정인한테 건넸다. 그리고 다른 한잔은 자신이 마시면서 잠깐 수업에 관한 문제를 가지고 노닥거렸다.

이들은 한동안 대화를 나누다가 '혹시나 수업 시간에 늦는 것은 아닐까? 싶어 서둘러 강의실로 돌아왔다.

그 사이 미모의 명정관은 속 알머리 봉상관을 따돌린 채 젤 바른 선정재 곁에서 다정한 수다를 떨고 있었다.

그녀는 얼굴 가득 환한 미소를 머금은 채, 연신 생기발랄하게 웃어 가며 쏙닥거렸다.

아무래도 남들이 들어서는 안 되는 두 사람만의 비밀을 간직한 표정이었다. 그래서 더욱 조심스럽게 속삭거리고 있었다. 이들과 달리 몇몇 팀원들은 이웃 동기들과 어울렸다.

대화에 초점은 연일 시끄러운 부동산 뉴스거리에 관심을 기울이고 있었다.

이들은 복잡하게 얽혀있는 부동산 실타래를 자신들이 깨끗하게 해결할 해법을 가지고 있는 것처럼, 거품을 물었다.

그래서 그랬을까? 이들은 부동산 폭등에 서민을 돕겠다고 내놓는 대책을 심심풀이 땅콩처럼 으깨어 먹었다. 그러고는 세상에 떠돌고 있는 각종 혜안들을 얼기설기 뒤섞어 노가리를 풀었다.

그러나 이들의 의견들조차 하나같이 자기 잘났다고 떠드는 인간들을 그대로 빼어 닮아 있었다.

정말 제대로 된 대책 하나 내놓지 못하고, 시장 경제를 물 말아먹는 시대의 위정자처럼 이들은 주둥이만 살아 있었다.

가압류와 임차인

그 즈음에 강의실에서 사라졌던 사발 머리 나 교수가 볼일을 마치고 돌아와 있었다. 그는 모두를 둘러보며 한마디 툭 던졌다.

"어째… 커피라도 한 잔씩 하셨습니까?"

사발 머리 나 교수는 손에 들고 온 커피를 홀짝홀짝 들이키며 이들을 보았다.

"예!"

그와 눈이 마주친 몇몇 수강생들이 짧게 대답했다.

"쳇! 커피나 한잔 사 주고 물으면 밉지나 않지…. 젠장!"

흰머리 윤편인은 마땅찮은 듯 툴툴거렸다.

휴식의 뒤끝이 채가시지 않은 강의실은 떠들썩한 채로 노닥거리고 있었다.

이들의 모습을 가만히 지켜보던 사발 머리 나 교수가 다 마신 커피 잔을 내려놓으며 한마디 주절거렸다.

"자… 자! 이제 조용하시고, 이번 시간에는 채권인 가압류와 임차인에 대한 수업을 배워 보겠습니다."

"…"

"여러분은 지금까지 기준권리(최선순위)가 물권인 경우에 해당하는 경매 물건의 임차인을 다루었다면, 지금부터는 채권인 가압류와 경매 물건의 임차인에 대한 문제 즉 배당에 관한 권리분석을 함께 풀어 보기로 하겠습니다."

그러면서 사발 머리 나 교수는 빙그레 웃음을 보였다.

"헐…! 이건 또 뭔가, 가압류와 임차인…?"

새로운 내용을 맞닥뜨릴 때면 수강생들은 어김없이 서로에게 속닥거리느라 강의실은 온통 정신이 다 없었다.

"정신 바짝 차리고 따라오도록 하세요."

이들의 소란스러움에도 대수롭지 않은 듯 사발 머리 나 교수는 모두에게 주위를 주었다.

"예…!"

대부분의 수강생들은 시원스럽게 외쳤다. 이들은 지루한 오후에 뻐근한 스트레스를 푸는 것 같았다.

"젠장! 차라리 날 잡아잡수…"

짱구머리 나겁재는 괜히 짜증이 솟구쳐 울부짖듯 툴툴대고 있었다.

"어째… 반응들이 밋밋합니다. 수업이 재미없습니까?"

사발 머리 나 교수는 실실 웃어 가며, 구렁이 담 넘어가는 목소리로 물어 왔다.

"아니요!"

순간 흰머리 윤편인이 목청을 높여 대답했다. 그의 소리조차 아니꼬운 삼각 머리 조편재는 입속말로 "아주 지랄을 떠세요." 하며 속살거리고 있었다.

"어렵습니다!"

일부의 수강생들은 아우성을 치며 괴로운 소리를 질렀다.

사발 머리 나 교수는 이들의 소리를 무시하듯 피식 웃음을 보였다. 그는 가압류 등기(채무자의 재산에 대한 강제 집행을 하기 위해 그 재산을 임시로 압류하는 법원의 처분) 이전과 등기 이후의 임차인의 대항력과 우선변제권의 지위 그리고 가압류 등기와 근저당권 등기 등과의 권리관계를 강의하기 위한 초석으로 수강생들의 주의를 집중시키고 있었다.

"제가 전 시간에 말소기준권리에는 근저당권 등기와 담보 가등기 그리고 가압류 등기와 채무 명의에 의한 강제경매 기입등기일이 해당된다고 강의했는데 기억들 나십니까?"

"…"

"예…!"

수강생들은 수업 내용이 복잡해질수록 스트레스가 쌓여 자신도 모르게 큰소리를 냅다 질렀다. 세상 고충을 토해 버리듯 마음껏 외쳤다.

"헐…! 그랬나? 나는 기억에 없는데…."

둥근 머리 맹비견은 고개를 갸웃거리며 속삭거렸다.

"만약, 이 가운데 하나의 권리가 말소기준권리(최선순위권리)를 차지하면, 이후에 등기된 권리들은 배당을 받든 못 받든 소멸된다고 했습니까, 안 된다고 했습니까?"

사발 머리 나 교수는 커다란 눈동자를 부라렸다.

이들은 일제히 그를 향해 눈길을 주면서 목청을 높였다.

"소멸된다고 했습니다!"

일부의 사람들이 외치자, 또 다른 사람들이 이렇게 고함을 쳤다.

"아니…. 말소된다고 했습니다!"

이들이 목청을 높여 고함을 외치자 강의실은 순식간에 술렁거리기 시작했다.

"그렇죠, 허허! 소멸이나 말소는 동일한 내용으로 둘 중 무엇을 사용해도 무방합니다."

사발 머리 나 교수는 목을 길게 내밀며 기뻐했다. 그러고는 새로운 물음을 다시 이어 가기 시작했다.

"말소기준권리 이후에도 소멸되지 않고, 낙찰자가 책임져야 하는 권리는 뭐라고 했습니까?"

사발 머리 나 교수는 기준권리 이후에도 낙찰자가 인수하는 권리를 묻고 있었다.

"헉…! 독박 권리."

수강생들은 당장 떠오르는 단어가 '독박을 쓴다.'라는 것뿐, 순간 다른 단어는 도통 연결되지 않았다.

"누가 대답해 보시겠습니까?"

사발 머리 나 교수는 강의실 전체를 찬찬히 훑어보며, 누군가를 기다렸다. 이들은 눈만 끔벅끔벅 거리면서 사발 머리 나 교수와 마주하는 눈길을 피하고 있었다. 그때였다.

상구 머리 노식신이 툭 나서며 주절거렸다.

"저, 교수님이 지난번에 예고등기(등기원인이 무효 또는 취소되어, 그로 인해 등기의 말소 또는 회복의 소가 제기된 경우에, 이를 선의의 제삼자에게 경고하기 위한 등기)와 유치권(남의 물건을 점유하고 있는 사람이, 그 물건으로 인해 발생한 채권의 변제를 받을 때까지, 그 물건을 맡아 둘 수 있는 권리)."

"그리고 또 뭐 하나가 있다고 강의를 했는데 생각이 잘 떠오르지 않습니다. 흐흐…"

그는 생각이 나는 대로 답변해 놓고 싱겁게 웃었다.

그때 속 알머리 봉상관이 쓰윽 나서 이렇게 주절거렸다.

"전 소유자에 대한 가압류가 있습니다."

그는 불쑥 말을 해 놓고, '혹시나 틀리지나 않았을까?' 싶어 주위를 슬쩍 돌아보았다. 그러나 일부 수강생들 중에는 맞았는지? 틀렸는지를 모르겠다는 표정들이 대부분이었다.

"하하하! 맞습니다. 역시 노장은 살아 계시는군요?"

사발 머리 나 교수는 크게 웃으며 반가워했다. 그 소리에 속 알머리 봉상관은 맥아더 장군처럼 웃고는 '흥! 그 정도쯤이야…' 하는 흐뭇한 표정으로 어깨 뽕을 으쓱하고 있었다.

"유치권과 예고등기 그리고 전 소유자에 대한 가압류는 낙찰자가 인수해야 합니다."

사발 머리 나 교수는 모두를 향해 다시 한번 강조했다.

그러나 구법과 신법에서는 다른 주장을 하고 있었다. 사건이 된 경매 물건이 만약 전 소유자의 소유일 때 채권자인 가압류권자(A)가 경매를 신청한 경우와 신 소유자로 소유권이 이전 등기된 상태에서 채권자인 가압류권자(B)가 경매를 신청한 경우와는 사건 성격 자체가 전혀 다르다는 것이었다.

왜냐하면 전 소유자의 가압류권자(A)가 신청한 경매에서는 가압류가 말소기준권리가 되어 그 이후의 권리들은 모두가 말소되는데 반해 신 소유자의 채권자인 가압류권자(B)가 신청한 경매에서는 전 소유자의 채권자(A)인 가압류 권리는 낙찰자에게 인수되기에 여기서 본질이 다르다는 것이다.

그러나 매각 명세서에 전 소유자의 가압류(A)를 인수하는 것으로 집행 법원이 전제했다면 낙찰자가 인수해야 한다. 따라서 집행 법원이 전 소유자의 가압류(A)를 인수하지 않기로 결정하고, 경매를 진행시켰다면, 전 소유자의 가압류(A)가 말소기준권리가 되는 것이다.

하지만 신법에서는 말소하는 것을 전제로 경매를 진행시키고 있었다.

따라서 매각 명세서를 자세하게 확인하고 접근해야 실수를 범하지 않는다는 것을 명심해야 한다(대법원 2007년 4월 13일 선고 2005 다 8682 판결 소유권 말소 등기 참조).

"아이 씨, 그래도 전 시간에 들은 기억이 있어서 그런 건지… 전혀 생소하지는 않네. 거참! 흐흐…."

짱구머리 나겁재는 곁에 있는 둥근 머리 맹비견을 툭 치며 나불거렸다.

"내 말이…. 크크! 이제는 그 말이 낯설지가 않긴 하네…. 젠장!"

그는 가볍게 대꾸를 해 주며, 엷게 웃는 얼굴로 구시렁거렸다.

"크크!"

둥근 머리 맹비견은 덩달아 킥킥거렸다.

사발 머리 나 교수가 보거나 말거나 그를 무시한 채 이들은 동질감을 느끼며 속닥거렸다.

주변 사람들이 쑥덕거리는 소란처럼 이들도 툭하면 보따리를 풀어놓았다.

그러거나 말거나 사발 머리 나 교수도 이들 못지않게 자신이 해야 할 말들을 풀어내며 계속 주절거렸다.

"또한 말소기준권리(최선순위권리)보다 앞선 권리도 낙찰자가 인수해야 합니다. 그 정도는 이제 다 아시죠?"

그는 눈가에 힘을 주면서 모두에게 눈짓을 했다.

"예…!"

"헐…! 그거야 알지…."

몇몇의 사람들은 탄식을 하듯 중얼거리며 자기들끼리 뭐라 뭐라고 소곤거렸다.

"참고로 등기부상의 권리와 부동산상의 권리는 무엇이 있는지를 누가 말씀해 보시겠습니까?"

사발 머리 나 교수는 수강생들이 얼마나 경매 수업을 이해하고, 있는가를 묻고 싶었다.

"헉…! 저건 뭔 개소리야…?"

짱구머리 나겁재는 지금껏 배운 내용을 벌써 깡그리 잊고서, 구시렁구시렁거렸다.

"거기… 그쪽에 계시는 분이 말씀해 보세요."

사발 머리 나 교수는 딴청을 피우며 떠드는 한 무리를 지목하면서 그중 한 사람을 가리키고, 질문을 던졌다. 그 가운데 몇 사람이 서로의 얼굴을 번갈아 쳐다보고는 그를 힐끔거렸다.

사발 머리 나 교수는 눈에 익은 한 명을 가리켰다. 그는 흰머리 윤편인이었다.

"저요…?"

그는 자기를 가리키는 사발 머리 나 교수를 향해 그렇다는 대답을 듣고서야 순간 할 말을 생각했다. 그러고는 잠시 머뭇대다가 이내 주절거리기 시작했다.

"에…. 등기부 상의 권리에는 말소기준권리(최선순위권리 담보가등기, 근저당권, 가압류, 강제 경매 등) 외에도 가처분 등기(금전 채권 이외의 특정물의 급부·인도를 보전하기 위해, 판결이 날 때까지 동산 또는 부동산을, 상대방이 처분하지 못하도록 금지하는 잠정적 처분)와 보전 가등기(본등기를 할 절차상의 조건이 미비할 때 임시로 하는 등기)가 있습니다."

그는 말끝에 히죽 웃어 가며, 그를 쳐다보았다.

"그것뿐입니까?"

사발 머리 나 교수는 답변이 짧아 성에 차지 않자, 눈동자를 희번덕거리며 물어 왔다.

그는 '아니…. 첫날밤을 보내고 애 타령하는 것도 정도껏이지, 지랄하고 성질만 급해서는…. 젠장!' 하며 속으로 투덜대고는 서둘러 이어 나갔다.

"그리고 전세권과 지상권(남의 토지에서, 공작물 또는 수목을 소유하기 위해, 세를 내고 그 토지를 사용할 수 있는 권리)이 있으며 더불어 지역권(자기 땅의 편익을 위해 남의 땅을 이용할 수 있는 권리)과 환매등기(토지를 원 소유주에게 사거나 파는 행위) 등도 있습니다."

그는 나오는 대로 떠벌렸다.

"헐…! 어마야 무시라 뭐가 그리도 육시랄하게 많노?"

중년 여성 가운데 광대뼈가 툭 불거져 나온 수강생 하나가 미간을 찡그리며 툴툴거렸다.

"부동산상의 권리로는 대항력이 있는 임차인이 있습니다."

흰머리 윤편인은 그동안 배운 경매 지식들을 자랑이나 하듯 알은척 떠벌렸다.

곁에서 지켜보던 삼각머리 조편재는 "시벌 우라질 자식! 그래도 존…나 많이 아네." 중얼대고는 아니꼽다는 질시 서린 눈길로 째려 보고 있었다.

"여러분 박수 한번 쳐 주세요."

사발 머리 나 교수는 모두를 향해 손뼉을 쳤다.

"짝짝짝…!"

"쳇! 아주 지랄을 떠세요."

새치 머리 안편관은 순간 비위장이 뒤틀려 혼잣말을 속살거렸다.

"왜냐하면 아주 정확하게 답변을 했기 때문입니다."

사발 머리 나 교수는 그렇게 말을 하고서 흔쾌한 마음에 해쭉 웃었다. 강의실은 한동안 박수 소리와 사람들의 소란으로 웅성거렸다.

흰머리 윤편인은 칭찬에 고무되어 어깨 뽕을 슬그머니 올리며 턱을 곧추 세우고 있었다.

"하여튼 대단한 친구야."

큰 머리 문정인은 그를 쳐다보다가 고개를 돌려 속 알머리 봉상관에게 속닥거렸다.

"그러게 나 말입니다. 허허!"

속 알머리 봉상관은 괜히 속이 쓰려 싱겁게 웃으며 받아넘겼다.

"그 정도쯤이야 누워서 잠자기죠."

못마땅한 듯 인상을 찌푸리고 있던 새치 머리 안편관은 별것도 아닌 것을 가지고 너무 호들갑 떤다며, 눈꼴사나운 표정으로 빈정거렸다. 돈 사랑 팀원들은 '자식 괜한 심술은…' 하듯 입술을 실룩 샐룩대면서 그를 안쓰럽게 쏘아보고 있었다.

그때였다 팀의 홍일점인 그녀가 차분하게 주절거렸다.

"뭐니 뭐니 해도 돈 사랑 팀이 최고죠? 호호!"

새치 머리 안편관이 그러든 말든, 미모의 명정관이 엄지손을 가만히 세웠다.

그의 답변에 기분이 좋아진 사발 머리 나 교수는 아무튼 흐뭇한 얼굴로 강의를 계속 이어 갔다.

"이번엔 가압류가 말소기준권리(최선순위권리) 일 때 대항력이 있는 임차인이 가압류 등기보다 빠르거나(선순위) 늦는다면(후순위) 권리 배당은 어떻게 분배되는 건지…."

"…."

"헐…! 이건 또 뭔 망할 놈의 소리여…?"

수강생들은 점점 늘어가는 강의 내용에 왠지 모를 두려움을 느끼고 있었다.

"그리고 확정일자가 가압류보다 빠르거나 늦는다면 권리 배당은 어떻게 분배를 해야 할지에 대해 설명해 볼 사람 있습니까?"

사발 머리 나 교수는 오른손으로 한쪽을 가리켰다. 손을 빼딱하게 든 눈길들이 그쪽을 향해 고개를 돌렸다. 다른 한쪽에서는 여전히 소곤거리고 있었다.

"대항력과 확정일자의 배당? 젠장! 난들 뭘 알아야 면장도 해 먹지…. 흐흐…."

둥근 머리 맹비견은 지금껏 뭘 듣고 배웠는지 아직도 헷갈려하며 혼잣말을 구시렁거렸다.

한편 나 교수의 편파에 속이 쓰린 새치 머리 안편관은 아직도 뒤틀린 심사가 꼬여서는 이마를 찌푸린 채 가만히 손을 들고 있었다. 그는 설명 이후 칭찬을 듣는 흰머리 윤편인이 한편으로는 몹시 부러웠다.

아니 가슴 밑바닥부터 끓어오르는 못난 시기심이 그를 충동질을 하고 있었다. 그래서 그랬을까? 새치 머리 안편관은 은근히 오기가 발동해 또다시 손을 들었다.

왜냐하면 자신의 실력도 그보다 뒤처지거나 부족하지 않는다는 것을 보여 주기 위한 자존심의 발로였다.

삼각 머리 조편재는 이들이 놀고 있는 꼬락서니가 은근히 자신의 흥미를 자극하자, "하여튼 웃기는 놈들이야." 하고 한마디 속살거렸다. 그러고는 이들을 번갈아 쳐다보며, 히죽히죽 웃고 있었다.

"거기 손 드신 분 말씀해 보세요."

사발 머리 나 교수는 그를 가리키며 손짓했다. 새치 머리 안편관은 한 치에 주저함도, 없이 헛기침을 한번 내뱉고는 천천히 설명을 시작했다.

"흠… 흠! 에… 가압류는 채권으로 물권과 달리 동순위라도 비례배당(두 양의 금액이 같도록 나누는 것) 이후에 차순위에 의한 흡수배당(필요한 금액을 만족할 때까지 채우는 것)을 해야 합니다."

그는 가압류가 채권이기에 물권인 담보권과는 달리 비례배당을 해야 한다는 주장을 펼쳤다.

"헐…! 그게 사실이야?"

수강생 가운데 누군가 호들갑을 떨었다.

"허허! 그렇습니다."

사발 머리 나 교수는 히죽 웃고는 이어 주절거렸다.

"가압류는 최선순위에 설정되어 있었다 해도 물권과 달리 후순위 우선변제권을 가진 담보권자 등과 동순위(같은 순위)에 의한 비례배당을 한 후에 차순위에 의한 흡수배당 절차를 밟아야 합니다."

사발 머리 나 교수는 매우 흡족한 얼굴로 보충 설명을 덧붙였다.

"헐…! 대박! 그런 거야…?"

새로운 사실에 사람들은 경악을 하듯 비명을 질러 댔다.

"와…우, 쩐…다!"

짜릿한 희열을 맛본 사람들은 어안이 벙벙한 채 자지러지는 목청을 토해 냈다.

사발 머리 나 교수는 잠시 주위를 살피며, 수강생들의 표정을 읽고 있었다. 그리고 다시 설명을 해 나갔다. 새치 머리 안편관은 은근히 뿔대가 올랐다. 이번에도 자신이 답변한 내용에는 이렇다 할 반응을 보이지 않는 그가 정말 원망스러웠다.

그는 딴청을 피우는 사발 머리 나 교수를 차갑게 노려보았다. 차마 뭐라 말은 못 하고, 실망감을 안은 채 그대로 꼬나보며 참고 있었다.

그러자 슬며시 찾아든 위축감에 자존심마저 심통스럽게 꿈틀거렸다. 결국 그는 분이 가시지 않아 혼잣말로 이렇게 주절거렸다.

"우라질 자식! 한마디 해 주면 어디가 덧나나! 그것도 아니면 헛바닥이 굳기라도 한대…? 에…이, 젠장맞을! 사발 머리 같으니라고…."

새치 머리 안편관은 뺨따귀를 한 대 갈기는 심정으로 한마디 내뱉고는 분을 삭이고 있었다. 사발 머리 나 교수는 그의 분한 마음을 모르고 있었다. 아니 모르는 척하고 있는 건지? 그것도 아니면, 당연히 모르고 있기에 넘어간 것이다. 하여튼 어려워하는 수강생들을 돌아보느라 그의 온 신경이 집중되어 있었던 것은 사실이었다.

그는 그의 분한 마음과 달리 여전히 강의에 매달려 계속 주절거렸다.

"그럼 여기서 가압류 채권보다 나중에(후순위) 확정일자를 받은 임차인과의 순위 관계는 어떻게 분류해 배당해야 하겠습니까?"

사발 머리 나 교수는 새로운 질문을 던지며, 모두를 둘러보았다.

"젠장! 알아도 몰라 짜…샤! 알게 뭐야. 홍!"

새치 머리 안편관은 자존심에 상처를 입고 속이 부글부글 끓어올랐다.

그래서 그랬을까? 자신도 모르게 괜히 신경질이 솟구쳐, 툴툴거리며 불평을 쏟아 내고 있었다. 그러거나 말거나 사발 머리 나 교수는 이들을 향해 계속 주절거렸다.

"누가 답변해 보실까요?"

그의 눈초리는 항상 대충이라도 대답할 만한 수강생에게 먼저 눈이 갔다. 그래서 이번에도 만만한 안편관 쪽을 먼저 쳐다보고 있었다. 서로의 눈길이 마주치자 새치 머리 안편관은 슬쩍 시선을 피했다.

사발 머리 나 교수는 그의 마음을 읽고, 아니 이번 문제는 모르나 보다 생각을 했다. 그래서 새로운 대상자를 찾아서 고개를 돌렸다.

그때 두 사람을 견제하며, 째려보고 있던 삼각 머리 조편재가 슬며시 나섰다.

"저, 교수님! 확정일자를 받은 임차인도 우선변제권이 있다면, 가압류와 선후를 따지기 전에 비례배당을 먼저 받아야 하지 않습니까?"

삼각 머리 조편재는 그간에 의아했던 문제 하나를 슬쩍 끄집어 내었다.

그러고는 반짝거리는 눈총을 쏘아 대며 사발 머리 나 교수를 주시했다.

"헐…! 무슨 소리야 그게 말이야 막걸리야?"

수강생 가운데 하나가 구시렁거렸다.

그 순간 사람들은 생소한 소리에 놀라 술렁거렸다.

"그렇죠."

순간 젤 바른 선정재가 불쑥 끼어들며, 아는 척 주절거렸다.

"가압류 채권보다 나중에 확정일자를 받은 임차인도 확정일자에 의한 우선변제권을 가졌다고 봐야 합니다."

그는 눈동자에 힘을 주고는 사발 머리 나 교수를 똑바로 쏘아보았다.

"헐…! 저건 또 뭔 망할 놈의 개소리야…."

짱구머리 나겁재가 입속말을 속살거렸다.

"그러므로 선순위 가압류와 날짜가 늦은 확정일자는 동순위로 취급해야 됩니다."

젤 바른 선정재는 자신의 견해를 말하고는 주위의 반응을 둘러보았다. 수강생 가운데 일부는 어이가 없다는 표정이었다.

"예…에, 두 분 주장은 틀리지 않습니다."

사발 머리 나 교수는 고개를 끄덕이며, 두 사람의 의견을 아주 반가워하고 있었다.

"헐…! 뭐야? 두 사람 말이 다 맞다고…?"

수강생들은 '정말 그런 거야?' 하는 놀라는 표정이었다.

"임차인도 확정일자를 가진 사람은 우선변제권을 가지고 있다고 보기 때문에 선순위 가압류와 비례배당을 먼저 처리해야 한다는 말이 맞습니다."

사발 머리 나 교수는 설명을 하고는 히죽 웃었다.

"와…우, 대박! 정말 그런 거야?"

상구 머리 노식신은 나지막이 비명을 지르고는 주억거리고 있었다. 그러자 사발 머리 나 교수가 이어 주절거렸다.

"그러나 확정일자가 없는 임차인 즉 대항력만 가진 임차인은 선순위 가압류와 동순위 지위를 갖지 못한다는 사실을 아셔야 합니다."

그는 확정일자가 없는 임차인은 선순위 가압류와 동순위가 될 수 없다며, 싱겁게 히죽 웃었다.

"헉…! 증말? 사실이야?"

수강생들은 이내 갸웃갸웃거리며, 여기저기서 술렁거리고 있었다.

"아니… 무슨 이런 개 같은 경우가 다 있어, 확정일자 없으면 꽝이라고…?"

둥근 머리 맹비견은 괜히 짜증이 솟구쳐 혼잣말을 속살거렸다. 즉 확정일자가 없는 대항력은 우선변제권이 없다는 것이었다.

"모두들 이해가 되셨습니까?"

사발 머리 나 교수는 목청을 높이면서 고개를 두리번거렸다.

"예…!"

이들의 우렁찬 목소리에 화들짝 놀란 유리 창문이 부르르 떨었다.

"개뿔, 이해는커녕 저해도 못 했다. 흐흐."

짱구머리 나접재는 버릇처럼 속살거렸다. 그때였다.

"저, 교수님!"

누군가 버럭 소리를 질렀다.

"예, 손 드신 분 질문해 보세요."

사발 머리 나 교수는 고함을 치는 그를 노여워하듯 잠시 안면을 찡그렸다. 그리고 가만히 그를 보며 가리켰다.

"확정일자가 가압류 말소기준권리(최선순위권리)보다 빠르다면(선순위) 어떤 식으로 배당이 되는 겁니까?"

상구 머리 노식신은 의아한 표정으로 그에게 물었다.

"허허! 하마터면 빠트릴 뻔했는데 아주 질문을 잘하셨습니다."

사발 머리 나 교수는 금세 환한 얼굴로 바뀌어 그를 칭찬을 하고 나섰다.

"헐…! 쟤 뭐라는 거야? 가압류보다 선순위…?"

수강생들은 '하여튼 인간은 다 거기서 거기야, 잘난 놈이나, 못난 놈이나, 누구나 헛발질을 해대니 말이야.' 하는 표정으로 고개를 가로저으며 소곤거렸다.

그러거나 말거나 나 교수는 자기 할 말을 계속 주절거렸다.

"확정일자가 가압류 채권보다 선순위라면 확정일자는 물권화[민법 자체 내의 특별규정이나 특별입법을 통해 부동산 임차권의 물권화(등기, 대항력 등)를 꾀하는 권리]되는 효력이 있습니다."

사발 머리 나 교수는 부동산 임차권을 등기 사항 전부 증명서(등기부 등본)에 등록하면, 임차권이 물권화로 성질이 전환되어 가압류보다 우선한다는 선순위 확정일자를 말하고 있었다.

"헐…! 대박!"

강의실은 순간 술렁거렸다. 왜냐하면 물권은 언제나 채권보다 우선하는 권리이기에 채권인 임차권이 물권화로 효력이 바뀐다는 사실에 이들은 탄복을 하며, 놀라움을 금치 못하고 있었다.

"여기서 물권화는 물권(특정한 물건을 직접 지배해서 이익을 얻을 수 있는 배타적 권리)이 아니라는 사실을 확실하게 기억해 놓으세요."

사발 머리 나 교수는 말에 힘을 주고는 모두를 천천히 보았다.

"헐⋯! 물권화⋯?"

짱구머리 나겁재는 고개를 흔들며 웅얼거렸다.

"그리고 가압류는 일반 채권이므로 물권 우선주의(채권보다 우선하는 권리)에 의해 확정일자가 먼저 배당을 받는 다는 것도 아셔야 합니다."

사발 머리 나 교수는 설명을 하고는 씨익 웃었다. 수강생들은 여기저기서 쑥덕대며 일부는 메모를 하느라 정신이 팔려 있었다.

"헐⋯! 정말? 확정일자도 우습게 볼 것이 아니네⋯."

누군가 중얼거렸다.

"아시겠죠?"

"⋯."

사발 머리 나 교수는 모두를 향해 소리를 높였다.

"예⋯!"

수강생들은 이때다 싶어 괴로운 심정을 토해 내듯 악악 소리를 질렀다.

"뭐가 이리도 복잡한지⋯. 젠장!"

삼각 머리 조편재는 괜히 짜증이 솟구쳐 툴툴거렸다.

"아니⋯. 물권화는 물권은 아니고, 일시적으로 물권처럼 효력을 발생 한다 뭐 그런 얘긴가⋯? 젠장맞을!"

상구 머리 노식신은 고시랑대며 속 알머리 봉상관을 슬며시 쳐다보았다.

"확정일자가 가압류 채권보다 효력 면에서 앞선다는 말인가 봅니다. 허허허!"

속 알머리 봉상관은 중얼거리며, 사발 머리 나 교수의 눈치를 슬쩍 보았다.

"물권화는 임차권을 등기했을 때 물권처럼 효력을 발생한다는 말입니다."

흰머리 윤편인은 자다가 뒷다리를 긁는 그의 엉뚱한 소리에 기가 막혀 옆 쿠리를 툭 치며 한마디 거들고 나섰다.

"아하! 그렇군요."

상구 머리 노식신은 그제야 알겠다며, 고개를 끄덕거렸다.

"우라질 자식! 잘난 체는…."

그의 잘난 꼴을 두고 못 보는 삼각 머리 조편재가 빈 정이 상해 인상을 잔뜩 써가며, 입속말을 읊조렸다.

"교수님! 가압류 채권은 잔액이 없으면 배당을 받지 못합니까?"

둥근 머리 맹비견은 의아한 눈빛으로 물어 가며 히죽 웃었다. 일부 수강생들은 생소한 내용을 듣고 이들을 향해 귀를 쫑긋 세웠다.

"맞습니다. 잔액이 있다면 배당을 받겠지만, 잔액이 없다면 받지 못하고, 경락으로 소멸(말소)하는 권리가 됩니다."

사발 머리 나 교수는 자기 긍정에 고개를 까닥까닥 흔들고 있었다.

"헐…! 대박, 그런 거야?"

수강생들 가운데 유독 돈 사랑 팀원들이 떠드는 소리에 신경이 쓰인 사발 머리 나 교수는 난망한 눈빛으로 이들을 쏘아보았다. 그러거나 말거나 둥근 머리 맹비견이 재차 주절거렸다.

"가압류 채권의 효력은요?"

그는 나 교수를 빤히 쳐다보았다.

"가압류는 채권을 받기 위한 수단으로 목적물에 대해 처분 금지 효력만 있습니다. 그러므로 배당 이후에도 배당금은 공탁(법의 규정에 따라, 금전·유가 증권 따위를 공탁소 등에 맡겨 두는 일)을 하게 됩니다."

그는 이해가 됐느냐며 그를 향해 희번덕거렸다.

"헉…! 공탁이라니 젠장!"

뒤쪽에서 누군가 소리쳤다. 그와 동시에 수강생들은 여기저기서 웅성거리고 있었다.

"공탁금은 일전에도 설명을 드렸지만, 채권자가 본안 소송(민사 소송법상 부수적·파생적인 사항에 대해 중심이 되는 사항)에서 승소를 해야 찾아갈 수 있습니다."

사발 머리 나 교수는 설명을 마친 뒤 목이 말라 생수를 한 모금 마셨다.

순간 이들도 별안간 갈증을 느끼며 몇몇은 가져온 생수통을 열어 벌컥벌컥 들이켜고 있었다.

"아하! 그런 거야?"

수강생들은 가압류는 먼저 공탁을 해 놓고, 본안 소송에서 승소를 한 이후에나 배당금을 찾아갈 수 있다는 소리에 한동안 강의실이 술렁거렸다.

사발 머리 나 교수는 이미 가압류 효력에 대해서 한차례 설명한 적이 있었다. 그러나 이들은 벌써 까맣게 잊고 있었다. 지난날 누렸던 향수享受처럼 이미 기억 속에서 사라져 버린 것이었다.

"이해들 하셨습니까?"

사발 머리 나 교수는 가압류의 효력에 대해 설명을 하고 난 뒤 모두를 향해 눈짓을 해 보였다.

"예…!"

그러나 이들은 새로운 내용이나 짜릿한 희열을 느낄 때가 아니면 적당한 소리로 대답을 하곤 했었다.

"와…우, 대박! 소송해서 찾아간다고…?"

둥근 머리 맹비견은 비음을 섞어 소리를 질렀다. 옆자리에서 듣고 있던 짱구머리 나겁재는 뭔가 아쉬움이 남는 눈초리였다.

결국 그는 참지 못한 채 사발 머리 나 교수를 올려다보며 한마디 주절거렸다.

"저기요? 교수님!"

짱구머리 나겁재가 손을 들고 질문을 던지자 사람들의 눈길이 그를 향해 모아졌다.

"거기, 손 드신 분 질문하세요."

사발 머리 나 교수는 웃는 얼굴로 그를 가리켰다. 늘 질문 같지

않은 엉뚱한 질문을 잘하는 짱구머리 나겁재였지만, 배워 보겠다
는 열정만큼은 여느 사람 못지않았다.

비례배당 및 흡수배당

"확정일자를 가지고 있는 임차인은 가압류 선순위와 동 순위까지는 알겠는데요, 비례배당과 차순위에 의한 흡수배당은 잘 모르겠습니다."

그는 설명을 듣고도 부분적으로 이해를 못 하겠다며, 뒷머리를 긁적거렸다. 사발 머리 나 교수는 피식 웃으며 입을 열었다.

"음…. 가령, 가압류 채권이 말소기준권리(최선순위권리)라고 칩시다. 그런데 가압류(말소기준권리) 채권 뒤로 후순위 근저당권과 확정일자 임차인이 존재하고 있다면, 어떻게 되는지를 따져 봅시다."

사발 머리 나 교수는 말끝에 고개를 주억거리며, 모두를 돌아보았다.

"헐…! 도대체 뭐라는 거야?"

짱구머리 나겁재는 짜증이 난 듯 혼잣말을 속살거렸다.

"먼저 동 순위 비례배당을 살펴봅시다."

사발 머리 나 교수는 히죽 웃고서 칠판으로 돌아갔다. 수강생들
은 그를 향해서 주목하며, 눈길이 잠시 멈춰 있었다.

"뭐, 비례배당…?"

둥근 머리 맹비견은 혼잣말을 웅얼거리며, 사발 머리 나 교수의
얼굴을 쏘아보았다.

일부 사람들은 소곤대면서도 눈길은 사발 머리 나 교수를 슬쩍
슬쩍 살피고 있었다.

"가령 갑이라는 경매 물건이 있다고 합시다. 그 속에 설정되어 있
는 선순위 가압류 채권은 6000만 원이 설정되어 있고, 2순위로 근
저당권이 8000만 원이 설정되어 있으며, 거기다 후순위 임차인은
보증금 채권을 5000만 원이라고 합시다."

"그렇다면 물건전체 금액(6000만 + 8000만 + 5000만)은 1억 9000만
원이 됩니다. 맞습니까?"

사발 머리 나 교수는 칠판에 숫자를 적어 놓고는 하나씩 따져가
며 설명을 곁들었다.

"헐…! 완전 맞죠!"

이들은 마땅찮은 괴로운 표정으로 대답을 했다. 몇몇 사람들은
어느새 핸드폰 계산기를 두드리고 있었다.

"예…!"

수강생들은 '이때다' 싶어 괴로운 심정을 대변하듯 '옛 다 엿이나

먹어라!' 하고는 고함을 냅다 질렀다.

"여기에다 낙찰 배당금액을 1억 원이라고 치고 계산을 해봅시다."

"…."

"먼저 낙찰 배당금액 1억 원을 가압류 채권 6000만 원으로 곱하고, 전체 금액을 합산한 1억 9000만 원으로 나누면, 안분 금액은 3157만 8,948원이 나옵니다."

"…?"

"또는 가압류 채권 6000만 원을 전체금액을 합산한 1억 9000만 원으로 나누고, 낙찰 배당 금액 1억 원을 곱해 역산逆算을 하면, 안분 금액은 3157만 8,948원으로 역시 동일한 금액이 나옵니다."

"…."

사발 머리 나 교수는 핸드폰 계산기를 두드리며, 설명을 했다. 그리고 계산을 끝낸 그는 고개를 들어 수강생들을 향해 한마디 주절거렸다.

"맞습니까?"

"…."

사발 머리 나 교수는 눈가에 힘을 잔뜩 주고는 모두를 가리키며, 둘러보았다. 순간 수강생들은 딴짓을 하다 걸린 눈망울을 한 채 고개를 번쩍 쳐들고는 잽싸게 대답을 했다.

"예…!"

이들은 맞든 안 맞든, 일단 소리부터 외쳤다.

넋 놓고 듣고 있던 창문마저 화들짝 놀라 파르르 비명을 질렀다.
그 순간 창밖 나뭇가지 위에 참새들이 '퍼드덕' 날갯짓을 하며 날아
갔다.

"그렇다 치고, 젠장!"

수강생 가운데 하나가 혼잣말을 속살거렸다. 그러든 말든 그는
계속 주절거렸다.

"이와 같은 절차로 근저당권과 임차인 보증금을 계산하고 여기
서 각자 받은 비례배당금을 날짜가 빠른 순서대로 배분하시면 됩
니다."

사발 머리 나 교수는 칠판 위에 계산한 숫자를 급하게 적었다.

"헐…! 그런 거야…?"

짱구머리 나겁재가 웅얼거렸다.

"수긍이 되십니까?"

사발 머리 나 교수는 칠판에서 돌아서며, 이해가 되었는지, 물어
왔다.

"예…!"

몇몇 사람들은 몰라도 대답은 상쾌 유쾌 통쾌하게 내질렀다.

"젠장! 원리만 알면 간단하네."

둥근 머리 맹비견은 원리를 이해한 얼굴로 혼잣말을 중얼거렸
다.

사발 머리 나 교수는 다시 계산하는 순서를 칠판에 적기 시작했
다. 그는 낙찰 배당 금액(1억)을 비례배당해 가압류 3157만 8,948원

배당액과 근저당권 4210만 5,264원 배당액 그리고 임차인 2631만 5,788원 배당액을 차례대로 나열해 놓았다. 수강생들의 시선은 자연스럽게 한곳으로 쏠렸다.

"저, 교수님!"

상구 머리 노식신은 목소리를 높여 그를 경쾌하게 불렀다.

"왜, 아직도 감이 잡히지 않습니까?"

사발 머리 나 교수는 반문하듯 그를 보았다.

"아니… 그래서가 아니라, 차순위에 의한 흡수배당도 같은 원리인가 싶어서 그렇습니다."

상구 머리 노식신은 생뚱한 표정을 지으며, 고개를 한번 가로젓고는 중얼거렸다. 돈 사랑 팀원들은 '그런가?' 싶어 고개를 갸웃갸웃 흔들며, 의아스러운 눈길로 그를 주시하고 있었다.

"아니… 그건 그렇지 않습니다. 비례배당하고는 과정이 좀 다르다고 봐야 합니다."

사발 머리 나 교수는 고개를 가볍게 가로저어가며, 어두운 표정을 보였다.

"헐…! 징말?"

상구 머리 노식신은 눈을 크게 뜨고 자기 딴에 놀란 듯 중얼거렸다. 대부분의 수강생들도 눈총을 쏘아 대며, 술렁거리고 있었다.

"어떻게 다른가요?"

그는 대뜸 되묻고는 눈을 끔벅거리며, 쳐다보았다. 사발 머리 나 교수는 빙그레 웃어 가며 설명을 시작했다.

"차순위에 의한 흡수배당은 모기가 사람의 피를 빨아먹는 것처럼, 선순위가 후순위 금액에 빨대를 꽂아 빨아먹듯 가져가는 겁니다. 흐흐…"

사발 머리 나 교수는 어깨 뽕을 살짝 올리면서 말하고는, 히죽대며 그를 보았다. 수강생들은 서로의 얼굴을 바라보면서 약간 놀란 표정으로 쑥덕거리고 있었다.

"헐…! 뭐야, 흡혈귀야?"

흰머리 윤편인은 알 수 없는 끌림에 혼잣말을 속살거렸다. 그는 흡수 과정이 흥미로워 잠시였지만, 짜릿한 회열을 느꼈다.

"예를 들자면, 비례배당받은 금액을 자기가 받을 채권 금액이 만족할 때까지, 차순위 금액에서 흡수해 가는 겁니다."

사발 머리 나 교수는 설명을 하고 나서야 수강생들이 이해를 하고 있는지가 궁금해 가만히 눈치를 살폈다.

"헐…! 완전 진공청소기?"

큰 머리 문정인은 새삼스럽다며, 웅얼거렸다. 사발 머리 나 교수는 히죽거리며, 전체 수강생을 쓰윽 둘러보고는 다시 강의를 이어갔다. 강의실은 쑥덕대는 사람들 소리로 술렁이다가 가라앉기를 반복하고 있었다.

"가령. 2순위 근저당권(8000만)이 후순위 임차인(5000만)보다 선순위라면, 후순위 임차인이 안분 배당(일정한 비율에 따라 고르게 나누어 가짐)받은 2631만 5,788원을 선순위 근저당권(4210만 5,264원)이 진공청소기처럼 흡수해서 합계금액이 6842만 1,052원이 된다는 말입니다."

간단하게 설명을 끝낸 사발 머리 나 교수는 '이들이 내용을 이해를 하고 있는지가?' 먼저 궁금했다. 그래서 그랬을까? 서둘러 이들의 표정들을 하나씩 살펴 가며 모니터링을 하고 있었다.

그러나 수강생들은 아랑곳하지 않고 각자 소곤거리고 있었다.

"젠장! 비례배당이 평등배당이라면, 흡수배당은 순위배당이잖아?"

짱구머리 나껍재는 별것도 아니라며 혼잣말로 중얼거렸다.

"하하하! 비례배당이 칼 마르크스의 공산주의 이론이라면, 흡수배당은 애덤 스미스에 자본주의 이론이다 뭐 이런 건가…?"

큰 머리 문정인은 부르주아 경제학자처럼 나불거렸다.

"얼씨구 비례배당은 배고픈 당이고, 흡수배당은 배부른 당입니까? 크크!"

흰머리 윤편인은 조크를 던지며 익살을 떨었다. 주변 사람들은 '뭔 개소린가?' 싶어 눈총을 사정없이 쏘아 대고 있었다.

"까르르…"

"크크! 거 말 되네."

흰머리 윤편인이 떠벌린 넉살에 돈 사랑 팀원들과 주변 사람들은 다 함께 낄낄거렸다. 사발 머리 나 교수는 갑자기 터져 나온 웃음소리에 반사적으로 고개를 돌렸다. 순간 속 알머리 봉상관은 그의 눈길을 기다린 아이처럼 손을 번쩍 들고 질문을 외쳤다.

"여기요…!"

"거기! 조용히들 좀 하시고, 손 드신 분 질문하세요."

사발 머리 나 교수는 소리를 냅다 지르면서 그를 가리켰다.

"선순위 가압류 이후에 설정된 물권 권리(후순위 담보권 등)와 채권 권리(가압류 대항력과 우선변제권이 있는 임차인)들도 지금처럼 비례배당 후 흡수배당을 받게 되는 겁니까?"

속 알머리 봉상관은 차분한 목소리로 늘어놓았다.

수강생들은 '아따, 이게 뭔 생소한 소리가?' 싶어 귀를 쫑긋 세웠다.

"그렇습니다."

사발 머리 나 교수는 고개를 끄덕거리며 대꾸했다.

몇몇 사람들은 '뭔 소린가?' 싶어 궁금한 얼굴로 이들을 주시하고 있었다.

"헐…! 정말! 그런 거였어?"

상구 머리 노식신은 혼잣말을 중얼거렸다.

"가령, 경매 물건에 선순위 가압류가 등기되어 있는데, 뒤로 후순위 확정일자 임차인이 여럿이 걸려 있다면, 그들은 선순위 가압류와 먼저 비례배당을 거친 후 나눈 금액을 임차인들 끼리 선순위가 후순위 금액을 흡수배당을 하는 겁니다."

사발 머리 나 교수는 아시겠느냐며 해쭉 웃었다.

"헐…! 임차인들끼리 빨대를 꽂는다고?"

둥근 머리 맹비견은 혼잣말을 중얼거렸다.

"왜 아예 진공청소기로 아…작을 내 버리지 그래…? 흐흐…"

짱구머리 나겹재가 둥근 머리 맹비견을 흘끔 쳐다보며 속닥거렸다.

"내 말이…."

두 사람은 서로를 쳐다보며 소리 죽여 낄낄 웃었다.

"이제 좀 이해가 되십니까?"

사발 머리 나 교수는 선순위 가압류와 후순위 확정일자 임차인도 비례배당을 거쳐 흡수배당을 해야 된다고 강조했다.

"예…!"

관심이 많은 수강생들은 큰소리로 목청을 높였다.

나머지는 건성건성 대답하고 있었다. 수업이 중반으로 넘어가면서 어려움을 호소하는 사람들이 곳곳에서 나타나기 시작했다.

그들은 강도 높은 내용을 제대로 소화해 내지 못하고 있었다.

그러나 대부분의 수강생들은 이해하지 못해도 쪽팔리는 자존심을 두려워하듯 건성건성 넘어가고 있었다. 때로는 동료들을 따라서 눈치껏 목청을 높였다.

그렇게 소리라도 지르지 않으면 지끈거리는 골치에 미쳐버릴 것 같았다. 그러나 쌓여가는 스트레스는 돈이라는 유혹에 사로잡혀 꼼짝달싹 못했다.

그래서 돌부처처럼 큰 귀를 달고서 꼼짝없이 듣고 있었다.

"저기요? 교수님!"

미모의 명정관이 손을 살며시 들면서 그를 불렀다.

"손 드신 분 질문하세요."

그녀의 목소리가 반가운 사발 머리 나 교수의 얼굴은 미소가 번지고 있었다.

"저, 혹시 가압류 권리도 주택 임차인들의 최우선 변제 금액 지급 기준이 되나요?"

미모의 명정관은 밝게 웃으며 물었다. 젤 바른 선정재가 그 소리를 듣고 있다가 그녀가 안타까워 애처로운 눈초리로 혀를 끌끌 차며 바라보고 있었다.

"음… 가압류가 일반 채권이라는 사실은 모두가 배워서 알고 계시죠?"

사발 머리 나 교수는 중얼거리며, 그녀를 달게 쳐다보았다.

"예…!"

수강생들은 '그 정도쯤이야…' 하는 표정으로 목청을 높였다. 그녀는 빙그레 미소를 보일 뿐이었다.

"가압류는 일반 채권의 평등주의에 의해 우선변제권이 없습니다."

사발 머리 나 교수는 채권의 특성을 들어 설명하며, 그녀에게 눈짓으로 묻고 있었다.

"헐…! 평등주의?"

그녀는 속살거리며, 사발 머리 나 교수를 올려다보았다.

"그러므로 가압류는 기준권리는 될 수 있어도 최우선 변제 금액의 지급 기준이 될 수 없습니다."

"…"

"와…우, 그런 거야?"

짱구머리 나겁재는 나지막이 소리쳤다. 사발 머리 나 교수는 그녀를 향해 이제 감이 오느냐며 눈짓을 해 보였다.

미모의 명정관은 밝은 미소로 고개를 끄덕였다. 그는 미소 짓는 그녀의 모습에 홀딱 반한 눈빛으로 느물스럽게 웃고 있었다.

배당 5순위부터 8순위

사발 머리 나 교수는 그녀의 질문을 마지막으로 권리 배당 순위 가운데서 제4순위 임차인 보증금 채권의 대항력과 우선변제권을 마무리 지었다. 그리고 제5순위 일반 임금채권으로 넘어갔다.

"지금까지 여러분이 배운 제4순위까지는 세밀한 권리분석이 필요했지만, 제5순위 일반 임금채권부터 제8순위 일반 채권까지는, 그 순위만 기억해도 경락(낙찰: 물건 등을 취득)을 받는 데는 문제가 없을 겁니다."

사발 머리 나 교수는 말끝에 히죽 웃고 있었다.

"헐…! 이제 숨 좀 돌려도 되는 거야?"

흰머리 윤편인은 한숨을 내쉬며, 구시렁거렸다. 사발 머리 나 교수는 칠판 위에 영순위 집행 비용부터(저당 부동산의 제3취득자의 필요비, 유익비, 비용상환청구권, 체납처분비) 시작해 제1순위 주택 최우선 변제 금액(매각대금의 이분의 일 임차인의 소액보증금, 임금채권 중 일정액 근로자 3개월 임금 및 3년분 퇴직금, 재해 보상금), 제2순위 당해세(매각 부동산에 부과된 국세, 지방세, 체납가산금), 제3순위 법정기일이 담보 물권보다 빠른 국세와 지방세, 제4순위 담보물권 및 채권까지 차례대로 나열했다.

그리고 밑줄부터 나머지 순위를 새롭게 적어 나갔다.

제5순위 일반 임금채권과, 제6순위 법정기일이 담보 물권이나 임차 보증금의 채권보다 늦은 당해세 이외의 국세와 지방세, 그리고 제7순위 세금 외의 공과금(의료보험 국민연금 보험료 산업재해 보상 보험료)과, 제8순위 일반채권(확정일자 없는 임차보증금, 채권 등),을 순서대로 적어 놓았다.

"흐흐… 이제야 해방된 내 골통이 한숨 좀 돌리겠네. 젠장맞을!"

짱구머리 나겹재는 옆 사람을 쳐다보며 속닥거렸다.

수강생들은 이제야 살 것 같다며 안도의 한숨을 내쉬었다. 순간 여기저기서도 비슷한 소리가 흘러나왔다.

"내 말이… 이제야 골치 아픈 망할 놈의 수업에서 해방이야, 우라질! 헤헤!"

둥근 머리 맹비견은 덩달아 신이 나서 두런거리며, 히죽 웃었다.

"여러분은 경매 사건에서 최선순위권리(말소기준권리)만, 알고 입찰에 들어가도 큰 도움이 될 겁니다."

사발 머리 나 교수는 매각 명세서에 나와 있는 최선순위 기준권리 아래는 특수한 권리(유치권, 예비등기 등)를 제외하고, 말소된다는 전제하에 설명하고 있었다.

"헐⋯! 그걸 누가 몰라?"

새치 머리 안편관은 아직까지 속이 풀리지 않아 오만상을 찌푸린 채 툴툴거렸다.

"그러나 제4순위까지는 분석할 수 있는 탄탄한 기본기를 갖추고 있어야, 누구의 도움 없이 혼자서 무난하게 낙찰을 받을 수 있는 겁니다."

말끝에 사발 머리 나 교수는 시계를 쳐다보았다.

그는 대충 마무리를 할 것처럼 행동하다가 다시 강의를 이어 가며, 덧붙이듯 주절거렸다.

"다만 특수한 물건에 관심을 가지고 있는 분들은 디테일하게 부동산 지식과 정보를 습득할 필요가 있습니다. 더는 말하지 않아도 이제는 무슨 말인지 감들 잡으셨죠?"

사발 머리 나 교수는 씨익 웃고는 눈짓을 끔쩍거렸다.

"예⋯!"

수강생들은 심드렁하게 대답하고 있었다.

"알아⋯ 알아⋯. 나랑은 상관도 없는 말이라는 걸⋯. 히히!"

짱구머리 나겁재는 입속말을 속살거렸다. 수업도 대충 마무리가 되어 가고, 끝나갈 무렵이라 그런지 강의실은 잠시도 조용할 틈도 없이 술렁거렸다.

"저, 말입니다. 교수님!"

삼각 머리 조편재는 그를 올려다보며 불렀다.

"예…. 말씀해 보세요. 뭐가 궁금하십니까?"

사발 머리 나 교수는 그의 의아스러운 표정을 읽어 가며 가리켰다.

"다른 게 아니고 말입니다. 특수물건이라면 법정지상권이나 유치권 또는 소송사건이 걸린 물건을 말하지 않습니까?"

삼각 머리 조편재의 눈빛은 뭔가 간절히 원하고 있었다.

"그래서요?"

사발 머리 나 교수는 그를 부추기듯 쳐다보았다. 수강생들은 아는 내용과 모르는 내용이 섞여 나오자 귀가 솔깃해 눈길을 한데 모았다.

"법정지상권이나 유치권 등에도 우리가 알아야 하는 기본적인 경매 상식이 있습니까?"

삼각 머리 조편재는 뭔가 아쉬움이 남는 눈초리로 사발 머리 나 교수를 쏘아보았다.

"하하하! 법정지상권(법률의 규정에 의해 발생하는 지상권)과 유치권이라 물론 있습니다."

사발 머리 나 교수는 한바탕 웃어 가며 중얼대고는 고개를 주억거렸다.

"그럼 대충이라도… 흐흐…."

삼각 머리 조편재는 능청맞게 웃어 보였다.

"하하하! 알겠습니다. 오늘은 시간이 다 되었으니 다음 시간에

하도록 하겠습니다."

사발 머리 나 교수는 배우겠다는 열의가 흐뭇해, '그까짓 것쯤이야.' 하는 생각으로 선뜻 약속을 했다. 그에게는 매일 밥 수저 드는 일상이나 다름없는 강의였기에 특별히 문제 될 것이 없었다. 그는 수강생들로부터 호응도가 높다고 믿고 있었다.

"교수님! 모레 꼭 강의해 주시길 부탁드립니다."

삼각 머리 조편재는 뭔가 꼭 들어야만 하는 간절한 사연이 있는 사람처럼 매달렸다.

이럴 때마다 사발 머리 나 교수는 경매 수업에 자긍심을 느끼곤 했었다. 그러나 수강생들은 누가 지구인이 아니라고 할까 봐 이해의 저울추 안에서 달면 삼키고, 쓰면 뱉는 이기적인 패턴을 가지고 움직였다.

"다음 시간 역시 부동산 경매와 관련된 서류 보는 방법을 강의할 예정이오니 그렇게들 알고 준비들 해오세요, 아시겠습니까?"

"…"

사발 머리 나 교수는 목소리에 힘을 주고 이들을 보았다.

"예…!"

수업의 끝 무렵이라 그런지 사람들은 아주 시원스럽고 경쾌하게 대답을 하고 있었다.

"헉…! 아직도 할 게 남았나? 젠장!"

술렁이는 가운데 짱구머리 나겁재가 구시렁거렸다.

"오늘은 부동산 등기사항 전부증명서(등기부 등본)를 보는 법 중에서 배당 순위 마지막까지 강의했으니, 모레는 건축 및 토지와 관련된 대장이나 토지이용 계획 확인원 등과 관련된 부동산 경매 사건들을 풀어나갈 겁니다."

사발 머리 나 교수는 예습을 해 가지고 오라는 은근한 압박이었다.

"헐…! 저건 또 뭐라는 거야?"

둥근 머리 맹비견은 똥 씹은 우거지상을 해 보이며 웅얼거렸다.

"제가 알려드린 관련 서류나 문제들을 반드시 예습하시고 학교에 나오셔야 합니다."

사발 머리 나 교수는 신신당부를 하듯 말하고는 빙그레 웃었다.

"예…!"

수강생들은 부리나케 소리를 지르고, 금세 왁자지껄 떠들기 시작했다.

"젠장! 뭘 집에까지 들고 가서 골을 썩으라고 난리 블루스야."

삼각 머리 조편재는 마땅찮아 혼잣말을 투덜거렸다.

"그리고 집에 돌아가시면 오늘 배운 내용을 철저하게 복습하는 습관을 들이셔야 합니다. 그래야 두고두고 사골을 우려내듯 도움이 된다는 사실을 잊지 마세요. 알겠습니까?"

사발 머리 나 교수는 핏대를 세워가며 재차 당부했다.

"예…!"

"아, 예…예…!"

수강생들은 건성건성 대답을 하거나 스트레스가 잔뜩 섞인 소리를 질러댔다.

"아…, 그리고 필히 관련 서적들을 찾아보시고, 질문들을 준비해 오시기 바랍니다."

사발 머리 나 교수는 찡그렸던 미간을 활짝 펴고서 씩 미소를 보였다.

"헐…! 웃겨 자빠지겠네."

둥근 머리 맹비견은 어이가 없다며, 혼잣말을 속살거렸다.

"자…. 오늘도 수업을 받느라 고생들 많이 했습니다."

사발 머리 나 교수는 가볍게 웃었다. 그러고는 가져온 교재들을 하나씩 챙겨서 가죽 가방에 담기 시작했다. 잠깐 동안 교탁을 정리한 그는 정면을 응시하며 천천히 주절거렸다.

"잘들 돌아가시고, 모레 또 뵙도록 하겠습니다."

그는 인사말과 동시에 가볍게 고개를 까닥거리고는 그 자리에서 돌아섰다. 그리고 천천히 강의실을 빠져나갔다.

"교수님! 수고 많이 하셨습니다!"

일부 수강생들은 그의 뒷모습을 향해 소리쳤다.

"헐…! 수고는… 젠장!"

새치 머리 안편관은 아직도 미운 털을 털어내지 못한 채 불만을 쏟아 내고 있었다. 그는 심통 사나운 개새끼처럼… 으르렁 짖어 대었다.

"감사합니다!"

사발 머리 나 교수는 힐끔 돌아보고 답례를 하듯 소리치며, 잠깐 손을 흔들었다.

"쳇! 돈 받고 하는데 감사는…. 젠장!"

사발 머리 나 교수를 들으라고 외쳤는지? 새치 머리 안편관은 목
청을 한껏 올려 구시렁거렸다. 강의실 출구를 막 나서려던 사발 머
리 나 교수는 심통 사나운 소리를 들었다.

그러나 그는 고개를 힐긋 돌아볼 뿐 별다른 말없이 그대로 걸어
갔다. 그가 사라지자 바쁘게 개인 사물을 챙기던 수강생들도, 한
잔 생각에 미적거리는 수강생들도, 하나둘씩 자리를 털고 일어났
다.

그러고는 서로가 마음이 통한 사람들끼리 어울려 삼삼오오 짝
을 지어 걸어갔다.

이들은 썰물 빠져나가듯 여럿이 함께 어울려 몰려 나갔다. 미모
의 명정관은 볼일을 이유로 강의실을 빠져나가는 젤 바른 선정재
뒤를 바짝 따라붙고 있었다.

속 알머리 봉상관이 커피를 한잔하자고 제의했지만, 그녀는 바쁘
다는 핑계로 그를 따돌리고 종종걸음을 쳤다. 젤 바른 선정재에게
뭔가 상의할 문제가 있는 눈치였다.

제12장

내로남불

주차장으로 향하던 젤 바른 선정재는 그녀가 따라오기를 바라는 것처럼, 차가운 겨울바람을 맞으며 천천히 걸어갔다. 두 사람은 대학원에서 친해져 일을 핑계로 자주 만나다보니 어느 순간에 급속도로 가까워져 있었다.

물론 미모의 명정관은 그를 처음 본 순간부터 왠지 모르게 가슴이 두근거렸었다. 아니 대학 시절에 풋풋하고, 싱그러웠던 캠퍼스 두근거림을 그에게서 느낀 것이었다.

그 앞에만 서면 자신도 알 수 없는 짜릿한 전류가 온몸에 흐르며, 가슴이 부르르 떨려오는 야릇한 기분을 느끼곤 했었다.

그래서 그랬을까? 살짝 스킨십만으로도 심장이 저려 왔었다. 언제부턴가 '아! 저 남자 갖고 싶다.' 하는 묘한 감정이 마음 깊숙한 곳으로부터 우러나와 자신을 구속하기 시작했었다.

그래서 그녀는 남몰래 가슴 깊은 곳에 그의 이름을 새겨 넣고 다녔었다.

그 이후 미모의 명정관은 기회가 날 때마다 작정하고 그에게 접근을 했었다. 젤 바른 선정재는 경매에 관해 물어 오는 그녀를 자주 접하며 받아주다가 언제부터가 자신도 모르게 호감을 갖기 시작했었다.

그는 처음부터 애정을 전제로 사귈 마음을 갖지 못했다.

왜냐하면 서로가 가정을 가지고 있다는 선입견이 그녀로부터 경계심을 해방시켰기 때문이었다. 아니 아무래도 유부남과 유부녀라는 뉘앙스가 남녀 사이에 거부감도, 부담감도, 한결 덜어 주지 않았나 싶었다.

그래서 젤 바른 선정재는 가볍게 친목을 도모하는 관계에서 그녀와의 만남을 지속해야겠다는 생각을 했었다. 그리고 한걸음 다가갔었다. 그러나 그것은 허울뿐인 감정의 찌꺼기에 불과했다.

왜냐하면 그동안 젤 바른 선정재는 경매수업이 없는 날을 골라, 임장(현장)을 자주 다니곤 했었다. 그 이유야 뻔했다. 물건 가운데 이득을 챙길 수 있는 부동산을 찾기 위해서였다.

그의 목적은 수익에 있었다. 그는 부동산을 낙찰받아서 하나씩 늘려가는 재미에 푹 빠져 지냈다. 그런데 그 앞에 갑자기 미모의 명정관이 나타난 것이었다.

그랬다. 젤 바른 선정재는 그녀를 만나면서 새로운 비즈니스 유혹에 빠져들고 있었다. 그는 바쁜 와중에도 미모의 명정관을 불러내서 함께 입찰을 보러 다녔다.

그녀에게 돈이 되는 물건이라 생각이 들면 기꺼이 소개를 하곤 했었다. 시간이 흐르자 두 사람은 언제부턴가 자유분방하고 허물 없는 사이로 발전해 가고 있었다. 젤 바른 선정재가 있는 곳에는 항상 그녀가 껌 딱지, 아니 장신구처럼 붙어 있었다.

그렇게 두 사람은 극도로 가까워지면서 임장 활동까지 함께 다니기에 이르렀다. 그러는 사이에 어느덧 두 사람은 돈독한 친분을 넘어 내연의 관계로 발전해 남모를 애정을 쌓아 가고 있었다.

나이트 밀회

  며칠 전 젤 바른 선정재는 그녀로부터 만나자는 문자를 받고 급히 대법원으로 차를 몰고 가던 중 교대역 교차로에서 신호를 기다리는 그녀를 발견했다. 그래서 마침 잘됐다 싶은 젤 바른 선정재는 얼른 차선을 돌려 한적한 곳에 차를 멈춰 세웠다.

  그리고 그녀가 건너오기를 기다렸다. 화려하게 차려입은 미모의 명정관은 매무새 너머로 단아한 기품이 넘쳐흘렀다. 그녀는 전형적인 미인의 자태를 뽐내며 우아하게 서 있었다.

  곱게 다듬은 머리카락을 휘날리며 걸어오는 팔등신 미녀의 늘씬한 각선미는 언제부턴가 그의 설레는 마음을 단번에 사로잡았었다. 신호가 바뀌고 그녀가 자신의 방향으로 다가오자, 그는 차창을 가만히 열고 손짓을 했다.

미모의 명정관은 누군가 자신을 향해 손짓을 하는 모습을 발견하고 상큼하게 미소를 지었다. 그가 누구인지 단번에 알아차린 것이었다.

미모의 명정관은 신호가 바뀌자 횡단보도를 따라 종종걸음으로 다가왔다. 그때 차 문이 스르륵 올라가자 그녀는 기다렸다는 듯이 조수석으로 올라탔다.

그녀를 태운 세단 차는 서서히 속력을 내기 시작해 복잡한 차량 한가운데로 비집고 들어갔다. 가다 서기를 반복하던 그의 차는 어느새 가로변 빌딩 숲속을 헤치듯 도심 속으로 달려가고 있었다.

"어디에서 오시는데 그쪽에서 오세요?"

젤 바른 선정재는 궁금한 눈빛으로 미소를 듬뿍 담아 물었다.

"호호! 지하철역에서 방금 빠져나왔어요."

미모의 명정관은 배시시 웃어 가며 스틱에 올려놓은 그의 손을 슬며시 잡았다.

"그럼 주차장에서 오는 게 아니었어요?"

젤 바른 선정재는 손을 슬쩍 빼내 각지를 끼우며 물었다. 그녀는 고개를 끄덕이면서 살포시 웃었다.

손끝으로 그의 따스한 느낌이 전해져 오자 그녀는 잠시 오금이 저려 멈칫하고 있었다.

"난 또 차는 어디다 세워 두고 걸어오는구나 생각을 했는데…"

그녀는 연신 웃기만 했다. 창밖으로 차들이 휙휙 스쳐가고 있었다.

"그게 아니었군요? 하하하!"

젤 바른 선정재는 일부러 소리를 내서 호쾌하게 웃었다.

"호호! 제가 좀 늦었죠, 많이 기다리셨나요?"

그제야 입을 열면서 그녀는 약간 죄송한 표정을 지었다.

"아니요, 저도 방금 도착해서 신호 대기에서 걸렸는데 약속이나 한 것처럼 짠하고 명 여사께서 나타나신 겁니다. 하하하!"

젤 바른 선정재는 입술에 침을 바르며 얼굴을 주억거렸다.

"어머, 그랬군요. 신기해라⋯."

그녀는 소녀처럼 부끄러운 자태로 단아한 미소를 보였다.

"이것도 운명의 장난인가요. 으하하하!"

젤 바른 선정재는 말을 해 놓고, 어색한지 큰소리로 웃었다. 그녀는 함께 웃다가 불현듯 뾰로통한 표정을 짓고서, 그에게 익살을 부렸다.

"정재 씨 아니 오빠—! 호호호! 듣기 어때요?"

그녀는 아양을 떨 듯, 그의 호칭을 슬쩍 바꿔서 불러주었다.

"하하하! 갑자기 그렇게 부르니 우리가 캠퍼스 커플이 된 것처럼 젊은 시절로 돌아간 것 같습니다."

젤 바른 선정재는 무엇이 그렇게 좋아 눈꼬리가 귀에 걸린 채로 연신 싱글벙글 웃었다. 아마 지금까지 그에게 볼 수 없었던 행복한 낯빛이었다.

"크크!"

그녀는 자신이 말하고도 어딘가 낯간지러웠던 모양이다. 연신 킥킥거리며, 함께 따라 웃고 있었다.

"그런데 싫지 않은 건 왜죠? 하하하!"

젤 바른 선정재의 달가워하는 표정과 눈빛에는 꿀물이 뚝뚝 떨어지고 있었다.

"어머머⋯. 정말이에요?"

그녀는 좋아 어쩔 줄 모르는 표정으로 애교를 떨었다.

"좀 전에 오빠가 여사라 부를 때 왠지 낯간지럽고 어색했어요."

미모의 명정관은 애교 섞인 목소리로 앙살을 떨고는 귀엽게 눈을 흘겼다. 마치 스쳐가는 자동차 물결을 곁눈질 하는 것 같았다.

"그렇게 거리감을 느꼈어요?"

젤 바른 선정재는 이미 마음이 청춘으로 돌아간 듯 장난스럽게 말을 받았다.

"아이, 몰라요⋯."

그녀는 붉어진 미소를 보이며 손가락에 힘을 주었다.

"하하하! 벌써 우리가 정이 많이 들었나 봅니다."

젤 바른 선정재는 사랑스러운 눈빛으로 중얼거렸다.

"예⋯. 저는 오빠한테 푹 빠진 것 같아요."

미모의 명정관은 배시시 웃어 가며 마냥 애교를 떨었다.

"이제⋯ 우리 어디로 갈까요?"

젤 바른 선정재는 그녀의 가슴을 헤집어 보며, 침을 꿀꺽 삼켰다.

"이번에 골라준 부동산 때문에 큰 수익을 냈으니 제가 좋은 곳으로 모셔가 한턱 단단히 내겠어요. 호호!"

미모의 명정관은 중얼거리며, 허벅지살이 드러나는 치마를 살짝 당겨, 매무새를 고쳐 앉았다.

"하하하! 다행입니다. 사실 난 한동안 마음을 졸이고 있었는데 듣던 중 제일 반가운 소립니다. 그럼 오늘 만나자고 한 이유도 그것 때문 이었습니까?"

젤 바른 선정재는 궁금한 눈빛으로 물어 가며 해쭉거렸다.

"호호! 예에… 맞아요."

그녀는 입을 살짝 가리고 고개를 까닥대며 웃었다.

"하하! 정말, 럭키 걸처럼 운이 좋은 분 같습니다."

젤 바른 선정재는 그녀의 손을 꽉 쥐었다.

"호호! 다 오빠 덕이 아니겠어요."

미모의 명정관은 말하는 도중에 잠시 아픔을 느끼고 움찔거렸다.

"좋아요, 수익이 났다니 가벼운 마음으로 얻어먹을 수 있겠습니다. 하하하!"

그는 차 안이 떠나가도록 한바탕 웃었다.

"호호! 그렇게 좋으세요?"

그녀는 깍지를 끼었던 왼손을 그의 손에서 빼내며 그를 슬쩍 쳐다보았다.

"말이라고요, 오늘은 자기가 한턱 쏘셔도 될 것 같습니다. 하하하!"

그는 드러난 허벅지 위로 살며시 오른손을 올려놓았다. 미모의 명정관은 순간 움찔하면서도 그대로 받아들이고 있었다. 그의 체온이 따스한 느낌으로 스멀스멀 전해져 오자, 순간 오금이 저려 오며, 자신도 모르게 전신이 움츠러들고 있었다.

두 남녀의 설레는 마음을 아는지 모르는지, 무심한 세단 차는 도심 속 어디론가 쏜살같이 달려가고 있었다. 그녀는 젤 바른 선정재가 맘먼고 골라 준 아파트 입찰에 참여했다가 늘어난 경쟁자들 때문에 감정가를 뛰어넘는 고가 낙찰을 받아야 했었다.

그러나 인간사 새옹지마라 했던가? 화가 복이 되어 생각지 못한 큰 수익을 남겼다. 왜냐하면 숨겨진 허위 임차인의 보증금을 퇴출시키면서 단번에 억대 차익을 챙긴 것이었다. 로또에 당첨된 횡재처럼 운이 따른 것이었다.

그녀는 흰머리 윤평이이 일러준 대로 안내장을 작성해 임차인이 허위 신고 세입자임을 밝혀내는 눈부신 성과를 올렸다. 그런데 웃기는 것은 그녀는 젤 바른 선정재를 만나고 나서부터 재물 복이 터졌다며, 외람되게도 가끔은 그를 인생의 동반자라 생각하곤 했었다.

그러나 젤 바른 선정재는 처자식이 있는 유부남이라는 사실을 부정할 수 없었다. 마음 같아서는 이혼이라도 시켜 놓치고 싶지 않았다. 하지만, 세상사가 마음대로 되는 것도 아니고, 해서 하늘이 정해 준 팔자대로 애써 마음을 접었을 뿐이었다.

그래서 그냥 연인 같은 친구처럼 가끔 엔조이하는 사이로 만족하고 지냈다. 그러다가 남자의 손길이 그리워질 때면 가끔씩 그를 찾곤 했었다. 오늘도 이런저런 핑계를 늘어놓고 있어도 혼자된 외로움을 잊고 싶어 그를 만난 것이었다.

차 안은 부드럽게 온정이 흐르듯 전신의 그의 따스함이 느껴지고 있었다. 그녀의 욕정은 가볍게 꿈틀거렸다.

"가까운 서해 바닷가 쪽으로 나갑시다. 거기 가서 생선회도 먹고, 바닷바람 좀 쐬고 돌아옵시다."

젤 바른 선정재는 그녀의 허벅지를 가볍게 쓰다듬으며 속삭였다. 순간 짜릿한 전율이 그녀의 뇌리를 스치고 지나가자, 그녀가 이렇게 주절거렸다.

"생선회 가지고 되겠어요?"

미모의 명정관은 사랑스러운 눈빛으로 촐랑대며 웃었다.

"그곳보다 오래간만에 젊음을 되찾을 수 있는 호텔 나이트클럽이 어때요? 호호!"

그녀는 지나간 캠퍼스 젊은 시절로 돌아가고 싶었다. 그래서 그가 깜짝 놀랄 도발적인 제안을 해 왔다.

"하하! 우리 나이에 나이트클럽은 좀 벅차지 않겠습니까?"

젤 바른 선정재는 한편으로 기겁을 하면서 선뜻 내키지 않은 표정을 억지로 감추느라 고개를 옆으로 돌렸다. 그러고는 백미러를 슬쩍 쳐다보며 그녀의 표정을 살폈다.

"호호! 미안한데요, 오늘은 오빠와 함께 젊은 시절로 돌아가서 즐기고 싶어요."

그녀는 눈빛을 반짝이며 그에게 윙크를 보냈다.

"아…. 그래요?"

젤 바른 선정재는 '흐흐… 늑대와 춤을 추고 싶다고…? 이런 황당할 데가 있나.' 하는 눈길로 그녀를 흘끔 거렸다.

"오늘은 왠지 멀리 나가고 싶은 마음이 없어서요, 제 마음을 이해해 주실 거죠?"

그녀는 야릇한 미소로 앙살을 떨었다.

"오케이! 뭐… 그럽시다. 누구의 부탁인데 제가 거역을 하겠습니까? 후후! 호텔 나이트로 갑시다."

젤 바른 선정재는 말과 동시에 깊숙이 오른손을 밀어 넣었다. 그녀는 가볍게 신음 소리를 토해 내고는, 자기방어적인 자세를 취했다. 그러고는 애교 띤 눈동자로 그를 가만히 흘기며 슬며시 그의 손을 밀어냈다.

순간 젤 바른 선정재는 괜히 민망해 나오는 대로 주절거렸다.

"호텔 레스토랑에 가서 정식 코스 요리로 저녁도 먹고, 나이트클럽에 들려서 오래간만에 한바탕 젊음을 불태워 봅시다. 하하!"

그는 밀어내는 손을 슬쩍 붙잡고 넉살을 떨었다.

"정말, 그렇게 해 주시는 거죠? 오빠! 흐흐…"

미모의 명정관은 아양을 떨며 콧소리를 토해 냈다.

"그 대신 흘린 땀은 호텔 사우나에 가서 서로 등을 밀어 주는 겁니다. 하하하!"

그는 차 안이 떠나가도록 웃었다.

"어머머…. 엉큼하셔라…. 까르르!"

그녀는 해맑은 소녀처럼 말을 해 놓고 멋쩍어하며 웃음을 터뜨렸다. 그렇게 두 사람을 태운 세단 차는 한남대교를 넘어서며, 속력을 내기 시작했다.

한남동 방향으로 향하던 차가 고가도로를 지나 속력을 내기 시작하더니 금세 남산 터널을 쏜살같이 빠져나왔다. 세단은 거기서 우회전을 해 명동 방향으로 빠르게 질주했다.

그러나 퇴근길에 몰려든 차들로 복잡한 도로에서 시내를 한 바퀴 돌아야 했다. 이들은 다시 그 도로에서 오른쪽으로 빠져 서보자 호텔 네온사인 간판이 보이는 정문 앞으로 곧장 달려가 천천히 차를 멈춰 세웠다.

차창 밖에는 시내를 밝히는 희미한 조명 불빛이 호텔 유리창에 하나둘씩 반짝거리고 있었다.

거리에는 어둠이 거뭇거뭇 내려앉고 있었다. 도어맨이 냉큼 달려와 그녀가 내리도록 차 문을 열어 주려고 하는데 차문은 자동으로 스르르 올라갔다.

그녀가 먼저 내리고 차에서 내린 젤 바른 선정재는 도어맨에게 운전대를 넘겨주고, 곧바로 출구로 걸어갔다. 호텔로 들어선 두 사람은 먼저 승강기를 탔다.

젤 바른 선정재는 스카이라운지 아래층 식당 번호를 가볍게 눌렀다.

승강기는 순식간에 식당 층 출구 앞에 도착해 스르르 문이 열렸다.

안으로 들어간 두 사람은 빈 테이블을 찾아가 소지품을 내려 놓고 의자에 앉았다. 실내는 표트르 일리치 차이콥스키Pyotr Ilich Tchaikovsky의 「백조의 호수」 멜로디가 잔잔하게 흐르고 있었다.

도시가 내려다보이는 창 너머로 화려한 야경 불빛들이 눈앞에 펼쳐졌다.

수많은 빌딩들이 금방이라도 코앞에 달려들 것 같았다. 두 사람의 움직임을 지켜보던 웨이터 하나가 조용히 다가와 공손하게 메뉴판을 건넸다.

젤 바른 선정재는 메뉴 판을 활짝 펴 놓고는 첫눈에 들어오는 에이코스를 가리키며, 그녀의 의사를 타진하고는 곧바로 웨이터를 불러 주문을 했다. 음식이 준비되는 동안 이들은 서서히 불야성으로 변해 가는 도시의 야경을 잠시 만끽하며 이런저런 대화를 나누고 있었다.

이윽고 주문한 식사가 도착하자, 두 사람은 가볍게 와인을 곁들여 이른 저녁을 즐겼다.

그리고 디저트로 나온 약간의 과일과 커피로 입가심을 대신했다.

얼마간 앉아 있던 미모의 명정관은 웨이터를 불러 자신의 카드를 건넸다. 그는 곧장 계산대로 걸어가서 영수증을 가지고 돌아왔다. 그렇게 계산을 끝낸 두 사람은 남은 커피를 마저 들고서 자리에서 조용히 일어났다.

그리고 웨이터의 인사를 뒤로한 채 레스토랑을 빠져나왔다. 이들은 나이트클럽으로 내려가기 전에 먼저 호텔 프런트에 잠시 들렀다.

눈치가 빠른 그녀는 사람들의 눈을 피하려는 태도로 젤 바른 선정재를 남겨 놓은 채 화장실에 볼일이 있다는 핑계로 먼저 계단을 내려갔다.

그 사이 젤 바른 선정재는 객실을 예약하고 룸 마스터키를 받아 챙겼다. 이들은 약속이나 한 연인처럼 자연스럽게 행동을 하고 있었다.

젤 바른 선정재가 지하 나이트클럽으로 천천히 걸어 내려갔다. 미모의 명정관이 미소 짓는 얼굴로 출입구 옆을 서성거리며 그를 기다리고 있었다.

두 사람은 어깨동무를 하듯 허리를 감싸 안고는 홀 안으로 들어갔다. 귀청을 때리는 밴드 소리가 체내 깊숙이 파고 들어왔다. 두 남녀의 몸짓은 어느새 흥이 솟구쳐 발바닥부터 들썩들썩 움직이고 있었다.

빨간 스탠드 등을 밝히고 잠시 자리를 비운 담당 웨이터가 맥주를 가져오기 전까지 그녀는 뮤직에 홀린 밴드마스터처럼 흥얼거리고 있었다. 미모의 명정관은 어디에 그런 끼가 숨어 있다가 발산을 하는 건지? 젤 바른 선정재를 말고삐를 잡아채듯 끌고서 스테이지로 서슴없이 뛰쳐나갔다.

그녀는 뮤직에 미쳐 열광하는 젊은이들처럼 춤추는 사람들 속으로 깊숙이 들어갔다. 무대는 초저녁이라 아직은 허전했다.

이들이 전세를 낸 홀처럼 텅텅 빈 공간들이 이곳저곳 손님들을 기다리고 있었다.

테이블도 스탠드 등불이 꺼진 채로 여기저기서 어서 오라고 손짓하는 스탠드바처럼 빈자리가 듬성듬성 눈에 띄었다.

두 사람은 개의치 않는 표정으로 음률에 몸을 맡긴 채 리듬을 타기 시작했다. 이들은 끼를 뿜어내는 연인처럼 두 사람이 하나가 되어 전율에 흐르는 춤을 추고 있었다. 이들은 정열적으로 온몸을 흔들어 도시의 아니 삶의 스트레스를 상쾌하게 날려 버리고 있었다. 춤의 향연 속에 빠져든 이들은 인생을 즐기며, 방금 목욕을 마친 푸들 강아지처럼 전신에 묻은 오욕을 부르르 털어내고 있었다.

그러다 잔잔한 음률이 흐르면 두 사람은 누가 먼저랄 것도 없이 와락 끌어안고서 뜨겁게 한 몸이 되었다. 이들은 서로의 숨결을 느끼며, 서서히 블루스 춤 속으로 빠져 들어갔다.

바짝 달아오른 두 사람의 심장 박동은 밀착의 강도가 깊어질수록 호흡이 거칠어지면서 서로의 입술은 뜨거워지는 횟수가 점점 늘어가고 있었다.

시간이 갈수록 늘어나는 광란의 인파 속에서 이들은 태엽이 감긴 인형처럼 오두방정을 떨다가 태엽이 풀리면 제풀에 멈추어 버리듯 두 사람은 그렇게 춤을 즐기며 숨겨졌던 젊음을 불태웠다.

그러나 테이블과 무대를 수차례 오고 가며 즐기는 횟수만큼은 이들의 테이블 밑에는 빈병들이 잔뜩 늘어 가고 있었다. 얼마만큼 시간이 흘러 취기가 오른 두 사람은 서로를 의식하면서 뜨겁게 타오르는 눈빛에 감전되어 자주 귓속말을 속삭이곤 했었다.

그러고는 첫날밤을 치를 것을 약속이나 한 신혼부부처럼 부둥켜 앉은 채로 객실로 올라갔다. 룸으로 들어선 두 사람은 지금을 기다렸다는 몸짓으로 거추장스럽던 옷가지를 하나씩 벗어던졌다.

전신은 땀 냄새가 풀풀 났지만, 두 사람은 아랑곳하지 않았다. 누가 먼저랄 것도 없이 동시에 샤워실로 뛰어 들어갔다. 떨어지는 물소리에 몸을 맡긴 두 사람은 서로를 강렬하게 보듬어 앉았다.

그리고 깊고 깊은 나락으로 빠져 들었다. 그렇게 샤워를 마친 두 사람은 뜨겁게 사랑하는 연인이 되어 한 몸처럼 샤워 실을 걸어 나왔다. 이들은 서로의 사랑을 확인하듯 베드 위에서 한동안 몸부림을 치고 있었다.

그러다 차츰 욕망의 불길이 식어갈 무렵 이성을 찾은 두 사람은 늦은 시간이 돼서야 호텔을 빠져나왔다.

늦은 시간이었지만, 젤 바른 선정재는 대리운전을 불러 그녀의 집 근처까지 바래다주고는 자신은 집으로 돌아갔었다.

그렇게 헤어지고 며칠 뒤 강의실에서 만난 두 사람은 수업이 끝나기를 기다렸다. 강의를 듣고 있어도 머릿속은 온통 둘만의 시간들로 가득 차 있었다.

흐르는 시간 속에는 눈앞에 없었던 물체가 있는 실체처럼 아니 가상현실들로 그 시간의 실루엣들이 눈앞에 스쳐가는 환영처럼 수업 내내 다가왔다. 그래서 사람들의 눈을 피해 둘만의 장소가 필요했던 젤 바른 선정재는 약속이나 한 것처럼 주차장으로 서둘러 발길을 돌린 것이다.

그녀의 자동차가 세워진 곳에 이르자, 그는 자기 차를 타는 주인처럼 손잡이를 당겼다. 하지만 차 문은 굳게 닫혀 있었다.

종종걸음으로 따라온 그녀가 그의 행동을 보면서 피식 웃고는 뒤에서 리모컨을 작동시키자, 차 문이 찰칵 소리를 내며 열렸다.

젤 바른 선정재는 지켜보는 눈들을 피하려고, 얼른 올라타서 뒷문을 잽싸게 닫았다. 그러고는 뒷좌석에 비스듬히 몸을 뉘었다.

뒤에서 보면 영락없는 바람난 오입쟁이 모습이요, 수상하기가 그지없는 불륜남의 행동이었다.

지은 죄가 있는 것처럼 사람들을 경계하듯 살금살금 움직이는 얄궂은 모습이 미모의 명정관의 눈에는 귀엽기도 하고, 재미있어 보였다. 그래서 뒤따라오면서 피식피식 웃었다. 그녀는 운전석 문을 열고 의자에 기대어 앉자마자 잠시 고개를 돌렸다.

그러고는 차 문도 닫지 않은 채 자신이 입찰 받을 경매물건에 대해 필요한 몇 가지 질문을 물어 왔다. 그는 차분하게 설명을 해 주며 속으로는 '이게 아닌데… 이게 아닌데…' 되뇌고 있었다.

그는 며칠 만에 만난 그녀와 함께 있고 싶은 마음이 가득했었다. 그런데 미모의 명정관은 야속하게도 궁금증이 해소되자 남의 속마음도 모르고, 먼저 양해를 구해 왔다.

"오빠, 오늘은 집안에 행사가 있어서 서둘러 돌아가야겠어요."

그녀는 괜히 미안해서 살짝 미소를 보였다. 서운한 그의 표정과 행동이 지금 무엇을 원하고 있는지를 대충 눈치로 감을 잡은 그녀는 일부러 더 서두르며 갈 길을 재촉했었다.

"보고 싶어 하루가 여삼추였는데 아쉽지만 어쩔 수 없지요. 뭐…."

젤 바른 선정재는 마른침을 꼴칵 삼키고는 그녀를 응시하며 아쉬워했다. 미련이 잔뜩 묻은 그의 간절한 눈빛에는 서운함이 가득 고여 있었다.

"우리 모레 만나요."

그녀는 간드러지게 말을 건네며, 그의 손을 꼭 잡아 주었다.

"뭐, 그래야지 별 수 있나…. 그럼 조심해서 들어가시고 금요일에 만납시다. 안녕!"

젤 바른 선정재는 그녀의 의기에 잠시 서운함을 느꼈지만, 어쩔 수가 없었다. 그는 이틀 뒤면 대학원에서 다시 만날 수 있다는 기대감에 차에서 내렸다. 그러고는 어디에 그런 용기가 숨겨져 있었나 싶게 가만히 운전석으로 다가왔다.

그리고 잠시 주변을 살피다가 차 문을 열고는 가볍게 이마에 입을 맞췄다. 그녀는 소스라치게 놀라는 표정을 보이다 사방을 돌아보고 금세 미소를 보였다. 그러고는 모레 만나자며 눈웃음을 남긴 채 그의 눈앞에서 서서히 멀어져 갔다.

젤 바른 선정재는 그녀의 승용차가 점점 멀어지는 모습을 장승처럼 꼿꼿이 지켜보며 한참을 서 있었다. 그녀가 시야에서 사라지자 넋을 놓고 뒷모습을 바라보던 젤 바른 선정재는 그제야 제정신이 돌아온 듯 자신의 차에 올라탔다.

그러고는 한참 동안 어디다 통화를 하고 나서야 천천히 주차장을 빠져나갔다. 우연히 그 광경을 목격한 흰머리 윤편인은 멀찌감치 떨어져서 두 사람의 행동을 지켜보다가 이들이 사라지자, 눈 녹은 도로 길을 찾아 걸었다.

겨울 차가운 바람을 맞으며 한동안 서 있던 그는 한기를 느끼면서 서둘러 바쁜 걸음을 지하철로 옮겼다. 흰머리 윤편인은 오늘따라 거리가 빙판길이라 차를 두고서 지하철로 등교했었다.

그런데 잠시 잠깐 착각을 일으키고, 주차장으로 발길을 옮겼다가 그들의 행동을 목격할 수 있었다. 그래서 잠시 지켜보다가 두 사람이 강의실에서 남모르게 주고받던 눈빛의 정체를 그제야 알게 되었다.

그는 한동안 궁금하고 의아했던 그들의 행동이 이제야 이해가 되었다. 흰머리 윤편인은 어차피 남의 애정 사요 숨겨진 일인데 모른 척하는 편이 좋겠다고 생각을 하며, 집으로 발길을 돌렸다.

제13장

부동산 공부의 내력

금요일 오후.

햇살이 가득한 강의실로 수강생들이 하나둘씩 모여들고 있었다. 쓸쓸하게 비었던 텅 빈자리가 점점 사람들로 채워지며, 수선스럽게 변해 갔다. 이틀 만에 만난 이들은 한동안 쌓였던 노가리를 풀어내느라 너 나 할 것 없이 소란스럽게 떠들고 있었다.

그렇게 강의실은 시끌벅적한 장터처럼 말소리와 웃음소리가 어우러져 복작거렸다. 그때 찰각하고 출입구 문이 열리면서 학생 조교와 사발 머리 나 교수가 함께 들어섰다. 수강생들은 아랑곳하지 않은 채 자기들 대화 속에 매몰되어 있었다.

가져온 교재를 교탁 위에 가만히 내려놓은 사발 머리 나 교수는 마이크를 가슴 위쪽에 꽂고서 모두를 향해 인사를 건넸다.

"식사들 많이 하셨습니까?"

"…"

귀에 익은 목소리가 쩌렁쩌렁하게 들려오자, 그때서야 수강생들은 제자리를 찾아서 부산하게 움직이며 박작거렸다. 그러는 가운데 소음은 점차 잦아지며, 강의실은 점차 차분해져 갔다.

"예습들 많이 해 오셨습니까?"

"…"

사발 머리 나 교수는 미소를 보이며 재차 소리쳤다.

"예…!"

순간 수강생들은 바람 빠지는 풍선 소리처럼 어설프게 대답을 했다.

"어째 대답들이 신통치 않습니다."

사발 머리 나 교수는 히죽 웃어 가며 나무라는 투로 이들을 보았다.

그는 잠시 가져온 자료집을 뒤적이다가 고개를 들어 수강생들을 한 사람씩 돌아가면서 눈을 맞췄다.

인원을 체크하는 행동처럼 눈짓을 하며 그는 자주 고개를 끄덕였다. 그렇게 하면서 전체적인 수업 분위기를 잡아나가다가 수강생들이 주목을 하면 예외 없이 주절거렸다.

"오늘은 지난 수요일 수업에 이어 경매하는 데 필요한 서류를 검토하면서, 그와 관련된 문제들을 하나씩 분석하는 시간을 갖도록 하겠습니다."

사발 머리 나 교수는 모두를 향해 말하면서 주억거렸다.

"그러거나 말거나…."

둥근 머리 맹비견은 버릇처럼 속살거렸다.

"공부들 많이 하고 오셨죠?"

사발 머리 나 교수는 두 눈을 부릅뜬 채 눈짓을 해 보였다.

"예…!"

그의 매섭게 쏘아 대는 질문에도 수강생들의 대답은 오늘따라 영 매가리가 없어 보였다. 이들은 잠을 제대로 자지 못한 사람처럼 건성건성 소리만 내고 있었다.

"별로 못 했습니다!"

짱구머리 나겹재가 소리쳤다. 이들의 답변은 수시로 갈라져 나왔다. 여야로 갈라진 국회도 아닌데…. 정말 묘한 현상처럼 사람 사는 곳은 어디든 찬반이 엇갈려 의견이 달랐다.

"아무튼 좋습니다. 화창한 오후에 지루할 틈이 없도록 달려볼 테니 잘 따라오시기 바랍니다."

그는 말과 동시에 칠판 앞으로 다가가서 몇 글자를 휘갈기고 돌아섰다.

부동산 관련 서류

수업 시작 전이라 그런지 사발 머리 나 교수는 활력이 넘치고 있었다.

"헐…! 대박!"

수강생들은 습관처럼 나지막이 소리를 질렀다. 이들과 달리 사발 머리 나 교수는 에너지가 넘쳐흐르는 표정으로 수강생들을 한눈에 움켜잡을 포스로 희번덕거렸다.

"여러분이 경락에 성공하는 물건을 찾아내기 위해서는 부동산 관련 서류를 철저하게 분석할 줄 알아야 합니다."

그는 말을 해 놓고 '이해들은 하나?' 싶어 전체의 눈치를 살피면서 계속 이어 갔다.

"그래야 경매 물건 속에 숨어 있는 히스토리를 찾아내고, 결정적으로 여러분이 좋아하는 핫머니를 챙길 수 있다…, 이 말입니다."

사발 머리 나 교수는 '이들이 얼마나 예습들을 준비해 왔을까?' 궁금해하면서 연신 중얼거렸다. 순간 강의실은 술렁거리기 시작했다.

"헐…! 그걸 누가 모르나? 젠장!"

삼각 머리 조편재가 속삭이듯 구시렁거렸다. 사람들은 여기저기서 속닥거렸다. 그러든 말든 그는 연신 주절거렸다.

"알겠습니까?"

"…."

사발 머리 나 교수는 전체를 둘러보며 목청을 올렸다.

"예…!"

몇몇 수강생들이 힘껏 대답했다. 이들은 툭하면 잡담을 하느라 한눈을 팔면서 끼리끼리 쑥덕거렸다.

"오케바리!"

둥근 머리 맹비견이 소리쳤다. 돈 사랑 팀원들은 그를 한껏 쏘아보며 '아주 지랄을 떨어요.' 하는 째진 눈초리로 그를 응시하고 있었다.

"땡큐! 좋아…브러!"

뒤이어 누군가 소리쳤다. 강의실은 금세 떠들썩하게 소란스러워졌다.

그래도 아직은 첫 시간이라 그런지 점차 생기가 살아나, 이들은 순간순간 활력이 넘쳐나고 있었다.

"자⋯자! 이제 조용히들 하시고, 강의에 좀 귀를 기울여 주시기 바랍니다. 제가 누차 강조하지만, 등기사항 전부 증명서(등기부 등본)를 잘 검토해 보시면, 부동산 속에 숨은 건물의 내력뿐만 아니라, 소유주의 사정에 관해서도 대충은 파악해 낼 수 있다는 겁니다."

사발 머리 나 교수는 눈꼬리를 치켜 올리면서 말소리에 힘을 주었다.

그는 거래 횟수가 잦은 물건이 환금성이 좋다는 사실을 알 수 있는 것처럼 말했다. 물론 그 반대의 경우도 종종 있지만, 그 역시 소수에 불과할 뿐이었다.

"헐⋯! 징말, 그런 거야⋯?"

상구 머리 노식신은 새로운 사실에 감탄하듯 웅얼거렸다.

"여러분도 잘 알고 계시죠?"

사발 머리 나 교수는 긍정을 반문하며 입꼬리를 올린 채 물어왔다.

"예⋯!"

이들의 대답 소리는 자신감이 결여된 채로 축 가라앉아 있었다.

"아이⋯ 씨! 난 모르는디⋯."

짱구머리 나겁재는 지금껏 듣고도 억지를 부리듯 심통스럽게 구시렁거렸다.

"부동산 관련 서류 중 건축대장 또는 토지대장 그리고, 토지이용계획 확인원에서는 무엇을 파악해 낼 수 있는지, 또는 유추해 낼 수 있는가를 누가 대답해 보겠습니까?"

사발 머리 나 교수는 강의실을 둘러보다가 손을 든 한 사람을 가리켰다. 그는 둥근 머리 맹비견이었다.

"토지대장은 토지의 소재지·번호·지목·등급·면적·소유자의 주소와 성명을 적어서 시·군·구 등에 비치해 두는 지적 공부로서 토지의 근거를 일정한 양식으로 기록한 장부입니다."

둥근 머리 맹비견은 집에서 정리해온 노트를 펼쳐 놓고, 흘끔흘끔 곁눈질을 해 가며 답변을 했다. 그의 설명은 계속 이어졌다.

순간 팀원들은 '해가 서쪽에 떴나?' 하는 표정이었다. 그가 '어쩐 일인가?' 싶은 이들은 그를 달리 보며 감탄하는 눈길로 주시했다. 그러든 말든 그는 계속 주절거렸다.

"건축대장은 건축물에 관련된 고유번호, 장번호, 대지위치, 지번, 명칭 및 번호, 그리고 특이사항, 대지면적, 연면적, 지역과 지구, 구역, 건축면적, 용적률 산정용 연면적, 주택 구조, 주용도, 층수, 건폐율, 용적률, 높이, 지붕 등의 정보가 기재되어 있는 건물 공부로서 건축물의 근거를 일정한 양식으로 기록한 장부입니다."

그는 건축물대장까지 거침없이 설명했다.

여기서 잠깐 둥근 머리 맹비견을 들여다볼 것 같으면, 그는 이랬다.

실천력도 있는 반면 구속받기보다 자유로움을 선호했다.

중키에 마른 체격인 그는 자기중심적인 일이나 직업을 선호하는 성격이었다. 그리고 형제와 동료들과 사이에 우애가 좋았다.

둥근 머리 맹비견은 널리 두루 살펴보는 기질이 강해 앉아 있기보다 몸을 많이 활용하거나 움직이는 것을 좋아했다. 그래서 활동성이 강하고, 부지런하며 판단력이 빠른 사내였다.

또한 자아의식과 수비 본능이 강하며 안정된 사회에서 힘을 발휘하는 독립적 선구자 기질이 강했다. 둥근 머리 맹비견은 토지이용 계획 확인원은 미처 준비하지 못했다. 그래서 더 이상의 설명을 이어 나가지 못했다.

"허허허! 예습을 아주 잘 해오셨습니다."

사발 머리 나 교수는 몇 가지 기본만이라도 준비해 왔다는 흐뭇한 생각에 반가운 얼굴로 그를 추켜세웠다.

"자…, 이분에게 박수 한번 쳐 주세요."

사발 머리 나 교수는 먼저 손뼉을 치며, 수강생들의 박수를 유도했다.

"헐…! 지랄을 해요, 아니 누구는 쳐 주고, 누구는 안 쳐 주나…. 불공평하기가 꼭 아비를 베어 버린 게다짝 놈을 닮았네, 젠장!"

새치 머리 안편관은 묵혔던 속이 다시 끓어올라오자. 은근히 속이 뒤틀려서 입속말을 툴툴거렸다.

"짝짝짝…! 짝짝짝…!"

강의실은 한동안 박수소리로 술렁거리고 있었다.

"그렇죠, 건축물대장은 건축물에 관해 일정한 양식을 기록해 누구에게나 제공하도록 작성된 공적문서입니다."

사발 머리 나 교수는 툭 불거져 나온 눈두덩이 근육을 실룩거렸다.

"헐…! 그런 거야?"

짱구머리 나접재가 중얼거리자 새치 머리 안편관은 째진 눈초리로 흘겨보고 있었다. 그러는 가운데 사발 머리 나 교수는 계속 주절거렸다.

"또한 토지대장도 지적공부의 일종으로 토지의 사실상의 상황을 명확하게 기재하기 위해 만들어진 공적인 공개 문서입니다."

그는 이해들 하시죠? 히는 눈길로 모두를 돌아보며, 얼굴을 주억거렸다.

"헐…! 알아… 알아…. 것도 모를까 봐?"

삼각 머리 조편재는 불쾌하다는 듯이 혼잣말을 속살거렸다.

"다들 이해하셨죠?"

사발 머리 나 교수는 눈동자를 희번덕거리며 물어 왔다.

"예…!"

수강생들은 한눈을 파는 몇몇을 빼놓고는 시원스럽게 대답을 하고 있었다. 쌓인 스트레스를 날리는 것 같았다.

"그러면 이쯤에서 문제를 하나 내 볼까요?"

사발 머리 나 교수는 능청스럽게 말을 꺼내며, 혀를 날름 내밀고는 히죽 웃었다.

"아니요!"

새치 머리 안편관은 눈깔을 휘딱 까대며 헛바닥이 발악하듯 대답했다. 금세 강의실은 떠들썩해지며 소란스럽게 변해 갔다.

"예!"

일부의 수강생들이 목청을 높였다. 이들이 웅성거리는 소리와 뒤섞여 대답 소리는 더욱 크게 들렸다.

"내거나 말거나 젠장!"

또 다른 수강생들은 마땅찮은 표정으로 구시렁구시렁 대면서 이들과 합류해 떠들고 있었다.

강의실은 어느새 시장 난장판처럼 변해 수선스럽기가 그지없었다. 그때였다. 가만히 지켜보던 사발 머리 나 교수가 버럭 소리쳤다.

"아…, 조용! 조용히들 하시고, 여기 주목들 하세요!"

"…"

"부동산 표시의 경우 등기사항 전부증명서와 건축대장 및 토지대장에 실린 내용이 서로 다른 경우라면, 어느 대장에 기준을 둬야 하는지를 이번에는 누가 답변해 보시겠습니까?"

사발 머리 나 교수는 고개를 치켜들어 큰소리로 묻고는 천천히 둘러보았다.

"헐…! 그걸 알면 내가 여기에 있겠냐?"

짱구머리 나겁재는 습관처럼 나지막하게 웅얼거렸다.

"등기부 등본 아닙니까?"

그는 짱구머리를 갸웃하며 지나가는 말처럼 대꾸하고는 그를 올려다보았다.

"그게 아닙니다. 그럴 때는 건축대장 및 토지대장을 기준해야 합니다."

둥근 머리 맹비견은 모처럼 예습한 실력을 뽐내며, 짱구머리 나겁재를 향해 손사래를 쳤다. 그러나 아무리 친한 단짝이라도 불쑥 끼어들은 그가 달갑지 않은 모양이었다.

그래서 그는 순간적으로 낯짝이 확 달아올라 눈을 부라리며 그를 째려보았다. 왜 아니겠는가? 오래간만에 복습한 보람을 느끼며, 아는 척하려 했던 그였다. 하지만 그에게 찬물을 끼얹었다시피 한 그의 말이 튀어나오는 순간 짱구머리 나겁재는 이맛살을 찌푸렸다. 그리고 그를 죽일 듯이 노려보고 있었던 것이었다.

그 반면 기대도 하지 않았던 둥근 머리 맹비견의 입에서 정확한 답변이 터져 나오자, 사발 머리 나 교수는 기분이 흐뭇해져 히죽히죽 웃고 있었다. 그러고는 계속해서 보충 설명을 이어 갔다.

"하하하! 두 공적 문서가 기재 내용이 다를 때에는 권리 사항은 등기사항 전부증명서를 기준해야 합니다."

그는 엷은 미소를 보였다.

"헐…! 징말?"

"오…호, 대박!"

팀원들은 '맞아! 맞아!' 하며 고개를 끄덕끄덕 흔들고 있었다.

"그러나 부동산 표시는 건축대장 및 토지대장을 기준 한다는 사실도 기억해 두세요."

사발 머리 나 교수는 등기부 등본과 대장의 차이를 강조하면서 해쭉 웃었다.

"헉…! 그런 거야?"

수강생들은 전혀 몰랐다는 표정으로 일렁거렸다.

"이해들 되셨습니까?"

사발 머리 나 교수는 전체를 둘러보며, 목청을 높였다.

"예…!"

사발 머리 나 교수의 부라리는 눈빛 때문이었을까?

수강생들은 스트레스를 날리면서 큰 소리로 대답했다.

"우리나라 토지는 거시적으로 대지, 농지, 임야, 잡종지, 도로, 다섯 종류로 구분하고 있습니다."

사발 머리 나 교수는 전 국토의 토지 이용을 종류별로 구분해 설명했다.

"헐…! 넓게는 다섯 종류…?"

상구 머리 노식신은 입속말을 중얼거렸다.

"반면 미시적인 지목의 종류는 토지의 주된 이용 목적에 따라 총 28종(전, 답, 과수원, 목장용지, 학교용지, 도로, 철도용지, 하천, 제방, 유지, 수도용지, 공원, 온천장, 유원지, 종교용지, 사적지, 묘지, 잡종지, 구거, 염전, 주차장, 공장 용지, 주유소, 대지, 임야, 창고용지, 광천지, 하천)이 있습니다."

사발 머리 나 교수는 각종 건물 및 토지, 등기사항 전부증명서나 토지이용 계획 확인원 그리고 지적도 등에서 사용되고 있는 총 28종 지목을 구분해 열거하면서 칠판에 차례차례 적어 놓았다.

"헉…! 좁게는 28종씩이나?"

28종이라는 소리에 깜짝 놀란 수강생들이 웅성거리며 떠들어대는 소란에 강의실은 순간 술렁거리고 있었다.

"자… 자! 이제 그만 조용히들 하시고, 지적도는 누가 따로 설명해 보실까요?"

사발 머리 나 교수는 소음이 가라앉자 강의실을 돌아보며 한 사람을 가리켰다. 그는 상구 머리 노식신이었다. 잠시 머뭇거리던 그는 노트를 뒤적거려 펼쳐놓고는 설명을 시작했다.

"지적도에는 토지의 소재, 지번, 지목, 경계, 도면의 색인도·제명 및 축척 그리고 도곽선(경계선)과 도곽선수치(가로로 표시된 수치는 세로서의 길이를 의미하고, 세로로 표시된 수치는 가로 선의 길이를 의미), 좌표에 의해 계산된 경계점 간 거리 등이 등록되어 있다고 봅니다."

그는 자신에 찬 표정으로 말하고는 환한 얼굴로 주억거렸다.

"허허허! 제대로 된 답변을 설명하는 것을 보니 이번에는 철저히 예습 복습들을 하셨나 봅니다. 아주 잘하셨습니다."

사발 머리 나 교수는 흐뭇한 얼굴로 그에게 엄지손을 추켜 주고는 다시 주절거렸다.

"지금 이분이 설명한 것처럼 지적도를 살펴보면, 토지의 위치, 형질, 소유관계, 면적, 지목, 지번 및 경계 등을 확인할 수 있습니다."

사발 머리 나 교수는 부연설명을 하듯 보충 설명을 더했다.

"와…우! 그런 거야?"

둥근 머리 맹비견은 놀라 탄성을 지르듯 중얼거렸다. 그 모습을 지켜본 흰머리 윤편인이 안타까운 눈길로 그를 째려가며 혀를 찼다.

"그리고 토지의 생긴 모양과 경계 등을 쉽게 파악하도록 작성된 공부이기도 합니다."

사발 머리 나 교수는 이들을 아랑곳하지 않은 채 나머지를 덧붙여 설명하고는 쌀쌀한 눈으로 그들을 주시했다.

"헐…! 토지의 생긴 꼬락서니를 확인한다고?"

짱구머리 나겁재는 지금까지 땅으로 먹고살았다 해도 과언이 아니었다. 하지만, 이론에는 약해 미처 몰랐다는 황당한 표정이었다. 그래서 그는 도리질을 치고 있는 것이었다.

그는 현장에서만큼은 남다른 수완으로 날고 뛰어다녔었다, 그러나 이론과 관련해서는 주먹구구식으로 대충대충 땜질하다시피 했었다.

나중에 뒤쪽에서 그의 이력을 설명할 기회가 있겠지만, 어쨌거나 이론적으로는 상당히 약한 면모를 가지고 있었다. 그나저나 사발 머리 나 교수는 계속 주절거렸다.

"지적도는 자신의 토지가 정사각형 모양인지? 또는 삼각형 토지인지? 생긴 형태와 경계선을 구별할 때, 그리고 타인의 토지 구획(경계)이 어디에서 어디까지로 나누어져 있는지를 확인할 때 검토하는 공적 장부입니다."

사발 머리 나 교수는 지적도를 이용하는 방법에 대해 기본적인 것들을 설명했다.

"아하! 모양과 경계를 확인할 수 있다 뭐 그런 말이야?"

둥근 머리 맹비견은 입버릇처럼 속살거리고 있었다. 그러든 말든 사발 머리 나 교수는 이어 주절거렸다.

"따라서 토지의 모양을 검토하거나, 경계선이 모호할 때는 지적 도를 확인하시면 됩니다."

그는 설명을 마치면, 버릇처럼 수강생들이 얼마나 이해를 하고 있는지를 돌아보곤 했었다.

이들의 표정을 살피면 내면을 들여다볼 수 있는 것처럼 눈을 희 번덕거리며 전체를 담고 있었다. 그러고는 계속 강의를 이어 갔다.

"그러므로 건축 허가를 받으려면 지적도를 토대로 건축 설계도 를 작성해야 합니다."

사발 머리 나 교수는 '요건 몰랐지?' 하는 미소로 히죽 웃었다.

"으…잉, 건축설계도는 지적도를 기준 한다고…?"

그 소리에 건축에 대해 까막눈인 수강생들은 몰랐던 내용을 알 았을 때 드러내는 각자의 표정으로 술렁거렸다.

"지적도는 다섯 가지(500분의 1, 600분의 1, 1,000분의 1, 1,200분의 1, 2,400분의 1) 종류로 축척이 되어 있습니다."

사발 머리 나 교수는 말을 잠시 멈춘 채 칠판 앞으로 다가가, 지 금까지 설명한 내용들을 차례대로 간추려 가며, 차분하게 적어 내 려갔다.

"헉…! 축적된 지적도가 다섯 가지씩이나…?"

흰머리 윤편인은 그런 줄 전혀 몰랐다는 깜짝 놀라는 기색을 보 이면서도 한편으로는 또 다른 사실을 알았다는 기쁜 표정을 지었 다.

"그래서 지적도 거리를 확인하고자, 할 때는 가령 1,200분의 1의 축척에서 1센티미터가 12미터에 해당한다는 사실을 알 수 있습니다."

말끝에 사발 머리 나 교수는 해쭉 웃었다.

"헐…! 우리가 그것까지 알아야 하나…?"

노란 머리 여성 수강생 하나가 짜증을 내며 투덜거렸다.

"만약 여러분들이 현장에 나갔다면, 이렇게 지적도를 이용해서 대략적이나마 실제 거리를 계산해 볼 수 있을 겁니다."

사발 머리 나 교수는 설명을 해 놓고 모두의 표정을 살폈다. 대부분의 수강생들은 도무지 뭐가 뭔지 모르겠다는 표정이었다.

"아니, 그럼 500분의 1은 1센티미터에 5미터라는 얘기야?"

상구 머리 노식신은 입속말을 속살거렸다.

"이해가 되셨습니까?"

"…"

사발 머리 나 교수는 수강생들이 이해를 했든 못 했든, 습관적으로 물었다.

"예…!"

몇몇의 수강생들이 고함을 냅다 질렀다. 나머지는 뚱한 표정으로 사발 머리 나 교수를 멀뚱멀뚱 쏘아보고 있었다.

"잘 모르겠는…디요!"

그중 짓궂은 수강생 하나가 툭 튀어나와 장난스럽게 외쳤다. 사람들의 시선이 그를 향했다.

이럴 때면 강의로 닳아빠진 사발 머리 나 교수는 씨익 웃어 가며, 이렇게 주절거렸다.

"모르면 별도로 공부를 더 하세요. 허허허!"

그는 이들의 뻔한 수작질을 알면서도 가볍게 받아넘기고는 오히려 크게 웃었다. 강의로 달관한 그만의 노하우며 유한 행동이었다.

"이번엔 누가 토지이용 계획 확인원에 대해 설명해 보겠습니까?"

사발 머리 나 교수는 수강생을 향해 고개를 주억거렸다.

"저, 제가…"

둥근 머리 맹비견의 잘난 척에 약간의 자존심이 상한 짱구머리 나겁재가 손을 들고 나섰다.

"하하하! 오늘은 모두들 철저히 준비해 왔나 봅니다."

사발 머리 나 교수는 생각지 못했던 사람들이 손을 들고 나서자, 예상 밖에 일이라도 벌어진 표정으로 빙그레 웃었다.

동료들도 뜻밖이라는 얼굴로 그를 주시했다.

"손 드신 분 말씀해 보세요."

사발 머리 나 교수는 그를 가리키고는 평소와 다른 모습이라 고개를 갸웃거리며 바라보고 있었다. 팀원들도 별일이라며 짱구머리 나겁재를 달리 쳐다보면서 빙그레 웃었다.

"토지이용 계획 확인원은 필지(대지)별 지역·지구(일정한 목적을 위해 특별히 지정된 지역) 등의 지정 내용과 행위 제한 내용 등의 토지이용 관련 정보를 확인 시키는 공적서류라고 말할 수 있습니다."

이렇게 답변한 짱구머리 나겁재는 뭔가 아쉬움이 남는 표정을 짓고서 사발 머리 나 교수를 올려다보았다.

새치 머리 안편관은 '그럼 그렇지, 제 버릇이 어디 가겠어…' 하며 안타깝게 나겹재를 쏘아보고 있었다. 그와는 달리 사발 머리 나 교수는 이렇게 주절거렸다.

"방금 설명을 들으신대로 토지이용 계획 확인원에서는 필지별 지정내용과 행위제한 등 토지이용과 관련된 많은 정보를 확인할 수 있습니다."

사발 머리 나 교수는 부족하다 싶은 내용을 보충하며, 나머지를 덧붙여 설명했다.

"헐…! 그런 거야?"

앞줄에 앉아 있던 여성 수강생이 아름드리 멋진 파마머리를 끄덕이며 혼잣말을 읊조렸다.

"맞습니까?"

"…"

사발 머리 나 교수는 확인을 하며 모두를 향해 목청을 높였다.

"예…!"

일부의 수강생들은 무작정 소리부터 냅다 외쳤다. 정말 맞는지? 틀리는지를 제대로 이해도 못 한 채 일단 대답부터 했다. 사발 머리 나 교수는 큰 호응에 기분 좋게 웃으며 계속 이어 주절거렸다.

"그러나 이 내용들 외에도 관련 서류를 검토해 숨어 있는 정보를 찾아내는 역량을 키워야 토지가 가지고 있는 숨겨진 내용(돈맥)을 찾아낼 수 있다는 겁니다."

사발 머리 나 교수는 그 말을 끝으로 칠판을 향해 돌아섰다. 그러고는 칠판 위에 토지이용 계획 확인원이 담고 있는 관련 내용들을 상세하게 써 내려갔다.

① 지역·지구 등의 지정 내용

② 지역·지구 등에서의 행위제한 내용

③ 「국토의 계획 및 이용에 관한 법률」에 따라 지정된 토지거래계약에 관한 허가구역

④ 「택지개발촉진법 시행령」 제5조 제2항 후단에 따른 열람기간

⑤ 「보금자리 주택 건설 등에 관한 특별법 시행령」 제8조 제2항에 따른 열람 기간

⑥ 「건축법」 제2조 제1항 제11호 나목에 따른 도로

⑦ 「국토의 계획 및 이용에 관한 법률」 제25조에 따른 도시·군 관리 계획 입안사항

⑧ 「농지법 시행령」 제5조의 제1항에 따른 영농여건불리농지

⑨ 지방자치단체가 도시·군 계획조례로 정하는 토지 이용 관련 정보

관련 내용을 적어 놓고 돌아선 그는 다시 주절거렸다.

"경매 입찰을 받기 전에 반드시 토지이용 계획 확인원의 내용을 확인하는 습관이 매우 중요합니다."

사발 머리 나 교수는 물건의 각종 서류들을 먼저 확인하기 전에

는 함부로 입찰 등 서투른 행동을 자제하라는 경거망동에 대해 강조하고 있었다.

"헐…! 징말?"

흰머리 윤편인은 입속말을 속살거렸다.

"그 이유는 토지의 이력과 규제 그리고 미래의 환경을 알아야 토지의 내재가치(어떤 것의 내부에 들어 있는 가치), 즉 땅이 지닌 가치를 예측할 수 있기 때문입니다."

사발 머리 나 교수는 미래의 부동산 투자는 개발 시대처럼 단기 승부로는 힘들다고 보았다. 그는 학습과 정보를 통해 최대 10년을 내다보고, 철저한 사전 계획이 필요한 시대라는 것이었다.

그는 장기적인 투자의 미래시대를 내다보는 동시에 방임(자유) 자본주의 경제시장을 무시하고, 수정 자본주의(자본주의 자체를 변혁하지 않고 모순을 완화하려는 정책) 경제시장을 추구하는 아니, 자유 시장보다 규제 시장을 빗대서 말하고 있는 줄 모른다.

"젠장! 알아… 알아…. 것도 모를까 봐…"

새치 머리 안편관은 혼잣말을 속살거렸다.

"이해들 하셨습니까?"

사발 머리 나 교수는 전체를 둘러보며 눈짓을 해 보였다.

"예…!"

이들의 대답 소리는 여지없이 목청껏 튀어나왔다. 하지만, 사실은 건성건성이었다. 그 바람에 강의실만 소란스럽게 술렁거리고 있었다.

사발 머리 나 교수는 토지의 필지별, 지역·지구 등, 용도 지정의 중요성과 행위 제한 등을 알아야 토지의 가치[부동산의 시장가치(시장 가격을 결정하는 기초가 되는 가치), 현재가치, 미래가치, 내재가치]를 파악하는 눈을 갖는다는 것이었다.

한마디로 부동산 돈 맥을 찾을 수 있다는 말과 같았다.

"저…기요? 교수님!"

미모의 명정관은 가만히 손을 들고 불렀다.

"예… 질문하세요."

귀에 익은 목소리에 사발 머리 나 교수는 반색을 하며, 그녀를 가리켰다.

용도지역

"지역·지구 등 용도지정을 살피면 어떠한 내용들을 알 수 있나요?"

그녀는 흘러내린 노란 무늬 머플러를 뒤로 넘기면서 애교스럽게 물어 왔다.

"여러 가지 정보를 살필 수 있습니다."

눈웃음을 흘리며 물어 오는 그녀를 바라보는 사발 머리 나 교수의 눈빛이 잠시 흔들리다가 이내 반짝거렸다. 미모의 명정관이 풍기는 아름다운 자태에서 어느 사내놈을 뇌쇄시키고도 남을 매력을 느낀 것 같았다.

그래서 그의 입가에는 엷은 미소가 떠나지 않았다.

"어떤 종류가 있나요?"

그녀는 눈웃음을 치며 사내라면 한눈에 반할 미소를 머금고 물었다.

"가령 거시적(전체적)인 지역으로는 도시지역과 관리지역 그리고 농림지역 등을 확인할 수 있습니다."

사발 머리 나 교수는 '이해를 하시겠느냐는?' 얼굴로 눈짓을 해 보였다.

"헐…! 정말 그런 거야?"

둥근 머리 맹비견은 '그렇구나?' 하는 표정으로 고개를 끄덕대며 웅얼거렸다.

"그러나 도시지역을 다시 세분(나눔)하면 주거지역과 상업지역 그리고 공업지역과 녹지지역으로 구분할 수 있습니다."

그는 말을 하고서 이해를 했는지가 궁금해 그녀의 눈치를 슬쩍 살폈다. 그러나 미모의 명정관은 뭐가 뭔지 헷갈려 하며, 연신 고개를 갸웃거리면서 메모를 하고 있었다.

"헐…! 뭐가 이리 복잡해 골치 아프게시리…. 젠장!"

짱구머리 나접재는 괜히 짜증을 내며 툴툴거렸다.

그러든 말든 사발 머리 나 교수는 계속 주절거렸다.

"그리고는 미시적(개별적·부분적)으로 살펴보면 주거지역은 제1, 2종 전용주거지역(단독주택 등)과, 제1, 2, 3종 일반주거지역(아파트 등), 그리고 마지막으로 준주거지역(주상복합 등)으로 구분합니다."

사발 머리 나 교수는 주거지역을 하나하나 세분하듯 나누어 가며 설명을 하고 있었다.

"헉…! 이건 또 뭔 우라질 소리야?"

흰머리 윤편인은 탄식을 하듯 구시렁거렸다.

그는 수강생들이 난생처음 듣다시피 하는 생소한 내용에 놀라든 말든 계속 주절거렸다.

"상업지역은 중심 상업지역(건 90%/용 1500%)과, 일반 상업지역(건 80%/용 1300%), 그리고 유통 상업지역(건 80%/용 1100%)과, 근린 상업지역(건 70%/용 900%)으로 나누어 구분합니다."

사발 머리 나 교수는 이번에는 상업지역을 구분해 종류별로 설명을 늘어놓고는 히죽 웃었다.

"와! 딥다 많네. 젠장!"

이들이 경기하듯 놀라 떠드는 목소리가 강의실을 금세 쑥대밭으로 만들어 놓고 있었다.

"아…, 조용! 조용히들 하세요!"

사발 머리 나 교수는 도저히 참을 수가 없는 표정이었다, 그의 숨겨진 성깔 사나운 목청이 순간을 참지 못하고, 버럭 소리를 질렀다.

그러고는 탁자를 힘차게 탁! 탁! 두드렸다. 그 순간 강의실은 시치미를 떼듯이 서서히 가라앉고 있었다. 이들은 언제 시끌벅적 했느냐는 듯 시치미를 떼고 서서히 숙연해졌다.

그러자 그는 엷은 미소를 짓고 다시 주절거렸다.

"공업지역은 전용 공업지역(건 70%/용 300%)과, 일반 공업지역(건 70%/용 350%), 그리고 준공업지역(건 70%/용 400%)[1]으로 나누어 구

---

1) 준공업지역 근린생활 빌라는 강제이행금이 발생할 수 있으므로 반드시 건축대장에서 주용도를 확인 후 구매.

분합니다."

사발 머리 나 교수는 내가 언제 성깔을 부렸느냐는 얼굴로 해쭉 웃고는 그녀를 슬쩍 흘려보았다.

"으이구, 저 샘이 나를 완전 죽이려 하네…."

갑자기 이마를 부여잡은 미모의 명정관은 골이 띵하고 눈알이 흐릿했다. 순간 정신이 어질어질해져 사색이 되어 가고 있었다.

그러거나 말거나 그는 계속 이어 갔다. 자신이 맡은 바 임무에 충실하기 위해서라기보다 책임진 강의 시간을 채워야 했기에 어쩔 수 없는 노릇이었다.

"녹지지역은 보전 녹지지역(건 20%/용 80%)과, 생산 녹지지역(건 20%/용 100%), 그리고 자연 녹지지역(건 20%/용 100%)으로 나누어집니다."

사발 머리 나 교수는 녹색 칠판 위에 하얀 칠을 하듯 차례대로 적어 내려갔다. 그러나 서울시(광역시) 등 지방자치단체 조례에 의해서 건폐율과 용적률이 그 이하나 이상으로 조정될 수 있다는 사실을 그는 깜빡하고서 간과한 채 넘어갔다.

"헐…! 이걸 나보고 외우라고… 개뿔 띵이다, 젠장!"

짱구머리 나겁재는 칠판을 쏘아보며 구시렁거렸다.

"교수님! 그런데요? 제1종 전용 주거지역(건 50%/용 150%)과, 제2종 일반 주거지역(건 60%/용 250%), 그리고 제3종 일반 주거지역(건 50%/용 300%), 및 준주거지역(건 70%/용 500%) 등을 확인하면 무엇을 알 수 있다는 건가요?"

미모의 명정관은 도대체 무슨 귀신 씻나락 까먹는 소리를 하는 건지 도대체 감이 잡히지 않았다.

그래서 궁금증이 증폭되는 내용을 묻고 나섰다. 그 말에 공감한 수강생들이 의혹에 찬 눈길로 쏘아보고 있었다.

"허허허! 그러실 테지요."

사발 머리 나 교수는 그 마음을 십분 이해하겠다는 눈치였다.

"헐…! 저 샘이 뭐라는 거야?"

그녀는 순간 신경질이 뻗쳐 입속말을 투덜거렸다.

"용도지역(국토 이용 관리법에 따라, 국토를 그 기능과 적성에 적합하게 이용·관리하기 위해 지정하는 지역)을 알아 두면 좋은 게 뭔지? 또 어디다 사용하는지가 궁금하시죠?"

사발 머리 나 교수는 사람 좋게 웃고는 모두를 둘러보았다.

"예…! 정말 궁금합니다."

흰머리 윤편인과 몇몇 수강생들이 의아한 표정으로 목소리를 높였다.

"아니, 너라면 궁금하지 않겠냐? 알면 돈이 보인다는데…."

흰머리 윤편인이 조용히 구시렁거렸다. 이들은 부동산 공법(국가나 공공 단체 상호 간의 관계나 이들과 개인의 관계를 규정하는 법률)을 알고 있는 사람보다 대체적으로 모르고 있는 수강생들이 대다수였다.

"가령, 낙찰받은 단독주택이 제1종 전용주거지역일 때와 준주거지역일 때 토지의 내재가치는 상당한 차이를 가지고 있습니다. 그러나 준 공업지역에서 근린생활 빌라 낙찰이나 구매 시 반드시 건축대장에서 주 용도를 확인해야 합니다.

왜냐하면 주택용이 아닌 '근린생활 빌라'를 구입했을 때는 매년 강제이행 금이 발생하기 때문입니다."

사발 머리 나 교수는 그녀를 향해 황금 덩어리라도 안겨 줄 표정으로 해쭉 거리며, 설명을 하고 있었다.

"어째서요? 교수님!"

미모의 명정관은 상큼한 미소로 눈웃음을 보였다. 그녀는 내재 가치는 토지가 보유한 미래가치(황금)라는 사실을 모르고 있었다.

"하하하! 우리 여사님은 공법을 배워 본 적이 없으시죠?"

그가 생글거리며 웃었다.

"예!"

그녀는 끄덕이며 조용히 대답했다. 속 알머리 봉상관은 질시의 눈을 치켜뜨고서 그를 째려보고 있었다.

순간 그녀는 그를 응징이라도 하듯 '그걸 알면 내가 여기에 왜 왔겠냐? 이 우라질 샘아!' 하는 눈빛을 번득였다. 그러나 속엣 말과 달리 누가 꼬리 세 개 달린 여우가 아니랄까 봐 금세 표정을 바꿔 밝은 미소로 그를 바라보고 있었다.

"그러니까 궁금한 것이 당연합니다. 저도 이해가 됩니다."

속을 모르는 사발 머리 나 교수는 헛다리짚듯 느끼한 얼굴을 해 가지고 히죽 웃었다.

그는 그녀만 보면 괜히 기분이 좋아져 짧게 할 말도 엿가락처럼 길게 늘여 하는 경향이 있었다.

그저 사내란 새로운 미지의 신세계를 발견하면, 탐험하고 싶은 욕망이 간절해지는 모양이다.

"여러분이 낙찰을 받은 주택을 철거하고, 새로운 건축물을 올리고자 할 때 효과를 발휘하는 녀석이 용도지역이라는 놈입니다."

사발 머리 나 교수는 해쭉 웃었다.

이들은 귀를 열은 채 듣고 있었지만, 뭐가 뭔지 제대로 이해를 못했다. 그러나 사발 머리 나 교수의 강의는 지칠 줄 모르고, 앞을 보며 질주하는 기관차처럼 계속 주절거렸다.

"녀석을 잘 만나면 미치고 환장하게도 빌딩을 허가받기도 하고, 용도지역을 잘못 만나면 다가구나 단독주택을 허가받는(건폐율과 용적률) 것으로 그치는 겁니다."

그는 용도지역 종류에 따라 토지의 미래가치가 달라진다는 설명을 하면서 수강생들의 표정을 살폈다.

"헐…! 대박! 그런 게 있었어?"

누군가 입버릇처럼 중얼거렸다.

토지를 아는 일부의 사람들은 짜릿한 전율이 온몸을 감전시키듯 찌르르 타고 흘렀다.

반면 몇몇의 사람들은 도대체 무슨 말을 하고 있는 건지를 도통 감을 잡지 못한 채 설왕설래하고 있었다. 이러한 내용은 모르는 사람에게 용도지역은 완전 돼지 목에 진주 목걸이요, 개 발에 찬 금발찌로 국가에서 규정한 용도지역 법에 불과했다.

"저기요? 뭐가 빌딩이고, 뭐가 다가구라는 겁니까?"

속 알머리 봉상관은 빠른 속도로 물어 왔다. 그는 정년을 퇴직하고 다가오는 신중년(65세 이후)을 대비해 새로운 직업을 준비하느라 동분서주하고 있었다.

속 알머리 봉상관은 소싯적에 부동산 공부를 시작해 일찌감치 공인중개사 자격증을 취득해 두었다. 그러나 세월 속에 묶여 있던 자격증은 보기 좋은 허울로 벽장 속 면허에 지나지 않았다.

기억 속에서 지워진 공법들은 세월과 함께 새롭게 변경되어 있었다. 다시 배우지 않으면 제대로 알 수 없는 공법은 기초적인 사항을 제외하고, 손가락에 꼽을 정도였다. 그래서였을까? 그의 질문 공세는 더욱 세차고 적극적이었다.

"단독주택의 용도지역이 준주거지역(건 60~70%/용 400~500%)으로 변경이 된다면, 제2종 근린생활시설과 문화 및 집회 시설 그리고 판매시설 등을 건축할 수 있습니다."

사발 머리 나 교수는 용도지역은 국토 정책에 따라 수시로 변경 될 수 있다는 내용을 설명하고 있었다.

"헐…! 정말?"

흰머리 윤편인은 새로운 사실에 침을 꼴딱 삼켰다.

"용도지역의 층수는 대지면적(땅의 크기)의 대소에 따라서 건축물의 높낮이(용적률)가 달라질 수 있습니다.

또한 도로의 폭이나 지방자치단체의 조례에 따라 조정되기도 합니다."

그는 속 알머리 봉상관을 바라보며, 알겠느냐며 두 눈에 힘을 잔뜩 넣어 주억거렸다.

"헐…! 대박! 땅의 크기나 도로의 폭에 따라 층수가 달라질 수도 있다고….:"

속 알머리 봉상관은 웅얼웅얼 속살거렸다.

"그러면 제 1 종 전용주거지역이나 제3종 일반주거지역은 단독주택이나 다가구주택을 건축할 수 있습니까?"

그는 멋쩍게 웃어 가며 재차 물었다. 아무것도 모르는 척 시치미를 떼고서 그를 우롱하는 표정이었다.

"하하하! 제3종 일반주거지역은 다릅니다."

사발 머리 나 교수는 어이가 없어하며 그의 비리한 속도 모르고, 함박웃음을 웃고 있었다.

"으…잉, 건 또 뭔 소리야?"

흰머리 윤편인은 순간 소리를 질렀다. 뭔가 다르다는 소리에 금세 기색이 변한 사람들은 순간 긴장해 웅성거렸다.

"단독주택 등은 제1, 2종 전용주거지역 또는 단독주택 다가구 등은 제2종 전용주거지역(건 50%/용 150%)에서 건축할 수 있습니다."

사발 머리 나 교수는 설명을 하면서 헛웃음이 나오자 히죽 미소를 보였다. 그러고는 다시 주절거렸다.

"다만 제1종 전용주거지역(건 50%/용 100%)은 다가구주택을 건축할 수 없습니다."

사발 머리 나 교수는 전용주거지역에서 건축할 수 있는 주택을 구분을 하고는 그를 바라보았다.

"헉…! 쪽박 땅이야…? 뭐 한옥이나 지어라 이건가…"

삼각머리 조편재는 탄성을 하듯 작은 소리로 웅얼거렸다.

"그러나 제1종 근린생활시설 중 슈퍼마켓, 마을회관, 마을공동작업소, 마을공동구판장 등으로 바닥 면적의 합계가 1,000평방미터 이하인 시설물의 건축은 가능합니다."

사발 머리 나 교수는 그 말을 하고는 히죽 웃었다.

"헐…! 그게 정말이야?"

짱구머리 나겁재가 순간 중얼거렸다.

사발 머리 나 교수는 전체를 둘러보며 다시 주절거렸다.

"하지만 제2종 전용주거지역(건 50%/용 150%)은 공동주택(다가구, 연립 , 다세대, 제1종 근린생활시설 바닥 면적의 합계가 1,000평방미터 미만인 시설물)을 건축할 수 있습니다."

사발 머리 나 교수는 설명을 해 가면서도 '혹시 이들이 어려워하는 것은 아닐까?' 연례행사를 하듯 수강생들의 표정을 살펴보고 있었다.

"헐…! 아니, 뭐 이런 개 같은 경우가 다 있어 젠장!"

상구 머리 노식신은 갑자기 허접한 생각이 들어 혼잣말을 구시렁거렸다.

"제3종 일반주거지역(건 50%/용 300%)은 중고층 주택을 중심으로 편리한 주거 환경을 조성하기 위해 공동주택 및 제 1 종 근린생활

시설(종교시설, 유치원·초등학교·중학교·고등학교, 노유자 시설) 등 토지의 면적에 비례(어떤 수나 양의 변화에 따라 다른 수나 양이 변화하는 것)해서 건축할 수 있습니다."

사발 머리 나 교수는 말을 하고서 싱겁게 웃었다.

"헐…! 그래도 여긴 좀 다르네."

흰머리 윤편인은 순간 희망을 본 것처럼 입속말을 중얼거렸다.

"덧붙인다면 제1종 일반주거지역(건 60%/용 200%)은 저층주택(최고 7층 이하 공동주택)을 중심으로 편리한 주거환경을 조성하기 위해 필요한 지역입니다."

사발 머리 나 교수는 아시겠느냐는 표정을 짓고 설명을 했다.

"헐…! 이런 것도 있었어?"

자신이 알고자 했던 내용들이 나오자 젤 바른 선정재는 혼잣말을 읊조렸다.

"그러나 제2종 일반주거지역(건 60%/용 250%)은 중층주택(최고 15층 이하 공동주택)을 중심으로 편리한 주거 환경을 조성하기 위해 필요한 지역입니다."

그는 양어깨 뽕을 살짝 올렸다.

"헉…! 환장하겠네, 뭐가 이리도 많아… 젠장!"

짱구머리 나겹재는 괜히 짜증이 솟아 툴툴거렸다.

그러거나 말거나 사발 머리 나 교수는 이어 주절거렸다.

"마지막으로 주상복합 건축물을 착공할 수 있는 준주거지역(건 60~70%/용 400~500%)은 주거 기능을 위주로 이를 지원하는 일부

상업기능 및 업무기능을 보완하기 위해 필요한 지역입니다."

그는 주상복합 아파트 형태를 말하고 있었다. 관심이 많은 몇몇 수강생을 제외하고는 나머지 수강생들은 연신 고개를 갸웃갸웃 도리질을 치며, 술렁대고 있었다. '너는 떠들어라 나는 모르겠다.' 하는 표정이었다.

"헐…! 대박! 뭐야? 주상복합(초고층 공동주택, 상가, 오피스텔)을 말하는 거야?"

흰머리 윤편인은 혼잣말을 중얼거렸다.

"어째, 이제 이해가 되십니까?"

사발 머리 나 교수는 영문을 몰라 어리둥절 하는 수강생들을 안타까운 듯 쳐다보았다. 일부의 수강생들은 머리를 흔들고 몇몇은 고개를 끄덕거렸다.

"예…!"

이들의 목소리는 기어들어 가듯 작게 들렸다. 일부의 수강생들은 두 눈만 멀뚱멀뚱 쳐다보고 있었다.

"아니요, 어려워요!"

미모의 명정관은 머리를 절레절레 흔들며 소리쳤다. 정말 모르는 낯선 이방인을 만나 대화를 하는 것처럼 그녀에게는 생소했다. 순간 강의실은 술렁거렸다.

사발 머리 나 교수는 그녀를 안타까운 눈길로 바라보고 있었다.

"당최, 무슨 소린지 감이 오지 않으니 말이야, 이제, 나도 머릿속이 굳어 가는 모양이야 돌대가리가 다 된 것 같습니다."

속 알머리 봉상관은 상구 머리 노식신을 마주 보다가 흘끔흘끔 그녀를 훔쳐 가며 속닥거렸다.

그녀가 들으라는 소리 같았다. 그는 힘들고 어렵다는 고충을 능청스럽게 에둘러서 말했다. 그녀에게 위로라도 받고 싶다는 눈치를 주는 것처럼, 누군가에게 만큼은 그렇게 들렸다.

"하하하! 저도 들으면 그때뿐입니다. 이제는 돌아서면 반은 잊어버리고 맙니다. 젠장!"

상구 머리 노식신은 그의 능구렁이 속도 모른 채 변죽을 떨었다. 수강생들이 어려워하거나 말거나 만성이 되어 버린 사발 머리 나 교수의 열강은 계속되고 있었다.

"여러분은 토지이용 계획 확인원을 검토해 필지(대지)별 지역·지구(일정한 목적을 위해 특별히 지정된 지역) 등 지정 내용이 내 토지의 미래가치를 어떻게 변경시켜 주는지 알아야 합니다."

사발 머리 나 교수는 수시로 표정을 바꿔가며 강의를 이어 갔다.

"헐…! 그래서 뭐 어쩌라는 건데…?"

새치 머리 안편관은 역정을 내듯 혼잣말로 투덜거렸다.

"또한 행위 제한을 통해 건축 행위는 어떤 제약을 받는지도 읽어낼 줄 알아야 돈이 보인다 이 말입니다."

사발 머리 나 교수는 혼자만 아는 비법을 공개하는 돈키호테처럼 열을 올리고 있었다.

"헉…! 거기까지 우…와, 쩐…다, 쩔…어!"

흰머리 윤편인은 혓바닥을 내두르며 중얼거렸다.

"그래야 부동산으로 대박을 치든, 한 방으로 인생 역전을 시키든, 결판을 낼 수 있는 겁니다."

사발 머리 나 교수는 서류만 알면 세상만사가 다 내 뜻대로 이루어지는 줄 착각하도록 오용하고 있었다.

"헐…! 대박! 누구 맘대로… 엿장수 맘대로…."

둥근 머리 맹비견은 눈꼬리를 치켜뜨고 짱구머리 나겁재를 향해 비아냥거렸다.

"내 말이…. 한 방…; 말이야 좋지, 그게 도살장 소 돼지도 아니고, 어떻게 한 방에 잡는다는 건지…. 지나가는 개가 다 웃겠다, 젠장!"

그는 피식피식 웃어 가며 빈정거렸다.

"웃겨 죽겠네, 썩을 놈! 임…마 뽕이다."

짱구머리 나겁재는 입속말로 코웃음을 쳤다.

사발 머리 나 교수는 공법 내용을 잘 파고들면 남들과의 수익 경쟁에서 우위를 차지할 수 있다는 설명을 조금 과장되게 부풀리자, 듣다 못한 일부 수강생들이 자기들끼리 원색적 비난을 쏟아 내며 비아냥거렸다.

그러나 다가오는 미래에는 인구 감소와 더불어 부동산 정책규제 등 국내외 환경 변화(정세, 정책, 질병, 교통, 통신, 산업, 문화, 기후 등)로 주택으로 수익을 내기가 상당히 어렵게 전개되고 있다는 사실을 인지하고, 철저한 부동산 계획을 세워 대비해야 한다는 것이었다.

그래서 사발 머리 나 교수는 일찌감치 역세권 안에 작은 재개발이나 재건축 또는 입지 좋은 토지를 사들이거나 지주 작업을 거쳐

개발 및 건축을 통해 다양한 부동산 분양이나 임대주택 사업 등을 고려하라는 그의 숨겨진 예지가 강의 내용 속에 담겨 있는 줄 모른다.

앞에서도 설명했듯이 이제는 부동산 단기수익은 한 시대를 풍미하고 저물어 버렸다. 즉 단기 투자로 인한 불로소득은 과거 속 이야기가 되어 간다는 것이다.

이제는 사철 미나리를 얻기 위한 투자는 정리하고, 장기적인 포석으로 접근해야 가치부가를 낼 수 있는 시대로 접어들었다고 말하는 것이다.

그래서 그는 부동산 시장에서 공법을 알고 있다는 혜안과 모르고 있다는 무지를 길을 알고 가는 사람과 모르고 가는 사람을 비교하듯 그 차이에 대해 설명하는 것이었다.

왜냐하면 공법의 중요성은 부동산 시장에서 차지하는 비중이 상당해서 투자자의 수익을 불려 주는 데 뛰어난 역량을 발휘할 수 있기 때문이었다.

사발 머리 나 교수는 지피지기면 백전 불퇴라는 병법처럼, 내가 뭘 알아야 재물도 불리고, 내 돈도 지킬 수 있다면서 강변을 하고 있는 것이다. 그렇게 사발 머리 나 교수의 열강은 갈수록 속도가 붙고 있었다.

"그러므로 부동산을 입찰하기 전에 반드시 해당서류를 확인하고, 권리 관계를 분석하는 습관을 갖는 자세는 물론이며, 적극적으로 임장 활동에 나서야 합니다."

"…"

"헐…! 그 정도야 기본 아니겠어? 잔소리는 젠장!"

속 알머리 봉상관은 혼잣말로 투덜거렸다.

"즉, 모든 일에는 게으름을 피우지 말아야 한다 이 말입니다."

사발 머리 나 교수는 입술에 침을 바르며 수강생들을 주시하다가 다시 말을 이어 갔다.

"부지런한 경매 꾼은 만일에 사태를 준비하고, 미리 예방주사를 맞는다는 사실도 여러분은 잘 아시죠?"

사발 머리 나 교수는 눈동자에 힘을 주고는 희번덕거리며 묻고 있었다.

"예…!"

수강생들은 건성건성 대답을 하고 있었다.

"아니… 토끼가 세 개의 굴을 판다는 속설을 모르는 사람도 있을까 봐 저 야단이야, 젠장!"

흰머리 윤편인은 괜히 역정이 솟구쳐 입속말로 구시렁거렸다.

"헐…! 저건 뭔 소리야?"

강의실은 사발 머리 나 교수의 말이 채 끝나기 무섭게 금세 술렁거리고 있었다. 그는 다음 과제로 넘어가기 위해 부족한 내용을 보충하는 선에서 요점만 정리해 주고는 대충 넘어가고 있었다. 그러고는 잔소리 비슷한 충고를 몇 마디 남기고 서류에 관련된 수업을 마무리 지었다.

제14장

지상권과 대지권

"자… 자! 여기서 잠깐 휴식을 취하기로 합시다. 다음 시간에는 지상권과 대지권에 대해서 수업을 이어 나가도록 하겠습니다. 어려운 수업을 따라오시느라 수고들 많이 하셨습니다. 지금부터 화장실에 다녀오실 분들은 다녀오시도록 하세요, 그리고 밖에 나가서 잠깐씩 차가운 바람에 머리를 좀 식히고 돌아오시면 한결 기분이 나아질 겁니다."

사발 머리 나 교수는 큰 선심이나 쓰는 것처럼 호들갑을 떨었다. 그리고는 서둘러 강의실을 나가 버렸다.

수강생들은 연신 떠들어대며 소란을 떨고 있었다. 그래서 그랬을까? 강의실은 부산스럽기가 장마당이 따로 없었다.

팀원 몇몇과 어울려 화장실에 다녀온 흰머리 윤편인은 지금까지 있었던 수업에 대해서 나름 차치고 포를 건너뛰듯 경매와 관련된 노가리를 연신 풀어 대고 있었다.

미모 명정관은 가까운 여성 수강생들과 어울려 수다를 떠느라 정신이 없었다.

속 알머리 봉상관은 수업에 관한 질문 사항을 준비하느라 빼곡하게 필기해서 가져온 노트 한 권을 펼쳐 놓고 뭔가 체크를 하고 있었다.

그즈음에 사발 머리 나 교수는 볼일을 마치고, 서둘러 강의실을 향해 총총걸음을 치고 있었다.

잠시 후 복도를 지나오는 발자국 소리가 멈추자, 벌컥 강의실 문이 열리며 그가 들어섰다.

사발 머리 나 교수는 곧바로 마음씨 좋은 아저씨 얼굴로 잘 쉬셨느냐며 물어 왔다. 그러고는 대답을 하거나 말거나 강의실을 휙 둘러보고는 곧장 수업으로 들어갔다.

법정지상권

"저, 교수님!"

속 알머리 봉상관은 손을 구부정하게 들고서 나지막이 소리쳤다.

"예···. 거기 손 드신 분 질문하세요."

사발 머리 나 교수는 슬쩍 눈짓을 해 보였다. 몇몇 수강생들을 제외하고, 대부분의 수강생들은 그를 주시하며 시선이 쏠려 있었다.

"그제께 수업에서 법정지상권에 대해서 강의하신다고 해서 질문을 준비해 왔는데, 어째··· 지금 질문해도 되겠습니까?"

속 알머리 봉상관은 히죽대며 웃었다. 삼각 머리 조편재도 법정지상권에 대한 질문을 가지고, 이제나, 저제나, 기다리고 있다가 그가 먼저 선수를 치고 나오자 상당히 불쾌한 듯 일그러진 얼굴로 그를 쏘아보았다.

그러든 말든 사발 머리 나 교수는 질문에 대해 주절거렸다.

"물론입니다. 다만 토지와 관련된 문제들을 풀기 전에 워밍업으로 관련 서류들을 먼저 소개한 이유가 어디에 있다고 생각들 하십니까?"

사발 머리 나 교수는 모두에게 묻고서 얼굴을 주억거리듯 전체를 둘러보고 있었다.

"헐…! 그걸 알면 교수 하지. 젠장!"

둥근 머리 맹비견은 입버릇처럼 구시렁거렸다. 기다려도 답변이 나올 것 같지 않자 그는 먼저 입을 열었다.

"무슨 일을 하던 기본기가 튼튼해야 뭐든 쉽게 응용하고, 해결책을 내놓을 수 있기 때문입니다."

사발 머리 나 교수는 앉으나 서나 항상 기본기 타령을 빼놓지 않았다.

"헐…! 그걸 누가 모르나…. 젠장!"

새치 머리 안편관이 혼잣말을 구시렁거렸다.

"어려운 일을 만나도 기초체력과 전투력이 왕성하면 무서울 게 없다 이 말입니다 제 말은… 무슨 말인지 이해들 하시죠?"

사발 머리 나 교수는 눈망울을 크게 부릅뜨고서 얼굴에는 살짝 미소를 띠었다.

"예…!"

쥐구멍에도 볕들 날이 있듯이 사람들은 갑자기 목청을 높여 소리를 질렀다. 사발 머리 나 교수의 부릅뜬 눈망울의 효과였을까? 잠시 휴식을 취한 덕분일까? 아마 그럴지도 모르겠다. 졸지에 기색이 환해진 그는 다시 주절거렸다.

"여러분이 경매를 배워서 대박을 치는 것도, 다 부동산 기본지식을 습득한 이후에나 가능하다고 저는 봅니다."

사발 머리 나 교수는 전투 훈련과 장비를 갖추지 않고서는 싸움에 임해도 승리할 수 없다는 설명을 우라질 잔소리를 하듯 떠벌리고 있었다.

"헐…! 대박! 틀린 소리는 아니네…. 젠장!"

큰 머리 문정인은 개념 있는 소리라며, 혼잣말로 읊조렸다.

"어째… 여러분도 부정하지 않으시죠?"

사발 머리 나 교수는 눈알이 강조하는 힘의 효과를 알고부터 번번이 눈을 부라리고 있었다.

"예…!"

그러나 몇 사람 정도가 소리를 질렀다. 나머지는 엄지를 놀리느라 혼을 빼고 있었다. 그가 뭐라 하거나 말거나 상관도 하지 않은 채 문자판을 주시했다.

"아니요…!"

누군가는 부정하며, 고개를 저었다. 그렇게 삑 사리는 여전히 들려왔다. 사발 머리 나 교수는 모두를 보며 지친 얼굴로 주억거렸다. 그런데 이상한 모습은 진부함에도 불구하고, 상투어로 남발하는 대박 비슷한 소리만 나와도 수강생들은 귀가 솔깃해져 소리 나는 곳을 향해 눈길이 모아지곤 했었다.

"부동산 공부는 뒷전이면서 뭐 한 방으로 대박 치겠다면 지나가는 고양이가 다 웃습니다. 허허!"

사발 머리 나 교수는 말을 해 놓고 실실 웃었다. 그러고는 모두를 쳐다보며 계속 이어 갔다.

"크크! 말 되네."

우스갯소리에 수강생들은 여기저기서 킥킥거렸다.

"우연히 황소 뒷걸음에 쥐를 잡는 다 해도 어쩌다 한 번이지, 매번 성공할 수는 없습니다."

사발 머리 나 교수는 미간을 찡그린 채 고개를 흔들었다.

"헐…! 거야 세상 이치 아냐?"

당연한 소리에 흰머리 윤편인은 객쩍게 혼잣말을 중얼거렸다.

"무슨 뜻인지 다들 아시죠?"

사발 머리 나 교수는 양손을 펴 보이며 어깨 뽕을 살짝 올렸다가 다시 내렸다.

"예…!"

수강생들의 대답 소리는 천태만상이었다. 히죽 해쭉 느물스럽게 웃어 가며, 대답을 하는 이들도 있고. 핸드폰을 만지작거리며 건성건성 대답하는 수강생들도, 그리고 스트레스 풀듯 외치는 사람들도 있었다.

"젠장맞을! 웬 사설이 이리도 태평양인지, 에잇…!"

둥근 머리 맹비견은 늘어지는 잔소리 보따리에 짜증이 솟아 혼 잣말을 구시렁거렸다.

"다시 강조하지만, 한 번의 실수가 인생을 생지옥으로 몰고 갈 수 있다는 사실을 뼈마디에 새기세요."

사발 머리 나 교수는 판단 미스가 자신을 파멸로 빠트릴 수 있 다는 경각심을 일깨워 주려다가 너무 많이 나가고 있었다. 순간 수 강생들의 인상이 일그러지면서 여기저기 할 것 없이 사방에서 틀 틀대는 소리가 흘러나왔다.

"헐…! 뼈골 조각까지 살벌하네…. 젠장!"

흰머리 윤편인은 구시렁대면서 흰머리를 흔들었다. 그러거나 말 거나 사발 머리 나 교수의 강의는 계속 이어졌다.

"멋모르고 남들 하는 대로 따라 하다가 한순간에 집안 들어먹는 사람들을 여럿 봤습니다."

순간 사발 머리 나 교수는 도리질을 치면서 차갑게 히죽 웃었다.

"헉…! 정말…?"

큰 머리 문정인은 눈을 동그랗게 뜨고서 흰머리 윤편인을 흘끔 쳐다보았다.

"그래도 이건 너무 심하지 않나. 누구 겁주는 것도 아니고 말이 야… 젠장맞을!"

흰머리 윤편인은 슬쩍 큰 머리 문정인을 쳐다보며 나지막이 속 삭였다.

사발 머리 나 교수는 헛물켜는 이들의 지나친 욕심에 대못을 박

듯이 경각심을 심어주고 싶어 과장되게 부풀렸는지도 모른다. 어쨌거나 부질없는 욕심에 자신을 망치는 아들을 나무라는 아비처럼 그는 계속 주절거렸다.

"여러분이 아차 방심하는 순간에 대박은커녕 한 방에 쪽박을 찰 수 있다는 겁니다."

"…"

"즉 실수 한 방에 옥고반(옥탑방, 고시원, 반지하)을 전전하거나, 그보다 심하면 거리의 노숙자 생활로 한뎃잠을 잘 수도 있다는, 노파심에 일러 두는 저의 경고라고 들어도 좋습니다."

그는 히죽 웃었다.

"헉…! 이제는 노숙자까지, 휴…우!"

흰머리 윤편인은 듣기가 거북해 툴툴거리며 한숨을 내쉬었다. 사발 머리 나 교수는 부동산 경매로 한 방에 대박치는 세월은 이미 오래전에 끝난 이야기라고 했다.

그는 오히려 쪽박을 찰 수 있다는 경각심에 수강생들의 자만심에 경계를 심어주듯 긴장감을 떠안겼다.

"저기요, 교수님! 낙찰 한번 잘못 받으면 집안이 풍비박산 난다는 말씀 같은데 너무 겁주는 것 아닙니까?"

새치 머리 안편관은 듣고 있자니 심사가 뒤틀려 마땅찮은 낯짝으로 따지듯 들이댔다.

그 소리에 동조하는 사람들은 주둥이를 한 다발 내밀고 눈총들을 사정없이 쏘아 대고 있었다. 마치 부화뇌동하는 무리들처럼 눈꼬리를 치켜 올려 그를 째렸다.

"하하하! 너무 심각하게 받아들이지 마세요."

사발 머리 나 교수는 그러거나 말거나 손을 한번 흔들고는, 계속 주절거렸다.

"제가 겁주려고 한 말도 아니고, 실수 한 번에 너무나 큰 손실이 발생하고 있어, 예방 차원에서 한말이니 다른 오해는 없기 바랍니다."

사발 머리 나 교수는 '내가 너무 심했나?' 싶은 표정으로 모두를 달래고 있었다.

수강생들은 변명은 하지도 말라는 낯짝을 해 가지고, 너라면 오해하지 않겠느냐는 볼썽사나운 눈총을 쏘고 있었다. 그러나 강의로 달관한 그는 아랑곳도 하지 않은 채 꾸준히 말을 이어 갔다.

"하나의 예로 경락에 참여했다가 소송에 휘말려서 망가지는 사람을 여럿 보았기에 저로서는 혹시나 하는 마음에 조심하시라고, 드리는 말이니 너무 부담감을 갖지 마시길 바랍니다."

사발 머리 나 교수는 갑자기 긴장한 표정을 보이며 엷은 미소를 지었다.

"헉…! 나는 독립운동 하다가 삼대가 망했다는 소리는 들어 봤어도, 경매해서 망했다는 사람 이야기는 일사 후퇴 이후에 처음 들어 보는디…"

속 알머리 봉상관은 혼잣말로 중얼중얼 거렸다. 사발 머리 나 교수는 경각심을 심어주기 위해 말을 꺼냈다가 여기저기서 생각지 못한 반발에 부딪치자, 뭔가에 놀라 달아나려는 표정처럼 오랜 세월 강의로 달관한 그도 무척 당황하는 눈치였다.

그는 대박이라는 헛된 망상에서 깨어나 현실을 직시하라는 자신의 경고에 괜한 공포심을 느낀 사람들이 경매 공부를 아예 포기하는 것은 아닐까? 은근히 걱정이 앞섰다.

"괜히 쓸데없는 말을 해 가지고, 아이고! 요놈에 주둥이…."

사발 머리 나 교수는 입속말을 속살거리며, 어느새 자신이 한말을 후회하고 있었다. 그러나 실전에서 입찰보증금을 날리는 사례와 낙찰 이후에 재판으로 가산을 탕진하는 사람들을 종종 목격한 터라 그로서는 경매를 가르치는 입장에서 빼놓을 수 없는 뼈 있는 말이었다.

"제가 부동산 경매공부의 중요성을 강조하는 이유는 매번 경매장에서 실수가 목격되고 있기 때문입니다."

사발 머리 나 교수는 자신을 속일 수 없어 순간순간 핏대를 세워 몇 번이고, 강조하고 있었다. 그의 강의를 듣고 있던 흰머리 윤 편인은 언젠가 신문지상에 보도되었던 사건 하나를 기억해 내고 가만히 떠올렸다.

줄거리는 이랬다. 부동산 부자의 꿈을 꾼 한 가장이 빌라주택을 경매로 낙찰을 받아 다량의 주택을 소유했다가 욕심이 화근이 되어 일가족을 자살로 몰아간 가슴 아픈 사건이었다.

그는 자신의 재무 능력으로 도저히 감당할 수 없는 수십 채의 빌라를 수차례에 걸쳐 채무도 재산이라며, 레버리지를 이용해 경매로 낙찰받았다.

그러나 그는 재무관리의 빈곤으로 대출이자를 견디지 못하고, 결국 빚에 쪼들리자 가족과 함께 동반 자살을 선택한 것이었다.

무지한 부동산 투자가 한 가정을 파멸로 몰고 간 이 사건은 부동산 시장에 커다란 교훈을 남겼었다.

그렇게 사람들 기억 속에서 사건이 잊어져 갈 무렵에 캡 투자로 아파트를 매입했다가 부동산 규제 소식을 듣고 화들짝 놀란 다주택 투자자가 스스로 경매장에 주택을 내놓는 물건이 하나둘이 아니라는 방송보도를 접하면서 부동산 시장도 이제는 사놓기만 하면 승승장구하며, 오르는 시대가 저물어 가는구나 생각했었다.

"젠장! 그리고 보면 세상 참 아이러니 하긴 하구먼…."

흰머리 윤편인은 사발 머리 나 교수의 말을 되씹으면서 그래도 저 정도는 아니라고 생각을 했다. 그 반면 부동산의 기본 지식도 없는 사람이 자신의 분수도 모르고, 과욕을 부리다가는 삶을 파멸로 몰고 갈 수 있다는 또 다른 사실을 깨달았다.

여기서 그는 부동산은 입지와 환금성이 무엇보다 중요하다는 생각을 하면서 시장의 환경과 흐름 그리고 심리적 요소와 적절한 타이밍까지 부동산 투자에서 절대적으로 빼놓을 수 없는 핵심 포인트라고 인식하는 계기가 되었다.

왜냐하면 아파트와 다르게 당시에 잘 팔리지 않는 저렴한 빌라를 선택한 것도 부족해서 입지까지 완전히 무시한 채 수도권 외곽 지역에 물건을 낙찰받은 무지 그 자체가 부동산의 중요한 금기를 두 가지나 깨버렸다는 것이었다.

그래서 흰머리 윤편인은 부동산도 이제는 절대 학습의 시대에서 평생교육을 받아야 한다는 사실을 통감했었다. 물론 개인적인 부동산 운도 따라줘야겠지만 말이다. 그가 생각에서 빠져나오자 사발 머리 나 교수는 이렇게 주절거렸다.

"여러분이 아시다시피 입찰에 참가하려면 10% 입찰보증금이 필요합니다. 그러나 재경매는 지역에 따라 20~30% 입찰 보증금이 필요하기도 합니다."

사발 머리 나 교수는 말끝에 모두를 둘러보았다.

"헐…! 중…말?"

그 같은 소리에 경매에는 난생처음 생면부지인 초보자 수강생들이 경악을 하듯 놀란 표정으로 탄성을 질렀다.

"가령 10억짜리 아파트라면 1억 원을 준비해야 한다는 말입니다.

그러나 재경매의 경우는 지역에 따라 2억 원 또는 3억 원을 준비해야 되겠죠?"

사발 머리 나 교수는 해쭉 웃고서, '어때… 이제 실감이 좀 나십니까?' 하는 눈길로 다시 주절거렸다.

"여기서 한번 실수하면 입찰 보증금 몇 억이 눈앞에서 사라진다는 겁니다."

"…"

그는 히죽 웃었다.

"헉…! 그러고 보니 액수가 장난이 아니네…. 젠장!"

짱구머리 나겁재는 입속말로 웅얼거렸다.

"제가 여러분의 마중물(입찰 보증금)을 지키기 위해서 조금 과장된 말들로 오버한 경향이 있으나 너무 크게 신경을 쓰지 마세요."

사발 머리 나 교수는 강의를 하는 중간에도 어쩌다 눈이 마주치는 새치 머리 안편관을 미운 오리 새끼 보듯 꼬나보거나, 가끔은 눈총을 쏘아 대곤 했었다.

"에⋯!"

수강생들은 현실적인 설명에 공감을 하면서도 대답 소리는 쥐 죽은 듯 작게 들렸다. 새치 머리 안편관은 괜히 미안해하면서 그의 눈총을 피하느라 이따금씩 고개를 돌려 딴청을 피웠다.

"좀 전에 무슨 질문을 하시려고 물었습니까?"

사발 머리 나 교수는 그제야 속 알머리 봉상관을 마주 보고 눈짓을 해 보였다.

"다름이 아니라 법정지상권이 성립이 되려면, 어떤 조건들이 필요한지, 도대체가 궁금해서 질문을 드립니다."

그는 이제야 묻는 그에게 벌써 심사가 뒤틀려 못마땅한 듯 잔뜩 이마를 찌푸린 채 말했다.

"아하! 법정지상권의 성립요건에 관해서 궁금하시다 그 말씀이시죠?"

사발 머리 나 교수는 능청을 떨며, 히죽 웃었다.

"헐⋯! 이건 또 뭐야?"

빨간 머리 여자 수강생이 구시렁거렸다.

"음… 법정지상권이 형성되기 위한 필수요건은 네 가지가 필요하다는 사실을 모두들 잘 알고 계시죠?"

사발 머리 나 교수는 뻔히 모른다는 사실을 알면서도 반문하듯 되물었다.

"헐…! 그걸 알면 여기 왔겠소?"

속 알머리 봉상관은 혼잣말을 속살거렸다. 수강생들은 여기저기서 툴툴거리고 있었다. 사발 머리 나 교수는 수강생들의 참여를 유도하기 위해 대부분 모르고 있는 줄 알면서도 그렇게 묻곤 했었다.

수강생들은 뭐라고 대답해야 할지 모르겠다는 눈길로 사발 머리 나 교수를 향해 쏘아보면서 쑥덕거리고 있었다.

"아니요!"

짱구머리 나겁재가 소리쳤다.

"전혀 모릅니다!"

둥근 머리 맹비견도 덩달아 소리를 질렀다.

"대충은 압니다…."

상구 머리 노식신은 입 안에서 웅얼거렸다. 모기가 날갯짓을 하는 것처럼 작게 들렸다.

수강생들은 이곳저곳에서 강의실이 떠나가도록 고함을 지르고 있었다.

"그럼 지금부터 법정지상권에 대해 살펴볼까요?"

사발 머리 나 교수는 히죽 웃었다.

"헐…! 네 가지 조건은 또 뭐야?"

둥근 머리 맹비견은 누가 듣거나 말거나 짜증 난 목소리로 구시렁거렸다.

"법정지상권의 첫 번째 조건은 토지 소유자와 건물의 소유자가 동일해야 한다는 겁니다."

"…"

사발 머리 나 교수는 말과 동시에 미간을 살짝 구겼다가 폈다.

"헐…! 토지와 건물 소유자가 같아야 한다고?"

수강생들은 서로를 쳐다보며 수런거렸다. 사발 머리 나 교수는 이들을 쳐다보면서 주절거렸다.

"두 번째 조건은, 토지에 근저당권이 설정될 당시에 반드시 지상에 건물이 존재하고 있어야 합니다(단 미등기나 무허가 건물 등이라도 있으면 성립)."

사발 머리 나 교수는 모두 알아듣겠죠? 하는 얼굴로 말했다.

"엥…? 근저당권을 설정할 당시에 반드시 건물이 존재해야 된다고?"

큰 머리 문정인은 입속말로 되새김을 하면서 종알거렸다.

"세 번째 조건은, 근저당권이 토지 또는 건물 중에 어느 한 곳이라도 반드시 설정되어 있어야 합니다."

사발 머리 나 교수는 전체를 향해 세 개의 손가락을 펴 보였다.

"와…우, 망할…! 둘 중 한곳이라도 근저당권이 설정되어 있어야 한다고…?"

이곳저곳에서 수강생들이 속닥거렸다.

"네 번째 조건은, 경매 매각으로 인해 토지소유자와 건물의 소유자가 각각 달라져야 합니다."

사발 머리 나 교수는 말끝에 속 알머리 봉상관을 쳐다보며, 이제 궁금증이 좀 풀렸느냐는 눈짓을 해 보였다.

"헉…! 경매 낙찰로 토지와 주택의 소유자가 각자 달라져야 한다고…?"

흰머리 윤편인은 고개를 갸웃갸웃 흔들어 가며, 나지막이 웅얼거렸다.

"이렇게 네 가지 조건이 갖춰질 때 법정지상권이 발생하는 겁니다."

사발 머리 나 교수는 전체를 돌아보고서 다시 주절거렸다.

"아… 그런 거야? 이거 골 때리는군."

흰머리 윤편인은 혼잣말을 하듯 입 안에서 웅얼웅얼 읊조렸다.

"어째… 이해들 하시겠습니까?"

사발 머리 나 교수는 목청을 높이고는 전체를 둘러보았다.

"예…!"

몇몇 사람들이 작은 소리로 대답을 했다. 그 나머지는 딴생각을 하느라 눈만 껌벅껌벅 거리면서 한눈을 팔고 있었다. 또 다른 일부는 눈치껏 엄지손을 놀려 대고 있었다. 그때였다

"잘 모르겠습니다!"

둥근 머리 맹비견이 고개를 한껏 쳐들고 소리를 외쳤다.

"어려워요!"

누군가 덩달아 소리쳤다.

여러 수강생들이 동시에 떠드는 소리로 강의실은 금세 술렁대고 있었다. 사발 머리 나 교수는 안 되겠다 싶어 칠판으로 돌아가 법정지상권에 대한 네 가지 조건을 차례대로 적어 가면서 보충 설명을 곁들였다.

그때 누군가 아는 척하며 나섰다. 그는 흰머리 윤편인이었다.

"교수님! 그러니까 법정지상권(법률로 규정한 토지사용권리)이 성립되려면, 우선은 토지와 건물의 소유자가 동일해야 하고, 둘째는 근저당권을 설정할 당시에 반드시 무허가 건물이라도 있어야 하며, 셋째는 토지나 건물에 근저당권이 한 군데라도 설정된 상태에서, 넷째는 경매 매각으로 건물과 토지소유자가 각각 달라져야 한다 이 말씀이십니까?"

그는 조리 있게 말을 하고는 달관한 강사나 되는 것처럼 히죽 웃고 있었다.

"이해가 빠르시군요. 허허허!"

사발 머리 나 교수는 달변을 듣자 아주 만족해하며 함박웃음을 웃고 있었다.

"헐…! 쟤 뭐라는 거야. 젠장!"

짱구머리 나접재는 잘 알아듣지 못한 분풀이로 괜히 짜증을 내며 툴툴거렸다.

"맞습니다, 맞고요, 그렇게 토지 소유자와 건물 소유자가 경매매각으로 각각 달라지면, 건물 소유자에게 법정지상권이 성립(발생)되는 겁니다."

사발 머리 나 교수는 기분이 좋아 한껏 누군가의 흉내를 내며 웃었다.

"와…우, 대박! 그런 거였어?"

상구 머리 노식신은 혼잣말을 속살거렸다.

"그러나 이와 달리 매각이 아닌 사고파는 매매로서 토지 소유자와 건물 소유자가 달라지면 관습법상의(법원 관례와 민간 관습에 근거한 권리) 법정지상권이 성립되는 겁니다."

사발 머리 나 교수는 법정지상권 외에 관습법상의 법정지상권은 경매가 아니라 통상적인 매매로 발생한다는 것과 새로운 지상권이 있다는 내용을 동시에 알려 주면서 이들의 경각심을 불러일으켰다.

그러고는 이들이 이해를 하고 있는지를 알고 싶어 모두의 표정을 살폈다.

"헐…! 저건 또 뭐야?"

둥근 머리 맹비견은 짜증을 내며 구시렁거렸다. 대부분의 수강생들은 생소한 전문 용어들이 돌출될 때마다 괜히 스트레스가 쌓여 신경질을 버럭버럭 내고 있었다.

그렇게라도 발산하지 않으면 골머리가 쪼개질 정도였다. 사발 머리 나 교수는 일반 매매의 경우에는 법정지상권(경매)과 달리 관습법상 법정지상권(매매)이 성립된다는 내용을 덧붙여 보충하는 식으로 주입시키고 간단하게 넘어갔다.

"아이… 참! 정말 법정지상권을 알아야 경매할 수 있나요? 휴!"

미모의 명정관은 난망한 표정으로 투덜거렸다. 젤 바른 선정재는 그녀의 푸념이 몹시 안쓰러워 그가 바라보는 눈빛 속에는 애절함이 묻어 있었다.

속 알머리 봉상관은 그녀를 위로하듯 한마디 주절거렸다.

"풋…! 뭘 그런 걸 걱정하세요, 까짓것 안 하면 그만이죠. 허허허!"

그는 별일도 아닌 걸 가지고 괜한 걱정을 한다는 식으로 그녀를 다독거렸다. 그 소리에 발끈 한 그녀는 '영감탱이 너나 잘하세요.' 하는 표정이었다.

"아…, 물건이야 골라서 들어가면 되는데, 너무 걱정하지 마세요."

어느 틈엔가 젤 바른 선정재는 두 사람의 대화를 듣고는 슬쩍 끼어들었다. 귀에 익은 목소리가 들려오자, 미모의 명정관은 세상 어느 꿀보다 달달한 눈빛을 반짝이며 아름드리 머릿결을 획 돌렸다.

그렇게 시선을 돌린 그녀는 눈웃음을 치면서, 그에게 시선을 고정시켰다. 젤 바른 선정재는 눈짓으로 속삭이며 그녀에게 말하고 있었다.

두 사람은 어느새 자기들만의 부호로 대화를 나누면서 살며시 미소를 지었다. 그것도 속 알머리 봉상관의 뒤통수에서 깨소금을 볶듯 주고받았다.

그사이에도 사발 머리 나 교수는 계속 주절거리고 있었다.

"법정지상권이 성립되면 지상에 건물이 존재하는 한 토지를 사용할 권리는 언제까지 주어진다고 생각하십니까?"

사발 머리 나 교수는 설명의 끝에서 이들에게 묻고서 실실 웃어가며, 다시 주절거렸다.

"누가 답변해 보실까요?"

"…"

사발 머리 나 교수는 강의실을 두리번두리번 거리며 답변자를 찾고 있었다. 수강생들은 여기저기서 장난질을 치듯 손을 흔들어댔다.

왁자지껄 떠드는 소리로 강의실은 순식간에 시장 통처럼 술렁거리고 있었다.

"조용히들 하시고, 거기, 가운데 둘째 분 말씀해 보세요."

사발 머리 나 교수가 지적한 수강생은 큰 머리 문정인이었다. 그는 자신을 가리키자 주저 없이 곧바로 주절거렸다.

"지상권은 민법[제280조 1항(30년, 15년, 5년)]에 규정되어 있는 내용처럼 지료(토지사용료)를 2년 이상 지급하지 아니하는 한 존속 기한까지는 계속 유지할 수 있다고 봅니다."

큰 머리 문정인은 생각이 나는 대로 끄집어내고는, 사발 머리 나 교수를 쏘아보며 고개를 주억거리고 있었다.

"헐…! 그런 거야? 난 생소한데…?"

젤 바른 선정재는 잘 모르겠다는 표정으로 중얼거렸다.

"그렇습니다. 방금 들은 신대로 지상권은 민법(제4장 제280조 제1항)에서 존속기간을 규정하고 있습니다."

사발 머리 나 교수는 여기까지 말하고는 칠판으로 돌아가 지상권에 대한 법 조항을 차례대로 쓰기 시작했다. 사람들의 눈길이 그의 손길을 따라 칠판을 주시하고 있었다.

제1항 1 석조(돌), 석회조(콘크리트) 연와조(벽돌)와 또는 이와 유사한 견고한 건물이나 수목의 소유를 목적으로 하는 때에는 30년,

제1항 2 전호 이외의 건물의 소유를 목적으로 하는 때에는 15년,

제1항 3 건물 이외의 공작물의 소유를 목적으로 하는 때에는 5년,

제2항 전항의 기간보다 단축한 기간을 정한 때에는 전항의 기간을 연장한다

그 사이에도 돈 사랑 팀원 몇몇이 속닥거리고 있었다.

"저기요? 법정지상권(법률로 규정한 토지사용권리)이 성립되면, 토지를 무상으로 사용할 수 있나요?"

미모의 명정관은 나지막한 소리로 젤 바른 선정재를 바라보았다.

"그러게요, 저도 거기까진 잘 모르죠."

그는 뒷머리를 긁적거렸다. 그러고는 다시 속삭거렸다.

"가만있어 보세요, 제가 교수님께 한번 물어보죠, 뭐. 흐흐…"

젤 바른 선정재는 실실 웃어 가며 말했다.

그는 그녀를 위해서라면 지옥 불구덩이라도 들어갈 표정이었다.

"어머… 그래 주실래요?"

미모의 명정관은 그의 호의를 거절하지 않고서 고맙다는 표시로 눈웃음을 치며, 살포시 웃고 있었다.

입 안에서 반쯤 녹은 눈깔사탕을 그의 입 안에 건네줄 듯… 그녀의 표정이 그랬다.

"예… 그게 뭐 어려운 일이라고…요." 하며 대꾸를 하고서 젤 바른 선정재는 곧바로 고개를 돌려 잠시 기다렸다. 그는 사발 머리 나 교수가 분필을 놓고 돌아서자, 바로 손을 들고 주절거렸다.

"여기, 물어볼 질문이 있는데요? 교수님!"

그의 질문에 사람들의 시선이 일제히 그들을 쫓고 있었다.

"예…. 말씀해 보세요."

사발 머리 나 교수가 집게손가락을 펴서는 그를 가리켰다.

"토지에 법정지상권이 성립되면 건물주는 무상사용이 가능합니까? 흐흐…"

젤 바른 선정재는 어정쩡한 얼굴로 해쭉거렸다. 속 알머리 봉상관은 '우라질 자식! 공짜 더럽게 밝히네,' 하는 얼굴로 그를 위아래로 못마땅한 듯 째려보고 있었다.

"하하하! 공짜를 무척 좋아하시나 봅니다."

사발 머리 나 교수는 크게 웃어 가며 그를 바라보았다.

"뭐… 제가 조금 밝히기는 합니다. 헤헤!"

젤 바른 선정재는 주변머리를 긁적이며, 싱겁게 웃었다. 그의 대구에 미모의 명정관은 '흐 거시기도 많이 밝혀요.' 하는 표정을 짓고 있었다.

"일반인이 그렇게 말하면 이해가 되지만, 경매를 학습한 여러분이 그렇게 알고 있으면 곤란합니다."

사발 머리 나 교수는 히죽 웃고서 고개를 가로저었다.

"그럼 어떻게 하면 됩니까?"

젤 바른 선정재는 몹시 날선 표정으로 들이대었다. 그는 그녀를 위해서라면 쪽팔리는 것쯤이야 대수롭지 않다는 얼굴이었다. 미모의 명정관은 흐뭇한 미소로 젤 바른 선정재를 앙증맞게 바라보고 있었다.

"우리는 항상 지료를 지불한다는 전제 조건을 깔고서, 접근해야 합니다."

그는 히죽 웃었다.

"아니… 토지 주인이 청구를 안 해도 그렇습니까?"

짱구머리 나겁재는 얼른 끼어들며 소리쳤다.

그 말에 수강생들이 한바탕 소리 내어 낄낄거렸다.

"물론, 토지 소유주가 지료를 청구를 하지 않는다면야 더 이상 바랄게 없겠지만, 세상에는 공짜 점심이 없다는 소리를 한 번은 들어 보셨을 겁니다. 하하하!"

사발 머리 나 교수는 답변을 하고서 짱구머리 나겁재를 쳐다보며, 거리낌 없이 호탕하게 웃었다.

"헐…! 나는 없어 못 먹는데 웃기는 사발 머리 주제에…. 젠장!"

하고는 짱구머리 나겁재는 짜증스럽게 속살거렸다. 이렇게 숯이 검정을 나무라듯이 그는 하늘을 손바닥으로 가리고 있었다.

"법정지상권을 취급하시는 분은 항상 지료(토지사용료) 만큼은 염두에 두셔야 합니다. 아시겠습니까?"

사발 머리 나 교수는 모두를 향해 목청을 높였다.

"예…!"

수강생들은 이때다 싶어 스트레스를 풀듯이 냅다 소리를 질렀다. 순간 강의실은 웅성대는 소리로 한동안 술렁거리고 있었다.

사발 머리 나 교수는 잠시 여유를 갖고서 이들이 잠잠해지기를 기다렸다. 그렇게 몇 초가 흘러가면서 소란스럽던 분위기가 차츰 가라앉자, 그는 다시 강의를 이어 갔다.

"재차 말을 하지만, 건물 소유주가 법정지상권이 성립됐다고, 무상으로 사용할 수 있다는 오해를 가끔 하시는데, 타인의 토지를 사용하는 것은 부당이득(정당하지 못한 방법으로 얻은 이익)으로 지료(토지 사용료)를 지급하지 않으면, 언젠가 반드시 토지 사용료를 청구 받게 된다는 사실을 기억해 두시기 바랍니다.

물론 상대가 나에게 청구하지 않는다면 더 이상 좋을 게 없겠지만, 시기가 언제냐일 뿐이지 바라지 않는 것이 현명한 처사일 겁니다."

사발 머리 나 교수는 두 눈에 힘을 주듯 잔뜩 부라리고 있었다. 세상에는 공짜가 없다는 표정이었다.

"헉…! 그런 거야?"

흰머리 윤편인은 입속말로 웅얼대고 있었다.

"즉, 그동안 무상으로 사용한 토지 사용료는 반드시 반환해야 할 의무가 발생한다는 것도 함께 기억해 두세요."

사발 머리 나 교수는 채권의 소멸시효(민법제162조: 채권10년, 채권 및 소유권 이외의 재산권 20년)가 진행되지 않는 한 언제라도 지료를 청구할 수 있다는 내용을 강조하고 있었다.

즉 민법 제166조 소멸시효는 권리를 행사할 수 있을 때로부터(단, 부작위의 목적은 위법행위를 한 때부터) 진행하기 때문이었다(소멸시효: 권리자가 권리를 행사할 수 있을 때부터 기산起算해 법정 기간 안에 권리를 행사하지 않으면 그 권리를 소멸하는 제도. 부작위: 마땅히 해야 할 일을 의식적으로 하지 않는 일).

"헐…! 지불하면 되지 뭐."

수강생 몇몇이 두런두런 속닥거리고 있었다.

"어떻게 이해는 되셨습니까?"

사발 머리 나 교수는 지주(토지소유주)나 되는 것처럼 목청을 높였다. 순간 수강생들은 소리를 냅다 질렀다.

"예…!"

이들은 잘 몰라도 자존심에 아는 척 목소리를 높였다.

"저, 교수님!"

누군가, 손을 번쩍 들어 그를 불렀다.

"지금 손 드신 분 말씀하세요."

사발 머리 나 교수는 소리 나는 쪽을 향해 손을 내밀고 그를 가리켰다.

"시효가 만료된 법정지상권을 토지 소유자를 상대로 기간을 연장해 달라고 요청할 수 있습니까?"

둥근 머리 맹비견은 애매모호해 미치겠다는 표정을 해 가지고 물어 왔다. 사람들은 질문 내용이 생소하자, 궁금한 시선들이 그들을 향해 쏘아보고 있었다.

"예···. 우리나라 민법은 지상권자(남의 토지에서 공작물 또는 수목을 소유하기 위해 세를 내고 그 토지를 사용할 수 있는 권리자)에게 갱신 청구권(계약을 다시 해달라고 할 수 있는 권리)과 매수 청구권(부동산에 부속된 물건을 사달라고 하는 권리)을 인정하고 있습니다."

사발 머리 나 교수는 고개를 끄덕이며, 답변을 하고는 그를 빙그레 웃어 가며 쳐다보았다.

"와···우, 갱신 청구권과 매수 청구권은 또 뭐야···?"

젤 바른 선정재는 구시렁거렸다. 수강생들은 여기저기서 웅성웅성 떠들고 있었다.

흰머리 윤편인도 새로운 사실이 경이로워 고개를 갸웃갸웃 흔들며, 절로 감탄하고 있었다.

"교수님! 갱신 청구권과 매수 청구권은 언제 사용할 수 있나요?"

미모의 명정관은 의문을 잔뜩 품은 궁금한 눈망울로 물어 왔다.

그녀는 갱신 또는 매수 청구권이라는 낱말에 대해 평생 듣도 보도 못한 우라질 소리였다. 그래서 궁금증이 증폭되어 도대체 견딜 수가 없는 모양이었다.

"음…. 갱신청구권은 건물 기타 공작물 및 수목들이 존재하는데, 지상권을 약정한 시기(기한)가 도래 또는 소멸(도달)한 경우 지상권자(토지사용 권리를 가진 자)는 토지 소유자에게 지상권 사용을 연장해 달라고, 청구(계약갱신)할 수 있습니다. 즉 지상권에 대한 계약갱신을 주장하는 겁니다."

사발 머리 나 교수는 설명을 하고서 그녀를 달콤한 눈빛으로 바라보았다.

"지상권 설정자(토지 소유자)가 사용 연장이 싫다고 거부하면은…요? 호호!"

그녀는 빙그레 웃어 가며 허점을 찌르듯 되물었다. 사람들은 파고들며 물어뜯는 그녀의 영악스러움에 재미를 느껴 낄낄 거리고 있었다.

"아…. 그때는 매수 청구권을 사용할 수 있습니다. 장기판에서 장군하면 멍군하듯이 말입니다."

사발 머리 나 교수는 희번덕거리며 쉽게 설명했다. 수강생들은 재치 있게 받아치는 그보다 번번이 튀어나오는 새로운 내용에 깜짝깜짝 놀라는 눈치였다.

"헐…! 정말이야 매수 청구권은 또 뭔데…?"

노란 머리 여성이 중얼거렸다.

"매수 청구권은 현재 존재하는 건물 기타 공작물 및 수목들을 상당한 가액으로 토지 소유자에게 매수해 달라(내 것을 사 달라)고 청구할 수 있는 권리입니다."

사발 머리 나 교수는 지상권자 권리를 설명하면서 히죽 웃고 있었다.

"헐…! 중…말, 그런 거야?"

이들은 금세 술렁거렸다. 개중에 짜릿한 희열을 느낀 수강생은 주먹을 불끈 쥐었다.

자신들이 알고 있던 생각하고는 전혀 다른 내용에 놀란 이들은 아연한 표정으로 경악을 금치 못했다. 새로운 세상을 만난 것처럼 이들에게는 어안이 벙벙할 정도로 경천동지할 사건이었다.

"이해들 하셨습니까?"

사발 머리 나 교수는 아시겠느냐는 표정으로 강의실을 둘러보았다.

"예…!"

이들은 쥐뿔도 모르지만, 우라질 목소리는 억세고 우렁찼다.

이들은 미치고 환장할 권리가 사용자인 지상권자에게 있다는 사실에 고무되어 실로 깜짝 놀란 표정들을 짓고서 웅성웅성 떠들고 있었다.

"휴…! 갈수록 태산이네, 젠장!"

짱구머리 나겁재는 시간이 갈수록 늘어나는 많은 내용들이 더럭 겁이 나서 진저리를 쳤다. 그러면서도 만약을 대비해 필기만큼은 열심히 하고 있었다.

"교수님! 법정지상권의 사용 범위는 어디까지 확대할 수 있습니까?"

속 알머리 봉상관은 고개를 들어 얄궂은 얼굴로 물어 왔다. 그의 질문에 돈 사랑 팀원들의 눈길은 한 군데로 모아지고 있었다.

"음…. 사용 범위는 건물이 깔고 앉은 토지에만 한정되지 않습니다. 건물의 유지나 사용 등 일반적으로 건물을 이용하는 데 필요한 토지 유용 범위까지 효력은 미친다고 봅니다."

사발 머리 나 교수의 설명은 건물을 사용하기 위해 필요한 주변 토지까지 법정지상권의 효력이 확대되는 것을 말해 주고 있었다.

"헐…! 대박! 그 정도야?"

속 알머리 봉상관은 혀를 내두르며 웅얼거렸다. 사발 머리 나 교수는 여기까지 설명하고서 여지를 남겼다. 일부 수강생들은 그 이유를 몰라 어리둥절한 표정으로 수런수런 거리고 있었다.

"그렇다면, 건물이 깔고 앉은 대지에 한정하지 않고, 보존(유지)하거나 사용하는 이외의 대지에도 효력이 미친다고 볼 수 있습니까? 흐흐…."

속 알머리 봉상관은 재차 묻고는 유들유들한 표정으로 주위를 주억거렸다.

수강생들은 '영감탱이 질문한번 기똥차게 묻고 있네.' 하며 그에게 눈길을 쏘고 있었다. 이들은 자신들이 알고 싶었던 가려운 곳을 그가 적절하게 긁어 주고 있자, 한편 고마운 마음이 들기도 했었다.

"그렇습니다. 가령 공장이 법정지상권을 가졌다면 공장을 이용하는 데 있어서는 일반적으로 필요한 주변의 토지까지 그 효력이 미친다고 볼 수 있습니다."

사발 머리 나 교수는 그를 쳐다보면서 고개를 끄덕거렸다.

"헉…! 거기까지?"

누군가 탄식을 하듯 시름 소리를 냈다. 사발 머리 나 교수는 보충 설명으로 수강생들의 이해를 점차적으로 넓혀 나가고 있었다.

"법정지상권을 가진 자가 타인의 토지를 사용하려면 얼마의 지료를 지불해야 하는지를 누가 대답해 보시겠습니까?"

사발 머리 나 교수는 수강생들을 바라보며, 고개를 주억거리고 있었다.

"헐…! 그걸 알면 내 이 자리에 있지를 않는다. 젠장!"

둥근 머리 맹비견은 입속말로 맞받아치며 구시렁거렸다.

"지료의 산정은 지상권자와 토지소유자가 협의해 결정하지 않습니까?"

삼각 머리 조편재가 가만히 묻고서 애매모호한 표정으로 그를 쳐다보고 있었다.

"물론입니다. 그러나 협의가 결렬되면 어떻게 하시겠습니까?"

사발 머리 나 교수는 인정을 하면서도 부정적인 결과에 대해 슬쩍 물어 왔다. 사람들은 '이건 또 무슨 개소린가?' 싶어 눈총을 쏘아 대고 있었다.

"음…. 아무래도 타인의 토지를 사용하는 것은 부당이득이고, 청구권과 반환성격을 가지고 있다면… 민사 소송

으로 가지 않을까요?"

삼각 머리 조편재는 자신이 알고 있는 상식을 짜내느라 미간을 잔뜩 찌푸린 채 말했다.

"그렇습니다."

사발 머리 나 교수는 빙그레 웃으며 끄덕거렸다. 수강생들은 '뭐가 또?' 하면서 잘 모르겠다는 표정으로 구시렁거리고 있었다.

"지료 협의가 타협점을 찾지 못하면 불가피하게 법원(지료청구소송)의 힘을 빌려야 되겠지요?"

사발 머리 나 교수는 그를 쳐다보며, 절차를 밟아야 하는 힘든 과정을 아주 쉽게 말했다.

"헐…! 지료 소송…?"

삼각머리 조편재는 입속말을 속살거렸다. 소송이라는 말에 수강생들은 순간 이곳저곳에서 술렁대고 있었다. 사발 머리 나 교수는 소란을 잠재우듯 큰소리로 주절거렸다.

"토지 소유자는 토지로 얻는 이익에서 상당한 대가(토지감정지가의 5~7%)를 청구할 수 있습니다."

사발 머리 나 교수는 토지 소유자의 권리를 가지고 사용자를 상대로 상당한 대가를 청구할 수 있다고 말했다.

"헐…! 대박! 정말 그런 거야?"

사람들은 술렁거렸다. 사발 머리 나 교수는 이들의 어려움을 이해하고 있기에 쉽게 설명을 해 보려고, 무던히 애를 쓰고 있었다.

아이가 똑같은 질문을 묻고 또 물어 와도 한결같이 대답해 주는 부모의 심정으로 이들을 대했다.

"지금까지 배운 법정지상권을 경매사건에 적용시켜 문제를 하나씩 응용해 풀어 볼 테니… 모두 제 말에 귀를 기울여 주시기 바랍니다."

사발 머리 나 교수는 모두를 둘러보면서 눈에 힘을 주듯 말을 하고는 이내 고개를 까닥이며 다시 주절거렸다.

"음…. 첫 번째 풀어 볼 문제는 건축물이 없던 갑甲의 나대지(건축물이 없는 택지) 위에 최초로 병丙의 근저당권이 먼저 설정되었습니다."

"그 이후에 소유주 갑甲은 나대지 위에 새로운 주택을 신축했습니다."

사발 머리 나 교수는 실실 웃어 가며 말했다.

"헐…! 근저당권이 설정된 다음에 신축을…?"

흰머리 윤편인은 중얼거렸다.

"그러나 소유주 갑은 어쩌다 보니 담보채권을 갚지 못했습니다. 그래서 근저당권이 설정된 나대지(토지)는 결국 빚으로 임의 경매에 넘겨졌습니다."

사발 머리 나 교수는 전체를 둘러보며 씨익 웃고는 이어 주절거렸다.

"그 이후에 주택을 남겨놓은 채, 을이라는 소유자가 토지만을 낙찰을 받아 새로운 토지소유주 되었습니다."

사발 머리 나 교수는 주택을 제외한 갑의 나대지가 임의 경매로 낙찰이 되었다고 했다. 그 결과 토지소유주가 갑에서 을로 바뀌었다며, 이들에게 고민 보따리를 풀어놓았다.

"헐…! 토지만 낙찰로 넘어가…? 아니, 뭐 이런 개 같은 경우가 다 있어."

흰머리 윤편인은 화풀이라도 하는 것처럼 투덜거렸다. 사람들은 '저런 쯧쯧!' 하며 헛바닥을 차고 있었다.

"이 사건의 경우에 법정지상권이 성립될 수 있겠습니까?"

사발 머리 나 교수는 실실 웃어 가며, 모두를 바라보다 다시 말을 이어 갔다.

"그러니까 토지 소유주가 갑에서 을로 변경된 경우입니다. 누가 답변해 보실 분…?"

사발 머리 나 교수는 강의실을 둘러보다가 마음이 가는 그녀를 손짓하며 가리키고 있었다.

"어머머…. 미쳤어 미쳤나 봐, 저 인간 왜 하필 많고 많은 사람 중에 또 나야?"

미모의 명정관은 순간 울화통이 터져 속살거렸다. 그러면서도 그녀는 어쩔 수가 없었다. 그래서 필기한 내용을 곁눈질을 해 가며, 대충 이렇게 주절거렸다.

"흐흠…. 맞는지는 모르겠지만, 교수님이 설명한 네 가지 요건 가운데 갑의 토지에 근저당권이 설정될 당시에 대지 위에 건축물이 없었다는 정황으로 볼 때 법정지상권이 요하는 성립조건에 맞지 않는다고 보입니다."

그녀는 실 웃고 이어 주절거렸다.

"어쭈구리! 제법인데…"

젤 바른 선정재는 그녀의 한마디 한마디가 꼬집어 주고 싶을 정도로 예뻐 죽을 지경이라 혼자 웅얼거리고 있었다.

"그래서 저는 법정지상권이 성립될 수 없다고 봅니다. 크크!"

강의 내용을 빼곡하게 기록해 놓은 그녀는 필기장을 힐끔힐끔 쳐다보았다. 모르는 것은 그렇게 재치 있게 끼워 맞추며, 어렵사리 답변을 마쳤다. 그러고는 혹시나 싶어 긴장한 눈길로 그를 가만히 쏘아보고 있었다.

"아주 잘하셨습니다."

"짝짝!"

사발 머리 나 교수는 입가에 미소를 한가득 머금고 가볍게 손뼉을 쳤다.

"제가 근저당권이 설정되는 시점, 즉 등기소에 접수 등록되는 시기에는 반드시 토지 위에 하다못해 무허가 건물이든, 미등기 건물이든, 존립하고 있어야 법정지상권이 성립된다고 일전에도 설명해 드렸죠?

사발 머리 나 교수는 해쭉 웃으며, 그녀에게 엄지손을 추켜세웠다. 자신이 강의한 수업에 대한 긍지와 보람을 찾은 것처럼 기쁜 얼굴이었다.

"예…!"

갑자기 생각이 나지 않았지만, 수강생들은 무조건 소리부터 질렀다. 대답 소리에 휩싸인 강의실은 금세 시끌벅적 소란스러워졌다.

사발 머리 나 교수는 그래도 생글생글 거렸다. 그는 그녀에게 눈웃음을 흘려 주고 새로운 문제에 대한 질문을 꺼내가며, 다시 주절거렸다.

"이번에 우리가 풀어 본 문제에서 새로운 토지소유자 을은 건물 소유주 갑에게 건물을 철거해 달라고 주장하며, 자기 권리를 청구할 수 있겠습니까?"

사발 머리 나 교수는 히죽히죽 웃어 가며 묻고는 다시 주절거렸다.

"아니면 그 반대의 경우로 을은 건물 철거를 청구할 수 없다고 보겠습니까?"

그의 물음에 수강생들은 애매모호한 눈동자를 껌벅거리며 한순간에 잘 모르겠다는 표정들로 변해 고개를 갸웃갸웃거리고 있었다.

"누가 답변해 보시겠습니까?"

사발 머리 나 교수는 누굴 찾는 눈치로 눈썹을 올렸다 내려가며 두리번거렸다. 그때였다.

"건물 철거는 현실적으로 무리한 요구가 아니겠습니까?"

삼각 머리 조편재는 들이대듯 퉁명스럽게 묻고 나섰다.

수강생들은 그의 주장을 가지고, 옥신각신 다투듯 자신들의 견해를 속닥거리고 있었다.

"그래 내 말이…. 건물이 한두 푼 하는 장난감도 아니고, 철거는 좀 그렇다. 흐흐…"

둥근 머리 맹비견은 어쩜 자기 생각하고 동병상련인가 싶어, 괜히 신이 나서 끼어들었다.

"모두들 그렇게 생각하십니까?"

사발 머리 나 교수는 '이 사람들이 뭐 좀 알고 이러나?' 싶어 몹시 궁금한 표정이었다. 강의실은 금세 소란스러워지며, 웅성거렸다.

"아니요…!"

한 쪽 어디선가 소리를 냅다 질렀다. 몇몇 수강생들이 소리 나는 쪽을 향해 고개를 돌렸다.

"예!"

어느 누군가는 또 다른 대답을 하고 있었다. 이들의 의견들이분분해 갈라지자, 강의실은 순식간에 다양한 논쟁을 놓고 서로 간에 공방을 하며 소란을 떨고 있었다.

"아… 조용, 조용히들 해 보세요!"

사발 머리 나 교수는 모두를 향해 목청을 높였다.

"우리나라 사람들은 뭐든 빨리빨리 하는 것을 좋아한다면서요? 그래서 정답부터 말을 하자면 철거를 청구할 수 있습니다."

사발 머리 나 교수는 배달의 민족 특성을 운운하며 히죽 웃었다.

"으…잉! 빨리빨리 민족, 나는 천천히 하는 것을 좋아하는데…. 크크!"

둥근 머리 맹비견은 입속말을 웅얼거렸다.

사발 머리 나 교수는 혹시나 했던 기대가 무너져 내리자, 홧김에

화냥질을 하듯 아니 고자질을 하는 인간처럼 정답부터 털어놓고 시작했다. 그렇게 강의는 계속 이어졌다.

"그러나 현실은 새로운 토지 소유자 을이 건물을 매입하거나, 그 반대로 건축물 소유자 갑이 토지를 재매입하거나, 두 가지 중 하나를 선택 하고 있는 실정입니다. 물론 이와 다른 예외적인 상황이 없다고는 장담할 수 없습니다."

사발 머리 나 교수는 어처구니 없어하는 수강생들의 표정을 즐기듯이 말하고 있었다.

"헐…! 대박! 하나마나 한 설은 왜 풀고 지랄이야… 젠장!"

흰머리 윤편인은 맞받아치듯 혼잣말을 웅얼거렸다.

"모두들 이해가 되셨습니까?"

사발 머리 나 교수는 눈을 부라리며 목청을 한껏 높였다. 그 이유야 뻔했다.

"예…!"

시간이 갈수록 이들의 대답 소리가 점점 작아지고 있었기 때문이었다.

"어째… 대답들이 시원치 않습니다."

사발 머리 나 교수는 이럴 때는 송아지를 코뚜레로 옭아매듯 수강생들을 쪼였다 풀었다 반복하면서 수십 년 닳고 닳은 전문가의 노련한 솜씨로 수업 분위기를 이끌어 가고 있었다. 그는 시간이 갈수록 흐트러지는 이들의 자세에 주의를 환기시키듯 은근히 압박을 가하기도 했었다.

"세 번째 문제는 지금처럼 법정지상권이 성립되지 않는 갑의 건물에 전·월세를 사는 임차인들이 살고 있다고, 가령 예를 든다면 말입니다."

사발 머리 나 교수는 전체를 아우르며 목소리에 힘을 주었다.

"헐…! 임차인들이 전월세를 살아…?"

흰머리 윤편인은 혼잣말을 고시랑거렸다.

"그런데 갑의 토지를 낙찰받은 새로운 토지 소유주 을은 건물 소유주 갑과 함께 토지 소유주로서 주택임대차보호법에서 보장하는 임대인과 임차인의 관계가 형성될 수 있는지? 아니면 그 반대인지를 누가 답변해 주시겠습니까?"

사발 머리 나 교수는 시간에 쫓기듯 문제를 끄집어내서는 답변을 원하고 있었다.

왜냐하면 강의한 성과가 아직도 제대로 반영되지 않고 있다는 남모를 속상함이 은연중에 깔려 있기 때문이었다.

그래서 수강생들을 잠시 숨 돌릴 틈도 없이 몰아 부치고 있는 것이었다. 그의 상심한 속마음을 알 길이 없는 속 알머리 봉상관은 나름 그의 질문을 받아 챙기듯 이렇게 주절거렸다.

"제 생각은 갑의 토지를 낙찰받은 을은 토지 소유주로서 건물 임차인의 보증금을 책임질 의무가 없다고 보는데 어째 틀립니까?"

그는 문제의 핵심에서 한 발을 빼는 식으로 접근하고는 그를 슬쩍 올려다보았다.

"하하하! 틀리지 않습니다."

사발 머리 나 교수는 그의 답변이 바로 튀어나오자 한동안 뒤틀려 있던 감정이 다소나마 상쇄되어 밝게 웃었다.

그의 웃음에 수강생들은 이유 없이 따라 웃고 있었다.

"그럼 다행이고…."

속 알머리 봉상관은 안도의 한숨을 내쉬며, 혼잣말을 속살거렸다.

"토지를 낙찰받은 을(경락인)은 토지 소유주로서 주택 소유주 갑과는 아무런 연관성이 없는 별개이기에 주택을 임대한 임차인과는 전혀 인과관계(원인과 결과)가 없다는 대법원 판례도 많이 있습니다."

그는 설명을 끝내며 이해를 하시겠느냐는 표정을 짓고서, 전체를 둘러보았다.

"헐…! 정말? 임차인은 낙동강 오리알 신세야, 뭐야…?"

짱구머리 나겁재는 괜히 시무룩해져서 혼잣말을 구시렁거렸다. 사발 머리 나 교수는 대법원 판례 중 사례 하나를 참조하라며, 칠판에 적었다.

대법원 98다3276판결

그가 분필을 내려놓고 돌아서자,

"저, 교수님!"

누군가 소리쳤다.

"예…. 질문하세요."

사발 머리 나 교수는 교탁으로 돌아와, 소리 나는 쪽을 향해 그에게 눈짓을 하며 가리켰다.

"토지 근저당권과 건축물 근저당권의 설정 날짜가 서로 다른 경우에는 최선순위 기준권리는 무엇으로 결정해야 되는 겁니까?"

삼각 머리 조편재는 눈빛에 궁금증을 잔뜩 담아 차분하게 물었다.

"자…. 여기 이분이 질문한 답변에 대해 아시는 분은 누구든지 말씀해 보세요."

그러나 누구 한사람 나타나지 않았다. 강의실은 갑자기 조용해지며, 숨을 죽이고 있었다. 철 지난 바닷가 백사장처럼 고요했다. 사발 머리 나 교수는 눈치를 보아하니 답변이 나오지 않겠다는 판단이 들자, 먼저 입을 열었다.

"음…. 이런 경우에는 건축물에 설정된 최선순위 기준권리가 토지 근저당권 최선순위 날짜와는 상관없이 말소기준권리로서 우선합니다."

사발 머리 나 교수는 수심이 가득한 표정으로 설명을 하고는 실망을 한 듯 고개를 주억거렸다. 그 소리에 아연한 수강생들은 순간 술렁거렸다.

"헉…! 그런 거야…?"

흰머리 윤편인은 무슨 소린지 알겠다며, 혼잣말을 중얼거렸다.

"왜 그런지 그 이유가 궁금합니다."

삼각 머리 조편재는 도대체 근거가 무엇인지를 따지고 들었다.

"허허! 그 이유를 알고 싶다 이거죠? 음, 그것은 두 가지 권리를 보호하기 위해서 그렇습니다."

사발 머리 나 교수는 질문이 들어오자 반가운 얼굴로 사람 좋게 웃고는 그에 관한 답변을 간략하게 말해 주었다.

"엥…? 두 가지씩이나?"

상구 머리 노시신은 웅얼거렸다.

수강생들은 "오…우, 대박! 두 가지 권리를 보호한다고…?" 한마디씩 중얼대고는 서로에게 뭐라 뭐라 속닥거리고 있었다.

"빨리 설명해 주세요…, 교수님!"

삼각 머리 조편재가 소리를 냅다 질렀다. 여기저기서 몇몇 사람들이 호응을 하며 목청껏 소리쳤다. 그는 고개를 끄덕이고는 곧바로 주절거렸다.

"하나는 토지 근저당권자의 채권권리를 보호하기 위한 조치입니다."

사발 머리 나 교수는 말을 하면서 자기 긍정을 하듯이 연신 눈을 끔적이며 고개를 끄덕거렸다.

"헐…! 대박! 아니, 근저당권자의 채권 보호 때문이라고…?"

둥근 머리 맹비견은 '그런 게 다 있었나?' 싶어 연신 고개를 갸웃갸웃 거리며 구시렁거렸다.

"나머지 하나는 대항력(주택인도와 주민등록을 마친 자)을 가진 임차인의 권리를 보호하기 위한 조치입니다."

사발 머리 나 교수는 채권자와 임차인을 보호하는 차원에서 그 이유를 밝히고 있었다.

"와…우! 임차인을 보호한다고, 거 꽤 쓸 만한 법이네."

흰머리 윤편인은 듣던 중 가장 기특한 법이라며, 고개를 끄덕끄덕 거리고 웃었다.

"이 문제에서 우리의 눈길을 끄는 핵심 포인트는 주택이 강제경매(채권을 가지고 법원에서, 채무자의 부동산을 압류해 채권자의 금전 채권을 충당하게 하는 강제 집행)나 임의경매(근저당권 등 물권을 가지고 집행관에게 신청해서 행하는 경매)로 나올 때입니다."

사발 머리 나 교수는 주택이 경매로 나오면 해결해야 할 두 가지 현안이 그 속에 포함되어 있다고 강조했다.

"헐…! 주택만 경매로 나오는데… 뭔 문제…?"

둥근 머리 맹비견은 의아한 얼굴로 구시렁거렸다.

"왜냐하면, 대항력이 있는 임차인은 토지와 건물에서 우선변제권을 갖기 때문입니다."

사발 머리 나 교수는 이들의 이해를 돕기 위해 칠판에 그림을 그려가며, 강의를 이어 갔다.

"으…잉! 우선변제권이 발생한다고…?"

누군가 목청을 높여 중얼거렸다.

"아니…. 그러면 토지 근저당권자의 채권을 보호하거나 대항력을 가진 임차인을 보호한다는 말인데, 젠장! 귀신 코 고는 소리는 알아도, 도대체 이거는 당최 무슨 소리를 하는 얘긴지, 정말! 헷갈리

네, 헷갈려!"

둥근 머리 맹비견은 도무지 이해할 수 없다는 얼굴로 갸웃갸웃 거리면서 투덜거렸다.

"내 말이…. 제기랄! 듣다 보면 뭔가 와닿는 게 있겠지…. 히히!"

짱구머리 나접재는 그를 슬쩍 쳐다보며 히죽거렸다.

"여기서 여러분의 이해력을 돕기 위해 하나의 예를 들어 보기로 할까요?"

그는 히죽 웃었다.

"헐…! 땡큐죠."

삼각 머리 조편재가 혼잣말을 웅얼거렸다.

"가령, 건물이 없는 갑의 나대지 위에 먼저 병의 근저당권이 설정되어 있었다면 말입니다."

사발 머리 나 교수의 말인즉 토지 위에 담보권이 먼저 설정되어 있었다는 것이다.

"아니… 토지에 근저당권이 먼저 설정됐다고…? 젠장! 그래서 그게 뭐 어쨌다는 건데…"

흰머리 윤편인은 으르렁거리듯 혼잣말을 투덜거렸다.

"그런데 그 이후에 나대지 위에 갑의 건축물이 신축되면서 주택에도 정J의 새로운 근저당권이 설정되었습니다."

사발 머리 나 교수는 전체를 돌아보며 차분하게 설명을 했다.

"와…우! 죽이네, 시벌! 신축한 주택에 또 새로운 근저당이 설정됐다고…?"

수강생 중 하나가 미세한 소리로 구시렁거렸다.

"그리고 얼마 지나지 않아서 신축한 갑의 주택에 대항력을 가진 주택임차인 몇 명이 전입을 했습니다."

사발 머리 나 교수는 미소를 머금고 차분하게 설명했다.

"헐…! 임차인이 주택 점유와 동시에 주민등록을 전입시켰다고…?"

삼각 머리 조편재는 어림잡아 혼잣말을 속살거렸다.

"그러나 문제는 그 이후에 부동산에 설정된 토지 근저당권과 주택 근저당권 중 하나가 문제의 원인이 되어 임의경매가 진행되었습니다.

결국 갑의 토지와 주택은 입찰에 붙여져 마침내 새로운 소유주 을이 낙찰을 받았습니다."

사발 머리 나 교수는 실실 웃어 가며 설명을 풀어 나갔다. 사람들은 뭐가 뭔지 어안이 벙벙해서 코를 빠트린 채 듣고만 있었다.

그런데 사발 머리 나 교수는 이들의 고충은 아랑곳하지 않은 채 여기서 느닷없이 질문을 해 왔다. 수강생들은 '차라리 날 잡아잡수!' 하는 표정들이었다. 일부는 그의 눈길을 피하느라 고개를 돌렸다.

"그럼 이 문제에서 대항력 있는 임차인은 토지와 건물에서 최우선변제권을 갖게 될까요? 아니면 그 반대일까요?"

사발 머리 나 교수는 눈을 크게 부릅뜨고, 달관한 목소리로 물어 왔다.

"갖습니다!"

흰머리 윤편인은 대뜸 큰 소리를 질렀다.

그 순간 누군가 딥다 크게 외쳤다.

"못 갖습니다!"

그는 짱구머리 나겹재였다. 일부 수강생 중 유일하게 불쑥 나서며, 소리를 질렀다. 그 나머지는 구경꾼처럼 속닥거리며 떠들고 있었다.

"정답부터 말하면 우선변제권을 갖습니다."

사발 머리 나 교수는 반가운 얼굴로 히죽거렸다. 그 순간 짱구머리 나겹재는 머리를 긁적거리며, 염치없는 표정으로 웃고 있었다.

"왜냐하면, 앞에서 풀었던 문제는 하나의 부동산에 두 소유주가 각각 토지 을과 건물 갑을 소유했으나, 이번 문제는 한 사람이 낙찰을 받아 토지 을과 건물 갑이 하나의 부동산 소유자 명의로 다시 묶여 책임의 소재가 명확해졌기 때문입니다."

사발 머리 나 교수의 달변은 즉 소유주가 된 날로부터 부동산에 관한 모든 권리와 의무가 주어지기에 소유자는 임차인에 대해서도 책임이 동일하다는 것을 밝히고 있었다.

"와…우! 그래, 그런 거야…?"

삼각 머리 조편재는 고개를 끄덕거리며 괜히 비아냥거렸다.

"이제는 다소나마 이해들이 되십니까?"

사발 머리 나 교수는 건방지게도 빈 머리에 제대로 들어가셨느냐는 눈빛으로 그에게 묻고 있었다.

"예…!"

그의 속 타는 마음을 알 길이 없는 수강생들은 어찌되었든 건성 건성 소리부터 질렀다.

왜냐하면 건물과 토지 소유주가 각자이든, 하나이던, 이들에게는 별로 중요하지 않았다. 당장 최우선변제권을 가질 수 있다는 소리에 괜히 신이 나 고함을 냅다 지른 것뿐이었다.

"헐…! 대박! 소유주가 동일하다고…?"

흰머리 윤편인은 왠지 모르게 긴장감도 있고, 짜릿한 느낌이 들어 은근한 희열을 느끼고 있었다.

"아니… 소유주가 한 사람일 때 임차인은 토지와 건물에서 우선변제권이 발생하지만, 토지 소유주와 건물 소유주가 각각 다르다면, 주택은 우선변제권이 있지만, 토지에서는 우선변제권이 없다고…? 젠장! 뭐… 이런 개 같은 경우가 다 있어…."

상구 머리 노식신은 나지막한 소리로 투덜거렸다. 이들은 골머리가 욱신욱신 거리고, 시간이 중반으로 흐르자, 꾀들이 나서는 인상을 잔뜩 찌푸린 채 고통을 호소하듯 그를 쏘아보고 있었다.

설명을 들어도 대충대충 이해를 했다는 표정만 지을 뿐 달리 질문도 묻지 않고 있었다. 그러나 사발 머리 나 교수의 질문은 이들의 마음을 헤아리기는커녕 계속 이어지고 있었다.

"두 번째 문제는 앞선 문제처럼 건물이 신축되기 이전부터 갑의 토지에 이미 근저당권이 설정된 상태로 선순위 저당권자 병이 등기되어 있었습니다."

사발 머리 나 교수는 의미심장한 표정을 짓고는 진지한 얼굴로 설명을 하고 있었다.

"헐…! 그게 뭐 어쨌다고 난리야? 젠장!"

새치 머리 안편관은 혼잣말을 짜증스럽게 구시렁거렸다.

"여기서 또 한 가지를 물어보겠습니다."

사발 머리 나 교수는 전체를 둘러보며 말했다.

"물어보거나 말거나 꼴리는 대로 하세요, 젠장!"

짱구머리 나겁재는 슬슬 지겨워지자 치켜뜬 눈초리로 혓바닥을 굴려 가며 툴툴거렸다.

"우리가 풀어 본 이전 문제처럼 이번 물건도 근저당권이 원인이 되어서 임의경매가 진행되었다고 봅시다. 그런데 문제는 을이 낙찰을 받는 과정에서 갑의 토지 위에 세든 임차인보다 먼저 설정된 선순위 근저당권자 병이라는 겁니다. 왜냐하면 청산과정에서 건물에 세 든 소액 임차인들의 보증금을 인정해 줄 수 있느냐가 관건인데… 만약 인정을 해 준다면, 병은 낙찰로 인해 받은 갑의 소유 대지 환가대금(토지를 값으로 환산한 금액)에서 예측할 수 없는 손해가 발생하겠습니까, 발생하지 않겠습니까?"

사발 머리 나 교수는 긴 설명 끝에서 나름 흥정하는 것처럼 묻고 있었다. 그때였다.

"발생합니다!"

새치 머리 안편관이 돼지 멱따는 소리로 자신 있게 외쳤다.

"발생하지 않습니다…."

어디선가 심드렁한 대답 소리가 들려왔다. 사람들은 두 사람을 번갈아 쏘아보았다.

"헐…! 누가 진짜야? 젠장!"

수강생들은 누가 맞는 정답인지를 헷갈려 아리송한 눈길로 두리번거렸다. 그러고는 금세 웅성웅성 떠들고 있었다.

"헷갈리죠?"

사발 머리 나 교수는 해쭉 웃어 가며 미모의 명정관의 얼굴을 향해 눈을 돌렸다. 필기를 하다가 하필 그때 고개를 든 그녀와 눈이 마주쳤다.

"예!"

그녀는 얼떨결에 수강생들을 따라 대답을 하면서 고개를 다시 숙였다.

"헐…! 뭐야? 쟤 누구 가지고 놀리나?"

뒤쪽에서 누군가 의미 없이 구시렁거렸다.

"그러나 처음 대답하신 분 말씀처럼 토지 소유주에게 손해가 발생하는 것이 맞습니다."

"…"

"왜냐하면 토지 근저당권자 병은 새로운 주택을 건축하기 이전부터 이미 근저당권을 설정해 놓았기 때문입니다."

그는 슬며시 웃었다.

"헉…! 그런 거야?"

수강생들은 뭐가 뭔지 모르겠다는 표정으로 웅성거렸다.

"그래서 대법원 판례에서는 토지 근저당권자 채권에 예측할 수 없는 손해를 끼칠 수 있는 소액임차인의 확대 범위를 부당하다고 보고 있습니다."

사발 머리 나 교수는 임차인이 전입 오기 이전에 토지에 이미 설정된 병의 담보설정 금액은 그래서 보호받을 수 있다고 설명했다.

즉 바꿔 말하면 임차인들이 세를 들어갈 때에는 반드시 선순위 근저당권자 등이 설정되어 있는가를 먼저 확인해야 한다. 만약 있다면 설정금액 전체를 파악하고, 내 보증금과 합해 집값에 70% 아래인지를 등기부 등본을 통해 확인해 보아야 한다. 그래야 내 전 재산이나 다름없는 보증금을 지킬 수 있는 것이다.

"헉…! 저건 또 뭔 우라질 소리야…?"

뒤편 어디선가 구시렁구시렁 말소리가 들려왔다.

"그러므로 주택 임차인들은 토지 경매대금에서 우선변제를 받을 수 없다는 말입니다. 즉 우선변제권을 행사할 수 없다 이 말입니다."

그는 다시 판례 중 사례 하나를 참고하라며, 칠판에 쓰기 시작했다

대법원 99 다 25532 판결

"아하! 그래서 토지의 근저당권자 병이 보호를 받는다고 했구나. 크크!"

둥근 머리 맹비견은 그때서야 이해가 되어 고개를 끄덕이며 히죽거렸다. 수강생들도 각자 머리를 끄덕거리고 있었다.

"젠장! 대항력 있는 임차인에 대한 보호가 아니라 토지 근저당권자 채권을 보호하기 위한 수단이네, 뭐."

짱구머리 나겁재는 괜히 못마땅해서 비아냥거렸다.

"다 이런 이유를 근거로 토지근저당권과 주택근저당권에 설정된 최선순위권리(말소기준권리)가 상이할 때는 주택 근저당권을 말소기준권리로 정하는 겁니다."

사발 머리 나 교수는 문제의 매듭을 정리하듯 설명을 하고서 히죽 웃고 있었다.

"헐…! 그런 거야?"

흰머리 윤편인은 미간을 오므렸다가 활짝 펴가며 속살거렸다.

"이제는 왜 주택에 설정된 근저당권을 기준해 우선변제권(말소기준권리)으로 선택하고, 토지 근저당권자와 주택 임차인을 별개로 보호하려는 것인지, 이해가 되셨습니까?"

사발 머리 나 교수는 임차인의 대한 자세한 설명은 함구한 채 논의한 부분만 묻고 있었다.

"예…!"

수강생들의 목소리는 수업에 지쳐 맥이 풀려 있었다.

"헐…! 알아, 알아."

흰머리 윤편인은 오후에 나른함 때문에 장난스럽게 웅얼거리고 있었다. 이들은 엄청난 수업 내용이 버거워 웬만하면 따지지도 파고들지도 않았다. 그저 건성건성 대꾸를 하면서 대충대충 넘어가고 있었다.

"여기까지 이해가 안 되시는 분은 없으시죠?"

사발 머리 나 교수는 강의실을 둘러보면서 수강생들을 향해 빙그레 웃었다.

그때 경매를 쫓아다니며 비슷한 내용을 경험한 미모의 명정관이 조용히 손을 들었다. 그녀는 수업 내용에 귀가 번쩍 뜨였다. 그래서 두 눈을 반짝거리며, 사발 머리 나 교수를 쏘아보고 주절거렸다.

"저기요…, 교수님!"

그녀의 목소리는 한눈을 팔고 있던 수강생들의 시선을 한곳으로 모으기에 충분했다.

"거기, 손 드신 분 질문하세요."

사발 머리 나 교수는 그녀의 질문을 기다렸다는 반가운 얼굴로 얼른 그녀를 가리켰다.

속 알머리 봉상관은 두 사람을 번갈아 쏘아보며, 째진 가자미눈으로 인상을 찡그린 채 있었다. 젤 바른 선정재의 여유로운 인상과는 사뭇 상반된 분위기였다.

흰머리 윤편인은 이들을 바라보면서 나름 흥미를 느끼고 있었다. 그래서 그랬을까? 혼자만의 알 수 있는 의미심장한 미소를 입가에 떠올렸다.

그러든가? 말든가? 그녀는 빠르게 주절거렸다.

"구건물을 철거(멸실)하고 새롭게 신축(새건물)하면 구건물에 설정되었던 근저당권은 말소 되나요? 크크!"

그녀의 눈빛은 한껏 의혹에 차 있었다. 나름 뭔가를 해결해야 된다는 간절함이 절실해 보였다. 돈 사랑 팀원들도 '무슨 일인가?' 싶어 그녀에게 눈길을 주고 있었다.

"하하하! 음 구건물에 설정된 근저당권이라 이런 경우는 저당 목적물이 멸실(철거)됨과 동시에 저당권의 효력도 사라지게 됩니다. 즉 한마디로 건물 철거로 인해 소멸하는 겁니다."

사발 머리 나 교수는 씽긋 웃어 가며 가볍게 대꾸하고 있었다.

"헐⋯! 대박! 정말, 소멸된단 말이야⋯?"

그녀는 속삭이듯 읊조렸다. 새로운 내용을 듣자, 수강생들은 '아하! 그렇구나⋯.' 하고 고개를 끄덕이고 있었다.

젤 바른 선정재는 달달한 눈길로 그녀에게 둘만이 알 수 있는 의미를 보내주면서 실 웃었다. 미모의 명정관은 그의 눈을 마주 보며 씨익 웃어 주고는 곧바로 주절거렸다.

"그 이유가 뭔가요?"

그녀는 젤 바른 선정재에게 잘 보이고 싶어 환한 미소를 짓고서 빠르게 되물었다.

그런데 사발 머리 나 교수는 자신을 향한 몸짓이라 착각을 한 채 마음씨 좋은 아저씨 얼굴로 환하게 웃고 있었다. 물론 그녀는 기대했던 답변을 들은 기분 탓도 있었다. 사발 머리 나 교수는 이어 주절거렸다.

"에… 등기부상에 표시된 구건물이 멸실되고, 그 대지 위에 신축된 건물은 구건물과 설계부터 준공까지 구조부터 재료까지 전혀 다른 별개의 건축물로 보기 때문입니다."

사발 머리 나 교수는 그렇게 설명하면서 다시 한번 해쭉 웃었다.

"헐…! 대박! 그런 거야?"

그녀는 미소를 띠고서 속살거렸다. 그는 모두를 향해 말하듯 계속 주절거렸다.

"그러므로 멸실된 구건물 등기는 새롭게 신축된 건축물 등기로 돌아갈 수 없습니다."

사발 머리 나 교수는 말끝에 이해를 하셨느냐며 그녀에게 눈웃음을 보냈다.

"예!"

미모의 명정관은 자신이 원했던 답변을 듣고 무척 행복한 미소로 고운 머릿결을 가볍게 찰랑거렸다. 그러고는 그에게 감사를 하듯 고개를 살짝 숙였다. 그때였다.

"그런데 말입니다, 교수님!"

한쪽 모퉁이에서 누군가 그를 불렀다.

"예…. 말씀해 보세요."

사발 머리 나 교수는 소리 나는 쪽을 향해 고개를 돌리고는 손짓으로 그를 가리켰다.

상구 머리 노식신은 그의 손짓을 확인하고 곧바로 주절거렸다.

"이런 경우에도 경매로 낙찰을 받은 사람은 법정지상권 성립이 가능은 합니까?"

그는 앞뒤를 다 자르다시피 묻고는, 그를 빤히 쳐다보았다.

수강생들은 뜬금없는 소리에 '뭔가?' 싶어 그에게 눈길을 돌렸다. 상구 머리 노식신은 말을 해 놓고 보니 자신도 괜히 무안해서 히죽히죽 웃고 있었다.

"어떤 사건을 가지고 말씀을 하시는 겁니까? 구체적인 정황을 소상하게 설명해 보세요."

사발 머리 나 교수는 갑자기 짜증이 확 솟구쳐 황당한 표정을 짓고서 되물었다. 수강생들은 그의 일그러진 모습을 보자, 잠시 술렁거렸다.

"죄송합니다. 제 말은 구건물과 토지 위에 최초로 병의 근저당권이 설정되고 난 이후에…"

그는 숨을 고르며 잠시 머뭇거리고는 다시 이어 갔다.

"예…에."

사발 머리 나 교수는 그를 부추기듯 대꾸를 하고는, 고개를 끄덕이면서 기다렸다. 수강생들은 갑자기 말을 멈추자 '무슨 일인가?' 싶어 일제히 그를 쳐다보았다. 그러고는 못마땅한 표정으로 뭔 뚱딴지같은 소리가 나올지 몹시 궁금해하는 눈길로 기다리고 있었다.

"부동산 소유자가 갑이라는 구건물을 철거하고 새로운 을이라는 건물을 신축했습니다."

상구 머리 노식신은 실실 웃어 가며, 설명을 했다.

"그런데요?"

사발 머리 나 교수는 노여워하던 기색은 어느새 간데없고, 그를 부추기며 엷은 미소로 눈짓을 보냈다.

"그러고는 얼마 후에 토지에 설정되어 있었던 병의 근저당권이 원인이 되어 임의경매가 진행되었습니다."

그는 가끔씩 사발 머리 나 교수와 눈길을 마주치기 위해 얼굴을 올려다보았다.

"아하! 그래요?"

사발 머리 나 교수의 대답에도 상구 머리 노식신은 갑자기 그의 눈치를 살피느라 난데없이 주춤거리고 있었다.

"계속하세요."

사발 머리 나 교수는 긴장하는 그를 가리키며, 손짓으로 넌지시 부추겼다.

"그런데 문제는 토지를 낙찰받은 새로운 소유주 정(경락인)이 신축 건물 소유주에게 법정지상권의 무효를 주장하면서 철거를 운운하고 나선 겁니다."

상구 머리 노식신은 말을 하면서도 계속 사발 머리 나 교수를 응시했다.

"헐…! 대박! 아니, 그래도 되는 거야? 젠장!"

흰머리 윤편인은 뭐 좀 아는 것처럼 '그 사람 미친 거 아니야?' 하듯 개념 없이 혼잣말로 속살거리고 있었다.

"이게 가능한 일입니까? 교수님이 속 시원하게 판단 좀 해 주세요?"

상구 머리 노식신은 준비해온 메모지를 차분하게 읽고 나서 그에게 명쾌한 답변을 해 달라며, 궁금한 눈빛으로 조르듯 바라보고 있었다.

"음…. 문제를 요약해 보자면 갑의 구건물과 토지에는 병의 근저당권이 설정되어 있었다. 그런데 그 이후에 갑이라는 구건물을 철거(멸실)하면서 동시에 을이라는 건축물을 신축했다 이겁니까?"

사발 머리 나 교수는 요점을 간략하게 정리해서 말했다.

"아우…. 거참 애매하네…?"

짱구머리 나겁재가 고개를 갸웃갸웃 흔들며, 중얼거렸다.

그때 사발 머리 나 교수가 이어 주절거렸다.

"또한 그 과정에서 토지에 구 저당권자 병이 경매를 신청했고, 건물을 제외한 토지만을 제삼자인 정이 낙찰을 받았다 이 말 아닙니까? 지금…."

그는 사건을 간추리듯 차분하게 요약해 나갔다.

"헐…! 그거 문제구먼."

한 귀퉁이에서 누군가 종알거렸다.

"그런데 문제는 낙찰자 정이 자신의 토지 위에 건물을 철거해 달라고, 요구한다 이 말이죠?"

사발 머리 나 교수는 그에게 동의를 구하듯 되묻고는, 미소 띤 얼굴로 주억거리고 있었다. 나름 자기 긍정을 하며 사발 머리를 흔들고 있는 듯 보였다.

"예…에, 이게이게… 말이나 됩니까?"

상구 머리 노식신은 핏대를 세워가며, 사발 머리 나 교수가 당사자인 것처럼 '해결 좀 해 보라고' 양손을 벌렸다.

"앞에서 설명했던 법정지상권 내용처럼 여기서도 네 가지 조건을 갖추고 있느냐가 중요합니다."

사발 머리 나 교수는 이미 정황 파악을 하고 있었다. 하지만, 모두의 기억을 상기시켜줄 요량으로 접근하고 있었다.

그래서 그는 법정지상권이 성립되는 실상을 복습시키는 차원에서 접근했다. 여하튼 다시 한번 네 가지 항목을 끄집어내어 이들의 시선을 집중시켰다.

"헐…! 법정지상권의 네 가지 조건…?"

상구 머리 노식신은 혼잣말을 갸웃대며 중얼거렸다.

"그러면 지금부터 한 가지씩 따져 볼까요?"

사발 머리 나 교수는 씨익 웃고는 다시 이어 갔다.

"우선, 건물과 토지의 소유자가 동일했습니까?"

그는 미소를 보이며, 눈짓을 해 보였다.

"예… 그렇다고 봐야죠?"

그가 상구 머리를 끄덕거렸다.

"헐…! 토지와 건물이 동일소유자…?"

짱구머리 나겁재는 생소한 내용을 듣는 표정으로 능청스럽게 웅얼거렸다.

"둘째 근저당권을 설정할 당시에 건물(무허가 건물 등)이 존재하고 있었습니까?"

사발 머리 나 교수는 불룩한 눈두덩을 꿈틀거리며, 싱겁게 웃었다.

"예…."

상구 머리 노식신은 고개를 끄덕거렸다. 수강생들은 의식적으로 고개를 까닥까닥 움직이고 있었다.

"헐…! 건물의 존재…?"

큰 머리 문정인은 순간 혼잣말로 읊조렸다.

사발 머리 나 교수는 계속해서 질문을 유도했다.

"그럼 셋째, 토지 또는 건물 어디 한 곳이라도 근저당권이 설정되어 있었습니까?"

그는 상구 머리 노식신에게 묻는 동시에 눈짓을 했다. 그 순간 수강생들은 그를 주목하듯 눈길을 모았다.

"예…. 당근이죠."

상구 머리 노식신은 자기가 말을 해 놓고도 왠지 허접해서 히죽 웃었다.

"와…우! 토지나 건물에 근저당권이 설정되어 있어야 한다고…?"

둥근 머리 맹비견은 혼잣말로 쫑알거렸다.

"그렇다면 마지막 네 번째 토지를 경매로 낙찰을 받아 건물과 토지의 소유자가 각각 달라졌습니까?"

사발 머리 나 교수는 그를 쳐다보면서 눈짓을 해 보였다.

"빙고…!"

상구 머리 노식신은 네 가지 조건이 모두 충족되었다는 기쁨에 자신도 모르게 평소 하던 말버릇이 튀어나왔다. 그는 대답해 놓고 보니 왠지 쑥스러워 뒷머리를 긁적거리며, 사발 머리 나 교수를 민망스럽게 쳐다보았다.

그는 아랑곳하지 않았다. 다만 이안이 벙벙한 표정이었다. 어찌되었든 피식 웃음을 보인 그는, 계속 강의를 이어 갔다.

"헉…! 경매 낙찰로 소유자가 각각 달라지는 사항이 마지막 조건이라고?"

짱구머리 나겁재는 입속말을 속살거렸다.

"그렇다면 건물 소유자는 이미 법정지상권자로서 갖춰야 할 조건을 다 갖추었다고 볼 수 있습니다."

사발 머리 나 교수는 양손을 벌리며, 미소를 짓고 있었다.

"헐…! 그렇게 따져 보니 우라지게 쉽네. 후후…"

둥근 머리 맹비견은 중얼거리며 짱구머리 나겁재를 흘끔 쳐다보았다. 그러자 그가 빙그레 웃어 주었다.

그러거나 말거나 사발 머리 나 교수는 계속 주절거렸다.

"여러분 생각은 어떠십니까? 흐흐…"

그는 전체를 둘러보며, 묻고는 생글거렸다.

"잘 모르겠습니다!"

짱구머리 나겁재는 고개를 좌우로 흔들었다. 그와는 다르게 상구 머리 노식신은 개념에 대해 이해를 하는 듯 연신 고개를 끄덕이면서 알겠다는 표정을 보이고 있었다.

개념을 이해하지 못하는 몇몇 사람을 제외하고는 대체적으로 이들은 감을 잡고 있는 눈치였다. 강의실은 일순간 술렁이며, 여기저기서 웅성거리고 있었다.

"여러분이 생각할 때도 네 가지 조건을 모두 구비했다고 보십니까?"

"…."

"예…!"

수강생들은 앙칼지게 소리를 질렀다. 아니 이들은 골머리를 날려 보낼 듯이 소리를 외치고 있었다.

"그렇다면 구건물이 철거되고, 새로운 건물이 신축되었다고 해도, 법정지상권의 성립을 의심할 여지가 없겠죠?"

사발 머리 나 교수는 히죽 웃었다.

"나는 아니라고 생각하시는 분계십니까?"

사발 머리 나 교수는 그 말과 동시에 괜히 웃음을 실실 흘리면서 모두를 살피고 있었다.

"아니요, 없다고 보입니다!"

그의 물음에 상구 머리 노식신이 힘껏 목청을 높였다.

"그렇게 하나씩 짚어서 설명을 해 주니 이해하기 쉽네 뭐. 흐흐…."

둥근 머리 맹비견이 이번만큼은 제대로 알아들었다. 그래서 그랬을까? 고개를 *끄덕끄덕*거리고 있었다. 그와는 달리 짱구머리 나겁재는 아직도 망할 놈의 개념을 잡지 못한 채 난망한 눈망울로 아쉬움을 삼키고 있었다.

그는 머리가 지끈거려 뭐가 뭔지 모르겠다며 무척 힘들어하는 눈치였다.

그러나 그의 고충과는 상관없이 사발 머리 나 교수의 강의는 계속되고 있었다.

"이것도 알아 두실 필요가 있습니다."

그는 중요한 뭔가를 설명할 것처럼 심각한 표정을 짓고는 사람들의 궁금증을 유발했다.

일부 수강생들은 의아스러운 얼굴로 변해 뭔가 싶은 눈총을 함부로 쏘아 대고 있었다. 그 순간에도 흰머리 윤편인은 뭔가를 열심히 메모하고 있었다.

"뭘… 또 골치 아픈 설을 풀려고 저러는지…. 젠장!"

짱구머리 나겁재는 덜컥 겁부터 나서는 투덜투덜 짜증부터 내며 구시렁거렸다.

"여러분 생각에 법정지상권이 성립되면 토지 낙찰자는 실패한 경매일까요?"

"…"

"혹은 그 반대이겠습니까?"

사발 머리 나 교수는 궁금증을 잔뜩 증폭시켰다.

법정지상권의 성립은 낙찰의 실패 또는 성공

그러고는 두 손을 벌려 살짝 어깨를 추켜올리면서 실실거리고 있었다.

"헐…! 젠장! 법정지상권이 발생되면 패착이나 다름없는데…. 그거 실패 아니야…?"

강의실 구석에서 누군가 고시랑거렸다.

"그렇다고 보는 분들은 손들어 보세요."

수강생 과반수가 손을 들고 있었다. 그들을 둘러본 그는 이어 주절거렸다.

"그럼, 실패한 경매가 아니라고, 보는 분들 있으면 한번 손들어 보세요."

여기저기서 손을 드는 사람들이 나타났다. 수강생들은 긍정과 부정으로 갈라져 서로에게 잡아먹을 기세로 으르렁대며 술렁이고 있었다.

"헐…! 실패가 아니라고? 아니… 어디서 개소리야, 젠장!"

짱구머리 나겁재는 역정을 내며, 감정을 실어 툴툴거렸다.

"실패한 이유는 무엇입니까? 또는 실패가 아닌 이유는 무엇입니까? 어디 각자의 의견들을 들어 보기로 합시다."

사발 머리 나 교수는 의미심장한 표정을 미묘하게 보여 가며, 고개를 주억거렸다.

그는 수강생들이 법정지상권에 대해서 얼마나 이해하고 있는지 알고 싶었다.

"실패한 경매라고 보는 분들 중에 누가 먼저 답변해 보시겠습니까?"

사발 머리 나 교수는 강의실을 둘러보다가 속 알머리 봉상관을 가리켰다. 순간 팀장을 응원하는 돈 사랑 팀원들의 소리 없는 박수가 한 곳으로 집중되고 있었다.

그는 사방의 눈길들이 자신이 뭐라고 답변할지를 지켜보는 가운데 부담감을 떨쳐내며, 천천히 입을 열었다.

그 순간 사발 머리 나 교수는 그를 마주 보며 어서 대답해 보시라는 눈짓을 주고 있었다.

"왜냐하면 토지 위에 건축물 및 기타 공작물이 존재해 법정지상권이 성립이 되면, 최소 5년에서 최대 30년을 자신의 의지대로 토지를 유용할 수 없기 때문입니다."

속 알머리 봉상관은 평소에 알고 있는 기본 지식을 말하듯 차분하게 설명해 나갔다.

"헐…! 그런 거야…?"

강의실은 순식간에 술렁이며, 속닥거리고 있었다.

"이번엔 그 반대의 경우를 누가 답변해 보실까요?"

사발 머리 나 교수는 손을 든 수강생 가운데 돈 사랑의 일원인 흰머리 윤편인을 가리켰다. 그는 그에게 무슨 답변이 나올지를 기대하는 눈치였다. 지금까지 보여 준 그의 역량을 믿는 것 같았다.

흰머리 윤편인은 자신의 기대를 실망시키지 않았던 수강생 중에 한 사람이었다. 그와는 다르게 매번 그를 질시하는 삼각 머리 조편재는 '이번에는 무슨 개 소리로 자신을 개염 시킬지 기대가 된다는?' 째진 눈초리로 잔뜩 벼르며 그를 쏘아보고 있었다.

"음…. 제가 생각하는 견해를 정리해 보면 법정지상권이 성립했을 때 실패한 경매로 보지 않는 이유는 몇 가지가 있습니다."

흰머리 윤편인은 손가락을 접었다 펴며 말했다.

"헐…! 자식 잘난 척은…"

삼각 머리 조편재는 그의 말에 코웃음을 치며 비아냥거리고 있었다.

"우선은 지료를 받을 수 있기 때문입니다. 왜냐하면 법정지상권이 완성되면 대지 사용료 즉 지료(토지감정지가의 5~7%)를 받을 수 있습니다."

그는 히죽 웃었다.

"헐…! 대박! 중…말로?"

내용이 생소한 이들은 믿을 수 없다는 눈빛으로 웅성거렸다.

"건물 소유주와 지료(상당한 대가) 합의가 이루어지든, 아니면 법원에 지료청구소송을 제기해 판결을 받아내든, 좌우지간 양단간에 결정이 나게 되면, 매년 또는 매달 고정수입을 올릴 수 있기 때문입니다."

흰머리 윤편인은 거침없이 자신의 견해를 토해 내고 있었다. 삼각 머리 조편재는 '그거 당연한 거 아니야?' 하며 빈정거렸다.

사발 머리 나 교수는 실실 웃고 있었다.

"둘째, 토지 사용자가 지료를 지급하지 않는다면 지료소송을 통한 판결문을 가지고, 지료 청구권을 행사할 수도 있습니다."

흰머리 윤편인은 자신을 긍정하듯 연신 고개를 까닥거렸다.

"또한 2년 이상 지료를 지불하지 않을 때에는 지상권자의 법정지상권은 자동 소멸됩니다."

흰머리 윤편인은 중얼대고는 '알겠느냐? 이놈들아!' 하는 표정으로 모두를 돌아보면서 히죽히죽 웃었다.

"헉…! 그게 정말이야?"

순간 사람들은 술렁거렸다.

삼각 머리 조편재가 눈을 동그랗게 떴다. 정녕 그런 비기가 숨어 있는 줄 몰랐다는 표정이었다.

"동시에 지상 건물을 법원에 강제경매를 신청해 지료를 받을 수도 있습니다."

흰머리 윤편인은 미소를 머금고 자신 있게 말했다.

"헐…! 대박! 그런 거야?"

둥근 머리 맹비견은 부러운 듯 않는 소리를 냈다.

"셋째, 건물을 낙찰받는 데도 입찰 경쟁자들보다 훨씬 유리하다는 사실입니다."

흰머리 윤편인의 설명에 삼각 머리 조편재는 질시하듯 눈살을 찌푸려가며 주절거렸다.

"우라질 자식! 존…나 많이 아네, 재수 대가리 없게 시리…"

삼각 머리 조편재는 시종일관 그를 빈정거리며, 늘 혼잣말을 쫑알쫑알 씹고 있었다.

"그러므로 역발상으로 보면 실패한 경매라고 볼 수 없는 이유가 여기에 있다고 봅니다."

"…"

"짝짝짝…!"

별안간 여기저기서 박수 소리가 터져 나왔다. 그를 지지하는 자들이었다. 속 알머리 봉상관은 견해는 다르지만, 그럴듯한 논리가 마음에 들어 엄지손을 추켜세웠다.

사발 머리 나 교수는 흐뭇한 표정으로 그를 바라보았다. 순간 삼각 머리 조편재는 빈정이 몹시 상한 눈빛으로 '우라질 자식! 잘난 척은 존…나 하고 지랄이야…' 하며, 눈총을 쏘고 있었다.

"여러분도 모두 같은 생각이십니까?"

사발 머리 나 교수는 수강생을 둘러보면서 목청을 한껏 높였다.

"예…!"

흰머리 윤편인을 지지하는 이들이 냅다 소리쳤다.

"아니요!"

이견을 달리하는 이들은 개소리 말라며 반대하고 나섰다. 그 순간 강의실은 자신들의 견해에 따라 두 패로 나누어져 으르렁거렸다. 세상은 진보와 보수 그리고 좌파와 우파로 양분 하는 것처럼, 이들의 생각은 찬성과 반대로 평행선을 달리고 있었다.

마치 방임 자본주의를 주장하는 보이지 않는 손의 주인공 애덤 스미스Adam Smith와 수정 자본주의를 주장하는 보이는 손의 존 케인스John M. Keynes가 이론적으로 양분되어 존재하는 것처럼 이들도 서로가 주장하는 의견이 달랐다.

그러고 보면 음양의 명암은 자연의 섭리에 따르지만, 사람의 관념은 이념에 따라 또는 신념에 의해 갈라지기도 한다. 부동산 정책도 이러한 큰 틀을 벗어나지 못하고, 시장과 경제를 규제의 틀에다 묶어 놓는 우매한 놀이를 이따금씩 저지르곤 한다.

세상은 꾼도 문제요, 시장도 문제요, 규제도 문제다. 다만 시장은 자본주의 자유 경제를 벗어나서 번영할 수 없다는 것이다. 여기서 벗어나지 못하면 승자는 누구도 없을 것 같다는 혼자만의 생각을 하고 있을 때 갑자기 사발 머리 나 교수가 목청을 올리며 주절거렸다.

그는 모두를 바라보며 말을 이어 갔다.

"문제는 핵심을 바라보는 안목에 따라 실패도 성공도 말할 수 있겠지만, 세상은 아는 만큼 보인다고 했습니다."

그 순간 사발 머리 나 교수는 눈동자를 희번덕거리면서 눈썹을 좌우로 까닥까닥거렸다.

"헐…! 그런 거야…?"

강의실은 소곤거리는 소리에 술렁대고 있었다.

"숲과 나무를 함께 보는 양면의 눈을 갖춘다면 그만큼 실수를 줄일 수 있지 않을까 봅니다."

그는 모두의 눈치를 살펴 가며 에둘러 말하고 있었다.

"헐…! 뭔 개똥철학…."

뒤쪽에서 누군가 구시렁거리는 소리가 들려왔다.

"다만 소송절차에서 판결문을 받기까지 골치 아픈 문제들을 만날 수 있다는 것을 각인 하시고, 만약의 경우를 대비해 놓으시는 것이 만사여의로 가는 길입니다."

사발 머리 나 교수는 미간을 찌푸리며, 사건의 고단함을 강조하고 있었다.

"헉…! 뭔, 문제…?"

흰머리 윤편인은 혼잣말로 웅얼거렸다.

사발 머리 나 교수는 주억거리며, 강의를 계속 이어 갔다.

"가령, 건물 소유주가 행방불명되거나."

이들은 '엥, 이게 뭔 소리야?' 하며 속닥거렸다.

"헐…! 소유주가 사라져…? 뭐, 이런 개 같은 경우가 다 있나… 젠장!"

수강생들은 갑자기 담장 무너지는 소리에 술렁거렸다.

"자료를 지급하지 않고, 배 째라고 하거나, 잠적하는 일들이 여러분의 생각과 달리 비일비재하다는 사실을 염두에 두시고, 입찰에 참여하시길 부탁드립니다."

사발 머리 나 교수의 눈에는 생각보다는 사건 자체가 만만치 않다는 걱정을 한껏 담고 있었다.

"헐…! 젠장! 누구 겁주나…? 밤이 무서우면 결혼하지 말랬다고, 차라리 경매시장을 떠나는 게 속 편하겠네, 젠장!"

흰머리 윤편인은 괜한 분개심에 툴툴거렸다. 사발 머리 나 교수는 말끝에 소송의 끝은 서로에게 득 될 것이 없어 상처 끝에 재災만 남는다며, 협상력을 키우라고 강력하게 권했다.

"헐…! 그러다 변호사 다 굶어 죽겠네."

중간에서 누군가 비아냥대듯 속닥거렸다.

관습상 법정지상권

삼각 머리 조편재는 입가에 미소를 띠고서 흰머리 윤편인을 째리듯 쏘아보며, '알겠냐? 이 우라질 자식아!' 하는 표정으로 비웃고 있었다. 흰머리 윤편인은 그의 속도 모르고 사람 좋게 씨익 웃어주었다.

"저, 교수님!"

어디선가 그를 불렀다.

"예… 거기 손 드신 분 질문하세요."

사발 머리 나 교수는 소리 나는 쪽을 향해 가리켰다.

"관습상 법정지상권은 법정지상권과 성립요건에서 무엇이 다릅니까?"

삼각 머리 조편재는 지금껏 기다리고 있었다는 서운한 눈빛으로 그를 쏘아보았다. 그는 그러지 않아도 막 설명을 하려 든 참이었다. 그런데 그가 먼저 물어 오자, 사발 머리 나 교수는 아주 잘 됐다는 반가운 표정을 짓고는, 지체 없이 답변을 시작했다.

"아하, 관습상 법정지상권이 궁금하시다…. 그렇지 않아도 이어서 강의할 생각을 하고 있었는데…. 때맞춰 적절하게 질문을 잘하셨습니다."

"…."

"음… 법정지상권이 성립되려면 네 가지 조건을 필요로 합니다. 그러나 관습상 법정지상권은 세 가지 요건만 충족되면 성립합니다."

그는 삼각 머리 조편재를 계속 쳐다보며 설명했다.

"헉…! 정말 세 가지뿐이야?"

수강생들은 조건이 세 개뿐이라는 소리에 반가운 얼굴로 소곤거렸다. 칠판으로 돌아간 사발 머리 나 교수는 분필을 쥐고는 세 가지 조건을 차례대로 적어 가면서 연신 보충 설명을 곁들여 주절거렸다.

"첫째는, 토지와 건물이 동일 소유자에 속해야 합니다."

사발 머리 나 교수는 설명과 동시에 한쪽 눈썹을 치켜 올렸다.

"엥…? 이건 법정지상권과 닮은꼴이네…."

삼각 머리 조편재는 혼잣말을 웅얼웅얼대고는 눈을 치켜뜨면서 슬쩍 올려다보았다.

"둘째는, 토지 또는 건물 가운데 하나가 매매 기타의 원인(증여 등)으로 건물과 토지 소유자가 각각 달라져야 합니다."

사발 머리 나 교수는 이해하겠느냐는 눈짓을 모두에게 보였다.

"헉…! 그런 거야? 요건 완전 다르네…. 시벌!"

삼각 머리 조편재는 중얼중얼대면서도 줄곧 사발 머리 나 교수를 쏘아보고 있었다.

"셋째는… 당사자 사이에 건물을 철거한다는 특약이 없어야 합니다."

"…"

사발 머리 나 교수는 마지막 설명을 끝내고 달달하게 웃었다.

"와…우, 완전 대박! 철거 특약이 없어야 한다고…?"

내용들이 생소해서 이들은 이따금씩 괴로운 비명을 질러 가며, 구시렁구시렁 수런거렸다.

"어째… 이해들 하셨습니까? 별로 어렵지 않지요?"

그는 교탁으로 다시 돌아가 모두에게 물어 가며, 수강생들의 표정을 한 사람씩 살피고 있었다. 이들이 얼마나 이해를 했는가를 모니터링을 하는 눈치였다.

"예…!"

개념을 제대로 이해한 사람이나, 그렇지 못한 수강생들조차도 냅다 소리를 질렀다. 그러나 몇몇 사람들은 마음에 차지 않은 표정으로 눈만 껌뻑껌뻑거리고 있었다. 그 순간 누군가 버럭 소리를 외쳤다.

"교수님 어려워요!"

강의실을 찢어 놓을 듯 앙칼진 목소리가 신경질적으로 들려왔다. 이들은 수시로 술렁거리다가 점차적으로 수그러들기를 반복하고 있었다. 강의실이 잠잠해지면 사발 머리 나 교수는 다시 강의를 이어 가곤 했었다.

그때 운동장 어디선가 간간이 들려오는 함성소리가 창문을 두드렸다. 졸린 눈으로 억지로 버티고 있는 이들은 그 소리에 한 번씩 놀라며 잠깐씩 정신을 차리고 있었다. 그러거나 말거나 그는 아랑곳하지 않은 채 계속 주절거렸다.

"법정지상권에서 배운 내용을 다시 복습한다고 생각하세요."

사발 머리 나 교수는 말을 하고 보니 어딘가 꺼림칙해 고개를 돌려 히죽 웃었다.

"헐…! 내용이 다른데 뭔 허접한 소리야?"

흰머리 윤편인은 받아치듯 입속말을 웅얼거렸다.

"다만, 근저당권이 빠졌다는 것이 특징이라면 특징이니 두 권리를 구분할 때 이것을 연상해 보면 쉽게 정리가 되실 겁니다."

"…"

"와…우! 그러네… 저당권이 없네…?"

새치 머리 안편관이 혼잣말로 읊조렸다. 그는 주위를 살피느라 안면을 이리저리 돌려가면서 근육을 꿈쩍꿈쩍 움직이고 있었다. 그때 누군가 소리쳤다

"저기요? 교수님!"

둥근 머리 맹비견이 모호한 표정을 짓고서, 그를 심각하게 불렀다.

"예…. 말씀해 보세요."

사발 머리 나 교수는 '뭡니까?'라는 제스처를 보이며, 턱을 살짝 치켜들고는 그를 가리켰다.

"그럼 존속기간 또는 토지 사용권 범위, 그리고 에… 또 지료 산정算定 방식과 지상 위에 존재하는 건물의 조건 등은 동일합니까?"

둥근 머리 맹비견은 정리된 메모지를 힐끔힐끔 쳐다보며 물어 왔다.

"음… 그렇죠, 그렇다고 보면 됩니다."

사발 머리 나 교수는 '내 그럴 줄 알았다는' 표정을 보이면서도 그래도 그의 질문을 반가워하며, 밝은 표정으로 대답했다.

"헐…! 존속기간, 토지 사용권 범위, 그리고 지료 산정 방식과 지상 건물조건 등은 둘 다 동일하다고…?"

짱구머리 나겁재는 숫자를 세듯 손가락을 하나둘 꼽아 가면서 아리송한 표정으로 구시렁거렸다.

그사이 사발 머리 나 교수는 계속 설명을 이어 가고 있었다.

"그러나 건물은 미등기나 무허가 건축물도 포함된다는 사실을 기억하시면 됩니다."

사발 머리 나 교수는 눈알에 힘을 잔뜩 주면서 내용을 각인시키려고, 나름 애를 쓰며 모두에게 강조했다.

"헉…! 무허가 건물…?"

그는 법정지상권은 경매로 발생하며, 관습상 법정지상권은 매매 등으로 발생한다는 사실을 비교하지 않았다. 다만 관습상 법정지상권은 근저당권이 없다는 사실만 강조하고 있었다.

수강생들은 자세한 내용에 대해 관심이 없었다. 아니 어려워서 그런 모양이다. 도통 질문들이 없었다. 간혹 궁금한 사항을 파고드는 수강생이 나타나곤 했다. 하지만, 그리 많지는 않았다.

"저기요? 교수님!"

누군가 그를 힘차게 불렀다.

"예… 거기 손 드신 분 질문하세요."

사발 머리 나 교수는 고개를 옆으로 돌려서 소리 나는 쪽을 쳐다보았다. 그는 큰 머리 문정인이었다.

"법정지상권은 경매로 낙찰받았을 때 발생하고, 관습상 법정지상권은 매매로 거래할 때 발생한다는 겁니까?"

그는 아는 척을 하며, 사발 머리 나 교수가 놓친 내용을 끄집어냈다.

수강생들은 요점을 뽑아내서 묻는 그의 잘난 척에 괜히 비위가 상했다. 그래서 이들은 신경질이 뻗친 질시의 눈초리로 그를 쳐다보고 있었다.

반면 돈 사랑 팀원들은 그를 경외하듯 부러운 눈길로 바라보았다.

"하하! 그렇죠, 그렇습니다."

사발 머리 나 교수는 싱겁게 웃고는 인정을 하듯 고개를 끄덕끄덕 거렸다.

"헐…! 웃겨. 크크!"

흰머리 윤편인은 그의 모습에서 뭔가 빈정이 상한 듯 고시랑거렸다.

"여러분도 알고 있다시피 법정지상권은 경매로 발생하며, 관습상 법정지상권은 매매 등으로 발생한다는 차이에서 확연히 다르다는 것을 알 수 있을 겁니다."

사발 머리 나 교수는 재차 설명을 강조하면서 복기하듯 이들에게 말했다.

"히…, 뒷북치기는…. 젠장!"

새치 머리 안편관은 좋지 않은 기억을 담고 있어 그런 건지? 생각날 때마다 아니 거의 습관적으로 혼잣말을 구시렁거렸다.

"특히 관습상 법정지상권은 근저당권이 없다는 점에서 두 권리의 차이를 구별할 수 있습니다."

사발 머리 나 교수는 순간 모자이크 퍼즐을 떠올리며 살포시 웃었다. 그는 실수를 만회하려 대지권(건물의 구분소유자가 전유부분을 소유하기 위해 건물의 대지에 대해 가지는 권리)을 들먹이며, 모두의 관심을 그쪽으로 돌리기 시작했다.

대지권

사발 머리 나 교수는 뫼비우스의 띠를 연상하듯 지상권과 대지
권을 같은 선상에 연결해 설명을 해 나가고 있었다.

"여러분은 대지권이 미등기된 아파트의 경우에 낙찰을 받으면 대
지권 권리도 함께 주어진다고 생각하십니까?"

사발 머리 나 교수는 생소한 내용을 꺼내 묻고는 살포시 웃었다.

"예…!"

몇몇이 쥐 죽은 듯 대답했다.

그러자 일부 수강생들은 듣지도, 보지도 못했던 질문에 아연실
색을 한 듯, 이들의 입에서는 심드렁한 대답 소리가 터져 나왔다.

"아니요!"

그러자 나머지 수강생들은 부정적인 입장을 취한 채 그를 바라

보고 있었다.

"…"

그렇게 잠시 정적이 흘러갔다. 그때 누군가 침묵을 깨뜨렸다.

"저기요? 교수님!"

그는 까칠한 새치 머리 안편관이었다.

순간 사람들의 시선이 그를 향하고 있었다.

"거기… 손 드신 분 말씀해 보세요."

사발 머리 나 교수는 그에게 눈길을 주며 손짓을 해 보였다.

"집합건물의 경우 전유부분의 소유자는 대지 사용권[구분소유자가 전유부분(건물부분)을 소유하기 위해 1동의 건물이 소재하는 대지(주차장, 자전거보관장 등을 사용할 수 있는 권리)에 대해 가지는 권리]을 가지지 않습니까?"

새치 머리 안편관은 뭐 좀 아는 것처럼 들이대고 있었다. 수강생들은 '무슨 개 풀 뜯어 먹는 소리인가?' 싶어 생뚱맞은 눈길로 그를 흘끔거리며 속닥거렸다.

"어이쿠! 이 친구 봐라 제법 세게 나오네…"

사발 머리 나 교수는 순간 표정이 일그러져 혼잣말로 읊조리고는 곧바로 주절거렸다.

"음…. 그렇습니다. 아파트나 집합건물 등은 단지 전체의 면적 가운데 일정한 면적을 사용할 수 있는 대지 사용권 즉 대지권이 주어집니다."

사발 머리 나 교수는 긍정을 하듯 고개를 까닥까닥 흔들었다.

"헐…! 대지 사용권?"

수강생들이 팀 동료들과 소곤소곤 속삭이자 강의실은 금세 술렁거렸다.

"그러나 건물을 제외한 대지가 다른 형태로 지방자치단체 등 제삼자의 소유일 경우에는 낙찰자에게 대지권 권리가 없다고 볼 수 있습니다."

그는 새치 머리 안편관을 주시하고서, 이해하겠느냐는 듯이 눈을 맞추고 있었다.

"헐…! 그런 거였어?"

흰머리 윤편인은 내용이 생소해서 아리송한 표정으로 중얼거렸다.

"그렇다면 교수님! 대지권이 있다는 내용과 없다는 사실을 무엇으로 구별할 수 있습니까?"

속 알머리 봉상관은 그들의 대화를 가로채듯 불쑥 끼어들었다.

"젠장! 영감탱이 질문 중에 훼방은…."

새치 머리 안편관은 별일도 아닌데 괜히 기분이 상해서는 그를 마땅찮게 노려보고 있었다.

수강생들은 대지권이 대지 사용권과 동일한 개념인지? 대지권이 있다는 내용과 없다는 사실을 어떻게 구별할 수 있는 건지를 알아낼 절호의 기회였기에 이들의 시선은 온통 두 사람을 향해 궁금증을 쏘아 대고 있었다.

"에…. 그 문제야 조금만 신경을 쓰면 쉽게 알 수 있습니다. 방법은 간단합니다. 여러분이 경매 법원에서 제공하는 사건 내역에 들어가시면, 어렵지 않게 감정평가서를 확인하실 수 있을 겁니다."

사발 머리 나 교수는 별문제가 아니라며, 답변을 가볍게 늘어놓았다. 그의 얼굴은 그 속에 해결책이 들어 있다는 표정이었다.

"헉…! 정말…?"

속 알머리 봉상관은 새로운 사실에 감탄을 한 듯 밝은 얼굴로 중얼거렸다.

그러면서도 한편으로는 평소 늘 살펴보았던 그곳에 그런 기막힌 내막이 숨겨져 있다는 사실을 지금까지 모르고 지냈다며, 몹시 아쉬운 표정을 지었다.

"만약, 여러분이 감정평가 명세표를 확인해 미등기 대지권이 감정 평가되어 있다면…."

"…."

"낙찰자는 대지권을 취득했다고 볼 수 있습니다."

사발 머리 나 교수는 그를 주목하고 설명했다.

"헐…! 미등기 대지권…?"

새치 머리 안편관은 새삼스러운 듯 얼굴을 찌푸린 채 속 알머리 봉상관을 흘끔 돌아보았다.

"그 근거는 어떻게 확인할 수 있습니까?"

중간에 깜빡이등도 없이 끼어들어 온 속 알머리 봉상관이 밉살스러운 새치 머리 안편관은 질문을 가로채듯 물었다.

"허허! 뭐가 그리 급하십니까? 저 어디 안 갑니다."

사발 머리 나 교수가 툭 던진 말에 사람들은 갑자기 웃음이 빵 터졌다.

"까르르…!"

강의실은 일순간에 웃음바다로 변해 술렁거렸다.

새치 머리 안편관은 괜히 머쓱해져 머리를 긁적이며 혼자서 웅얼거리고 있었다.

"아…아, 그려…. 묻는 말이나 빨리 하셔, 이 사발 머리 화상아…."

그는 사발 머리 나 교수의 얄궂은 대꾸에 비위가 뒤집혀 아니꼬운 눈총을 쏘아 대며 속살거렸다.

그와는 달리 수강생들의 웃음소리가 가라앉기를 기다리던 사발 머리 나 교수는 차츰 웃음이 수그러들며 수업 분위기가 무르익자, 곧바로 강의를 이어 갔다.

"음…. 등기사항 전부 증명서(등기부 등본)를 확인하시면 대지권 등기는 최초의 분양받은 소유자 명의로 이전등기가 경료(등록)되어 있는 사실을 확인할 수 있을 겁니다."

사발 머리 나 교수는 목소리에 잔뜩 힘을 주었다.

"헐…! 최초 소유자…?"

짱구머리 나겁재는 놀란 표정으로 긴장하며 읊조렸다. 수강생들도 예외 없이 "어… 그런 거야?" 하며 소곤소곤 속삭이고 있었다.

"그러므로 낙찰자는 최초 소유자를 찾아가서 대지권을 이전등기 받으시면 되는 겁니다."

사발 머리 나 교수는 두 눈을 희번덕거리며 이들에게 어떻게 하라는 요령을 설명했다.

"헉…! 대지권 이전등기는 최초 소유자를 상대하라고…?"

한쪽 구석에서 누군가 속닥거렸다.

"이해가 되셨습니까?"

사발 머리 나 교수는 내용을 강조하듯 목청을 한껏 높였다.

"예…!"

이들은 그의 희번덕거리는 눈의 힘인지는 몰라도 아는 체를 하며, 목청껏 소리를 질렀다.

"교수님! 만약에 최초 소유자가 등기 이전을 미루거나, 등기를 거부할 경우에 어떻게 접근해야 합니까?"

새치 머리 안편관은 손톱 밑에 낀 때를 제거하는 것처럼 까다롭게 파고들었다.

그는 집합건물의 경우 대지의 분필(토지를 나눔)이나 합필(토지를 합함) 및 환지(토지를 서로 바꿈) 절차에서 각 세대 당 지분비율의 결정 지연 등으로 전유부분 소유권 이전등기만 경료(등록)하고, 우라질 대지권 등기는 상당 기간 지체되는 경우가 종종 발생하고 있다는 사실을 알고 있었다.

그래서 거기에 대처하는 방안을 알고 싶어 질문을 한 것이었다.

"그게 바로 문제이긴 한데 쉽지 않은 골칫거리로 당사자에게 당면한 숙제이기도 합니다."

사발 머리 나 교수는 그렇게 말하고는 슬쩍 이마를 짚었다. 그 순간 앞자리 여자 수강생 하나가 '쳇! 능청은⋯.' 하며 눈을 슬며시 흘겼다.

"헐⋯! 쟤 뭐라는 거야?"

또 한쪽에서 누군가 속닥거렸다. 수강생들의 야멸찬 눈길이 그에게 쏠리고 있었다. 사발 머리 나 교수는 잠시 생각을 하다가 다시 주절거렸다.

"그런 경우가 자주 있는 편은 아니지만, 상당히 번거로운 것은 사실입니다."

사발 머리 나 교수는 말끝에 고개를 흔들고 있었다.

"헐⋯! 그래서 나보고 어쩌라고? 젠장!"

새치 머리 안편관은 시원스럽게 답변이 나오지 못하자, 은근히 짜증이 솟구쳐 혼잣말을 툴툴거리며, 그를 쏘아보고 있었다.

"힘은 들지만, 적법한 절차를 거쳐 낙찰자 명의로 이전등기하거나, 상대방을 잘 설득해서 명의를 이전받거나, 여하튼 간에 개인적 성향에 따라 해결하는 방법이 최선입니다. 헤헤!"

사발 머리 나 교수는 말끝에 새치 머리 안편관을 주시하며, 싱겁게 웃었다.

"헉⋯! 아니, 저 양반 뭐라는 거야? 시방!"

속 알머리 봉상관이 나지막하게 중얼거리자, 옆자리에 흰머리 윤 편인이 흘려듣고는 곧바로 주절거렸다.

"내 말이요⋯."

그는 맞장구를 치며 소곤거렸다.

"그 방법이 최선입니까?"

새치 머리 안편관은 어이가 없고 속이 상해 말 속에 짜증이 잔뜩 들어간 채로 들이댔다.

"그렇습니다. 단 매매 계약의 효력으로서 전유 부분에 대한 소유권 이전등기를 경료(등록)한 자는 최초 소유자(전전 양수받은 자 포함)에게 대지 사용권을 취득(이전해 달라는 권리) 할 권리가 있다는 사실을 기억하시면 됩니다."

사발 머리 나 교수는 적법한 절차 외에 우라지게도 뚜렷한 해결책을 내놓지 못하고 있었다. 수강생들은 주둥이를 한 움큼 내밀고 실룩이면서 빈정거리고 있었다. 그러거나 말거나 사발 머리 나 교수는 못 본 척 책장을 넘기면서, 뭔가를 뒤적이며 찾고 있었다.

"헐…! 놀고 있네."

짱구머리 나겁재가 구시렁거리자, 팀원들은 슬쩍 그를 쳐다보며 넌지시 웃었다.

"아니… 뭐야? 그냥 알아서 하라 그거야? 젠장!"

둥근 머리 맹비견은 은근 역정이 솟자, 입이 너 댓 발 툭 불거져 나와 툴툴거렸다. 이들은 시위를 하듯 여기저기서 구시렁거리고 있었다.

"내 말이…. 난 또 뭐 확실한 대안이나 있는 줄 알고, 잔뜩 기대하고 들었잖아…. 징말!"

짱구머리 나겁재는 자세한 내막을 잘 이해를 못했지만, 괜히 덩달아 구시렁거렸다. 남들 보는 눈이 있어 쪽팔리지 않으려면 그래야만 될 것 같았다. 수강생들은 보이지 않는 자존심 싸움을 피 터지게 하고 있기에 당연한 처사였는지 모른다.

"호호! 교수님 말이 틀린 말은 아니잖아요?"

미모의 명정관이 흘려듣고는 한마디 거들고 나섰다.

"그러는 우리 팀원님들은 무슨 뾰족한 묘안이라도 가지고 있나요?"

그녀는 방실거리며 니들은 숨겨 놓은 신의 한 수라도 있느냐는 얼굴로 그들에게 들이댔다. 젤 바른 선정재는 만면에 미소를 짓고서 팔짱을 낀 채 그녀를 바라보고 있었다. 반면 속 알머리 봉상관은 빙그레 웃어 가며 이들을 쳐다보고 있었다.

"아니… 뭐 그렇다는 거지요. 흐흐…"

둥근 머리 맹비견은 할 말이 궁색해지자, 괜히 실실 웃으며 꽁무니를 뺐다. 흰머리 윤편인과 돈 사랑 팀원들은 실소를 금치 못하고는 고개를 돌린 채 킥킥거리고 있었다.

"법으로 하자면 소송비용과 시간이 많이 들어가서 하는 소리지, 저도 교수님을 깎아내릴 의도는 없습니다. 흐흐…"

짱구머리 나겁재는 꼬집어 파고드는 그녀의 한마디에 꼬리 내린 강아지처럼 슬슬 변명을 늘어놓고 있었다.

지상권(토지임차권)

그사이 사발 머리 나 교수는 이들의 경매수업 이해도가 어느 수준까지 올라섰는가? 가늠해 보려고 책장을 넘기고 있었다. 그는 찾고자 하는 내용을 확인하고서야 고개를 들어 모두를 향해 눈길을 주었다.

사발 머리 나 교수는 이미 수업을 했던 지상권(남의 토지에서 공작물 또는 수목을 소유하기 위해 세를 내고 그 토지를 사용할 수 있는 권리)으로 돌아가 복기하는 것처럼 다시 목청을 높이기 시작했다.

"지상권에 대해서 얼마나 이해들 하고 계신지, 조금 까다로운 질문을 하나 던져 볼까요?"

사발 머리 나 교수는 입술에 침을 바르며 히죽 웃고 있었다.

"그런데 교수님! 지상권이 경매 물건에 자주 등장합니까?"

상구 머리 노식신은 아리송한 표정으로 묻고는 그를 이해할 수 없다는 눈길을 쏘아 대고 있었다.

"지방법원에 따라 나오는 물건이 다릅니다."

사발 머리 나 교수는 물건의 성격들이 지역마다 쏟아지는 종류가 다르다는 것을 간략하게 말했다. 수강생들은 "오! 그런 거야?" 읊조리며 입 안으로 삼켰다.

"헐…! 그래 그런 거였어?"

상구 머리 노식신은 별것도 아니라는 허접한 표정을 지어 가며 속살거렸다.

"그런 물건들이 자주 출몰하는 지역도 있지만, 어쩌다 한 번씩 가뭄에 콩 나오듯 가끔 나오는 지역이 대체적이라고 보면 틀리지 않을 겁니다."

사발 머리 나 교수는 크게 신경 쓸 일이 아니라는 표정으로 양 눈썹을 꿈틀대고는 고개를 주억거렸다.

"교수님! 질문 하나 드려도 되나요?"

미모의 명정관은 애교를 부리듯 간드러지게 웃었다.

그녀는 지난번 경매장을 찾았다가 광고지에 나온 물건 하나를 발견하고는 검토를 했었다. 그러다 권리분석 중에 지상권이 있다는 것을 확인하고는 고민을 하던 중이었다. 그러지 않아도 전문가에게 의뢰를 할까 싶었는데, 이번 시간이야말로 기회다 싶었다.

그래서 그녀는 '옳다구나, 너 잘 걸렸다.' 싶었다. 그녀는 하늘도 스스로 돕는 자를 돕는다고, 아니 노력하는 자에게 손을 내민다는 데서 생각이 멈추자, 슬그머니 용기가 솟구쳐 질문할 마음을 먹었다.

"질문해 보세요? 흐흐…."

사발 머리 나 교수는 그녀의 물음에 반색하면서 추파를 던지는 사내처럼 생글거리고 있었다.

"다름이 아니라, 아리송한 구석이 있어서요."

그녀의 눈빛은 알아야 산다는 절실함을 담고 있었다.

"아… 그래요, 뭐가 그리도 궁금하십니까?"

사발 머리 나 교수는 느끼한 눈빛으로 그녀를 쳐다보면서 호기심을 보였다. 속 알머리 봉상관은 은근히 거슬려 째진 눈초리로 사발 머리 나 교수를 쏘아보고 있었다.

그런 그를 젤 바른 선정재는 '병신이 지랄하고 눈으로 기운이 뻗쳐서는 괜히 서지도 않는 팬티를 입고 염병을 떨고 있다.'라며 째진 눈길로 빙그레 웃고 있었다.

"대지에 세 든 임차인이 땅주인에게 승낙을 받고 건물을 올렸는데요?"

그녀는 입술을 깨물 듯 다부지고 차분하게 설명을 했다.

"예…에,"

사발 머리 나 교수는 그녀의 표정에 눈짓을 보내며 서슴없이 대꾸를 해 주었다. 그러고는 그녀의 말에 귀를 기울여 수시로 표정을 바꿔 가며 고개를 끄덕였다.

"그 건물이 어쩌다가 경매로 넘어갔거든요? 교수님! 그런데 문제는 지상권이 성립하지 않는다고 하는데, 그럴 수가 있는 건지… 그게 궁금해서요."

미모의 명정관은 마구잡이로 뭉뚱그려 말을 하고는, '무슨 말이 나올까?' 싶어 궁금하고 아리송한 표정을 지었다.

그러고는 사랑스러운 연인과 정담을 나누는 눈길로 조용히 사발 머리 나 교수를 응시하고 있었다.

"경매사건을 확실하게 검도를 해 보셨습니까?"

사발 머리 나 교수는 반문을 하듯 그녀에게 되물었다.

"아니요, 아직 이야기만 들었습니다."

그녀는 아주 뻔뻔스럽기가 그지없는 얼굴로 천연덕스럽게 주절거렸다.

"그리고 제가 봐서 뭘 알겠어요? 호호!"

그녀는 입을 가리며 사랑스럽게 웃었다.

젤 바른 선정재는 그녀가 무엇을 원하고 있는지를 이미 알고 있었다. 그래서 그가 뭐라고 답변을 해 줄까? 궁금했었다. 아니 그 자신도 듣고 싶었기 때문이었다.

"아니… 경매사건을 정확하게 확인도 하지 못했다면서…요? 하하하! 그런데 제가 족집게 점쟁이도 아니고…. 그걸 어떻게 보지도 않고 설명을 할 수 있겠습니까?"

사발 머리 나 교수는 그런 엉뚱하기 그지없는 질문이 어디에 있느냐는 표정을 짓고서 도리어 그녀에게 반문을 해 왔다.

"예…. 그렇기는 하죠."

미모의 명정관은 황당한 질문을 해 놓고 뻔뻔스럽게 말을 찰떡같이 받아넘겼다. 그녀는 '그래서 묻는 거야, 우라질 샘아….' 하고는 그를 빤히 쳐다보며, 생글생글 웃고 있었다.

"판단할 수 있는 근거가 '1'도 없는데, 내가 신도 아니고, 어찌 그 내용을 알겠습니까? 허허허!"

사발 머리 나 교수는 어이가 없어 거리낌 없이 한바탕 웃었다.

"헐…! 그 소리는 나도 하겠다. 젠장!"

한쪽 구석에서 누군가 구시렁거렸다.

"그래도요…?"

그녀는 요염한 자태에서 뿜어져 나오는 콧소리로 매달렸다. 아니 그의 비위를 맞추려고 알랑거렸다. 그녀를 지켜보던 수강생들은 뻔뻔스러움은 고사하더라도 그녀의 익살스러운 말투와 표정에서 어느 사내라도 홀릴 분위기라 웃음을 참지 못한 이들이 낄낄거리고 있었다.

이들이 웃거나 말거나 그는 계속 주절거렸다.

"다만, 대충은 짐작해 볼 수는 있겠지요…."

사발 머리 나 교수는 그녀의 간절한 눈빛에 거절할 수가 없어 기본적인 상식선에서 입을 열었다.

"어머…. 어떡해요?"

그녀는 기대했던 말이 나오자, 기다렸다는 듯이 앙증스럽게 반문을 했다. 그러고는 궁금해서 미치고 환장하겠다는 눈빛으로 그를 주시하고 있었다. 그녀는 금방이라도 달려가 뽀뽀라도 해 줄 반가운 표정이었다.

그러한 모습에 홀딱 빠져 버린 사발 머리 나 교수는 하나라도 더 챙겨 줄 마음에 쉴 새 없이 주절거렸다.

"아마… 그 말뜻을 유추해 보면 임차인이 건물을 신축하기 전부터 토지에 근저당권이 설정되어 있었다고 가정해 볼 수 있습니다."

그는 그렇게 설명을 해 주며 그녀를 안타까운 눈길로 바라보았다. 그와는 달리 미모의 명정관의 궁금한 눈빛 속에는 아닌 게 아니라 '빨리 해 주세요.' 하는 간절함 같은 것이 묻어 있었다.

"헉…! 신축 전 토지에 근저당권의 설정…?"

그 소리를 들은 젤 바른 선정재는 아차! 싶은 낯빛으로 변해 자신도 모르게 무릎을 '탁!' 치며 웅얼거렸다.

"그렇게 되면 지상권이 성립될 수 없나요?"

그녀는 입술을 살짝 깨물면서 되물었다.

"그렇다고 봐야 합니다. 앞에서도 설명을 했지만, 가령 토지에 설정된 근저당권을 근거로 경매가 진행되었다면, 지상권은 소멸(말소)되기 때문입니다."

사발 머리 나 교수는 말하는 중도에 그녀의 얼굴을 한 번씩 홀끔거렸다.

"그럼 건물을 철거해야 하나요?"

미모의 명정관은 몹시 실망한 표정으로 시무룩하게 그를 바라보았다.

"뭐… 철거까지 가겠습니까?"

사발 머리 나 교수는 '허, 잘하면 금방이라도 울 기세네…' 하고서 그녀를 안 됐다는 듯이 바라보았다.

"헐…! 대박, 토지에 먼저 설정된 근저당권을 근거로 경매가 진행되면, 지상권은 소멸된다고…? 뭐, 그런 망할 놈의 경우가 다 있어…. 젠장!"

젤 바른 선정재는 어두워진 그녀의 안색이 안타까워 혼잣말로 중얼거렸다. 짝사랑 속 알머리 봉상관은 괜히 속이 타서는 '쯧쯧!' 혀를 차고 있었다.

"아마… 당사자끼리 서로 매수(사든 팔든)하는 선에서 잘 마무리되겠죠?"

사발 머리 나 교수는 창백해진 그녀의 얼굴에서 심상치 않은 기운을 감지하고, 얼른 자신이 말할 수 있는 능력의 한계에서 에둘러 설명하고는 말을 마쳤다.

"헐…! 사실이야…?"

젤 바른 선정재는 자신이 아직 경매에 대해 잘 모른다는 사실이 오늘처럼 처절하고 답답한 적이 없었다.

"다만, 협상이 결렬되면 최악의 경우(철거)까지 갈 수도 있습니다.

사발 머리 나 교수는 '이미 일을 저지른 뒤가 아닐까?' 싶어 염려스러운 마음에 만약의 경우를 대비하라는 취지에서 진심 어린 말을 건넸다.

"아… 예…에, 그렇게도 될 수 있겠군요? 잘 알겠습니다. 교수님…"

미모의 명정관은 근심 어린 낯빛을 감추듯 고개를 끄덕거렸다.

그녀의 머릿속은 이미 강의실을 벗어나 며칠 전 입찰을 검토했던 단독주택 물건 한가운데 가있었다. 젤 바른 선정재의 만류가 있었지만, 그녀는 고집스럽게도 아랑곳하지 않았었다.

왜냐하면 사발 머리 나 교수의 강의를 듣기 전에는 틀림없이 지상권이 성립되는 줄만 알았다. 그러나 토지에 근저당권이 이미 설정된 이후에 토지임차인이 건축물을 완성 했다면, 단독주택을 낙찰받아도 지상권이 성립될 수 없다는 결론을 얻었다.

그녀는 자신의 건방이 하늘을 찌른 것 같아서 벌써부터 오금이 저려 오고 있었다.

미모의 명정관은 우선 지상권을 이용해 건물을 저렴하게 낙찰을 받을 생각을 했었다. 그러고는 지상권을 빌미로 토지소유주를 잘 설득해 대지를 매입하겠다는 야멸찬 계획을 세웠다.

하지만 자신의 계획이 다 허황된 착각 속에서 모래성으로 지은 작은 꿈이었다는 사실이 드러나자, 피식피식 헛웃음이 절로 터져 나왔다. 미모의 명정관은 대지가 역세권을 끼고 있어, 꼬마빌딩을 건축할 생각이었다.

그렇게 상가 임대료를 받다가 가치가 상승하면 차익을 실현시켜 새로운 부동산으로 갈아타야 되겠다는 야무진 꿈을 꾸고 있었던 것이다.

그러나 유토피아 속에서 개꿈으로 끝나 버린 잠깐의 행복 이었다. 그러나 희망까지 포기할 수는 없었다.

디스토피아라는 절망의 끝에서 원점으로 돌아온 그녀는 잠시 현기증을 느끼며 이마를 부여잡았다. 그 순간에도 사발 머리 나 교수의 강의는 계속 이어지고 있었다.

미모의 명정관은 착잡한 심정 속에서도 새로운 희망을 찾기 위해 지난 일은 깨끗이 정리하고 있었다.

그러고는 다시 경매 수업에 귀를 기울이기 시작했다.

"여러분은 이 경우처럼 임차인이 토지소유주의 허락을 얻고 건물을 신축했더라도 토지에 이미 근저당권이 설정되어 있었다면, 그 지상권은 발목지뢰를 품고 있는 위험한 지상권이라는 사실을 알 수 있었습니다."

사발 머리 나 교수는 그녀를 쳐다보며 내용을 이해했는지를 눈으로 묻고 있었다. 그 모습을 시샘하듯 수강생들은 이곳저곳에서 소곤거렸다.

이들은 눈 깜박할 새 지구 한 바퀴를 돌 루머를 양산하며, 헛바닥을 놀렸다.

"헐…! 이미 근저당권이 설정되면 발목지뢰 지상권이라고…? 젠장! 갖다 붙이기는…."

짱구머리 나겹재는 마땅찮아 혼잣말로 구시렁거렸다.

"아직도 이해를 못 하시고 창밖만 내다보는 수강생은 없으시겠죠?"

사발 머리 나 교수는 잠시 한 눈파는 수강생들을 발견하고는 얌통 맞게 직격탄을 날렸다.

"아니요…!"

"…."

그의 객쩍은 소리에 창밖을 내다보던 몇몇 여성들이 깜짝 놀라 반사적으로 고개를 돌리며 소리를 질렀다.

"어머나… 깜짝이야! 임신도 하지 않은 애 떨어지는 줄 알았네, 호랑말코 말미잘 닮은 샘 같으니라고…."

한 눈을 팔고 있던 노랑머리 수강생이 혼잣말로 투덜거리며 소리를 질렀다.

"없습니다!"

노랑머리 여성은 그와 눈이 마주치자 해쭉 웃고서는 자신은 모르는 척 잡아떼듯이 고개를 흔들었다.

그녀는 창밖에서 들려오는 함성소리에 호기심이 생겨 '무슨 시합일까?' 싶어 잠시 한 눈을 팔고 있었다.

그녀가 멈칫하고 고개를 바로 세워 자신을 바라보자, 눈이 마주친 사발 머리 나 교수는 '에잇, 호박꽃이면 수업이라도 열심히 듣지 멋만 잔뜩 들어서는…. 쯧쯧!' 하는 눈빛으로 쏘아보고는 다시 강의를 이어 갔다.

"그럼 몇 가지 질문을 더 해 보도록 할까요?"

사발 머리 나 교수는 말을 해 놓고 강의실을 찬찬히 둘러 가면서, 수강생들의 표정을 눈여겨 살펴보고 다시 주절거렸다.

"여러분 주위에 부동산 경매를 전혀 모르는 지인이 경매장에 따라왔다가 어찌하다 보니 건물 입찰에 우연히 참여를 했는데… 그게 행운인지? 불행이었는지? 덜컥 단독으로 낙찰을 받게 되었다면 믿겠습니까? 아마 대부분이 믿지 못하시겠죠? 그런데 정말 받았습니다."

사발 머리 나 교수는 얄궂은 표정을 지어 가며 능청을 떨었다.

"헐…! 뭔 개소리야? 어떻게 경매를 1도 모르는 인간이 낙찰을 받는다는 거야, 젠장!"

짱구머리 나겁재는 옆 사람을 흘끔 쳐다보며, 정말 어이없다는 식으로 구시렁거렸다.

"내 말이…"

둥근 머리 맹비견은 생각 없이 받아넘겼다.

"가상인가 보지 뭐…?"

"…"

"에이, 그래도 그렇지…?"

"젠장! 완전 능마 뿡이다."

수강생들은 여기저기서 쑥덕거렸다. 사발 머리 나 교수는 그러든 말든 계속 수업을 이어 갔다.

"그런데 낙찰을 받고 보니 토지에 지상권 하나가 떡하니 버티고 있더라…, 이겁니다."

"…"

"그래서 나름 경매를 배웠다는 여러분에게 급하게 도움을 요청했습니다."

사발 머리 나 교수는 가상의 시나리오를 픽션처럼 그럴싸하게 짜깁기하고는 모두를 빤히 쳐다보았다. 나름 수업을 재미있게 이끌어가기 위한 그만에 처방전인지? 말의 효과를 높이기 위한 제스처인지? 좌우지간 그만의 개수작을 떠벌렸다.

"헐…! 뭘 알아야 참견도 하지…."

앞자리 여성 수강생 하나가 구시렁거렸다.

"뭘 어떻게 도와주시겠습니까?"

이들이 그러든 말든 사발 머리 나 교수는 전체를 향해 다시 묻고는 짓궂은 얼굴로 주억거렸다. 수강생들은 서로의 얼굴을 번갈아 쳐다보면서 고개를 좌우로 흔들었다.

"저라면 차라리 입찰보증금을 포기하고, 혹시나 하는 마음으로 낙찰 불허가를 기다리겠습니다. 흐흐…."

짱구머리 나겹재는 능청스럽게 떠벌리고는, 뻔뻔스러운 낯짝을 해 가지고 사발 머리 나 교수를 올려다보았다.

"또 누구 없습니까?"

그는 '그럼 그렇지.' 하는 실망한 얼굴로 혀를 차면서 다음 발표자를 찾았다. 대부분의 수강생들은 '혹시나 자기가 걸릴까?' 싶은 얼굴로 그의 눈을 피해 딴청을 피우느라 야단법석을 떨고 있었다.

"제 생각은 조금 다릅니다. 만약 사정이 그렇다면 달리 접근해 보겠습니다."

상구 머리 노식신은 슬쩍 눙치며 들어와서는 자신의 의견을 피력했다.

"그래요, 구체적으로 설명해 보시겠습니까?"

사발 머리 나 교수는 반갑게 그를 가리키고는 무슨 소리가 나올지를 기대하는 눈치였다.

"우선 낙찰받기 전이라면 입찰을 포기하겠지만, 이미 낙찰을 받은 후라면 낙찰 불허가를 받기 위해서라도 무슨 짓이고 다할 것 같습니다."

상구 머리 노식신은 자신만만한 얼굴로 서두를 꺼냈다.

"그래요, 어떻게요?"

사발 머리 나 교수는 호기심이 가득한 표정이었다.

"먼저 일주일 안에 건물에 설정된 선순위 근저당권(금액)을 인수받는 조건을 제안하겠습니다."

그는 깊은 생각 없이 대꾸하고는, 사발 머리 나 교수를 빤히 쳐다보고 있었다.

"어유…! 금액이 만만치 않을 텐데요?"

사발 머리 나 교수는 황당해 걱정스러운 얼굴로 그를 보았다. 수강생들은 너나없이 '감당할 수 있겠나?' 싶어 소곤거리며, 혀를 끌끌 차고 있었다.

"헐…! 근저당권을 인수받는다고…? 미쳤군, 미쳤어…" 누군가 뒤에서 중얼거렸다.

"그래도 근저당권자를 찾아가 채무를 대신 갚고, 경매를 취소시키는 적절한 방법을 찾아내도록 애를 써 볼 겁니다."

상구 머리 노식신은 자신이 지금 얼마나 억지를 부리고 있는지를 모르는 뻔뻔한 낯짝이었다.

흰머리 윤편인은 '혹시… 충분한 역량을 지니고 있다면 가능할지 모를 거야…' 하며 생각을 했었다.

"헐…! 잘한다 잘한다 하니까 아주 막 나가는구먼…"

조용히 듣고 있던 새치 머리 안편관은 '사람들이 천지분간도 못하면서 지레 신이 나서 날뛰고 있다며' 비아냥거렸다.

일부의 수강생들은 '그게 가능할까?' 싶은 미심쩍은 눈길을 주고받으며, 속닥거리고 있었다.

"그래야 입찰보증금을 돌려받을 수 있을 것 아닙니까?"

상구 머리 노식신은 아주 담대한 표정이었다.

사발 머리 나 교수는 지상권을 인정하고, 지료를 연금씩으로 받아 챙기거나, 또는 지료를 인상하거나, 지상권자와 모종의 협상을 통해서 새로운 돌파구를 제시할 줄 알았다. 그러나 뜻밖에 발상에 너무 황당해서 뭐라고 할 말을 찾지 못하고 있었다.

그의 창의력이나 상상력은 헛된 망상이 아니라는 사실을 사발 머리 나 교수는 잘 알고 있었다.

그러나 쉬운 작업이 아니라는 것이다. 시간도 너무 촉박하고, 저당권자뿐만 아니라 채무자를 어떻게 만나 설득을 할지도 문제였다. 그렇게 여러 가지 숙제들이 그 앞에 태산처럼 쌓여 있었다. 그래서 사발 머리 나 교수는 안타까운 눈빛으로 상구 머리 노식신을 바라보고 있었다.

"물론 비용은 감안해야 되겠습니다만, 제 생각은 손해를 최소로 줄여 보자는 말입니다."

그는 되도록 가능한 수단을 동원해서 어떻게라도 구제받을 길을 모색해 입찰보증금을 돌려받겠다며, 억지를 부리고 있었다. 아니 자기만의 고집을 피우고 있는지도 모르는 일이었다.

"아니, 저 허무맹랑한 이야기가 가능할까?"

짱구머리 나겁재는 잔뜩 얼굴을 찌푸리며 중얼거렸다.

"모르지…. 꿈에서나 통할 수 있을지…. 크크!"

둥근 머리 맹비견은 그의 말에 맞장구를 치며 어처구니없다는 표정으로 비아냥거렸다.

두 사람의 대화를 듣고 있던 삼각 머리 조편재는 어이가 없어 아무 소리 없이 빙그레 웃었다. 옆자리에 있던 큰 머리 문정인과 뒷자리에 앉아 있던 흰머리 윤편인도 아예 못 들은 척 생글생글 웃기만 했다.

속 알머리 봉상관은 두 사람 때문에 팀원들이 이따금씩 배꼽을 잡기도 한다는 생각에 피식피식 웃다가 고개를 돌렸다. 그의 눈길은 자연스럽게 미모의 명정관 쪽으로 향하고 있었다.

순간 그녀의 빛나는 속살이 어쩌다 속 알머리 봉상관의 눈길을 사로잡고 있었다.

그는 동공을 늘려 백옥처럼 뽀얀 도자기 피부를 훔치며, 마른침을 꼴깍 삼켰다. 평소에도 그녀를 보는 팀장의 째진 눈길에서 항상 꿀물이 뚝뚝 떨어졌었다.

뒷자리에서 지켜보는 젤 바른 선정재의 눈총은 성추행을 하다가 잡힌 망할 놈을 때려잡듯 속 알머리 봉상관을 무지막지하게 두들

겨 패고 있었다.

그녀의 속살을 핥고 있다는 자체가 그에게는 피가 끓는 눈치였다. 젤 바른 선정재는 괜히 똥물을 쫘르르 뒤집어쓴 것처럼 기분이 더럽고 불쾌해서 괜히 짜증이 확 솟구쳐 올랐다.

그러나 뭐라고 나설 처지는 아니었기에, 속으로만 끙끙 앓고 있을 뿐이었다.

한편 나 교수는 그의 견해를 들어 주기는 했지만, 하도 엄두가 나지 않는 계획을 가지고, 덤벼들어 용기는 가상했지만, 현실에서 멀어진 상구 머리 노식신에게 달리 해 줄 말이 떠오르지 않았다. 그때였다.

"저, 교수님!"

흰머리 윤편인이 손을 번쩍 들며 소리쳤다.

"예…. 거기 손 드신 분 말씀해 보세요."

사발 머리 나 교수는 그를 가만히 가리켰다. 사람들의 시선이 그쪽을 향해 돌아가고 있었다.

흰머리 윤편인은 잠시 머뭇대다가 이내 말을 꺼내 놓기 시작했다.

"토지에 설정된 근저당권 등기보다 먼저 지상권 등기가 설정되어 있었다면, 지상권은 근저당권보다 선순위에 해당해 만약 경매가 진행된다고 해도, 지상권은 소멸되지 않는다고 여겨지는데…. 제 설명이 맞습니까?"

흰머리 윤편인은 알은체를 하면서 능청을 떨었다. 그러고는 시침을 뚝 떼고 사발머리 나 교수를 주시하고 있었다.

"하하! 맞습니다. 맞고요, 지상권이 설정되고 난 이후에 토지 등기에 근저당권이 설정되었다면, 경매가 진행되어 제삼자가 낙찰을 받았다고 해도 지상권은 그대로 살아 있습니다.

다만, 그 반대인 경우라면 기준권리(최선순위권리) 이후 설정된 지상권은 말소 절차를 거쳐 소멸하겠지만 말입니다."

사발 머리 나 교수는 보충 설명을 해 주고는 흐뭇한 미소를 지었다.

"저… 교수님!"

삼각 머리 조편재는 그를 힘차게 불렀다.

"예…. 말씀해 보세요."

사발 머리 나 교수는 오른손을 들어 손짓을 해 보였다. 몇몇 수강생들을 제외하고는 대부분의 눈길이 그에게 쏠리고 있었다. 그는 흰머리 윤편인을 겨냥한 듯 째진 눈으로 흘겨 가며, 양 볼을 실룩실룩거리며 주절거렸다.

"지상권이 설정되어 있는 건물에 새로운 근저당권이 설정되었는데요?"

삼각 머리 조편재는 설레발을 떨어 가며 떠벌렸다.

그가 하는 짓이 우습고 거슬려 차마 눈뜨고 볼 수가 없었던 둥근 머리 맹비견은 아니꼬워서 못 보겠다는 듯이 눈빛에 질시가 서려 한껏 그를 쏘아보고 있었다.

"그래서요?"

사발 머리 나 교수는 그에게 눈짓을 해 보였다.

"그 후에 경매로 인해 건물이 새로운 소유자에게 낙찰이 되었다면, 건물에 설정되었던 지상권은 누가 권리자입니까?"

삼각 머리 조편재는 지상권자(토지임차인)가 가지고 있던 지상권도 건물이 낙찰되면서 새로운 소유자에게 함께 이전되는 건지가 궁금해서 묻고 있었다.

"음…. 문제를 정리하기 위해 제가 몇 가지만 다시 묻겠습니다."

사발 머리 나 교수는 미간을 좁히며 먼저 양해를 구했다.

"예…. 물어보세요."

삼각머리 조편재는 얼마든지 물어보라는 표정을 지었다.

"에…. 지상권자는 토지를 임대해 건물을 신축하기 전에 지상권을 설정했습니까?"

사발 머리 나 교수는 묻는 끝에서 삼각 머리 조편재를 향해 눈짓을 끔벅끔벅 거렸다. 그는 얼른 알아차리고 목청을 높였다.

"예!"

시원스럽게 대답을 하고 난 삼각 머리 조편재는 '나야 나라고.' 폼을 잡듯이 몸짓을 흔들어 대고 있었다.

"헐…! 신축 전 토지에 지상권을 설정한다고…?"

몇몇 수강생들이 속닥거리자, 강의실은 금세 여기저기서 술렁거렸다. 사발 머리 나 교수는 아랑곳하지 않은 채 차분하게 주절거렸다.

"그리고 건축물을 완성한 뒤에 소유할 목적으로 보존등기를 마쳤습니까?"

사발 머리 나 교수는 그를 향해 희번덕거렸다. 그제야 사람들은 '아하! 그런 거구나?' 하며, 이해를 한 듯이 고개를 까닥까닥 거리며 웃고 있었다.

"예,"

삼각 머리 조편재는 가볍게 대꾸했다.

"헐…! 대박! 건물 보존등기라고…?"

흰머리 윤편인은 혼잣말로 웅얼대며 그를 쳐다보고 있었다.

"그러고는 보존등기와 동시에 당연히 건축물에도 근저당권을 설정했겠죠?"

연이어 사발 머리 나 교수는 뭔가를 확인을 하듯이 물어 왔다. 몇몇 수강생들이 "아니, 저 소리는 또 뭐야?" 하며 속닥속닥 떠들어 대고 있었다.

"그렇습니다!"

삼각 머리 조편재는 목청을 높이며 자기 긍정에 고개를 끄덕거렸다.

"헉…! 대박! 보존등기와 동시에 근저당권을 설정했다고…?"

여성 수강생 가운데 하나가 중얼거렸다.

그 와중에도 사발 머리 나 교수는 계속 질문을 이어 갔다.

"그런데 금융기관에서 근저당권을 근거로 주택을 경매 신청했다 이 말입니까?"

사발 머리 나 교수는 상대방을 한껏 쏘아보았다. 그와 달리 초점을 모아 한곳으로 집중한 수강생들은 내용이 어떻게 전개될까? 궁금해 자못 솔깃한 자세로 귀를 기울이고 있었다.

"예…. 맞습니다. 그렇게 된 사건입니다."

삼각 머리 조편재는 고개를 끄덕이며, 차분하게 대답했다.

"헐…! 근저당권을 근거로 주택 경매신청을…? 하긴 그런 게 세상인심이니까… 젠장!"

큰 머리 문정인은 혼잣말로 세속에 물든 세상을 닷하듯 속살거렸다. 그러거나 말거나 사발 머리 나 교수는 계속 주절거렸다.

"지상권자가 대출금을 갚지 못한 상황 같은데 이런 경우가 비일비재합니다."

"…."

"에…여기서 묻고자 하는 핵심은 낙찰을 받은 매수자(경락인)가 지상권을 취득(인수)할 수 있느냐? 그것이 궁금하다 이거 아닙니까?"

사발 머리 나 교수는 다시 확인을 하듯 되물었다.

"예… 맞습니다."

삼각 머리 조편재는 그의 물음에 인공지능 로봇처럼 즉각 응답을 하고 있었다.

"우라질! 그렇다는데 몇 번을 묻는 거야? 젠장!"

그는 눈만 깜빡대며 표정 없이 읊조렸다. 일부 수강생들은 지상권은 지상권 자에게 돌려줘야 하는 거 아니냐는 생각에 취해 있었다.

"여기서 여러분께 문제를 하나 드리도록 하겠습니다."

사발 머리 나 교수는 씨익 웃으며 능청스럽게 말했다.

"헐…! 쟤 뭐라는 거야? 왜 가만있는 우리를 못 잡아먹어서 안달이야 안달은…. 젠장!"

새치 머리 안편관은 불편한 심기를 드러내듯 짜증을 내며 혼잣말로 구시렁거렸다.

"낙찰자가 지상권을 받아 올 수 있다고 생각하십니까? 아니면 그 반대라고 생각하십니까?"

사발 머리 나 교수는 히죽 웃고는 사람들의 의혹을 증폭시켜가고 있었다.

"누가 설명해 보시겠습니까?"

그는 모두를 향해 묻고는 '설마 알겠나?' 싶은 애매모호한 표정을 짓고서 주억거리고 있었다.

"대박! 아니, 몰라서 묻는데 우라질! 문제는… 또 뭐야?"

빨강 머리 수강생이 옆 사람을 쿡 건드리며 속닥거렸다.

"제 생각에는 어렵다고 보는데 틀렸습니까?"

둥근 머리 맹비견은 어렴풋이 떠오른 기억을 더듬어 들이대고 있었다. 몇몇 수강생들은 '그게 아닐걸…?' 하는 눈빛을 가지고 소곤거렸다.

"또 다른 분 없습니까? 누구든 말씀해 보세요?"

사발 머리 나 교수는 자신이 원하는 답안이 아니었다. 그래서 피식 웃기만 할 뿐 이렇다 할 반응을 내놓지 않았다.

둥근 머리 맹비견은 뒤통수를 긁적긁적거리며, 쑥스러운 표정을 짓고 있었다. 그때 누군가 불쑥 나서며 목소리를 높였다.

"저기, 저당권의 효력은 저당 부동산에 부합(각기 다른 소유자에 속하는 두 개 이상의 물건이, 맞붙어서 뗄 수 없게 되었거나, 떼기가 심히 곤란한 상태가 되는 일)된 물건과 종물(어떤 물건의 사용을 계속적으로 돕기 위해, 그에 딸린 물건)에 미친다는 민법(제358조)을 인용해 살펴보면, 저당 부동산에도 유추 적용된다고 봅니다."

거들먹거리며 알은척 한 그는 흰머리 윤편인이었다.

"그래서요?"

뜻하지 않은 반가운 소리에 사발 머리 나 교수는 씽긋 미소를 보였다.

"그러므로 근저당권을 유추해 살펴보면 저당권의 효력은 그 건물을 소유목적으로 하는 지상권에도 그 영향이 미친다고 봅니다."

흰머리 윤편인은 달관한 전문가처럼 유들유들 떠벌리고 있었다.

"헐…! 그런 거였어? 맞기는 한 거야? 아니, 건물을 소유 목적으로 설정한 지상권이…?"

이런저런 수다들로 수강생들은 술렁거리고 있었다.

"하하하! 여러분… 이분께 손뼉 한번 쳐 주세요."

그는 함박웃음을 웃고는 모두에게 박수를 권했다. 새치 머리 안편관을 비롯해 삼각 머리 조편재의 눈초리가 못마땅한 듯 길게 찢어지고 있었다.

"…"

짝짝짝…! 짝짝짝…!

몇몇 수강생들은 설렁설렁 물개 손뼉을 치고 있었다.

"아니, 우리는 손뼉을 치라면 치는 박수 부대야, 손뼉 부대야… 젠장맞을, 말이야!"

새치 머리 안편관은 그가 무슨 짓을 해도 못마땅해서 연신 툴툴거렸다. 그러나 이들을 빼놓고는 칭찬 일색이었다.

"대단해, 역시 윤편인이야."

돈 사랑 팀원들은 그를 자랑스러워하듯 엄지손을 치켜들고 있었다.

"그렇습니다. 건물 낙찰자는 종전(지금보다 이전)에 지상권 자를 상대로 지상권 이전등기 절차를 이행하도록 청구할 권리를 가지고 있습니다."

사발 머리 나 교수는 전체를 둘러보며 주억거렸다.

"헐…! 대박! 정말이야?"

그는 날로 늘어 가는 수강생들의 실력이 눈물 나게 고마웠다. 그래서 그랬을까? 사발 머리 나 교수의 입꼬리가 여느 때와 다르게 높은 귀에 걸려 있었다.

"저기요? 교수님!"

삼각 머리 조편재는 속이 언짢은 표정을 해 가지고 그를 불렀다. 그러고는 흰머리 윤편인을 의미심장한 눈길로 쏘아보며 히쭉 웃었다.

"예…. 거기 손 드신 분 말씀해 보세요."

그와는 달리 사발 머리 나 교수는 흐뭇한 얼굴로 소리 나는 쪽을 향해 손짓을 가리켰다.

"법률로 특별한 규정을 정하거나, 계약 등 설정행위에 다른 약정이 있다면, 저당권의 효력이 없다고 하던데 맞습니까?"

그의 잘난 척에 못마땅한 삼각 머리 조편재는 은근히 심사가 꼬여서는 흰머리 윤편인이 간과하고 지나친 내용을 파고들었다. 사발 머리 나 교수는 '옳지, 그래야 제대로지.' 하며 반가운 얼굴로 중얼거리고는 히죽 웃고 있었다.

"헐…! 저건 또 뭔데…?"

대부분의 수강생들은 새로운 내용이 생소해서 술렁거렸다.

"하하하! 오늘은 철저하게 예습들을 해 온 것 같습니다."

사발 머리 나 교수는 낚싯줄에 줄줄이 따라 올라오는 볼락이라도 낚아 올린 표정으로 칭찬을 하고는 생글생글 웃고 있었다.

"지금 두 분이 설명한 내용처럼 저당권의 효력 범위는 저당권의 부합된 물건과 종물(어떤 물건의 사용을 계속적으로 돕기 위해, 그에 딸린 물건)에 미치기도 합니다.

다만 법률이 정한 규정이나 당사자끼리 다른 약정을 미리 설정해 놓았다면, 그 약정이나 법률 규정이 우선한다는 사실을 머릿속에 새겨두셔야 합니다."

사발 머리 나 교수는 설명을 늘어놓고 나서 자기 긍정에 고개를 끄덕거렸다.

"헐…! 법률 규정이나 당사자 약정이 우선한다고."

흰머리 윤편인은 쓴웃음을 흘리며, 혼잣말을 속살거렸다.

"이러한 사실도 알아 두면 도움이 될 겁니다."

그는 경매 수업 범위를 넘어서고 있다는 우려를 하면서도 기분은 매우 유쾌해서 한껏 웃고 있었다.

그러나 자존심을 구긴 흰머리 윤편인은 금세 똥 밟은 얼굴로 일그러져 당장이라도 그를 쳐 죽이고 싶은 눈빛으로 쏘아보고 있었다.

그러거나 말거나 그는 흰머리 윤편인을 외면한 채 돈 사랑 팀원들과 능청을 떨며 쑥덕거렸다.

"아이 참! 큰일이네…."

짱구머리 나겁재는 걱정을 한가득 담은 얼굴로 '끙끙' 앓는 소리를 냈다.

"뭐가요…?"

둥근 머리 맹비견은 의아한 표정으로 그를 쳐다보았다.

"경매하는 요령만 배우면 돈은 저절로 굴러들어 올 줄 알았는데 갈수록 그게 아니네…? 젠장!"

짱구머리 나겁재는 하늘이 꺼져라 한숨을 내뿜고는, 고개를 좌우로 흔들었다.

"내 말이…."

둥근 머리 맹비견은 맞장구를 치며, 미간을 살짝 찌푸렸다. 미모의 명정관은 그 모습이 우스워 빙그레 미소를 짓고 있었다.

"어유! 이거 배워도, 배워도 한도 끝도 없으니 나 원 참… 휴!"

짱구머리 나겁재는 수도권 인구가 써도 마르지 않는 한강 물처럼 끝없이 이어지는 망할 놈의 법률 지식들이 이제는 더럭 겁부터 났다.

그는 골머리만 지끈대고, 뭐가 뭔지 뒤엉킨 이 상황을 자신이 깊은 수렁에 빠진 것처럼 그런 느낌이 들었다.

"젠장! 걱정하지 마세요, 다 제 몫은 따로 있는 겁니다. 흐흐…."

둥근 머리 맹비견은 똑같은 처지라는 동병상련 때문이었을까? 불쑥 나서 그를 안심시키고 있었다.

이들이 그러거나 말거나 사발 머리 나 교수의 강의는 계속 이어지고 있었다.

"지금 말하려는 지상권은 앞에서 배운 두 가지 지상권(법정지상권 관습상법정지상권)과는 약간 성질이 다른 지상권이라는 점을 미리 알려드립니다."

사발 머리 나 교수는 새로운 내용을 끄집어내면서 이들의 눈치를 살폈다.

"헐…! 뭐가 또 다르다는 건데…?"

짱구머리 나겁재는 진저리를 치면서 구시렁거렸다.

"다시 말하자면, 임차인이 건물을 신축해 등기를 경료(등록)하면서 토지 소유주에게 지상권을 설정하는 계약은 이론적으로 경매에 의한 법정지상권이나 매매에 의한 관습법상 법정지상권 하고는 다른 차원이다 이 말입니다."

잠시 말을 중단한 그는 '이걸 어떻게 이해시켜야 하나.' 고민하는 표정을 짓고 있었다.

"헐…! 임차인 지상권은 또 뭐가 다른데? 꿀이라도 발랐나…. 젠장!"

둥근 머리 맹비견은 혼잣말로 속살거렸다. 사발 머리 나 교수는 경각심을 심어주는 차원에서 재차 설명하고 있었다.

그는 경매 결과로 즉 법원 관례에 의해 성립되는 법정지상권과 매매(증여 등) 결과로 즉 민간의 관습에 의해 성립하는 관습법상 법정지상권 그리고 토지소유주의 승낙을 얻어, 즉 임대차 계약에 의해 설정하는 임대차 지상권을 각각 구분해 확인을 시키고 있었다.

"저… 저거는 또 뭔 소리야? 젠장맞을!"

짱구머리 나겁재는 투정을 부리는 아이처럼 구시렁거렸다.

"호호호."

옆자리에서 그를 지켜보던 상구 머리 노식신은 노는 꼬락서니가 아주 가관이라 소리 없이 실실 웃고 있었다.

"저도 도통 뭔 소린지 모르는 것은 민둥산 안에 깜깜한 동굴 속이랍니다. 크크! 정말이지… 완전 모르겠어요."

미모의 명정관은 흐트러진 어설픈 미소로 알궂게 말했다.

돈 사랑 팀원들은 그녀가 말한 뉘앙스가 색다른 느낌으로 다가왔다. 몇몇이 입가에 엷은 미소를 띠고, 눈빛을 반짝이며 생글생글 웃음을 보였다. 일부는 능글능글 웃는 이도 있었다. 그때 팀원 하나가 히죽대며 주절거렸다.

"아하! 가만히 생각해 보니 임대인의 승낙을 얻는다는 내용이 좀 다르다는 얘긴가 봐…? 히히!"

둥근 머리 맹비견은 모처럼 아는 척하고 나섰다.

"호호! 그런 거 같기도 하네요."

그녀는 아름드리 머릿결을 끄덕이며 웃는 얼굴을 보였다.

그러는 가운데서도 사발 머리 나 교수는 보충 설명을 곁들여가면서 빠르게 진도를 나아가고 있었다.

"여러분이 염두 해 둘 것은 이런 경우를 말하는 겁니다. 가령, 건물을 낙찰받아도 토지 소유주(토지 임대인)의 동의가 없으면, 토지 임차권(지상권)을 취득할 수 없다는 말입니다."

사발 머리 나 교수는 낙찰을 받기 전에 반드시 토지임대인의 동의를 먼저 받아야 된다는 것을 강조하고 있었다.

"헐…! 대박!"

새치 머리 안편관은 속살거렸다.

수강생들은 "그런 거야?" 하는 궁상들로 웅성거리고 있었다. 그는 아랑곳하지 않은 채 계속 강의를 이어 갔다.

"그래서 지상권이 걸린 물건은 낙찰을 받기 전에 반드시 철저한 권리분석이 필요하다는 겁니다."

사발 머리 나 교수는 눈동자에 힘을 잔뜩 주고 있었다.

"헐…! 그래 맞아, 철저한 권리분석이 중요하지, 암…."

흰머리 윤편인은 공감을 하고는 혼잣말을 읊조렸다.

"어째 이해가 되십니까?"

그는 모두를 향해 목청을 높였다.

"예…!"

몇몇 사람들은 여름날 매미들이 날개를 비비듯 앙칼진 목소리로 외쳤다.

"아니요!"

일부의 여성 수강생들은 생소한 어려움에 짜증이 섞인 울화통 소리로 부정을 하고 있었다.

강의실이 일순간에 소란스러워지자, 그 모습을 가자미눈으로 지켜보던 사발 머리 나 교수가 버럭 소리를 질렀다.

"자… 자! 여기 주목하시고! 반복해서 강조하지만, 임차인이 신축한 건물을 낙찰받을 때에는 토지 임차권(지상권)을 인수받을 수 있는지를 토지 임대인을 사전에 만나서 확실하게 승낙을 받고 나서 낙찰을 받아야 합니다."

사발 머리 나 교수는 재차 강조하며, 목소리를 높였다.

"헐…! 젠장! 토지소유자 놈의 승낙을 받으라고?"

수강생들은 비아냥대며, 술렁거리고 있었다.

"괜히 어설프게 덤벼들면 토지 임대인에게 토지를 반환하고, 건물은 철거당하는 어려움을 겪을 수도 있습니다."

사발 머리 나 교수는 모두를 둘러보면서 임차인 지상권은 먼저 확인하고, 반드시 토지 소유주의 승낙을 받고 나서 낙찰을 받아야 된다며, 누누이 당부를 했다.

사발 머리 나 교수는 지상권을 설명하면서 분위기가 무겁게 가라앉는 어두움을 느끼고 있었다.

막연했지만, 강의실 분위기를 환기시킬 필요가 있다는 생각이 불현듯 들었다.

"정말… 돈 벌기가 장난이 아닙니다."

속 알머리 봉상관은 나지막이 옆 사람에게 중얼거렸다.

"까닥 실수 한 번에 수천 수억이 공중분해 된다는 이야기가 아닙니까?"

새치 머리 안편관은 고개를 절레절레 저어 가며 진절머리를 쳤다.

"카악…! 이거야 어디 겁나서 경매 입찰 받겠습니까?"

그 말끝에 속 알머리 봉상관은 몸짓과 함께 혀를 내두르며, 고시랑거렸다.

"그러게 말입니다. 내 말이…."

둥근 머리 맹비견은 자신도 공감을 한다며 한마디 거들었다.

옆에서 가만히 듣고 있던 흰머리 윤편인은 웃고픈 광경에 안 되겠다 싶어 슬며시 나섰다.

"아니… 뭐 쉽게 생각해 보자고요?"

흰머리 윤편인은 다짜고짜 이들을 향해 웃는 얼굴로 주절거렸다.

"뭘… 어떻게요?"

상구 머리 노식신은 그를 흘끔 째려 가며 보았다.

"법정지상권은 근저당권을 원인으로 경매 낙찰을 받지 않습니까?"

"…"

"헐…! 그걸 누가 몰라…."

삼각 머리 조편재는 입술을 실룩실룩거리며, 그를 마땅찮은 듯 꼬나보면서 비아냥거렸다.

그러나 흰머리 윤편인은 그를 아랑곳하지 않은 채 계속 주절거렸다.

"그리고 관습법상 법정지상권은 철거한다는 조건이 없어야 매매 등으로 지상권을 설정 받습니다."

그는 잠시 숨을 고르며, 멈칫거렸다. 팀원 몇몇은 '애쓴다, 애써⋯' 하는 표정으로 그의 말을 듣고 있었다.

"에⋯ 그 반면에 임차인이 건축해서 설정한 지상권은 토지임대인의 승낙을 먼저 받고 난 이후에, 낙찰을 받는다고 생각하시면 됩니다."

"⋯"

"선 승낙, 후 낙찰 어떻습니까?"

흰머리 윤편인은 간략하게 설명을 마치고는, 이들의 얼굴을 가만히 올려다보았다.

그러나 돈 사랑 멤버 몇몇은 머리를 절레절레 흔들었다. 아직도 개념을 제대로 이해할 수 없다는 힘든 표정을 하고 있었다.

"에그그, 퍽도 쉽네요⋯ 후후."

미모의 명정관은 그조차 어렵다며, 미간을 찡그렸다가 순간 민망해 그를 보며 배시시 웃고 있었다. 그때였다. 버럭 큰소리가 이들의 귀청을 때리며 파고들었다.

"그만들 떠들고 조용히 좀 하세요!"

"…."

사발 머리 나 교수는 어수선해진 강의실 분위기에 고함을 냅다 질렀다.

수강생들은 천둥 치는 불호령 소리에 놀라 순간 말문을 닫고서 잽싸게 그에게 눈길을 돌렸다.

"에쿠…머나나 깜짝이야! 임신도 안 한 애 떨어질 뻔했네, 우라질 샘 같으니라고!"

노란 머리 수강생 하나가 갑자기 들려온 버럭 질에 성질이 뻗혀서 아주 못마땅한 표정으로 고시랑거렸다. 술렁거리던 강의실은 한순간에 고요해져 침묵이 흐르고 있었다.

그들을 향해 두 눈을 부릅뜬 사발 머리 나 교수는 슬쩍 시계를 쳐다봐 가며 한마디 주절거렸다.

"자… 오늘 수업은 여기까지 하는 걸로 합시다. 그리고 다음 수업 시간까지 프로젝트로 내준 졸업 기념 논문집에 게시할 리포트를 제출해야 한다는 것을 모두들 잊지 않으셨겠지요? 혹시라도 깜빡했다면 돌아가시는 대로 준비해 두셨다가 수요일 수업 시간에 가져오도록 하세요."

사발 머리 나 교수는 말끝에 강의실 전체를 둘러보면서 씨익 웃었다.

"젠장! 마감일이라고…? 벌써, 그렇게 됐나? 그러나 저러나 아직 절반도 못했는데 어쩌나…?"

"그거야 매일반이죠, 저도 그냥저냥 세월만 보냈는데요, 뭐."

아직 준비를 못 한 수강생들은 여기저기서 한숨 소리만 내고 있었다.

"그럼, 이만 돌아들 가시고, 다음 수업 시간에 또 뵙도록 하겠습니다."

사발 머리 나 교수는 짧게 인사말을 남기고, 뒤도 돌아보지 않은 채 바쁘게 강의실을 벗어나고 있었다. 수강생들은 수업 시간이 끝나기 무섭게 무엇이 그리도 바쁜지들 서둘러 강의실을 빠져나갔다.

흰머리 윤 편인도 오늘은 바쁜 일이 있는 눈치였다. 그래서 돈 사랑 팀원들의 넋두리를 무시한 채, 아니 나 몰라라식으로 도망질을 하듯 잽싸게 달음박질을 치고 있었다.

그는 이미 과제물을 끝내 놓고, 서랍 속에 넣어 두었기에 팀원들과 다르게 발걸음은 가벼웠다. 그들의 걱정 소리는 은근히 자신의 어깨 뽕을 살짝 들어 올리도록 하는 오묘한 힘이 숨어 있었다.

제15장

리포트 제출

그다음 주 수요일.

대동강 물도 풀린다는 우수雨水가 지나가고 있어 그런지 어느덧 한 겨울의 추위는 북쪽으로 물러간 듯 따사로운 봄볕이 찾아들고 있었다.

화사한 봄의 기운이 스며드는 강의실은 여느 날과 다름없이 수강생들로 박작거리고 있었다. 이들은 가져온 과제물을 꺼내 놓고, 각 팀원들끼리 머리를 맞대고 쑥덕거리고 있었다.

무슨 의논들을 하는 눈치로 많은 사람들이 한꺼번에 떠들어대는 강의실은 아우성을 치는 장마당을 연상시켰다.

돈 사랑 팀원들도 옹기종기 모여 어수선하게 떠들고 있었다. 흰머리 윤편인을 비롯해 돈 사랑 팀원들은 그동안 준비해 온 보고서를 책상 위에 꺼내 놓고 '혹시나 잘못된 곳은 없을까?' 싶어 내용물을 하나씩 꼼꼼하게 검토하고 있었다.

잠시 후 봉 팀장은 미모의 명 총무를 찾았다. 그리고 가져온 과제물을 거두어 달라고 부탁을 했다. 돈 사랑 멤버들은 세 개 조로 편성된 상태에서 자기 조원들끼리 협력해 리포트를 작성하기로 했다.

그중 대표 한 사람이 작성해 온 리포트 가운데 제일 잘된 조의 보고서를 선정해 프로젝트 과제물로 제출하기로 사전 약속을 했었다. 그래서 이들은 각자 가져온 리포트를 미모의 명 총무 손에 넘기고 있었다.

"총무님! 여기 1조요."

그는 히죽 웃으며 건넸다

"어머… 작업하시느라 수고하셨어요."

리포트를 받아든 미모의 명정관은 대충 훑어보고서 야릇한 미소를 보이고 있었다.

그녀는 모아진 리포트를 팀장 봉상관 앞으로 가져다주었다.

그는 얼른 받아들고는 서둘러 한 장씩 넘겨 가며, 가끔씩 속 알머리를 끄덕거렸다. 그러고는 잠깐 사이에 그의 얼굴빛이 환희에 찬 기쁨으로 가득하게 번져갔다.

그의 입술은 이미 귓가에 걸려 있었다. 미치고 환장해서 좋아 죽겠다는 표정이었다.

특히 흰머리 윤편인이 작성한 리포트를 넘길 때는 짧은 신음을 토해 냈다. 그는 속 알머리를 끄덕끄덕대면서 꽤나 마음에 드는 눈치였다.

큰 머리 문정인이 작성한 리포트와 야살을 부리던 삼각 머리 조편재의 조가 작성한 리포트도 우라지게 잘 정리되어 있었다.

그러나 1조가 작성한 보고서에 비하면 두 사람의 리포트는 조족지혈로 완전 새 발의 피처럼 규모와 내용면에서 차이가 많았다.

속 알머리 봉상관은 고생한 팀원들을 외면할 수 없었다. 그래서 그랬을까? 잠깐 사이에 자신의 욕심대로 '리포트 모두를 제출하면 어떨까?' 고민을 했었다. 그러나 팀원들과 약속을 무시할 수 없었다. 그래서 생각하던 끝에 모두에게 의견을 타진하기로 마음을 굳혔다.

"이 중에 하나를 골라내는 선택은 무리라는 생각이 듭니다."

"…"

그는 해쭉 웃으며 주절거렸다.

"제 보기에는 다 잘된 것 같은데. 일단 모두 제출해 봅시다."

그는 말을 꺼내며 모두의 눈치를 살폈다.

왜냐하면 리포트 작성자들의 자존심을 우려했기 때문이었다. 속 알머리 봉상관은 일단 말은 그렇게 했지만, 정해진 규정을 무시할 수 없다는 것을 그도 잘 알고 있었다. 그래도 당장은 자기 속내를 꺼내 보이면서 모두의 의견을 묻고 생각을 정리하고 싶었다.

"에이…. 나 교수님이 받아주시겠습니까? 아마 쉽지 않을 겁니다."

짱구머리 나겁재는 불쑥 나서며 애매한 얼굴로 토를 달았다. 그 순간 강의실은 웅성거리는 말소리가 뒤섞여 시끌벅적 소란스러웠다.

"허허! 그렇지만 이렇게 잘된 리포트를 활용하지 않는 것은 웃기는 짬뽕이 아닐까요?"

속 알머리 봉상관의 애드리브 넉살에 그녀는 배꼽을 잡고 웃었다.

"까르르…."

그 광경을 보고 재미를 느낀 팀원들은 동시에 폭소를 터트렸다.

"크크!"

"하하하…!"

돈 사랑 팀원들의 웃음에 미모의 명정관은 혼잣말로 '어머머…. 영감탱이 별걸 다할 줄 아시네, 호호!' 하고는 샐쭉거렸다. 그에 반해 속 알머리 봉상관은 양손을 벌리며 이 정도야 별것도 아니라는 제스처를 취하고 있었다.

"후후…. 팀장님 말씀도 존중해야 되겠지만, 학교 규칙은 따라야되지 않나요?"

그녀는 생글생글 웃어 가며 반문했다. 속 알머리 봉상관은 그녀의 말이 어쩐지 신경이 쓰여 잠시 난처한 표정을 보이고 있었다.

과제물 선정

"좋습니다, 여러분들 의견이 정 그렇다면 학교 규칙에 따라야 되겠죠, 그럼 이 중에 제일 잘된 리포트를 다수결로 결정하도록 합시다."

속 알머리 봉상관은 모두의 눈치를 살피며, 말을 하고는 고개를 주억거렸다.

"아무래도 그게 좋을 것 같습니다."

팔짱을 끼고 듣고만 있던 큰 머리 문정인이 동의를 하고 나섰다.

"헤헤! 저도 좋습니다."

굵은 톤의 저음 목소리를 내며 삼각 머리 조편재가 슬쩍 끼어들었다.

"누구의 리포트면 어떻습니까? 그 덕에 실전을 익혔으니… 더 바랄 것도 없습니다. 안 그래요? 흐흐…"

흰머리 윤편인은 우라지게 똥줄이 탔다. 그러나 겉으로는 말 펀치를 시원스럽게 날리며 헛바닥에 기름칠을 했다.

"저야말로 공짜로 승차했으니 할 말이 없습니다. 그냥 모두에게 죄송할 뿐입니다."

새치 머리 안편관은 참석을 못 했다는 이유가 왠지 마음에 걸려 나름 어깨를 움츠려 가며 고개를 숙였다.

"괜찮아유—, 뭐 우리가 남인가유—."

굵은 저음의 목소리로 삼각 머리 조편재가 어눌한 사투리를 섞어 말장난을 쳤다.

"으하하하…!"

그의 얄궂은 넉살에 팀원들은 배꼽을 잡고 한바탕 웃기 시작했다.

"까르르…"

"…"

삼각 머리 조편재의 익살스러운 입놀림에 주위 사람들은 일순간에 빵 터졌다. 어색했던 분위기는 금세 웃음바다로 변해 잠시나마 이들의 긴장감을 털어 내고 있었다.

그의 농지거리는 팀원들 사이에 조각난 마음을 묶어 주는 매개체 역할을 톡톡히 하고 있었다.

그러나 달달해진 분위기도 대세를 거스르지는 못했다. 이들은 그 순간에도 모두의 눈초리가 리포트로 쏠려 있었다. 돈 사랑 팀원들은 돌아가면서 촘촘히 살펴보았다. 차례대로 다른 조의 리포트를 검토한 이들은 우열을 가려내기가 쉽지 않다는 표정들을 하고 있었다.

젠장 맞을 의리 때문인지 그들의 비열하고 애매한 표정은 어딘가 모르게 무거워 보였다. 그러나 이들의 마음은 이미 하나로 모아지고 있었다.

"다 살펴들 보았으면 지금부터 과제물을 결정하도록 합시다."

속 알머리 봉상관은 약간 긴장한 모습으로 서성대는 그녀에게 눈짓을 주었다.

"예…. 그러죠."

미모의 명정관은 알았다며 눈망울을 껌벅거렸다. 그녀는 준비한 메모지를 각자에게 한 장씩 나누어 주었다.

"받으신 메모지에 윤편인님 조는 1조, 문정인님 조는 2조, 조편재 님 조는 3조라고 적어 주시면 됩니다."

그녀는 말끝에 상앗빛 건치를 내보이며, 히죽 웃었다.

"알겠어요."

팀원들은 돌아가면서 한 사람씩 뜨문뜨문 대답을 하고 있었다.

"혹시나 해서 드리는 말씀인데 괜히 엉뚱한 장난치지 마시고, 이 중에서 가장 정리가 잘되었다고 생각이 드는 한 조만 적어주세요. 호호!"

미모의 명정관은 '행여 장난 표가 나오지 않을까?' 싶어 당부를 잊지 않았다. 그렇게 이들은 서로의 등을 맞댄 채로 각자가 마음에 드는 조를 기재해 총무에게 건넸다. 그녀는 투표용지를 잘 정리해 팀장에게 다시 넘겨주었다.

"투표용지는 제가 오픈할 테니 명 총무님이 기록해 주시겠어요?"

속 알머리 봉상관은 그녀의 눈을 마주 보며 말했다. 그녀는 '알겠다며' 고개를 끄덕거렸다. 그 시간 다른 팀 사람들도 의견을 모으느라 주위가 산만해져 있었다. 그들이 웅성웅성 떠드는 가운데 그녀가 주절거렸다.

"이미 준비하고 있으니 불러주세요?"

미모의 명정관은 벌써 준비하고 있다며 눈짓을 보냈다. 속 알머리 봉상관은 투표용지를 펼쳐 가며 한 장씩 개표를 시작했다. 모두의 시선이 그의 입으로 쏠려 있었다.

"윤편인님 한 표!"

"…"

"문정인님 한 표!"

"…"

"조편재님 한 표!"

"…"

이들의 낯빛은 차분했던 처음과 달리 용지가 한 장씩 펼쳐질 때마다 긴장과 흥분이 고조되고 있었다. 세 사람의 표정은 점점 처음과 다르게 변해 갔다.

그걸 지켜보는 팀원들은 바짝 긴장한 표정으로 애간장을 졸이듯 바라보고 있었다. 한 사람의 표정은 상기되어 가고 있는 데 반해 두 사람은 점점 초조한 모습을 보이며, 비정하게 변해 가고 있었다.

미모의 명 총무는 1조의 표가 늘어날 때마다 큰 머리 문정인보다 젤 바른 선정재가 아쉬워하는 표정이 마음이 쓰였다. 그렇다고 안타까운 심정을 드러낼 수도 없는 노릇이었다.

그러나 팀원들은 이미 다 읽고 있었다. 다만 모른 척할 뿐이었다. 그러거나 말거나 속 알머리 봉상관은 나머지 투표용지를 계속 개봉해 그들의 이름을 불렀다.

"윤편인님 한 표!"

"문정인님 한 표!"

"윤편인님 한 표!"

"조편재님 한 표!"

"윤편인님 한 표!"

"윤편인님 또 한 표!"

"문정인님 한 표!"

그의 입에서 1조 표가 한 장씩 추가될 때마다 흰머리 윤편인의 비장했던 표정은 어느새 만개한 목련 꽃처럼 활짝 웃고 있었다.

거기에 비해 두 사람의 긴장된 얼굴은 점점 초췌하고 어두워져 조금씩 굳어 가고 있었다. 마지막 개표 결과를 포함시키지 않아도 이미 다섯 표를 확보한 흰머리 윤편인의 승리는 거의 확정적이었다.

돈 사랑 팀원들의 투표는 결국 1조의 승리로 결판이 났다. 두 사람은 근소한 차이로 2등과 3등으로 밀려났다. 이들은 속이 쓰리고 애석했지만, 결과에 승복하는 눈치였다.

삼각 머리 조편재의 낯빛에는 억울함과 원통함보다 조원들에게 뒤통수를 얻어맞았다는 배신감에 속이 쓰렸다.

그는 울분을 삭이느라 애를 쓰는 낯가림이 어두운 그림자 속에 남모르게 감춰져 있었다.

"투표한 결과는 여러분이 보시다시피 다섯 표를 얻은 윤편인님 조가 결정되었습니다."

미모의 명정관은 모두를 향해 선포하듯 발표했다.

"아쉽게도 문정인님 조가 세 표, 조편재님 조가 두 표를 얻는 데 그쳤습니다."

그녀는 마지막 결과를 발표하면서 나름 아쉬웠던지 떨떠름한 얼굴로 젤 바른 선정재를 슬쩍 보았다.

"후후…"

"…"

"여기에 대해서 모두들 이의가 없으시죠?"

미모의 명정관은 큰 눈을 키워 가며, 다시 한번 확인하듯 모두를 쳐다보았다.

"예!"

팀원들은 고개를 끄덕이며 대꾸했다. 가만히 지켜보던 속 알머리 봉상관은 결론을 내리듯 덧붙여 주절거렸다.

"그럼, 다들 동의하시는 걸로 믿어도 되겠습니까?"

그는 팀장으로서 마지막 다짐을 받고서 결과를 확정 지었다.

"예!"

몇몇 팀원들은 결과에 대해 마땅찮은 표정으로 어눌하게 대답하고 있었다.

큰 머리 문정인은 나름 아쉬운 표정이었다. 그러나 리포트의 규모나 내용 등에서 흰머리 윤편인의 리포트가 월등하다는 사실을 인정하는 눈치였다.

그러나 자존심이 강한 삼각 머리 조편재는 패배감에 심사가 뒤틀려 속이 불편한 녀석처럼 안색이 잔뜩 일그러져 있었다.

그는 왠지 용납할 수 없다는 떨떠름한 낮짝을 해 가지고, 누군가를 쏘아보고 있었다.

함께 했던 조원 가운데 누군가 돌아섰다는 배신의 아픔 때문이었다. 그는 솟구치는 울분을 삭이지 못하고, 스스로 분통을 터트리며, 아파하는 눈치였다.

그는 경쟁에서 밀렸다는 생각보다 모아진 결과에 어쩔 수 없이 승복하는 억울하기가 그지없는 침울한 표정이었다. 흰머리 윤편인은 이렇다 할 말 한마디 없이 조용히 침묵을 지키고 있었다.

그러는 가운데서도 그는 슬며시 목에 깁스를 한 사람처럼 우쭐한 자세로 어깨 뽕을 슬며시 올렸다. 그때 누군가 오사리잡놈처럼 고함을 냅다 질렀다.

어수선하고 시끄러웠던 강의실은 갑자기 천둥 벼락이 떨어지는 소리에 일순간 정적이 흘렀다.

"…"

그리고 잽싸게 고개를 돌려서 소리 나는 곳을 주시했다.

사발 머리 나 교수였다. 그는 교탁을 힘껏 두드리며 "조용히들 하세요!" 목청을 높이고는 계속 말을 이어 갔다.

"과제물을 준비하면서 고생들 많이 하셨지요?"

사발 머리 나 교수는 금세 얼굴을 확 뜯어고치고는 마음씨 좋은 아저씨처럼 환한 미소로 묻고 있었다.

그는 내가 언제 고함을 쳤었느냐는 듯한 표정이었다.

"예…!"

수강생들도 대답과 함께 언제 내가 긴장했었느냐는 듯한 표정들로 돌아가 또다시 웅성거렸다.

몇몇 사람들은 대답을 하면서도 '아이고, 깜짝이야! 알~아를 임신도 안 했는데 이참에 애 떨어질 뻔했네, 젠장! 소리는 왜 지르고 난린데…? 으이구, 저게 인간인가…?' 싶은 눈빛으로 사발 머리 나 교수를 죽일 듯이 쏘아보고 있었다.

몇몇은 자기들끼리 떠들기를 '저 지랄을 떠니 치질에 털이 안 나겠어?' 하고는 낄낄거리고 있었다. 그러거나 말거나 사발 머리 나 교수는 계속 이어 주절거렸다.

"지난 금요일 수업에 일러준 과제물은 다 준비해 오셨나요?"

"예…!"

"그럼 지금부터 가져온 과제물을 조교에게 제출하도록 해 주세요."

사발 머리 나 교수는 하고 싶은 말을 툭 던져 놓고는 구시렁구시렁 떠드는 소리에도 못 들은 척 수업할 내용을 찾느라 교재를 뒤적이고 있었다. 조교가 앞으로 나서자, 수강생들은 너도나도 소리를 질렀다.

"여기요!"

"여기도…!"

순식간에 사람들은 아우성을 치듯 웅성웅성 소란을 피웠다.

"와글와글…"

북적대는 소리에 강의실은 한순간에 분위기가 돌변해 중앙시장 난리는 난리도 아니었다. 그 꼴을 보다 못한 사발 머리 나 교수가 버럭 소리를 지르며 주절거렸다.

"자… 자, 소란 떨지 마시고! 뒷자리 분부터 앞으로 전달하세요, 그리고 모아진 과제물은 앞자리 한 분이 조교에게 가져다주세요!"

그는 이건 아니다 싶었는지 냅다 소리를 질러 질서를 바로잡았다. 그러나 순간 가라앉는가 싶더니 이내 강의실은 다시 북적거리고 있었다.

사발 머리 나 교수는 모아진 과제물 가운데 하나를 슬쩍 집어 들었다.

그런데 하필 집어 든다는 것이 돈 사랑 팀 흰머리 윤편인이 제출한 리포트가 그의 손에 잡혔다. 그는 잠시 훑어보면서 고개를 연신 끄덕거렸다.

사발 머리 나 교수의 얼굴은 어느새 기쁨으로 충만해 해쭉해쭉 웃고 있었다. 그는 나머지 과제물은 대충 훑어보고는 고개를 들어 모두를 쳐다보면서 주절거렸다.

"흐흐…. 우수상은 어느 팀이 받을지가 벌써부터 기대가 됩니다."

사발 머리 나 교수는 이들이 모르는 기쁨 속에서 흐뭇해하는 유쾌한 얼굴로 말을 이어 갔다.

"여러분이 제출한 리포트는 졸업 논문 책자로 출판되어 수료식 날 한 권씩 배포할 예정입니다."

그는 일전에 설명했던 줄거리를 반복하며, 몇 마디 곁들이고는 히죽 웃었다.

"헐…! 대박!"

그 소리에 수강생들은 웅성거렸다.

"와우, 그거 듣던 중 반가운 소식입니다."

짱구머리 나겁재는 들뜬 기분에 촐싹촐싹 떠들어 대고 있었다. 하지만 주간반 수강생들 중에는 리포트를 제출하지 못한 팀들도 더러 섞여 있었다.

그들은 무슨 깡다구로 리포트를 묵살했는지 거기에 대한 변명이 없었다. 물론 사발 머리 나 교수도 묻지 않았다. 다만 짐작으로 알 수 있는 추측은 리포트 제작에 투자할 시간이 부족했거나, 작성은 하고 싶은데 기본 역량이 부족하지 않았을까? 싶었다.

사발 머리 나 교수는 차례대로 쌓아 놓은 리포트를 가리키며, 손짓해 조교를 불렀다. 그러고는 뭐라 뭐라 설명을 하고는 과제물들을 가져가도록 지시했다.

그의 말에 귀를 기울이던 조교는 그길로 몇몇 학생들을 불러와서 과제물을 앉다시피 들고는 끙끙대면서 강의실을 빠져나갔다.

메커니즘 2 절차탁마切磋琢磨

제16장

실제 상황 분석 I

배당 착오

이러한 진행 과정들을 지켜보고 서 있던 사발 머리 나 교수는 가져온 가방을 뒤져 몇 권의 교재를 꺼내서 교탁 위에 올려놓았다, 그러고는 그중 한 권을 가만히 펼쳐 놓았다.

잠시 기다리던 그는 웅성거리던 시끄러운 소리가 서서히 가라앉으며, 면학 분위기가 조성이 되자, 서둘러 주절거리기 시작했다.

"지금부터는 여러분이 경매를 시작하면서 만날 수 있는 실제 상황들을 한 가지씩 풀어가면서 배워보도록 하겠습니다."

사발 머리 나 교수는 모두를 향해 두 눈을 주억거렸다.

그는 실전에서 일어나는 여러 가지 가능성에 무게를 두고서 강의를 풀어 가겠다며, 미리 고지를 하고 있었다.

"우선 한 가지 경우를 예를 들어 풀어 볼까요? 음… 법원의 실수로 대항력 있는 임차인이 배당을 받지 못했다면…?"

사발 머리 나 교수는 하나의 가상 시나리오를 꺼내 놓고, 이들을 주시하고 있었다.

"헐…! 대박! 정말?"

몇몇 수강생들은 그럴 수도 있느냐며 소곤거렸다.

"여러분이 낙찰자라면 어떤 방식으로 접근하시겠습니까?"

사발 머리 나 교수는 빙그레 웃어 가며 묻고는, '누가 대답해 볼래요?' 하는 눈길로 이들을 쳐다보았다.

"헐…! 그걸 알면 내가 여기 왜 있어…? 젠장!"

강의실 뒤쪽에서 누군가 볼멘소리로 구시렁거렸다.

"누가 답변해 보실 분 있으십니까?"

그는 강의실을 천천히 둘러보다가 고개를 숙이고는 딴청을 피우는 수강생들 가운데 속 알머리 봉상관을 꼭 집어 주절거렸다.

"거기 고개 돌리신 분 말씀해 보실까요?"

사발 머리 나 교수의 오른 손가락은 정확하게 그를 가리키고 있었다.

"저요…?"

옆자리에서 흰머리 윤편인이 쿡 찌르자, 속 알머리 봉상관은 움찔하며, 이내 고개를 돌려 자신을 가리켰다.

"예…. 맞습니다. 한번 말씀해 보세요."

사발 머리 나 교수는 고개를 끄덕거리며, 그렇다고 눈짓을 했다. 순간 수강생들의 시선이 일제히 그에게 쏠렸다.

"제기…. 하필 또 나야…."

속 알머리 봉상관은 투덜거리며 어쩔 수 없다는 표정을 지었다. 그러고는 사발 머리 나 교수를 빤히 바라보고 이렇게 주절거렸다.

"음…. 대항력 있는 임차인이라면 먼저 임대보증금을 반환해 주고, 법원을 상대로 손해배상을 청구하면 될 것 같습니다."

속 알머리 봉상관은 설명을 하면서도 자신이 없는 표정이었다. 그는 겁먹은 소의 눈망울로 그의 눈치를 슬쩍슬쩍 살펴 가며 말했다. 순간 사발 머리 나 교수의 표정이 일그러지면서 실망스러운 기색이 역력했다.

마치 어두움에 잠겨 가는 달그림자처럼 그늘이 드리워지고 있었다.

그는 마땅찮았다. 하지만, 달관한 전문가답게 슬쩍 받아넘기며, 그의 눈길은 어느새 새로운 답변자를 찾아 두리번거리고 있었다.

"누가 또 설명해 보실 분 없습니까?"

사발 머리 나 교수는 넌지시 웃으며 새로운 대상자를 찾고 있었다. 그때 흰머리 윤편인이 슬며시 손을 들었다.

"그쪽에 손 드신 분 말씀해 보세요."

사발 머리 나 교수는 집게손가락을 펴서 반갑게 그를 가리켰다. 그는 주위를 한번 둘러보고는 천천히 입을 열었다.

"저의 견해는 좀 다른데 설명해도 될까요?"

흰머리 윤편인은 해쭉 웃어 가며 먼저 동의를 구했다.

"예…. 설명해 보세요."

사발 머리 나 교수는 고개를 끄덕이며 그에게 눈짓을 해 보였다.

대부분의 수강생들은 시선을 모아 그를 쏘아보고 있었다.

"쳇! 아는 척은 더럽게 잘하는 인간이야 에잇, 재수 없어…. 퉤! 퉤! 퉤!"

아니나 다를까 싶은 삼각 머리 조편재는 툭하면 나서서 아는 척을 하는 그에게 시기심을 느끼며 속살거렸다.

아니, 그보다도 리포트 선택에서 흰머리 윤편인에게 밀렸다는 속상함이 그의 울분을 가중시켰다.

그러지 않아도 미운 오리 새끼가 자신을 짓밟고 우뚝 올라섰으니 더욱더 밉상으로 보여 혼잣말을 꽁알거린 것이었다.

"자… 말씀해 보세요, 많은 의견이 나와야 듣는 분들도 하나라도 더 배우지 않겠습니까?"

사발 머리 나 교수는 씽긋 웃어 가며 은근히 보채고 있었다.

"혹… 법원이 배당표를 잘못 작성해 대항력을 가진 임차인이 배당을 받지 못했다면, 우선 후순위권리자가 받아 간 배당금, 즉 부당이득금(법률상의 원인 없이 타인의 재산이나 노무로 부당하게 얻은 이익 금액)을 반환받을 수 있도록 임차인에게 도움을 제공해야 합니다."

"…"

"따라서 부당이득금 청구 방법에 대한 절차를 임차인에게 알려 주고, 후순위권리자가 받아 간 배당금을 돌려받도록 먼저 임차인에게 권유하는 겁니다."

흰머리 윤편인은 자신이 평소 알고 있는 대로 나불거리고는 슬며시 웃었다.

"헐…! 그런 방법이 있었어…? 것도 절묘한 방법이긴 하네."

수강생들은 속닥대면서 일순간 여기저기서 술렁거렸다.

"왜냐하면 이렇게 도움을 주는 방식으로 다가서면 조금이라도 인간미를 느낀 임차인이라면, 주택을 명도받을 때 좀 더 수월하기도 하지만, 서로 간의 원만한 해결을 기대할 수도 있기 때문입니다."

흰머리 윤편인은 차분하게 의견을 털어놓고는 허심탄회한 기분으로 그를 바라보고 있었다.

"허허허! 그렇습니다. 법원의 잘못이 명백하다면 낙찰자가 임대보증금을 먼저 반환해 줄 이유가 없습니다."

사발 머리 나 교수는 무슨 말인지 아시겠느냐는 얼굴로 모두를 찬찬히 둘러보았다.

"헉…! 그래 그런 거야?"

상구 머리 노식신은 웅얼거렸다. 사람들은 '아하! 그래.' 하고 있었다.

"따라서 대항력 있는 임차인에게 후순위권리자가 받아 간 부당이득금을 돌려받으라고, 알려 주기만 하면 됩니다."

사발 머리 나 교수는 흐뭇한 표정으로 보충 설명을 곁들였다. 나머지 설명을 듣고 있던 속 알머리 봉상관은 한편 씁쓸한 표정을 보이고 있었다.

그는 어이없는 답변을 늘어놓은 자신이 한심했다. 그래서 얼른 수습을 하고 싶다는 마음에 서둘러 질문을 던졌다.

"교수님!"

그가 힘껏 부르자 사발 머리 나 교수는 고개를 가만히 돌려 그에게 눈길을 주며, 한마디 주절거렸다.

"예… 질문하세요."

그러고는 그를 손으로 가리키자, 강의실 수강생들의 눈길이 속 알머리 봉상관을 향해 모아지고 있었다.

"대항력이 있는 임차인은 배당금을 받아 간 후순위권리자를 상대로 부당이득금 반환 청구를 해야지… 배당받지 못한 임대보증금을 경락인(낙찰자)이 반환해 줄 의무가 없다는 말입니까?"

속 알머리 봉상관은 실실 웃어 가며, 놓쳤던 부분을 바로잡고 있었다.

"하하하! 그렇습니다."

사발 머리 나 교수는 사람 좋게 웃고는 이어 주절거렸다.

"설명을 듣고 나니 이제 감이 잡히나 봅니다."

그는 속 알머리 봉상관을 뚫어지게 쳐다보며 눈짓을 해 보였다.

"예!"

그는 넙죽 대답하고는 히죽 웃었다. 젤 바른 선정재는 '쯧쯧! 영감태기 사서 고생하시고 자빠지셨네.' 하는 눈초리로 그는 째진 눈을 흘기고 있었다.

"헐…! 낙찰자 상대가 아니라 후순위권리자에게 돌려받으라고…?"

둥근 머리 맹비견은 정신 못 차리게 돌아가는 강의 내용이 어려워 이따금 고개를 갸웃갸웃하면서 구시렁거렸다.

"그래서 여러분이 왜 낙찰을 받고, 배당표를 확인해야 하는 지? 그리고 잔금을 완납한 후에도 반드시 배당금이 어떻게 분배되었는지를 직접 눈으로 확인하는 습관이 필요하다는 겁니다. 이제 이해들이 되셨습니까?"

사발 머리 나 교수는 그 부분에서 다시 목청을 높였다.

일부 사람들은 짜증이 불쑥 솟아 '그놈의 잔소리 적당히 좀 하지…. 젠장!' 하며 투덜거렸다.

"왜… 그렇죠?"

미모의 명정관은 듣고도 답답한 얼굴로 물어 왔다.

"그 이유야 별거 없습니다. 부동산 명도를 수월하게 받기 위한 하나의 방안입니다."

사발 머리 나 교수는 히죽 웃었다.

"헐…! 그거였어, 난 또…?"

그녀는 무슨 뜻인지를 알겠다며 고개를 끄덕거렸다.

"여러분이 주택 인도를 쉽게 받으려면 임차인들이 제대로 배당을 받았나? 받았다면 배당금은 얼마를 받았는지를 확인할 필요가 있습니까? 없습니까?"

사발 머리 나 교수는 말끝에 힘을 주며 그녀를 보았다. 미모의 명정관은 메모를 하면서 슬쩍슬쩍 그를 올려다보고 있었다.

"있습니다…!"

그 순간 강의실은 대답 소리로 메아리쳤다. 이어서 사람들이 술 렁거렸다. 그러자 사발 머리 나 교수는 호흡을 고르며, 잠잠해지기를 기다렸다.

그러고는 다시 강의를 이어 가기 시작했다.

"자신이 분석한 배당금과 일치하는가? 꼼꼼히 확인하는 습관을 길러야 합니다."

사발 머리 나 교수는 말끝에 좌중을 돌아보면서 '알겠습니까?' 하는 표정을 지었다.

"와…우, 완전, 당연하지…"

일부 수강생들은 소리를 지르며, 중얼거렸다.

"법원에서 착오한 배당금이 발견되면 여러분은 경매 계장과 상담해 그 이유가 무엇인지를 반드시 확인하는 습관을 들여야 합니다."

사발 머리 나 교수는 배당금에 착오가 생기면 이유를 불문하고, 반드시 확인하라며 일러주고 있었다. 왜냐하면 이후에 일어날지도 모르는 사소한 문제들을 사전에 예방하라는 그의 경험적인 사전 충고였던 것이었다.

"헐…! 경매계장을 만나라고…?"

흰머리 윤편인은 갑자기 어느 영화 한 장면이 생각나 '풋!' 소리를 내며 웃고 있었다. 사발 머리 나 교수는 이어 주절거렸다.

"행여 조금이라도 잘못된 부분이 발견되면 즉시 경정(바르게 고침)을 요청해야 하겠습니까?"

"…"

"안 해도 되겠습니까?"

사발 머리 나 교수는 미간을 잔뜩 찡그리며 소리쳤다. 그는 차분히 설명을 하다가도 강조할 대목이 나오면 목소리 톤을 높여 확인시키곤 했었다. 일부의 수강생들은 그때마다 "네네!" 하듯 건성건성 소리치며, 눈총을 쏘아 대고 있었다.

"요청해야 합니다…!"

일부의 사람들은 스트레스를 푸느라 큰소리를 외쳐대고 있었다. 쩌렁쩌렁한 목소리가 창문을 뚫고 참새를 쫓는 농부의 고함처럼 퍼져나갔다.

"거듭 얘기하지만, 잘못된 내용을 바로잡는 이유가 다 부동산을 수월하게 인도받기 위함이라는 사실을 이제는 모두 아시겠죠?"

사발 머리 나 교수는 눈알을 부라리며 구두 뒤꿈치를 살짝 올렸다.

"예…!"

이들은 대답을 열심히 하고 있었다. 그러나 정말 그런지 알지 못하는 수강생들도 여럿 섞여 있었다. 그들은 뭐가 뭔지 모르고, 자존심을 실은 목청만 요란스럽게 질러 댔었다.

"아이고…! 뭐 알아야 하는 내용이 이리도 많은 거야…. 내 돈 주고 생고생을 사서 하고 자빠졌네, 우라질!"

젤 바른 선정재는 돈맛에 이끌려 골 흔들리는 강좌를 신청했다가 갈수록 두통이 지끈거려 오자, 괜히 한 번씩 불평을 늘어놓고 있었다.

돈 사랑 팀원들도 힘들기는 매 마찬가지로 너도나도 한마디씩 투덜거리고 있었다.

"내 말이… 젠장!"

그의 단짝 삼각 머리 조편재가 덩달아 구시렁거렸다. 그러면 여기서 젤 바른 선정재에 대해서 잠깐 알아보면 이렇다. 그는 팔척장신에 보수성이 강한 반면 실리적인 절약가였다.

그는 노력과 실천에 의해 결과를 증대시키는 대기만성형의 사내였다. 안정된 재물을 좋아해 축재와 관리 능력이 뛰어난 그는 회계나 재무, 그리고 세무 처리에도 유능한 재능을 가지고 있었다.

다만 유동성이 적은 분야에 적성을 보여 자격을 갖춘 분야나 안정된 직무를 좋아했다. 젤 바른 선정재는 정도를 지키는 신사다움으로 여성들에게 인기가 높았다.

반면 때로는 괴팍한 성격을 드러내 이기적인 면모를 보이기도 했다. 그의 주변에는 항시 여성들의 유혹이 끊이지 않았다.

그런 이유가 그에게 이따금씩 불륜과 외도를 저지르게 하는 화근이 되기도 했었다.

선순위 기준권리 소멸

한편 수강생들이 떠들거나 말거나 사발 머리 나 교수의 강의는 계속 이어지고 있었다.

"자… 이번에는 낙찰 잔금을 납부하기 전에 기준권리(최선순위권리)인 선순위 근저당권이 소멸하면 어떻게 대처할 건지를 누가 답변을 해 보시겠습니까?"

그의 눈빛은 이미 마음이 가는 미모의 명정관을 가리켰다. 강의를 받아 쓰느라 정신이 없었던 그녀가 갑자기 자신을 가리키자, 금세 긴장한 얼굴로 그를 바라보았다. 그러고는 짜증스럽게 한마디 주절거렸다.

"어머, 저요?"

그녀는 약간 황당한 표정이었다. 사발 머리 나 교수는 씨익 웃어 가며 고개만 까닥까닥거렸다.

"왜 하필… 또 나야, 어머…. 저 호랑말코 샘은 내가 그렇게 만만한가…?"

그녀는 혼잣말을 속살거리며 이렇게 주절거렸다.

"저는 잘 모르는데요."

미모의 명정관은 순식간에 표정이 굳어져 수치스러움에 고개를 살짝 숙였다. 젤 바른 선정재는 안타까운 눈길로 그녀를 쳐다보고 있었다.

속 알머리 봉상관도 같은 곳을 눈여겨보다가 마땅찮은 표정으로 혀를 '끌끌' 차고 있었다.

"허허허! 괜찮습니다. 내용을 알고 있는 대로 답변해 보세요?"

사발 머리 나 교수는 붉게 상기된 그녀의 인상을 즐기는 것처럼 빙그레 웃고 있었다. 사람들은 일제히 그녀의 붉게 퍼진 홍조 띤 얼굴을 주시하고 있었다.

그녀는 잠시 머뭇거리며 "아니, 근데… 저 지랄하다 자빠질 샘이 사람 무안하게 만드는 재주가 있네…. 사발 머리 말미잘 같으니라고…. 에잇! 나 원 참! 할 수 없지 뭐…. 얼렁뚱땅 뭐라도 대답하는 시늉이라도 해 줘야지…." 하며 혼잣말을 읊조렸다.

그녀는 잠깐 고개를 숙여 가며 그동안 필기해 둔 내용을 뒤적거렸다. 그러고는 뭔가를 찾아내 나름대로 주절주절 읽어 나가기 시작했다.

"글쎄요? 맞는지는 모르겠지만, 먼저 권리분석을 해 보고 손해가 크면 아예 포기하고, 적당하면 받아들여야겠지요."

말을 해 놓고 보니 왠지 민망스러워 미모의 명정관은 고개를 들지 못하고 있었다. 그녀로서는 쥐구멍이라도 보이면 당장이라도 숨고 싶은 심정이었다.

석류처럼 붉게 물들어 버린 그녀의 안색은 긴장한 상태로 굳어 있었다. 그처럼 오그라들어 쪽팔려 하는 사람은 사발 머리 나 교수도 아니요, 그렇다고 수강생들도 아니었다.

오직 한 사람 젤 바른 선정재의 시선이 자신을 어떻게 바라보고 있을까? 차마 부끄러워 고개를 들지 못하고 있을 뿐이었다. 그때 누군가 내용을 바로잡겠다고 나섰다.

백마 탄 왕자님은 아니었지만, 그녀의 숨겨진 내연 남 젤 바른 선정재였다. 그는 강의실 분위기를 바꾸어 가듯 강하게 주절거렸다.

"저, 교수님! 이 경우는 낙찰자가 잔금을 완납하기 전에 권리변동이 일어난 경우로 낙찰자에게 불리한 상황이 발생했다고 봅니다."

그는 성난 사람처럼 목청을 높여 말했다.

"헐…! 대박! 정말 그런 거야?"

수강생들은 속닥거리며 술렁이고 있었다. 그러든 말든 젤 바른 선정재는 거침없이 주절거렸다.

"그러므로 낙찰 허가 결정 취소 신청을 할 수 있다고 봅니다."

젤 바른 선정재는 여 보란 듯이 나서서 그녀의 대변자처럼 설명했다. 미모의 명정관은 고개를 제대로 들지도 못한 채 곁눈질을 하듯 물끄러미 그를 올려다보고 있었다.

"따라서 법원이 취소 결정을 허락하면 입찰보증금은 반환받을 수 있다고 판단됩니다."

그는 주저 없이 자신의 주장을 털어놓고는, 사발 머리 나 교수를 향해 눈길을 쏘아주고 있었다.

"물론입니다. 적절한 답변을 해 주셨습니다."

그는 엄지를 추켜세우고는, 흐뭇한 미소로 사발 머리를 끄덕이며, 히죽거렸다.

"헐…! 대박! 그런 거야?"

속 알머리 봉상관은 새삼 놀란 듯 눈망울을 꿈틀대면서 혼잣말을 속살거렸다.

그때 그의 빈틈을 파고들며, 새로운 의견이 쏟아졌다. 일부의 수강생들은 그들을 번갈아 돌아보며 속닥거렸다.

"저기요, 교수님! 제가 한마디 해도 될까요?"

흰머리 윤편인은 뭔가 다른 견해를 가지고 있는 표정으로 먼저 양해부터 구했다.

수강생들은 '무슨 새로운 내용으로 우리를 기암을 시키려고 저러나?' 싶어 그에게 한껏 눈총을 쏘아 대고 있었다.

"하하하! 말해 보세요."

그의 적극적인 태도에 사발 머리 나 교수는 매우 흡족해 웃음을 보였다.

"이 사건의 경우는 낙찰자가 소유권을 취득하기 전까지 권리관계는 유동적이라고 볼 수 있지 않을까요?"

흰머리 윤편인은 슬쩍 물어가듯 조심스럽게 자신의 견해를 밝히면서 서두를 꺼냈다.

"그래서요?"

그는 긍정을 하듯 고개를 끄덕였다.

"왜냐하면 잔금을 완납하기 전까지 이해관계인들(경매사건 관련자)은 경매 신청을 취하할 수 있다고, 저는 보거든요."

흰머리 윤편인은 눈빛을 반짝이며 묻고는 '혹시나?' 싶어 고개를 주억거리며 사발 머리 나 교수의 눈치를 살피고 있었다.

"그렇긴 하죠, 계속 말씀해 보세요."

그는 도발적인 그의 발언이 반가운 듯 피식 웃고는, 눈짓을 깜빡거렸다.

"따라서 그들은 경매개시결정에 대한 이의 신청도 할 수 있다고 저는 생각합니다."

흰머리 윤편인은 호흡을 고르면서 잠시 멈칫거렸다. 일부 수강생들은 '아니⋯. 이게 무슨 개떡 같은 소리인가?' 싶어 자기들끼리 소곤소곤 말하고 있었다.

"그러나 근저당권 등의 기준권리가 말소(소멸)되면 낙찰자는 졸지에 불리한 상황에 놓이게 됩니다."

그는 장황하게 설명한 뒤 문제점을 내놓기 시작했다.

"그렇다면 해결 방법은 무엇이 있다고 보십니까?"

사발 머리 나 교수는 '어이쿠! 이 사람 좀 보게⋯.' 하는 눈빛으로 흰머리 윤편인을 향해 되물어 왔다.

"제 견해는 낙찰자의 고생은 물거품이 됐지만, 낙찰허가결정 취소신청은 법원에서 받아 줘야 된다고, 생각합니다."

흰머리 윤편인은 설명의 끝에서 그에게 눈짓을 보내며, 자기 긍정에 고개를 끄덕였다.

"헐…! 그게 그 말 아니야…?"

새치 머리 안편관은 노골적인 불만을 드러내지 못한 채 마땅찮은 표정으로 혼잣말을 속살거리고 있었다.

"교수님은 어떤 견해를 가지고 계시는지요?"

흰머리 윤편인은 설명을 끝내놓고, 그의 얼굴을 빤히 쳐다보면서 슬쩍 물었다. 몇몇 수강생들은 내용을 이해하기 어려워하며, 어정쩡한 표정을 짓고서 도통 모르겠다는 얼굴로 그를 쏘아보고 있었다.

"음…. 대법원 판례를 살펴보면 잔금납부 전에 낙찰자에게 불리한 상황이 발생하면, 낙찰허가결정의 취소신청(매각허가결정의 취소신청)을 할 수 있다고 했습니다."

"헉…! 정말, 그런 거야?"

삼각 머리 조편재는 나지막이 웅얼거렸다.

"그러므로 법원이 취소 결정을 받아들이면 입찰보증금은 당연히 반환받을 수 있습니다."

사발 머리 나 교수는 낙찰자의 억울함을 대변하는 변호인처럼 목청을 높여 설명하고 있었다.

"헐…! 대박!"

삼각 머리 조편재가 탄식하듯 읊조렸다. 몇몇 사람들이 이곳저곳에서 속닥거리며 '도대체 뭐가 뭐지 모르겠다고' 투덜거렸다. 그러거나 말거나 사발 머리 나 교수는 계속 주절거렸다.

"따라서 잔금납부의 부담감도 덜어 버릴 수 있습니다."

그는 젤 바른 선정재와 흰머리 윤편인을 번갈아 쳐다보면서 강의를 이어 갔다.

두 사람은 서로의 얼굴을 노려보며, 야릇한 기류의 스파크처럼 눈총을 쏘아 대고 있었다.

"경매 물건을 취급하는 우리는 이러한 상황들을 언제든지 맞닥뜨릴 수 있다는 사실을 알아야 합니다."

사발 머리 나 교수는 눈가에 힘을 잔뜩 주고서 눈두덩을 실룩실룩 움직이며, 강의를 이어 갔다.

"따라서 여러분이 권리분석을 검토할 때는 여러 가지 경우의 수를 염두에 두고 내용을 조사해야 합니다."

그는 칠판에 적어놓은 글자를 두드리며, 모두에게 강조하듯 눈가에 힘을 주었다.

"헐…! 아직, 그것도 모를까 봐?"

새치 머리 안편관은 탄식하며 고시랑거렸다.

"알겠습니까?"

사발 머리 나 교수의 말끝은 항상 묻고 있었다.

"예…!"

대부분의 수강생들은 몰라도 아는 척 소리부터 냅다 질렀다. 아니 주변을 의식하고 사는 요즘 세태처럼 척하고 살아야 직성이 풀렸다.

"우리가 경매 물건을 분석할 때는 반드시 근저당권 금액을 확인해야 합니다. 그래서 누군가 인수할 수 있는 소액인가? 아닌가? 가능성을 판단해 보는 것도 상당히 중요합니다. 이런 내용들을 머릿속에 각인시켜 기억해 놓으셔야 합니다."

사발 머리 나 교수는 '알겠죠?' 하는 표정이었다.

"헐…! 그거야 모르면 안 되겠지…요."

흰머리 윤편인은 같잖다는 표정으로 종알거리고 있었다.

"특히 부동산 소유자가 근저당권 금액을 반환하고, 경매를 취소시킬 수 있는 상황까지 미리 예상하셔야 합니다. 그리고 입찰에 덤벼들어야 낙찰받은 다음에 벌어질 실패를 사전에 막을 수 있습니다."

사발 머리 나 교수는 이들을 쳐다보며 싱겁게 씨익 웃었다.

"헐…! 대박! 거기까지…? 차라리 앓는 이 죽는 게 낫겠다."

상구 머리 노식신은 히죽 웃으며 종알거렸다.

"어째… 이해들이 되셨습니까?"

사발 머리 나 교수는 언제나 먼저 묻고는 사람들의 반응을 살폈다.

"예…!"

대부분의 수강생들은 목청을 높여 외쳤다. 이들은 수시로 짜증을 내며 버럭버럭 소리를 지르는 사춘기 녀석들을 닮아 있었다. 강의실은 점점 지쳐가는 목소리가 늘어가면서 짜증을 동반한 음성들이 커져만 갔다.

그러나 몇몇 사람들이 내지르는 고함은 금세 웅성거리는 소란 속에 묻혀 버리기 일 수였다. 그 소음을 뚫고 누군가 날카로운 음성으로 질문을 던졌다.

기준권리 전후 임대보증금 인상

"여기요… 교수님!"

맑고 고운 꾀꼬리 음성이 순간 목이 상해 쉬어 가는 소리처럼 들렸다.

"하하! 말씀해 보세요."

사발 머리 나 교수는 목소리에 놀란 표정을 순간적으로 보이다가 금세 그녀를 반기며 손짓을 가리켰다.

"경매사건에서 근저당권이 설정된 이후以後에 올려 준 임차인 보증금도 낙찰자가 인수해야 하나요?"

미모의 명정관은 아까와 달리 밝은 표정으로 물어 왔다.

그녀는 평소에 궁금했던 의문점을 정리해 틈틈이 질문을 물어오고 있었다. 그녀의 질문이 반가운 그는 환한 미소를 머금은 채 이렇게 주절거렸다.

"하하하! 그러한 경우에는 대체적으로 대항력이 없다고 볼 수 있습니다."

그렇게 대꾸한 사발 머리 나 교수는 잔정이 묻은 눈망울로 그녀를 지그시 바라보았다. 속 알머리 봉상관은 그의 눈빛이 탐탁지 않았다.

그래서 그는 자기가 그녀의 기둥서방이라도 되는 것처럼 나 교수를 죽일 듯이 매서운 눈초리로 쏘아보고 있었다.

"왜 그런가요?"

미모의 명정관은 의혹이 잔뜩 묻은 눈초리로 그를 올려다보았다.

"그 이유야 여러분도 아시다시피 근저당권의 경우는 대개 말소기준권리에 해당하기 때문입니다."

그는 최우선순위 기준권리 이후의 인상된 보증금은 낙찰자에게 인수되지 않는다면서, 근저당권 이후 인상된 임차인 보증금은 배당을 받든, 못 받든, 등기사항 전부 증명서(등기부 등본)에서 말소(소멸) 처리를 원칙으로 한다는 것이었다.

"어머머… 정말, 그런 거야…?"

미모의 명정관은 양손을 벌리며 어깨 뽕을 살짝 올려 보였다.

"그러나 기준권리가 되는 근저당권 등을 설정하기 전에 올려 준 임대보증금은 대항력을 가지고 있습니다."

사발 머리 나 교수는 최우선순위 기준권리 이전의 인상된 보증금은 낙찰자에게 인수된다고 설명했다.

"헐…! 그거야 다 아는 얘기 아냐?"

짱구머리 나겹재는 종알대며 '그 정도쯤이야 아직 모르는 사람 있나?' 싶었다.

왜냐하면 '자신이 알면 누구나 다 알고 있겠지?' 하는 마음을 늘 지니고 살았기 때문이었다. 그는 주변 분위기를 쓰윽 살피고는 정면을 주시했다.

"그러나 근저당권 설정 이후에 올려 준 보증금은 대항력이 없다는 사실을 아셔야 합니다."

사발 머리 나 교수는 두 눈에 힘을 주면서 강조했다.

"헉…! 그래 그런 거였어…?"

앞쪽에서 누군가 웅얼거리자, 강의실은 일순간에 소란스러워져 웅성웅성 소음이 일었다. 사발 머리 나 교수는 그러든 말든 아랑곳하지 않은 채 계속 주절거렸다.

"따라서 낙찰자가 인수하지 않아도 됩니다. 이제 이해들이 좀 되셨습니까?"

그는 설명 끝에 만족한 듯 히죽 웃었다. 흰머리 윤편인은 '아니 권리분석 때도 설명했던 얘기 아니야?' 하며 혼자 종알거렸다.

"예…!"

대부분의 수강생들은 고개를 끄덕이며, 큰소리로 대답했다.

"그런데 교수님! 보증금은 아주 못 받나요?"

그녀는 아직도 궁금증이 풀리지 않은 채 답답한 속내를 드러냈다.

"그렇다고 볼 수 있습니다."

사발 머리 나 교수는 무거운 표정으로 고개를 끄덕거렸다.

"헐…! 쪽박, 보증금이라고…?"

몇몇 수강생들이 탄성을 자아내자, 강의실은 잠시 술렁거렸다.

"다만, 배당 처리하고 남은 잔금이 있다면 기대해 볼 수는 있을 겁니다."

사발 머리 나 교수는 아쉬움이 남아 있는 그녀에게 눈짓을 해 주었다.

"헐…! 그 말은 나도 하겠다."

둥근 머리 맹비견은 대뜸 눈을 치켜뜨고서 구시렁거렸다.

"대개는 남은 잔금이 없기 마련입니다. 그렇다면 방법은 오직 하나뿐입니다. 주택 임대인이 가진 재산을 상대로 반환 청구 소송을 하는 방법밖에 없습니다."

미모 명정관은 설명을 듣고 나서 맥이 빠져 허탈한 표정을 보이고 있었다.

왜 아니겠는가? 물에 빠진 사람이 그나마 붙잡고 있는 지푸라기조차 뺏어오라는 모진 행동이었기에 더욱 그랬다.

물론 뒤로 빼돌린 재산을 숨기고 있는 협잡 모리배에 사기꾼이라면 무엇이 두렵겠는가? 그런 우라지다 자빠질 개자식한테는 죽기 살기로 받아 내야 하는 내 전 재산이 아닌가 말이다.

그녀는 한동안 허공을 멍하니 쳐다보고 있었다.

"주위에 누가 이런 경우를 당했습니까?"

둥근 머리 맹비견은 안타까운 표정으로 속닥거렸다.

"아… 아니요, 그냥 궁금해서요."

미모의 명정관은 그렇게 물어 오는 그가 달갑지 않은 표정이었다. 그래서 어물쩍 넘어갔다.

둥근 머리 맹비견은 근심이 가득한 그녀를 더 이상 캐묻지 않았다. 젤 바른 선정재는 뭔가 알고 있는 눈빛으로 넌지시 웃고 있었다.

수강생들이 무슨 문제로 고민을 하는지를 알 길이 없는 사발 머리 나 교수는 계속 진도를 나가며 빠르게 주절거렸다.

"여러분이 명도를 쉽게 받으려면 사전에 권리분석과 임장 활동을 밥 먹듯 해야 합니다."

그는 목소리에 힘을 잔뜩 집어넣고 강조했다.

"헐…! 젠장! 그 정도는 나겁재도 안다고요…, 우라질 샘아!"

둥근 머리 맹비견은 비아냥거리며 우물우물 입을 놀렸다.

"평소에 생활 습관이 되도록 말입니다."

"…"

"알겠습니까?"

사발 머리 나 교수는 재차 목청을 높여 당부했다. 그의 서릿발이 서린 눈동자의 힘이었을까? 수강생들의 대답 소리는 고정된 유리창이 부르르 떨리도록 우렁찼다.

사발 머리 나 교수는 잠시 기다렸다가 소란이 가라앉자 다시 강의를 이어 갔다.

"경매에서 한번 실수는 치명타가 될 수 있습니다."

그는 전체를 아우르며 눈을 부릅뜨고 보았다. 수강생들은 눈총을 쏘며, 그놈의 소리 이제는 지겹다는 듯한 얼굴로 구시렁거리고 있었다.

"헐⋯! 정말, 그런 거야?"

깜짝 놀란 노랑 파마머리 수강생은 그런 줄 몰랐다는 표정을 보였다. 그러고는 다시 껌을 질겅질겅 씹고 있었다.

"사소한 문제도 꼼꼼하게 검토하는 습관만이 여러분을 성공하는 경매 전문가로 인도할 겁니다."

사발 머리 나 교수는 이들의 행동은 아랑곳하지 않은 채 비슷한 경고를 반복하며, 커다란 눈동자를 희번덕거렸다.

"명심하세요, 돈 욕심에 부동산 경매에 뛰어들었다가 대박은커녕 가세만 잔뜩 기울어져 쪽박 찼다는 소리를 듣고 싶지 않거든 말입니다."

사발 머리 나 교수는 말끝이 아리도록 잔뜩 힘을 주었다.

"젠장! 누가 돈 벌러 왔지, 망조 들러오는 놈이 어디 있어, 시벌!"

둥근 머리 맹비견은 계속되는 잔소리에 역정을 내며 구시렁거렸다.

"호호⋯. 모르지? 우리 중에 나오지 말라는 법은 없으니까? 히⋯."

상구 머리 노식신은 짱구머리 나겁재와 둥근 머리 맹비견의 숨겨진 역량도 모르고, 그들을 깔보듯 한 눈길로 느물스럽게 웃고 있었다.

"아니… 우리 중에 그런 사람이라도 나올까 봐…?"

둥근 머리 맹비견은 그의 심정을 읽어낸 것처럼 마땅치 않은 눈총을 쏘아 대며, 그를 한껏 째려보고 있었다.

상구 머리 노식신은 '괜한 말을 했나?' 싶어 은근히 속이 켕겼다. 그래서 살짝 기가 죽어 있었다.

그때 눈알을 희번덕거리며 짱구머리 나겁재가 들이대듯 주절거렸다.

"왜 차라리 고사를 지내지, 그래!"

그는 비아냥거리듯 한마디 쏘아 대고는 그를 싸늘하게 노려보았다. 이들의 으름장에 놀라 안색이 창백해진 그는 '이것은 아니다.' 싶어 얼른 변명을 하고 나섰다.

그는 똥마려운 강아지처럼 몹시 당황하며 허둥지둥 주절거렸다.

"아니, 오해하지 마세요, 두 사람을 빗대거나 뭐 꼭 그렇다는 것도 아닙니다."

상구머리 노식신은 속마음을 들킨 사람처럼 서둘러 둘러대고는 잽싸게 시선을 다른 곳으로 돌렸다. 그러나 뒤통수에 꽂히는 이들의 뜨거운 열기가 한낮 태양처럼 이글거렸다.

그는 이들의 눈총이 서늘한 비수처럼 날아와 살 속을 파고드는 사한 느낌이 왠지 모르게 소름이 살짝 돋았다.

그래서 그랬을까? 그는 얼른 딴청을 피우고 있었다.

그러나 포기할 줄 모르는 짱구머리 나겁재는 서릿발이 서린 눈총을 쏘아 대며 잔인하게 주둥이를 놀려 댔다.

"그럴 걸 왜 차라리 말이나 하지 말던가? 젠장!"

그는 뒤통수에 대고 비아냥거렸다.

상구 머리 노식신은 이들의 비난을 못 들은 척 귀를 막아 버린 채 나 교수를 향해 청강에 매몰된 눈길로 주시하고 있었다.

그럴수록 두 사람은 날카로운 눈총을 들이대며 빈정거렸다. 선천적으로 다투기를 멀리하는 상구 머리 노식신은 자신의 경박스러운 행동을 금세 후회하고 있는 눈치였다.

그러고는 시비에 휘말릴까? 걱정이 되어 노심초사하며, 이들의 시선조차 외면한 채 강의에 몰두하고 있었다.

"에, 이쯤에서 다른 문제 하나를 더 풀어 볼까요?"

사발 머리 나 교수는 교재를 뒤적이며 중얼거렸다.

그 틈을 타서 일부 수강생들의 눈동자는 엄지손가락을 따라 어지럽게 움직이고 있었다.

"아이 젠장! 또 뭔데…?"

귀퉁이에서 수강생 중 하나가 투덜거렸다.

선순위 가등기 권리

"이 문제는 선순위 가등기 권리가 말소기준권리(최선순위)로 낙찰을 받은 경우입니다."

사발 머리 나 교수는 이력이 나서 사람들의 수업태도는 아랑곳조차 하지 않고 있었다.

"헐…! 가등기 권리?"

흰머리 윤편인은 혼잣말을 조용히 읊조렸다.

"그러나 여기서 가등기는 담보 가등기가 아니라는 사실입니다."

사발 머리 나 교수는 애매한 표정으로 양 눈썹을 올렸다 내리며 히죽 웃었다.

"헐…! 그럼 뭐라는 거야…?"

몇몇 수강생들이 탄식하며 투덜거렸다. 강의실은 순간 웅성거렸다. 그는 대수롭지 않다는 얼굴로 강의를 계속 이어 갔다.

"이번 경우는 보전 가등기(소유권)로 낙찰을 받아서 탈이 난 경우입니다."

사발 머리 나 교수는 해쭉 웃었다.

"헉…! 보전 가등기, 에구머니나 그럼 쪽박 아니면 피박…?"

강의실은 일순간 술렁거렸다.

"아… 아! 조용히들 하시고, 어떻게 대응하면 좋겠습니까? 누가 설명해 보실 분?"

사발 머리 나 교수는 말은 그렇게 해 놓고, 강의실을 둘러보며 큰 머리 문정인을 꼭 짚어 가리켰다. 그는 당황하는 기색도 없이 기다리고 있었던 것처럼 곧바로 질문에 응했다.

"그 문제는 말소기준권리가 담보 가등기(담보설정을 위한 가등기)가 아니고, 보전 가등기(본등기를 할 절차상의 조건이 미비할 때, 임시로 하는 등기)로서 낙찰자가 인수해야 하는 소유권 권리에 해당합니다."

그는 설명을 하고 나서는 사발 머리 나 교수를 쓰윽 올려다보았다.

"헉…! 대박! 그런 거야?"

젤 바른 선정재는 탄식하며 그런 줄 몰랐다는 표정을 짓고서 중얼거렸다.

"그러므로 가등기에 기한 본등기가 먼저 완성되었다면, 낙찰받은 물건의 소유권을 상실하는 실패한 경매로 볼 수 있습니다."

큰 머리 문정인은 자신이 알고 있는 상식선에서 의견을 털어놓고는 자세를 고쳐 앉았다.

수강생들은 서로를 번갈아 돌아보면서 웅성거리고 있었다.

"또 다른 의견이 있는 분 없습니까?"

사발 머리 나 교수는 만족한 설명을 듣지 못한 표정으로 새로운 답변자를 찾고 있었다.

"제가 보충 설명을 해도 되겠습니까?"

흰머리 윤편인은 한참 만에 알은척하면서 손을 들었다.

"예… 손 드신 분 설명해 보세요."

사발 머리 나 교수는 살짝 웃음을 보이고는, 뭔가 기대하는 눈치였다.

"담보 가등기는 금전 채권이지만, 보전 가등기는 부동산 물건에 대한 소유권 취득을 목적(원인)으로 하는 권리입니다."

그에 설명을 들은 몇몇 수강생들은 '아하! 그런 거야?' 하고는 소곤대고 있었다. 그러나 삼각 머리 조편재는 '또 너냐?' 하는 눈초리로 그를 질시하듯 째려보았다.

"따라서 말소기준권리가 보전 가등기라면 낙찰자는 실패한 경매로 볼 수 있습니다. 왜냐하면 가등기권자는 가등기에 기한 본등기를 신청할 수 있기 때문입니다."

흰머리 윤편인은 '요건 몰랐지?' 하는 표정이었다.

"하하! 그래서요?"

사발 머리 나 교수는 듣고 싶었던 답변이 나오자 넌지시 웃음을 보였다. 삼각 머리 조편재는 '쳇! 두 인간이 어쩜 함께 지랄 오두방정이냐…' 하고 구시렁거렸다.

"그러므로 집행 법원에다 경매에 의한 매매계약 취소를 신청할 수는 없습니다."

그는 미간을 약간 오므렸다가 폈다.

"헉…! 그래 그런 거야? 그럼 뭐 쪽박이네…?"

일부 수강생들은 생소한 내용에 술렁거렸다.

그러거나 말거나 흰머리 윤편인은 계속 주절거렸다.

"그러나 낙찰자는 배당이 실시(실행) 전이라면 매매계약을 해제 (공사법상의 기존 법률관계를 해소시킴)할 수 있다고 봅니다."

흰머리 윤편인은 그렇게 말하고는 그를 슬쩍 올려다보았다.

"와…우, 대박! 정말?"

속 알머리 봉상관은 놀라는 얼굴로 나지막이 탄성을 질렀다. 돈 사랑 팀원들도 한마디씩 소곤소곤 거리고 있었다.

"따라서 낙찰자가 납부한 낙찰 대금은 반환을 청구하는 방법으로 담보 책임을 추급(누구에게 가 있더라도 이것을 뒤쫓아 따라가서 행사할 수 있는 권리) 할 수 있습니다."

즉 배당금을 받아 간 권리자들에게 반환을 청구할 수 있다는 것이었다. 그는 차분하게 큰 머리 문정인의 부족한 내용을 보충하고는 사발 머리 나 교수를 넌지시 쳐다보았다.

"헐…! 정말이야…?"

그 말을 듣자 사발 머리 나 교수는 흐뭇한 표정으로 미소를 지었다.

강의실은 갑자기 술렁대며 소란스러워 지고 있었다. 삼각 머리 조편재는 '우라지다 자빠질 자식! 쩐…나 잘난 척은…. 젠장! 하긴 더럽게 아는 것은 많네.' 하고는 속이 쓰려 그를 아니꼬운 질시의 눈초리로 쏘아보고 있었다.

"하하하! 그렇습니다. 담보 가등기와 보전 가등기는 성질이 다른 가등기로 하나는 담보 채권을 내용으로 하며, 다른 하나는 소유권의 권리를 내용으로 하고 있습니다."

사발 머리 나 교수는 환한 얼굴로 주억거리며, 부연 설명을 이어 갔다.

"제가 당부하고 싶은 말은 이런 일이 벌어지지 않도록 사전에 철저하게 검토하고, 조심하라는 겁니다."

그는 모두를 천천히 둘러보았다.

"헐…! 당하고 싶은 사람이 어디 있나? 운수 사나우면 걸려드는 거지, 젠장!"

속 알머리 봉상관은 구시렁구시렁 혼잣말을 했다. 대부분의 수강생들은 망할 놈의 경매 공부 정말 지겹고, 지겹다며, 눈치껏 투덜거리고 있었다.

"어째… 이해가 되십니까?"

이들의 움직임을 실시간 확인하고 있는 사발 머리 나 교수는 말 끝을 살짝 올리며 부드럽게 물었다.

"예…!"

이들은 몰라도 아는 척 소리를 버럭 질렀다. 그는 수런거리는 수강생들을 바라보면서 헛기침을 두세 번 토해 내며 자중하라는 신호를 보냈다.

하지만, 이들은 아랑곳하지 않은 채 마냥 떠들고 있었다.

결국에는 보다 못한 사발 머리 나 교수가 두 눈을 부릅뜬 채 조용히 하라며 탁자를 힘껏 두들겼다.

탁! 탁!

"…"

"아…. 이제 조용히 하시고, 참고로 권리분석을 검토하다가 선순위기준권리가 가등기로 올라와 있다면, 그때는 담보가등기인지, 보전가등기인지, 철저하게 조사해 입찰에 참가하도록 조심해야 합니다. 아시겠습니까?"

사발 머리 나 교수는 이마에 흘러내린 머리카락을 쓸어 올리며 노파심에 다시 한번 주의를 강조했다.

"예…!"

몇몇 수강생들이 힘 빠진 목소리에 심드렁한 표정으로 대답하고 있었다. 그때였다. 뒤쪽에서 누군가 손을 번쩍 들고 주절거렸다.

"교수님! 잠깐 쉬었다가 합시다."

그는 연세가 지극해 보이는 백발을 멋들어지게 빗어 넘긴 중년 사내였다. 그 말을 듣자, 사발 머리 나 교수는 시계를 슬쩍 올려다보며 주절거렸다.

"저도 휴식 시간이 지났다는 걸 알고 있습니다. 하지만 오늘은 강의해야 할 내용도 많고, 마쳐야 할 시간도 조금 당겨야 하기에 이번 수업은 쉬는 시간 없이 죽 달려야 합니다.

왜냐하면 강의 진도를 맞춰야 되기에 그렇습니다. 그러니 오늘은 여러분이 너그럽게 양해를 부탁드립니다. 하하하! 만약 화장실이 급하신 분들이 계시면 개별적으로 조용히 다녀오시기 바랍니다.

그는 시간에 쫓겨 이제 얼마 남지 않은 수업 시간 내에 못다 한 교재를 끝마쳐야 한다는 조급함에 휴식 시간도 없이 서둘러 진도를 나가고 있었다. 수강생들은 여기저기서 자리를 이탈하고 있었다.

그러나 이들은 최대한 소리를 죽여 가며 조용히 움직였다. 돈 사랑 팀원들 중 몇 사람도 급하게 화장실을 다녀왔다. 강의실 분위기는 어딘가 모르게 어수선했다. 그러나 사발 머리 나 교수의 열강은 식을 줄 모르고 계속되고 있었다. 그러는 가운데 두 사람의 대화는 끊임없이 이어져 속닥거렸다.

"아… 글쎄 우리 같은 초짜가 담보 가등기인지, 보전 가등기인지, 어찌 판단한다 말인가…. 젠장맞을!"

짱구머리 나껍재는 옆자리 상구 머리 노식신을 흘끔 쳐다보며 구시렁거렸다.

"그래서 망할 놈의 경매 교육을 받겠다고, 이런 생난리를 겪는 것이 아니겠습니까?"

상구머리 노식신은 '사람하고는, 그 정도를 가지고 뭘?' 하는 표정을 짓고서 가볍게 비아냥거렸다.

"그래요, 그럼 추급한다는 소리는 뭔 말인지 아십니까?"

짱구머리 나겁재는 그리 잘난 놈이 설명을 좀 해 보라는 식으로 얼굴을 그의 코앞에 바짝 들이대었다.

"추급한다는 말은 가령 물권의 객체(의사나 행위가 미치는 대상)의 물건이 누구의 수중에 들어가 있더라도 그 소재를 뒤쫓아 가서 따라붙는다는 말입니다."

상구 머리 노식신은 설명을 끝내고는 '사람하고는 말이야, 경매를 하려면 이 정도 상식은 알고 덤벼들어야지…. 에잇!' 하는 눈빛으로 그를 쏘아보았다.

그는 '어때… 나 정도면…?' 하는 우쭐한 표정이었다.

두 사람의 대화를 듣고 있던 속 알머리 봉상관은 이때다 싶어 하소연 비슷한 푸념을 늘어놓고 있었다. 두 사람은 '무슨 자다가 봉창 두들기는 소린가?' 싶어 고개를 그에게 돌렸다.

"경매는 부동산의 꽃이라고 들었는데 요즘 생각해 보면 꽃을 잘못 건드리면 열매는커녕 날카로운 가시에 찔려 죽지 않을까 오히려 고민이 됩니다. 휴!"

그의 한숨은 자신의 애타는 심정을 들어 보라는 듯이 미모의 명정관을 향한 구애처럼 들렸다. 하여간 그녀에 대한 착잡하고 복잡한 속내를 교활하게도 경매에 빗대서 얼렁뚱땅 털어놓고 있었다.

"뭔 소리를 지껄이는 거야…? 내 참!"

짱구머리 나겁재는 분위기 파악을 못하는 꼰대가 한심하다는 눈길로 종알거렸다.

상구 머리 노식신은 '영감탱이가 갑자기 실성을 했나?' 싶은 눈길이었다. 그때였다. 입을 실룩샐룩 거리며 가만히 듣고 있던 젤 바른 선정재가 강력한 어퍼컷을 날리듯 포문을 열고 주절거렸다.

"그렇죠, 젊어서 하면 경험이지만, 늙어서 잘못 건드리면 망조가 들 수 있습니다. 흐흐…."

팀장의 음흉한 속내를 빤히 알고 있는 젤 바른 선정재는 자기가 무슨 그녀의 빗속의 우산이라고, 그를 빗대듯 비꼬아 틀어가며 빈정거렸다.

그러나 두 사람의 꼬인 마음을 알 길이 없는 미모의 명정관은 그들과 달리 동문서답으로 주절거렸다.

"인생 선배님이신 팀장님이 그리 말씀을 하시니 한편으로 걱정이 되긴 하네요? 으…휴!"

미모의 명정관은 한숨을 들이쉬다 내쉬며, 약간 미간을 찌푸렸다. 그녀는 연장자의 말을 그냥 넘길 수가 없었다.

그래서 안타까운 눈빛으로 젤 바른 선정재를 바라보며 걱정스럽다는 눈길을 은근히 보냈다.

"아니… 우리 명 총무님이 뭐가 부족해서요?"

그녀의 한마디에 젤 바른 선정재가 신경을 바짝 곤두세우며, 예민하게 반응을 보였다. 속 알머리 봉상관은 잔뜩 미간을 찌푸린 채 그를 쏘아보고 있었다. 그는 그녀와 연관된 놈의 목소리는 듣기조차 껄끄럽다는 얼굴이었다.

"배운 경매나 제대로 써먹을 수 있을까? 걱정이 되기도 하고요. 호호!"

그녀는 젤 바른 선정재가 관심을 보이자, 흐트러진 매무새를 만져 가며, 조심스럽게 말하고는 생글생글 웃고 있었다.

"천천히 배워 가면서 하시다 보면 뭐라도 건지지 않겠습니까?"

그녀의 말에 목에 가시가 걸린 젤 바른 선정재는 다정스러운 눈빛으로 위로의 말을 건넸다. 그녀는 젤 바른 선정재가 늘어놓은 한마디에 두려움마저 사라져 달달한 눈망울로 그를 사랑스럽게 바라보고 있었다.

두 사람의 관계를 어렴풋이 알고 있는 흰머리 윤편인은 이들의 대화 속에 흐르는 사랑의 강물이 팀원들을 기만하고 있다는 생각에 빙그레 미소를 머금었다.

어찌 보면 '놀고들 있네,' 하는 비웃음 같았다. 주위에 시선을 의식한 그녀는 얼른 표정을 추스르며 고개를 돌렸다. 흰머리 윤편인은 두 사람의 행동을 오래전부터 목격하고도 전혀 내색조차 하지 않았었다.

두 사람의 행동을 누군가는 다 보고 있다는 사실을 본인들만 속고 있다는 것을 알고나 있는 건지…. 그는 흰머리를 갸웃갸웃 흔들며, 건방진 코웃음을 치면서 이렇게 주절거렸다.

'하늘이 알고, 땅이 알고, 두 사람이 알고, 남들이 보고, 있는데 숨긴다고…. 웃기시네, 염병…' 하며 씨익 웃었다. 하여튼 사람들은 자신을 속이고 속는 데는 귀천과 신분 그리고 남녀노소가 따로 없었다. 그러나 하늘은 가소롭다며 세상 노는 꼴에 웃고만 있을 뿐이었다.

"가족들한테 큰소리치고 배우러 왔는데… 걱정이 한 아름이네요. 호호!"

그녀는 괜스레 호들갑을 피우면서 어색하게 웃었다.

"에잇… 참나 이러면 어떻고, 저러면 어때요? 인생 천년만년 사는 것도 아닌데…. 흐흐…."

그녀에게 잘 보이고 싶은 짱구머리 나겁재가 선뜻 나서서 허접한 푸념을 받아 주고 있었다. 그가 배려하려는 마음에서 우러나온 진심이 왠지 어색한 미모의 명정관은 배시시 웃고만 있었다.

"나 형은 개념이 단순해서 좋겠습니다. 허허허!"

대거리를 하듯 새치 머리 안편관은 한마디 툭 던져 놓고 한바탕 웃고 있었다.

"어허… 거 욕이오? 칭찬이오? 영 듣기가 거시기합니다."

어딘가 고리 한 냄새가 풍기자, 그는 이맛살을 잔뜩 꾸기고는 신경질적인 반응을 보였다.

미모의 명정관은 남자들이란 참… 알 수 없는 피조물로 때로는 든든한 보호자로 세상 우산이 되어주기도 했다가, 한순간에 개구쟁이 철부지처럼 아무것도 아닌 일을 가지고 자존심 싸움을 한다며, 속으로 혀를 '끌끌' 차고 있었다.

"하하하! 당연 칭찬이지요, 제가 감히 나 형 흉을 볼 수 있겠습니까?"

그가 발끈하듯 쌍심지를 켜고 들이대자, 새치 머리 안편관은 '아차!' 싶어서는 차분하게 말을 돌렸다.

그는 기회가 날 때마다 농담을 핑계 삼아 은근히 짱구머리 나겁재를 골려 먹고 있었다. 단순하게 발끈했다가 금세 풀어지는 그가 재미있는 캐릭터처럼 만만하게 보였다. 그래서 늘 장난기가 발동하곤 했었다.

"그쪽 팀들 조용히 좀 하세요!"

사발 머리 나 교수는 돈 사랑 쪽을 향해 고함을 냅다 질렀다. 그의 호통 치는 소리에 기가 빠진 수강생들은 썰물이 빠져나가듯 차츰차츰 숙연해졌다. 강의실은 어느 사이에 침묵이 강물처럼 흘러가고 있었다. 사발 머리 나 교수는 한마디를 해 놓고, 수업을 계속해서 이어 갔다.

우선매수청구권

"여러분이 경매 물건을 분석하다 보면 공유물(두 사람 이상이 공동으로 소유하는 물건) 지분(각자가 소유하는 몫)에 관한 문제를 종종 만나실 겁니다."

그는 눈동자에 힘을 잔뜩 주고는 희번덕거렸다.

"헐…! 공유물의 지분…?"

생소한 내용이 갑자기 튀어나오자, 수강생들은 일순간에 술렁거리고 있었다.

"음… 누가 공유와 지분의 특성에 대해 설명해 보실 분 없으세요?"

사발 머리 나 교수는 수강생들을 향해서 서글서글한 눈매를 움찔 거렸다. 그리고는 누군가를 찾는 표정으로 모두를 둘러보고 있었다.

"제가 한번 설명해 보겠습니다."

상구 머리 노식신이 목청을 높여 외치자, 돈 사랑 팀원들의 눈빛과는 달리 예상 외라는 다른 팀들의 싸늘한 눈길들이 그에게 모아졌다.

"예…. 말씀해 보세요."

사발 머리 나 교수는 반가운 마음에 서슴없이 그를 가리켰다.

"공유는 하나의 물건을 두 사람 이상이 공동으로 소유하는 것을 말합니다."

그는 '맞죠?' 하는 눈길로 사발 머리 나 교수를 올려다보았다. 그는 해쭉 웃어 가며 주절거렸다.

"지분은요?"

나 교수는 그를 향해 눈짓을 깜빡거렸다.

"지분은 공유물이나 공유 재산을 각자의 비율로서 공유자가 가지는 몫(권리)을 말합니다."

상구 머리 노식신은 간단명료하게 설명을 마치고는 '틀렸나요?' 하는 눈길로 그를 주시하고 있었다.

"하하! 그렇습니다."

사발 머리 나 교수는 답변이 마음에 들었던지, 흡족한 얼굴로 엄지손을 세워 주면서 보충 설명을 하고 나섰다.

"공유와 지분은 공동소유에 의해 나누는 비율로서 하나의 부동산에 각자가 가지는 소유와 권리라고도 할 수 있습니다."

그는 담담한 얼굴로 설명을 하고는 이어 주절거렸다.

"여기서 새로운 문제 하나를 더 풀어 볼까요?"

사발 머리 나 교수는 씨익 웃어 가며 모두를 보았다.

"헐…! 누가?"

짱구머리 나겹재는 장난스럽게 중얼거렸다. 몇몇 수강생들은 '제기랄 또 뭔 문제?' 하고는 툴툴거리고 있었다.

"음…. 공유물 지분권자가 행사할 수 있는 우선권은 무엇이 있겠습니까?"

사발 머리 나 교수는 모두를 둘러보며 물었다.

"헐…! 공유물 지분권자의 우선권?"

듣지도, 보지도, 못한 낯선 내용에 모퉁이 구석자리에 앉은 젊은 사내 하나가 구시렁거렸다.

"누가 아시는 분 말해 보실까요?"

그는 강의를 하다 말고 다시 문제를 끄집어내서 지켜보던 수강생들을 긴장시켰다. 강의실은 어느새 술렁거리고 있었다.

사발 머리 나 교수는 손을 든 건지, 만 건지, 어정쩡한 자세로 들고 있는 삼각 머리 조편재를 꼭 집어 가리켰다. 자신을 가리키는 사발 머리 나 교수의 손짓을 확인한 그는 자세를 바로하고는 천천히 입을 열어 주절거렸다.

"공유 부동산의 지분을 타인보다 먼저 매수할 수 있는 우선 매수청구권(자산의 소유자가, 자산을 제삼자에게 매도하기 전에, 같은 조건으로 매수할 수 있는 권리)이 있습니다."

삼각 머리 조편재는 단조롭게 설명을 마치고, 사발 머리 나 교수를 응시하고 있었다.

"하하하! 그렇습니다. 민사집행법 제140조에는 지분권자의 지분을 공유자(경매사건 지분권자)가 우선 매수할 수 있는(공유자의 우선 매수권) 조항이 있습니다."

사발 머리 나 교수는 그의 답변에 만족해 한바탕 웃어 가며, 말하고는 다시 주절거렸다.

"모두 이해들 되셨습니까?"

"…"

그는 이들의 표정을 살펴 가며 소리쳤다.

"예…!"

수강생들 몇몇이 목청을 높였다.

그 나머지는 내용이 생소해서 그런지, 멀뚱멀뚱 쳐다보고만 있었다.

"헐…! 우선 매수청구권?"

흰머리 윤편인은 혼잣말을 속살거렸다.

"여기서 여러분이 조심해야 할 사항은 가령 부동산이 누군가의 경매 신청으로 매각(팔아치움)이 진행이 되었다면, 그 내용이 모든 공유자(지분권자)에게 문서 송달(우편물 보냄)이 됐는지를 반드시 확인해야 합니다."

수강생들은 휴…! 공유자의 우선 매수청구권에 송달이라…? 젠장! 존…나 어렵네, 하며 웅얼웅얼거렸다.

"알겠습니까?"

"…"

사발 머리 나 교수는 눈동자를 회번덕거리며 물어 왔다.

"예…!"

화들짝 놀란 수강생들은 신경질적으로 냅다 소리를 질렀다. 순간 강의실은 어느 장날 시장 통처럼 술렁거렸다.

"왜 그렇습니까?"

후미진 구석에서 누군가 소리쳤다.

"왜냐하면 공유자가 등기 송달(소송 관계의 서류를 일정한 방식에 따라, 당사자나 소송 관계인에게 보내는 일)을 받지 못해 우선 매수청구권을 행사하지 못할 경우 경매절차상 하자로서 피해를 입은 공유자는 이의를 제기할 수 있기 때문입니다."

사발 머리 나 교수는 말끝에 헤벌쭉 미소를 보이며, 고개를 주억거리고 있었다. 그러자 곧바로 질문이 들어왔다.

"저… 교수님! 이의가 들어오면 낙찰자는 낙동강 오리 알이 됩니까? 흐흐…"

둥근 머리 맹비견은 장난기가 섞인 콧소리로 들이대었다. 그 익살에 수강생들이 갑자기 빵 터졌다.

"까르르…!"

웃음 바이러스가 확산되자, 강의실은 여기저기서 낄낄거렸다.

사발 머리 나 교수도 덩달아 '껄껄' 웃고 있었다.

"하하하! 그렇다고 볼 수 있습니다."

그는 한바탕 환하게 웃으며 대답하고는 곧바로 주절거렸다.

"이런 경우가 발생하면 낙찰자는 낙동강 오리알이 아니라, 허허허! 애써서 받은 낙찰이 취소됩니다. 즉 소유권을 취득할 수 없다는 겁니다."

사발 머리 나 교수는 웃음을 참지 못하고, 한동안 킥킥거렸다. 소란스러운 웃음이 가라앉기를 기다리고 있는 사발 머리 나 교수를 향해 참지 못한 누군가 큰소리로 질문을 던졌다.

"저, 교수님! 송달(소송 관계의 서류를 일정한 방식에 따라 당사자나 소송 관계인에게 보내는 일)이 제대로 되었는지는 어디서 확인할 수 있습니까?"

속 알머리 봉상관은 미간을 살짝 접었다가 펴가며 그를 지그시 바라보았다.

"음…. 송달 확인을 검증하시려면 입찰 법정에 비치된 민사 집행 사건의 기록부를 살펴보시든가."

"…"

"대법원 경매 사이트에 찾아 들어가서 송달 내역을 살펴보시면 됩니다."

사발 머리 나 교수는 이제 알겠느냐며 그에게 눈짓을 해 보였다.

"와…우, 증…말?"

상구 머리 노식신은 새삼 놀라는 표정을 지어 가며 소리쳤다. 사람들은 "아하! 민사 집행 사건의 기록부나 송달 내역을 확인하라고…?" 하며 속닥거리고 있었다.

"모두 이해들 되셨습니까?"

그는 목청을 높여 핏대를 바짝 세워 가며 소리쳤다.

"예…!"

수강생들은 이구동성으로 소리를 지르고 있었다. 속 알머리 봉상관은 공유권자의 공자만 들어도 몸서리가 쳐지는 경험의 소유자였다. 왜냐하면 그는 지난날 지인들과 우연히 경매법원을 찾았다가 제대로 케이오 펀치를 한 방 맞았기 때문이었다.

그는 평소에 거들떠도 보지 않았던 경매 정보지를 법정 입구에서 공연히 받아들었다가 스스로 망상이라는 올가미 덫에 걸려들었다. 그의 처절한 눈물의 곡절은 이랬다.

속 알머리 봉상관은 모처럼 광고지 내용을 살펴보다가 시세에 절반으로 떨어진 아파트를 발견하고는, 정말일까? 싶어 자신의 눈을 의심하면서도 순간 신께서 자신에게 횡재할 절호의 찬스를 주셨다고 믿었다.

그 순간 갑자기 심장이 고동치며 뒷골이 멍 때렸다. 그러고는 물건을 차지할 욕심에 잠시 눈이 회까닥 뒤집혔다.

그는 동행했던 지인들도 모르게 무작정 입찰에 달려들었다. 돈욕심에 눈이 먼 그는 경매수업을 배우러 오기 전이라 지분을 가진 우라질 공유자가 여럿이 존재한다는 사실은 알았지만, 공유자 우선 매수청구권이라는 함정이 숨어 있는 줄은 꿈에도 몰랐다.

속 알머리 봉상관은 그해 사고를 치려는 운세였나 보다. 그래서 저렴한 입찰금액에 매료되어 끌렸는지 모른다. 좌우지간 그는 대박을 낼 욕심만 가득했다.

왜냐하면 몇 번의 유찰(입찰한 결과 낙찰이 결정되지 않고 무효로 돌아감)로 미치고 환장할 정도로 부동산 시세가 반값으로 떨어져 있었기 때문이었다.

이미 반쯤 감아 버린 그의 눈에는 낮아진 입찰금액만 들어왔었다. 다른 맹점들은 전혀 보이지 않았다. 속 알머리 봉상관은 그달에 귀신에 씌었던 모양이다. 그는 권리분석과 임장(현장활동) 과정도 장님이 코끼리를 만지는 식으로 대충 검토만 했었다.

마치 생초짜 묻지 마 입찰처럼 행동하고 있었다. 그는 입찰 당일 법원 은행을 찾아가 입찰보증금 10%를 수표 한 장으로 끊었다. 만반의 준비를 갖췄다고 생각한 그는 나름 최고가격으로 '기일 입찰표'를 작성해 입찰 경쟁에 한판 승부를 걸었다.

그러나 마감 시간이 끝나고 판도라 상자를 여는 순간 기쁘고 환장하게도 경쟁자 없는 단독 입찰로 그는 뛸 듯이 기뻐했었다. 그렇게 낙찰을 받았다는 설렘은 익어 버린 심장마저 팔딱팔딱 뛰게 만들었다.

그러나 기쁨은 잠시 잠깐뿐이었다. 우라지다 자빠질 코 큰 집행관의 입을 통해 들은 내용은 악몽 그 자체였다. 차라리 안 듣는 것보다 못한 그의 발표는 순간의 짧은 행복을 통째로 집어삼켰다.

설마 했는데… 코 큰 집행관은 벌써 공유자에 관한 안내를 잠깐 동안 진행하고 있었다.

속 알머리 봉상관은 '이게 뭔가?' 싶어 어리둥절 하는 사이에 코 큰 집행관은 우선 매수청구권을 신청한 지분권 자에게 낙찰가격 으로 매수 신청을 받고 있었다.

그 순간 누군가에게 뒤통수를 세차게 강타 당한 듯 눈앞이 아찔 하면서 손에든 알사탕을 어느 우라질 자식이 확 채가는 더러운 기 분이었다.

순식간에 낙찰자에서 망할 놈의 구경꾼으로 전락했으니 나락으 로 떨어지는 그 절망적인 심정과 갈기갈기 조각나는 그 느낌이 오 죽했겠는가? 하지만 그와 달리 남의 일이라 그런지, 불구경처럼 해 프닝 광경을 바라보는 사람들은 여기저기서 비아냥거리듯 웅성거 렸다.

그 순간 속 알머리 봉상관은 팔딱거리던 심장마저 천천히 오그 라들고 있었다. 그러자 갑자기 두뇌가 조각조각 파쇄 되는 소름 끼 치는 전율이 강하게 느껴졌었다.

그는 생각지도 못한 악몽을 눈앞에서 당하고, 하소연은커녕 말 한마디 못한 채 그저 눈물만 삼켜야 했다.

그렇게 눈앞에서 날아간 낙찰의 아픔을 가슴 깊은 곳에 새겨야 했었다. 그 뒤로는 그는 아는 만큼 보인다는 말을 곱씹으면서 발 로 뛰어다녔었다.

그래서 부동산 지식에 대해서라면 하나라도 더 배우려고 적극 적으로 파고들었다. 그때만 생각하면 아직도 입맛이 떨떠름한 그 였다.

그래서 그랬을까? 경매에 관해서는 무엇 하나 놓칠 수 없다는 마음이 지금 이 자리에 있게 한 원동력이었다.

"저기요… 교수님! 공유자인 지분권자가 우선 매수청구권을 언제 행사할 수 있습니까?"

큰 머리 문정인은 조용히 손을 들어 묻고는 그를 지그시 바라보았다.

"음…. 우선 매수청구권은 지분권자의 지분 크기와는 상관없이 등기 지분 공유자에게 우선 매수할 수 있는 권리가 1회에 한해 주어집니다."

그는 가운뎃손가락을 허공에 살짝 펼쳐 보였다.

"헐…! 한 번?"

큰 머리 문정인은 혼잣말을 중얼거렸다.

"알겠습니까?"

사발 머리 나 교수는 그에게 눈짓을 하면서 모두에게 물었다.

"예…!"

수강생들은 냅다 소리를 질렀다. 그러나 큰 머리 문정인은 고개만 끄덕일 뿐 목소리는 유난히 작았다. 몇몇 수강생들은 희열을 느낀 듯 "오… 호! 그렇구나?" 하고 중얼거리고 있었다.

"모릅니다!"

개중에 누군가 떽따는 소리를 버럭 질렀다. 그러나 그는 무시해 버리고 말았다. 그때였다.

"그 이유가 뭐죠? 교수님!"

앞자리에 앉은 노란 파마머리 수강생이 궁금해 미치겠다는 얼굴을 해 가지고 손을 들었다. 순간 수강생들의 시선이 한곳으로 쏠리면서 웅성거렸다. 사발 머리 나 교수는 잠시 숨을 고르며, 소리 나는 쪽으로 고개를 돌렸다.

그러나 소곤소곤 떠드는 소리가 수그러들 기미조차 없어 보였다.

그는 헛기침을 두어 번 하고는 교탁을 힘껏 두들겼다.

탁! 탁!

수강생들은 별안간 교탁 무너지는 소리에 깜짝 놀라 한눈팔던 시선을 서둘러 고정시켰다.

"자… 자! 여기들 보세요?"

사발 머리 나 교수의 날카로운 카리스마가 단번에 이들의 이목을 한 곳으로 집중시켰다. 순간 조잘조잘 떠들어 대는 엷은 소리는 조금씩 가라앉고 있었다. 차츰 수업 분위기가 조성되자, 그는 다시 강의를 이어 가기 시작했다.

"그 이유는 공유자가 우선 매수청구권을 가지고 입찰 가격을 왜곡한다거나, 부동산 가격을 하락시킬 목적으로 악용하는 사례를 사전에 방지하기 위한 예방 조치입니다."

사발 머리 나 교수는 어딘가 구린 설명들을 종합 세트처럼 중얼대고는 얄궂은 표정으로 고개를 끄덕거렸다.

"헉…! 사사로운 개인의 이익을 차단한다고…? 젠장! 말 되네."

속 알머리 봉상관은 혼자만 알아들을 수 있는 입속말을 웅얼거렸다.

수강생들은 여기저기서 '입찰가격을 왜곡하거나 경매 물건을 하락 시키는 게 그들의 궁극적 목적이라고…?' 하며 구시렁거렸다. 이들은 새로운 의문점을 들쳐 내면서 떠들어 대고 있었다.

"무슨 뜻인지를 이해가 되셨습니까?"

사발 머리 나 교수는 말끝에 모두에게 물어 왔다.

"예…!"

일부 사람들이 대답을 하는 가운데서도 나머지 수강생들은 자기들끼리 수런거리고 있었다.

"젠장! 지분권이 걸린 물건은 아예 쳐다보지도 않으면 되지 뭔 걱정이람…. 흐흐…."

짱구머리 나겁재는 아직 이해가 부족해 뚝하면 차車와 포包도 구별 못하는 경매를 들먹이며, 혼잣말을 구시렁거렸다.

"내 말이…. 물건은 넘치고 할 일도 많은데 골치 아프게 살 필요가 있나."

둥근 머리 맹비견은 그의 비위를 맞춰 주며 맞장구를 쳤다. 그러든 말든 사발 머리 나 교수는 손목시계를 들여다보고는 아직 시간이 남아 있어 계속 강의를 이어 갔다.

"따라서 공유자는 매수신청의 보증(제113조)을 제공하고, 최고 매수 신고가격과 균일한 가격으로 채무자의 지분을 우선 매수하겠다는 신고를 사전에도 할 수 있습니다."

그는 '무슨 말인지 알겠습니까?' 하는 표정을 짓고 있었다.

"헐…! 대박! 그런 거야?"

상구 머리 노식신은 의외라는 표정으로 속살거렸다. 사발 머리 나 교수는 모니터를 하는 눈망울로 주억거리다가 다시 이어 가기를 반복하고 있었다.

"또한 낙찰자가 결정되면 법정에서 낙찰자와 동일한 최고 매수 신고가격으로 우선 매수청구권을 행사할 수도 있습니다."

그는 모두를 둘러보며 이해를 하시겠느냐는 눈짓을 보였다. 반면 수강생들은 '아하! 그런 거였어?' 하는 표정으로 소곤거리고 있었다.

"허허! 내가 보기 좋게 당했지, 젠장!"

속 알머리 봉상관은 씁쓸한 입맛을 다시며 중얼거렸다.

"이제 다들 아시겠습니까?"

사발 머리 나 교수는 목소리를 높여 물었다.

"예…!"

수강생들은 짜증이 섞인 목소리로 대충 소리쳤다. 시간이 부족한 그는 진행 속도를 높이고 있었다. 필기하는 수강생들은 수업을 따라가느라 손가락에 쥐가 날 지경이었다.

"이러한 조건을 충족시키기 위해서는 공유자는 다음과 같은 서류를 첨부해서 법원에 제출해야 합니다."

사발 머리 나 교수는 서류를 몇 장을 꺼내서는 펼쳐 보여 주었다. 그 순간 이들의 눈길이 한곳을 향했다.

"헐…! 거저 되는 꼴을 못 보겠구먼…"

둥근 머리 맹비견은 짜증을 내며 구시렁거렸다. 그는 필요한 서류항목들을 열거하며, 칠판 위에 조목조목 쓰기 시작했다. 부동산 등기 사항 전부 증명서와 주민등록표 초본 등이었다. 이들은 별것도 없는데 놓치지 않으려고 눈총을 강렬하게 쏘아 대며 따라갔다. 그때 큰 머리 문정인이 슬며시 손을 들어 질문을 던졌다.

"저어… 교수님!"

그는 목이 잠겨 쉰 듯하고 거친 탁한 소리가 나왔다.

"예…. 질문하세요."

사발 머리 나 교수는 그에게 손짓을 해 보였다.

"물먹은 낙찰자는 차순위 매수인(낙찰자가 매수를 포기한 후 다음 매수 권리자) 자격으로 신청할 수 있습니까?"

큰 머리 문정인은 아직 궁금증이 남아 있어 엷은 미소를 머금은 채 물어 왔다. 그의 질문에 웃고 떠들던 시선들이 한곳을 향해 주목하고 있었다.

"물론입니다."

사발 머리 나 교수는 피식 웃고는 계속 주절거렸다.

"당일 법원에서 입찰집행관이 차순위 매수인 지위를 신청할지? 말지에 대해 이해당사자(입찰 참가자)에게 물어올 때를 놓치지 말고, 신청하시면 됩니다."

사발 머리 나 교수는 '아시겠죠?' 하는 표정을 지었다.

"헐…! 차순위 매수인 신청?"

흰머리 윤편인은 탐탁지 않은 표정으로 종알거렸다. 왜냐하면 현장에서는 신청이 거의 전무하기 때문이었다.

"반면 차순위 매수인 지위를 포기하려면 입찰집행관이 매각 사건을 종결한다는 고지를 알려 주기 전까지, 포기를 행사할 수 있습니다."

그는 혓바닥을 날름대며 히죽 웃었다.

"헐…! 차순위 매수인 포기…?"

큰 머리 문정인은 어이가 없다며 웅얼거렸다.

"어마야…! 그런 것도 있어요?"

한 귀퉁이에서 여성 수강생 하나가 탄성을 질렀다.

"어째… 이해들이 되셨습니까?"

사발 머리 나 교수는 그에게 눈짓하며 히죽 웃었다.

"예!"

큰 머리 문정인은 대답을 하며 고개를 끄덕거렸다. 그 순간에도 돈 사랑 팀원들은 연신 손끝을 놀리고 있었다.

"알아, 알아…"

가만히 듣고 있던 흰머리 윤편인은 혼잣말을 종알거렸다.

지나온 시간만큼 목이 메마른 사발 머리 나 교수는 갈증을 느꼈다. 그래서 탁자 아래 생수통을 집어 뚜껑을 비틀어 열었다. 그러고는 벌컥벌컥 마셨다.

"…"

잠시 강의가 중단된 사이 수강생들은 문자를 확인했다. 그리고는 부지런히 엄지손들을 놀려대었다.

이들은 가끔씩 사발 머리 나 교수의 눈치를 살펴 가며 살짝살짝 핸드폰을 들여다보곤 했었다.

그 순간 흰머리 윤편인은 갑자기 공유물 분할에 대한 기억들이 머릿속을 맴돌며 가물가물거렸다. 그는 옆자리로 고개를 돌려 큰 머리 문정인에게 이렇게 주절거렸다.

"문형 토지의 경우 현물분할(현재 있는 물건을 나눔)이 가능하지 않습니까?"

흰머리 윤편인은 그를 툭 치며 궁금한 눈빛으로 물었다.

"물론 가능합니다. 뭣 때문에 그러시는데요?"

큰 머리 문정인은 큰 눈을 반짝이며 고개를 끄덕이고는, 그를 물끄러미 쳐다보고 있었다. 그 소리를 들은 팀원들도 두 사람을 향해 쓰윽 눈길을 돌리고는 힐끔힐끔 사발 머리 나 교수의 눈치를 살펴 가며 듣고 있었다.

"토지는 현물분할 확정판결(확정된 효력을 가진 판결)이 나면 등기 없이도 지분소유권을 취득할 수 있지 않습니까?"

흰머리 윤편인은 동공을 키우면서 확인하듯 물었다.

"그게 뭐 어째서 그럽니까?"

큰 머리 문정인은 모호한 표정을 짓고서 그를 보았다.

"그런데 처분할 때 방법이 가물가물하단 말입니다. 젠장!"

"…"

"혹시 문형은 알고 있나 해서 묻습니다."

그는 말을 끝내고 그를 넌지시 쳐다보았다.

"에이…. 난 또 뭐라고, 그거야 지적(땅의 넓이)상 분필(등기부에 한 필지로 된 토지를 여러 필지로 나눔) 절차를 밟아 소유권 등기를 경료(등록)한 다음에 처분할 수 있잖습니까?"

큰 머리 문정인은 빙그레 웃으며 간단하게 설명을 해 주었다. 팀원들은 알든 모르든 고개만 끄덕거리고 있었다.

"그래 맞아, 이제야 기억이 또렷해지네, 감사합니다."

흰머리 윤편인은 군대 간 아들이 첫 휴가를 나온 반가움처럼 그의 손을 덥석 잡고서 살그머니 어루만졌다.

"별것도 아닌 일에 이럴 것까지야…. 흐흐…."

그도 덩달아 잡은 손을 흔들며 장난치듯이 말했다. 순간 흰머리 윤편인은 무엇을 빠트렸다는 생각에 '아차!' 싶은 표정이었다. 그러고는 이마를 가볍게 치면서 다시 말을 이어 갔다.

"참! 공유물분할 청구소송에서 현물분할(물건 물품 실물을 나눔)이 불가능하다고, 판결이 난 경우에는 공유자에게 우선 매수청구권을 인정하지 않는다는 내용을 알고들 계십니까?"

흰머리 윤편인은 주위에서 듣고 있던 팀원들에게 번갈아 눈길을 주며 물었다.

"저는 금시초문인데요?"

짱구머리 나겁재가 불쑥 나서며 대꾸했다. 대부분의 팀원들은 무슨 말인지 모르겠다는 표정을 지었다. 그들은 한결같이 그게 뭔지 말해 보라는 눈빛이었다.

"후후… 대법원에서 판결이 났는데요, 이런 경우에는 공유자에게 주어지는 우선 매수청구권을 인정하지 않는다는 겁니다."

새치 머리 안편관은 불쑥 끼어들며 아는 척 중얼거렸다.

"하하! 역시 안 형은 대단해요."

흰머리 윤편인은 엄지손을 거듭 들어 보이며 그를 추켜세웠다.

"헐…! 현물분할이 불가능한 토지는 우선 매수권이 없다고…?"

둥근 머리 맹비견은 놀란 표정으로 중얼거렸다.

미모의 명정관은 '어머… 그렇구나…' 읊조리고는 빙그레 웃고 있었다.

"하여튼 뭐가 이리도 복잡하고, 알아야 하는 법이 많은지…. 법 공부하는 사람들 우라지게 존경스럽다 존경스러워, 젠장!"

둥근 머리 맹비견은 고개를 좌우로 흔들며 투덜거렸다.

"내 말이…. 시벌!"

짱구머리 나겁재는 맞장구를 치며, 울화통을 터뜨렸다. 둥근 머리 맹비견은 언제나 함께해 주는 그가 고마워 고개를 흔들며 씨익 웃고 있었다.

여기서 잠깐 그에 대해서 몇 마디 해 보면… 둥근 머리 맹비견은 보통 신장에 형제 및 동료와 우애가 좋으며 리더십 기질도 강한 사내였다. 그는 판단력이 빠르고 실천력과 활동성이 강해 부지런했다.

반면 구속받기보다 자유로움을 선호하는 성격이었다. 그러나 자기중심적인 일이나 직업을 선호하는 독립적 기질이 뛰어난 면도 있었다.

그는 널리 살펴보는 기질이 강해 앉아 있기보다 몸을 많이 움직이는 활동파이기도 했었다.

한편 사발 머리 나 교수는 시간이 흐를수록 강의실 분위기가 소란스럽게 변해 가자, 강의 방향을 질문하는 쪽으로 선회하고 있었다. 그는 몰입도가 떨어지고 있다는 판단하에 수강생들의 참여를 유도하기 위한 그만의 특단의 조치였다.

그러나 수강생들은 어려운 수업을 피해 자기들만의 세상에 빠져 있었다.

그런 그들이 안타까워 우는 아이 달래듯 사발 머리 나 교수는 당부에 말을 입버릇처럼 주절거렸다. 그는 노파심에 반복하지만, 수강생들은 귀에 딱지가 앉을 지경이라며, 꾸중을 흘려듣는 아이처럼 대충대충 넘어가고 있었다.

토지의 부합물

"에… 이 문제의 경우는 다른 사안인데 잘 들어 보시고, 각자 판단들 해 보세요?"

"…"

"헐…! 이번에는 무슨 엿을 파시려나?"

흰머리 윤편인은 그를 쏘아보며 입속말을 웅얼거렸다.

"여러분 가운데 한 분이 경매로 나온 단독주택을 낙찰받았다고 합시다. 그런데 그 물건 중에 정원수와 수목 등을 감정 평가하는 과정에서 누락을 시켰다면…?"

사발 머리 나 교수는 여기까지 말하고는 목이 타서 생수를 한 컵 따라 마셨다.

"꿀꺽! 꿀꺽! 커…으!"

수강생들은 그의 목젖을 따라 눈총을 쏘아 대다가 갑자기 자신들도 갈증을 느꼈다.

그래서 몇몇은 생수통을 찾아들고는 벌컥벌컥 목들을 축이고 있었다.

"헐…! 정원수와 수목을 누락시켰다고?"

큰 머리 문정인은 그를 주시하며, 속살거렸다. 갈증 난 목을 축이고 정면을 주시한 사발 머리 나 교수는 곧바로 주절거렸다.

"낙찰자는 저당권에 기해 토지의 부합물(부동산에 부가되어 거래상 독립성을 잃고, 그것과 일체가 된 물건)로 취득할 수 있을까요, 없을까요?"

"…"

사발 머리 나 교수는 힘주어 묻고는 재차 주절거렸다.

"누가 답변해 보실 분 없으십니까?"

"…"

그는 커다란 눈망울을 번뜩이며 사방을 두리번거렸다.

그때 흰머리 윤편인이 오른손을 슬며시 올렸다.

"그쪽 손 드신 분…"

사발 머리 나 교수는 '옳지, 너로구나.' 하는 표정으로 그를 가리켰다. 흰머리 윤편인은 구부정하게 들었던 손을 내리고는 잠깐 뭔가를 생각하면서 머뭇대다가 이내 말문을 열기 시작했다.

"만약 토지 소유자가 미등기(아직 등기를 하지 않음) 수목을 식재(초목을 심음)했다면, 저당권에 기한 부합물로 낙찰자가 수목의 소유권을 취득할 수 있다고 봅니다."

그는 눈빛을 반짝거리며 말했다.

"헐…! 정말?"

수강생들은 순간 술렁거렸다.

"그러나 미등기 수목을 평가하지 않고서 토지만 평가했다면, 최저 경매 가격 결정의 중대한 하자로 볼 수 있어 취득할 수 없다고 생각합니다."

흰머리 윤편인은 설명을 끝내고 모두를 보면서 히죽 웃었다.

"헐…! 대박! 이건 또 뭐야? 이랬다저랬다 누구 가지고 노는 거야…? 젠장!"

수강생들은 술렁거렸다.

흰머리 윤편인은 설명을 마치고 사발 머리 나 교수가 뭐라고 말할까? 궁금한 눈길로 쏘아보고 있었다.

"하하하! 그렇습니다. 토지 소유주가 심어놓은 미등기 수목은 낙찰자가 근저당권에 속한 부합물로 취득을 할 수 있습니다. 모두 이해되시죠?"

그는 보충 설명을 보태면서 흰머리 윤편인에게 눈짓을 해 보였다. 수강생들은 미등기라도 감정평가를 받았다면, 근저당권에 기한 부합물에 속한다는 소리에 '젠장! 그런 거야?' 하고는 고개를 끄덕끄덕 거렸다.

"어째… 감이 잡히십니까?"

사발 머리 나 교수는 모두를 향해 히죽 웃어 가며 물었다.

"예…!"

수강생들은 목청을 높여 소리를 냅다 질렀다. 나른한 오후에 스트레스를 날려버리는 것처럼 소리쳤다.

"또한 감정평가에서 누락되었다 하더라도 토지 소유자가 항고(법원의 결정이나 명령에 따를 수 없어, 당사자 또는 제삼자가 상급 법원에 상소하는 일)를 제기하지 않는 한 낙찰자는 경락잔금을 완납하고, 소유권을 취득할 수 있습니다. 여기까지는 다들 이해들이 되시죠?"

사발 머리 나 교수는 말끝에 되물어 왔다. 즉 법위에 잠자는 자는 권리를 행사할 수 없다는 것이었다.

"헐…! 그런 거야?"

흰머리 윤편인은 이해가 된 눈치로 고개를 끄덕이면서 웅얼거렸다.

"예…!"

대부분의 수강생들은 심드렁한 목소리로 대답을 하고 있었다. 이들은 사발 머리 나 교수가 물으면 목청을 높였다. 이미 정해 놓은 약속 같았다.

"그러나 토지 소유주가 수목가격의 누락을 문제 삼아 항고(상급 법원에 상소하는 일)를 제기하면, 그때부터 문제가 발생한다는 사실을 알아야 합니다."

사발 머리 나 교수는 '알아듣겠느냐는?' 표정을 지었다.

"어떻게요? 교수님!"

미모의 명정관은 앙큼하게도 시치미를 떼며 정말 아무것도 모르는 척 묻고 나왔다.

"아… 왜냐하면 대법원 판결은 토지가격만 평가하고, 어처구니없게도 미등기 수목 등을 평가하지 않은 것을 최저경매가격 결정의 중대한 하자로 보고 있기 때문입니다."

사발 머리 나 교수는 이해가 되었느냐며 눈꺼풀을 깜박깜박 거리면서 묻고 있었다.

"힐…! 대박! 그런 거야?"

그 순간에도 수강생들은 이곳저곳에서 술렁거렸다.

"따라서 낙찰 불허가 결정 또는 낙찰 허가 결정의 취소사유가 됩니다."

그는 히죽 웃었다. 경매 과정에서 중대한 하자가 발생하면 낙찰은 취소 사유라고 강조하며 너스레를 떨었다.

"헉…! 그렇다면 재경매…?"

새치 머리 안편관은 갑절로 높아질 입찰보증금을 떠올리며 웅얼거렸다.

"알겠습니까?"

"…"

사발 머리 나 교수는 그녀에게 눈웃음을 치며 묻고는, 한쪽 발로 바닥을 쓱쓱 비볐다.

"예."

미모의 명정관은 조용히 대꾸했다. 사람들은 괜히 '킥킥!' 웃고 있었다. 그때 누군가 버럭 소리쳤다.

"뭐가 뭔지 정말 어렵습니다!"

짱구머리 나겁재는 느닷없이 목청을 높여 짜증을 냈다. 그의 돼지 멱따는 고함소리에 여기저기서 마땅찮은 소리가 들려왔다. 사발 머리 나 교수는 들은 척도 하지 않고 있었다.

"그럼 낙찰자는 실패한 경매가 되는 건가요?"

그녀는 젤 바른 선정재를 돌아보며 물었다.

"누구 말대로 낙동강 오리알 신세가 되는 거죠, 뭐. 후후…"

그는 익살을 떨며 우스갯소리로 지껄였다. 그 소리에 돈 사랑 팀원들은 '낄낄!' 대고 웃어 가며 그들을 쳐다보았다.

"호호호! 남의 일이라 웃지만, 제가 실수를 범했다 생각하면 으이구…! 생각만 해도 끔찍하네요."

그녀는 엄살을 떠는 귀여운 몸짓으로 흉내를 내고는 그에게 슬며시 눈웃음을 쳤다.

"명 총무님답지 않게 뭘… 별것도 아닌 걸 가지고, 그럽네…까? 허허!"

속 알머리 봉상관은 불쑥 끼어들며 꼰대 익살을 떨었다. 그는 젤 바른 선정재를 보여 주듯 나름 쇼맨십을 발휘하며, '네놈이 하는데 나라고 못할 것 같으냐?' 하는 일종의 시샘 같았다.

"어머머…. 팀장님이 개그를 다 하시네. 까르르…"

그녀는 '영감태기가 별짓을 다하고 자빠졌다.'라며, 어안이 벙벙해 웃음이 터졌다.

"으하하하!"

"하하하!"

그러자 팀원들조차 입가에 웃음이 빵 터졌다.

"어유! 경매가 이렇게 어려운지는 미처 몰랐어요?"

미모의 명정관은 힘든 표정을 살짝 보이며 앙살을 부렸다. 그런데 속 알머리 봉상관은 그녀의 앙살이 마누라 잔소리하고는 영 딴판으로 귀엽게 들려왔다.

"허허허! 쉬운 공부는 아니긴 하죠…. 암만."

그는 그녀의 말을 수긍하듯 속 알머리를 연신 끄덕이며 웃었다.

그러나 이들의 웃고 떠드는 소리가 점점 귀에 거슬린 사발 머리 나 교수는 한참 동안 눈총을 쏘아 대다가 기어코 한마디를 쏟아냈다.

"자… 자! 잠시만 한눈팔아도 시끄러워 진도를 나갈 수 없게 만드는 수강생들이 있습니다."

사발 머리 나 교수는 목청에 한껏 힘을 주고는 돈 사랑 팀원들을 겨냥해 눈치를 주었다. 그러고는 이어 주절거렸다.

"농작물의 경우는 토지 소유주가 따로 있어도 경작자(심은 사람) 우선주의라는 사실을 모두 알고 계시죠?"

사발 머리 나 교수는 수강생들이 다 알고 있는 얼굴로 묻고는 눈썹을 좌우로 주억거렸다.

"예…!"

이들은 몰라도 대답부터 하면서 여기저기서 구시렁거렸다.

"모르는데요!"

미모의 단발머리 여성 수강생이 소리를 냅다 질렀다. 아직도 사람들은 아는 것보다는 모르는 내용이 더 많았기에 당연한 현상이었다.

"그렇다면 아직 모르는 분들의 이해를 돕기 위해 하나의 예를 더 들어 볼까요?"

사발 머리 나 교수는 모두를 향해 눈짓을 하면서 웃고는 어깨를 가만히 끄덕거렸다.

"헐…! 그것도 나쁘지 않지…."

이들은 중얼중얼 웅성거리며 공감대를 드러내고 있었다.

"탁! 탁! 자… 여기들 집중하세요!"

강의실이 순식간에 술렁거리자, 사발 머리 나 교수는 탁자를 두들기며, 시선을 자기에게 집중시켰다.

"만약 제삼자인 두환(경작자)이 아무 연관도 없는 정희(토지 소유자)네 토지에 주인 허락도 없이 식재(초목을 심음)를 했다면, 과연 농작물은 누구의 소유일까요?"

사발 머리 나 교수는 모두를 향해 묻고서 주억거렸다.

수강생들은 의심의 여지도 없이 외치고 있었다.

"당연 토지 소유자 정희네입니다!"

짱구머리 나겁재는 손을 번쩍 들고 소리쳤다.

"경작자요!"

수강생들은 저마다 자기가 옳다 '악악!' 큰소리를 외쳐 대고 있었다. 이들은 사발 머리 나 교수가 쳐놓은 올가미에 재수 없는 산짐

숭처럼 딱 걸려들었다. 가만히 듣고 있던 그는 히죽 웃어 가며 주절거렸다.

"허허허! 이런 경우에 우리나라 법은 토지 소유주보다 경작자를 우선합니다."

사발 머리 나 교수는 '요건 몰랐지?' 하는 짓궂은 표정을 보이며 웃었다.

"헐…! 대박! 완선 지랄 같다 못해 우라질 경우네?"

수강생들은 의외라며 일순간에 술렁거렸다.

"그러므로 토지에서 나오는 수확물은 두환(경작자)의 소유물로 봅니다."

사발 머리 나 교수는 얄밉도록 히죽 웃었다.

"헉…! 정말? 짱 난다."

그간에 잘못 알고 있었다는 생각에 삼각 머리 조편재는 허접한 자신을 탓하듯 툴툴거렸다.

"어째… 이제들 이해가 되십니까?"

"…"

사발 머리 나 교수는 경작자 우선주의를 말하고는 히죽 히죽 웃고 있었다.

"예…!"

수강생들은 토지 소유주가 따로 있는데도 왜 그러는지 몰랐지만, 일단 소리부터 질렀다.

"그러나 권원(권리의 원인)에 의해 심은 수목이나 농작물은 입목

(땅에 뿌리 박고 서 있는 산 나무)에 관한 법률에 의한 입목등기나 명인방법(제삼자가 명백하게 인식할 수 있게 함)에 의한 소유권이 명백한 경우라면, 경작자 소유가 될 수 없습니다."

사발 머리 나 교수는 긴 설명의 끝에서 히죽 웃어 가며, '잘 알아들었겠지 뭐' 하는 표정으로 자기 긍정을 하듯 고개를 흔들었다.

"헉…! 그런데도 처드시는 우라질 도둑놈이 있으니…?"

중간에서 흰머리 윤편인이 고시랑거렸다.

"모두 기억들 하세요, 이러한 경우에는 허락 없이 심은 농작물은 경작자 소유물이 아니고, 토지 소유자에게 있다는 사실을 말입니다."

그는 말끝에 '잘 이해들을 했을까?' 싶어 모두의 표정을 살폈다. 내용에 의구심을 품은 몇몇 수강생들이 자세한 내막을 이해를 못하고, 수선스럽게 떠들고 있었다. 강의실은 속삭이는 작은 소리들이 아름아름 어우러지면서 간간이 웅성웅성 소리가 들려왔다.

작은 날갯짓이 바다 건너 커다란 태풍을 초래하는 나비효과처럼 강의실은 가끔씩 소란스러웠다.

"그럼 놀고 있는 땅에 채소를 심어도 토지 소유주가 자기 땅이라고 우기지 못한다 이 말인가?"

둥근 머리 맹비견은 무지하기가 충만한 소리로 구시렁거렸다.

"그렇다고 하잖아요."

미모의 명정관은 피식 웃으며 가볍게 대꾸했다.

"아니 아니죠, 그 말이 아니고 말입니다. 내 토지에 모르는 사람이 채소를 길러먹어도 농작물이 내 소유라고 우기지 못한다는 데 문제가 있다는 말입니다. 총무님, 흐흐…."

속 알머리 봉상관은 자기 딴에 조금이라도 잘 보이고 싶은 마음에 거들고 나섰다. 그러나 그녀의 얼굴은 순식간에 홍당무로 변해 얼굴을 들지 못하고 있었다. 미모의 명정관은 못마땅한 표정으로 '영감탱이 입이나 처닫고 계실 일이지 나서기는…. 젠장!' 하며 눈을 흘겼다.

젤 바른 선정재는 한동안 눈총을 쏘아 대다가 그녀를 힐끔거리며 샐쭉하고 웃었다. 세 사람 사이에 싸늘한 분위기가 흐르자, 눈치가 빠른 큰 머리 문정인이 조용히 한마디 거들고 나섰다.

"집중합시다."

그는 아주 엄숙하고 무게 있는 소리로 중얼거렸다.

돈 사랑 팀원들은 그 소리에 홀린 듯 눈초리를 째리면서도 하나둘씩 자세를 고쳐 앉았다. 그리고 사발 머리 나 교수를 향해 천천히 시선을 돌렸다.

그러나 그는 이미 교탁 위에 놓인 책자들을 정리하면서 수업을 마칠 준비를 하고 있었다. 사발 머리 나 교수는 손목시계를 들여다보면서 어디 약속이나 있는 사람처럼 무언가에 쫓기듯 서둘고 있었다.

"오늘 수업을 받으시느라 고생들 많이 하셨습니다."

그는 빙그레 웃어 가며 말했다.

"교수님도 수고하셨습니다…!"

흰머리 윤편인을 비롯해 몇몇 수강생들이 냅다 소리를 질렀다. 대부분의 수강생들은 자기 사물을 챙기느라 바쁘게 움직이고 있었다.

"오늘 못다 한 내용들은 금요일에 이어서 수업을 할 예정이오니 그리들 아시고 복습과 예습을 철저하게 준비들 해오세요, 아시겠습니까?"

그는 툭 불거진 눈을 크게 뜨고서 말했다. 그러고는 순간적으로 모두를 획 둘러보며 인사도 받는 둥 마는 둥 무엇이 그리도 급한 건지, 서둘러 강의실을 빠져나가고 있었다.

"예⋯!"

수강생들은 뒷모습을 보이며 총총걸음으로 돌아가는 그의 뒤통수를 향해서 소리를 빽 질렀다. 그러고는 흐트러진 자신들의 소지품들을 챙겼다. 발 빠른 수강생들은 어느새 사발 머리 나 교수의 꽁무니를 따라붙듯 강의실을 뛰쳐나가고 있었다.

속 알머리 봉 팀장과 팀원들도 각자 볼 일들이 바쁘다는 핑계로 허둥지둥 강의실을 빠져나갔다. 흰머리 윤편인은 돈 사랑 팀원들과 이틀 후에 다시 만날 것을 기약하고, 강의실을 천천히 벗어나고 있었다.

제17장

실제 상황 분석 Ⅱ

금요일 수업.

창가로 스며드는 이른 봄볕에 강의실은 곳곳마다 아지랑이가 피어올랐다. 그을리는 벽면마다 도화지가 되어 피사체 위로 어지럽게 그려지는 수강생들의 그림자 그리고 그 속에 감춰진 환영들이 아우러져 피카소의 손놀림처럼 좌우로 흔들리고 있었다.

그 너머에는 박작거리는 인파들이 따사로운 오후의 열기와 함께 생동감이 넘쳐흘렀다. 그즈음 강의실은 벌써 수강생들로 절반이 채어져 수선스럽게 와글거리고 있었다.

늦깎이 경매 수업에 매달린 수강생 중에는 유난히 부지런을 떨어가며, 등교한 사람들이 제법 많았다.

이들은 무엇이 그리도 즐겁고 할 이야기들이 쌓여 남보다 조금 먼저 도착해 수다 삼매경에 빠져 있었다.

그렇게 강의실은 운동장에서 들려오는 학생들의 요란한 함성 소리와 어우러졌다. 이들의 경험담은 지루할 틈이 없었다. 강의실은 시간이 흐를수록 빈자리가 하나둘씩 채워지고 있었다.

수업 시간이 임박할 무렵 '스르륵' 강의실 문이 열리면서 사발 머리 나 교수의 큰 바위 얼굴이 미소가 가득한 표정으로 들어섰다.

그는 옆구리에 교재 몇 권을 지니고 성큼성큼 걸었다. 여유로운 미소를 짓고서 교탁 뒤에 올라선 그는 모두에게 자기 자리로 돌아가 앉으라며, 고함과 함께 서투른 손짓을 해 보였다.

그와 동시에 교재를 내려놓은 사발 머리 나 교수는 지난 시간에 말씀드린 대로 못다 한 수업을 이어서 가겠다며 수요일 수업을 상기시켰다. 그러고는 곧바로 주절거렸다.

체납관리비

"오늘 수업은 지난주에 이어서 여러분이 자주 접하는 아파트 또는 상가 등에 관한 체납관리비 문제를 풀어 보기로 합시다."

"에… 낙찰받은 아파트 또는 상가 등에 밀린 체납관리비는 누가 대납(남을 대신해서 지불)을 해야 하는지를 아시는 분이 계시면 누가 설명해 주시겠습니까?"

그는 말끝에 두리번거리다가 둥근 머리 맹비견을 웃으며 가리켰다.

"저요?"

그는 순간 당황해 자신을 가리키고 있는 사발 머리 나 교수를 빤히 쳐다보았다.

전체의 시선이 그에게 모아지고 있었다. 그가 뭐라고 대답할지…

이들은 자못 궁금한 눈꼴을 치켜뜬 채 기대에 찬 눈치였다.

"네에… 맞습니다."

사발 머리 나 교수는 고개를 끄덕이며 웃었다.

"뭐 아는 게 개뿔이지만 대답해 보겠습니다. 헤헤!"

둥근 머리 맹비견은 익살을 떨면서 뒷머리를 긁적거렸다. 팀원들은 낄낄대며 함께 웃고 있었다.

"낄낄낄…."

"킥킥…."

순간 강의실은 그의 넉살맞은 코믹한 소리에 전염이 되어 폭소가 터졌다.

"으하하하…!"

"까르르…!"

"허허허! 아는 대로 말씀해 보세요."

사발 머리 나 교수도 웃음보가 터져 함께 낄낄거리고 있었다.

"낙찰자가 부담해야 된다고 생각합니다. 틀렸습니까?"

둥근 머리 맹비견은 어눌하게 말을 하면서 애매한 표정을 짓고 있었다.

대부분의 수강생들은 그를 이상한 눈길로 쳐다보며, 손가락을 국자 속에 설탕을 녹이듯이 획획 돌리고 있었다.

"음… 반은 맞고, 반은 틀렸지만, 대답은 현실에 가까운 답변이라고 할 수 있습니다."

순간 사발 머리 나 교수는 '요건 몰랐지?' 하는 재미있는 표정을 지었다.

"헐…! 쟤 뭐래?"

수강생들은 절반은 맞았다는 소리에 술렁거렸다.

왜냐하면 이론적으로는 맞지만, 현장에서는 틀리기 때문이었다.

그러나 이들에게는 내일은 외상 오늘은 현찰이라며, 소비자를 우롱하는 어설픈 유머처럼 들렸다.

"요즘은 뭐라고 말하기가 애매하긴 합니다."

그는 뭔가 괴리가 숨어 있다는 잔망한 표정을 보였다.

"그건 또 무슨 소립니까?"

어정쩡한 설명에 둥근 머리 맹비견은 뜨악한 눈초리로 되물었다. 일부는 어이가 없다는 표정으로 그를 유심히 쏘아보며 턱주가리를 다물지 못하고 있었다.

"음…. 관리비의 경우 보통은 소유주나 임차인이 체납했거나, 경매 진행 과정에서 체납됐을 경우가 대부분입니다. 이 정도 상식은 모두들 알고 계시죠?"

사발 머리 나 교수는 모두를 향해 묻고는 능청스러운 얼굴로 주억거렸다.

"예…!"

수강생들은 심드렁한 목소리로 대답하고 있었다.

"이건 또 뭔 소리람? 젠장맞을!"

짱구머리 나겁재는 생소한 소리에 버릇처럼 구시렁거렸다.

"내 말이…. 우라질!"

그의 단짝 둥근 머리 맹비견이 한마디를 보태듯 덩달아 투덜거렸다.

"관리비는 공용관리비와 일반관리비(전유부분)로 나누어져 있지만, 하나의 영수증에 합산(묶다)되어서 산출(계산)된다는 사실을 아시고 계십니까?"

사발 머리 나 교수는 설명 끝에 '그 정도야 모두 알고 있겠지요?' 하는 노골적인 표정을 짓고서 히죽거렸다.

"예!"

뒤쪽에 앉은 수강생 하나가 버럭 소리를 질렀다.

그 뒤를 따라 얄궂은 목소리가 튀어나왔다.

"처음 듣습니다!"

강의실은 갑자기 술렁이며 웅성웅성 수군거렸다.

하지만 사발 머리 나 교수는 아랑곳하지 않고서 계속 목청을 높여 강의를 이어 가다가 '이건 아니지' 싶어 큰 눈을 부라리며, 한마디 주절거렸다.

"아, 조용… 조용히들 하세요! 여러분이 이유를 듣고 나면 왜 그렇게 설명을 했는지에 대해 이해들이 되실 겁니다."

사발 머리 나 교수는 미간을 잔뜩 오므렸다 펴고는 이들의 소란을 억눌러 가며, 진정을 시켰다.

"헐…! 이유가 뭔데…?"

가만히 지켜보던 젤 바른 선정재가 짜증을 내며 구시렁거렸다.

"낙찰자가 책임져야 할 관리비는 집합건물 소유 및 관리에 관한 법률 제18조 특별규정에 따라 공용부분 관리비라는 사실을 모두 알고 계십니까?"

사발 머리 나 교수는 실실거리며 물었다.

"아니요…!"

"모릅니다…!"

수강생들은 순간 술렁이다가 이내 강의실 분위기는 잠잠해지며, 스산하고 을씨년스럽게 가라앉고 있었다.

"헐…! 공용부분 관리비…?"

그 소리에 흰머리 윤편인은 혼잣말로 속살거렸다.

"히히! 난 아는데…."

모퉁이에서 누군가 적막을 깨버리듯 중얼거렸다.

"하하하! 에… 집합건물의 공용부분은 여러분도 아시다시피 전체공유자의 이익을 위해 공여(제공)하고 있습니다. 그러므로 공용관리비(건물 유지 및 시설관리 등)는 서로의 안녕과 질서 그리고 편리한 서비스를 제공받기 위해 공유자 간에 보장해야 할 필요가 있다고 보는 겁니다."

"…"

"헐…! 그런 거야?"

큰 머리 문정인은 입속말을 속살거렸다.

"헉…! 증…말?"

짱구머리 나접재는 몰랐던 사실에 깜짝 놀란 듯 중얼거렸다.

"어쩌들 이해가 되십니까?"

그는 동공을 치켜뜨며 묻고서 이들의 표정을 살피고 있었다.

"예…!"

수강생들은 잘됐다 싶어 소리를 꽥 질러 댔다. 그러고는 화투 패만 좋으면 고를 부르는 초짜처럼… 씨익 웃고 있었다.

"그래서 집합건물 소유 및 관리에 관한 법률(제18조)은 특별 승계인(낙찰자)에게 승계 의사의 유무에 관계없이 공용부분 관리비를 강제할 수 있다고 규정하고 있습니다."

사발 머리 나 교수는 말끝에 피식 웃었다.

"헐…! 강행이야…?"

둥근 머리 맹비견은 혼잣말로 웅얼거렸다. 수강생들은 '아하! 그런 거였어?' 하며 속닥거리고 있었다.

"즉, 낙찰자에게 공영부분 관리비는 청구할 수 있다는 말입니다."

그는 얄밉게 히죽히죽거렸다.

"헉…! 그런 거야?"

흰머리 윤편인은 고개를 끄덕끄덕거리며, 미운 오리 새끼 보듯 그를 쏘아보면서 웅얼거렸다.

"왜 그런지 이제는 이해가 되셨습니까?"

사발 머리 나 교수는 모두를 둘러보면서 말 끝에 '어렵지 않죠?' 하는 표정으로 해쭉거렸다.

"예…!"

몇몇 사람들은 깐죽거리며 소리를 질렀다. 사발 머리 나 교수는 처음 경매 전문용어를 대하는 수강생들의 고충을 잘 알고 있기에 이들이 쉽게 이해할 수 있도록 나름 총력을 기울이고 있었다.

하지만 수강생들은 그의 노력에 비해 기량에 따라 수업 성과는 천양지차로 달랐다. 그러나 계속되는 생소한 수업으로 가르치는 사발 머리 나 교수도 배우는 수강생들도 지쳐 가기는 모두가 매한 가지로 고되고 힘든 시간들이 흘러갔다.

"쳇! 공용관리비는 무조건 승계자가 내라는 거야, 뭐야? 젠장 맞을!"

삼각 머리 조편재는 그 소리가 못마땅해서 짜증 섞인 불만을 토해 내며, 툴툴거리고 있었다.

"내라면 내고, 까라면 까야지… 그게 마음 편하니까, 우라질!"

새치 머리 안편관도 '그건 아니다.' 싶어 까칠하게 고시랑거렸다.

"여러분이 알아야 하는 사실은 법에서 정한 원칙대로 관리 사무실과 상대할 수 없다는 것이 모순이자 현실이라는 겁니다."

사발 머리 나 교수는 말을 해 놓고, 왠지 우울한 표정을 지었다.

"교수님! 법과 현장은 괴리가 있다는 말씀처럼 들리는데 맞습니까?"

짱구머리 나겁재가 불쑥 나섰다. 팀원들은 실실 웃어 가며, 이들의 목소리에 귀를 기울이고 있었다.

"그렇다고도 볼 수 있습니다."

그를 빤히 쳐다보던 사발 머리 나 교수는 단조롭게 말했다.

"헐…! 이건 또 뭐 하자는 개수작이야…?"

짱구머리 나겁재는 입속말을 속살거렸다.

"음···. 낙찰자는 우리가 알고 있는 법과 다르게 일반적으로는 관리비 전체를 책임진다고 보시면 맞습니다."

사발 머리 나 교수는 현실적인 내용을 밝히면서 입맛이 씁쓸해 미간을 잔뜩 찌푸린 채 이들을 보았다.

"헉···! 정말 그런 거야?"

낙찰자가 책임져야 한다는 소리에 분개한 수강생들은 몇몇을 제외하고, 대부분이 기가 막혀 어이가 없는 표정으로 술렁거렸다.

"그러는 데는 무슨 이유가 있나요?"

미모의 명정관이 큰 눈망울을 반짝이며 물었다.

"왜냐하면, 관리 사무실에서는 보편적으로 공용부분 관리비만 요구하지 않습니다. 이들은 체납된 전체 관리비를 대납하라고 주장하기 때문입니다."

자기가 당한 일도 아닌데 사발 머리 나 교수는 괜히 열이 뻗혀서는 말이 빨라지고 있었다.

"헐···! 망할 자식들···."

흰머리 윤편인은 자신이 당한 피해자처럼 분개해 으르렁 지껄였다.

"그들은 일반관리비까지 대납하지 않으면 입주는 물론 주거하는 데 필요한 편리를 제공할 수 없다는 식입니다.

그것이 억울하면 민사소송을 제기해 부당이득금을 청구하라면서 으름장을 놓기도 합니다."

현실을 대변하며 말하는 그의 표정은 노기로 가득 차 있었다.

법률 규정과 다른 억울한 소리를 듣고는 분노한 수강생들은 기도 안 찬다며 쑥덕거리고 있었다.

"헐…! 대박! 완전 반강도네."

큰 머리 문정인은 괜히 속이 상해 종알거렸다.

"대부분의 낙찰자들은 생활이 바쁘고, 소송의 번거로움 때문에 소액의 경우에는 낙찰자가 대납을 하면서 조용히 넘어가는 것이 현실입니다."

한참 만에 설명을 끝낸 사발 머리 나 교수는 긴 호흡을 들이키면서 잠시 소강상태를 보이고 있었다. 그 틈에 사람들은 지난 경험들을 끄집어내서는 속닥거리고 있었다.

"일전에 나도 상가 하나를 받아보려고, 현장에 나갔다가 똑같은 말을 듣고 온 적이 있었는데 그게 사실이더라 이 말입니다."

삼각 머리 조편재는 속상했던 지나간 일을 끄집어내면서 자신의 경험담을 털어놓았다.

"아니… 상가 관리 사무실에서 뭐라고 겁박을 했는데 그러십니까?"

큰 머리 문정인은 피식 웃어 가며 물었다.

"글쎄… 물건 임장을 끝내고 '체납된 관리비는 없는가?' 싶어 궁금한 마음에 관리 사무실을 찾아가지 않았겠습니까? 그런데…. 휴…!"

그는 말을 하다 말고, 한숨을 크게 내쉬었다. 그리고 잠시 사발 머리 나 교수의 눈치를 살펴 가며 말을 이어 갔다. 그즈음 사발 머리 나 교수는 무얼 찾느라 교탁 위에 놓인 책장을 넘기며 뒤적이고 있었다.

"관리인이라는 작자가 대뜸 공용부분관리비 얘기를 꺼내면서 쥐어박는 소리를 나에게 하더라 이 말입니다."

삼각 머리 조편재는 그때 일을 떠올리며 속에서 울화가 치밀어 오르자 이맛살을 잔뜩 구겼다.

"뭐라고 했는데요? 그들이…"

상구 머리 노식신은 실실 웃어 가며, 얼굴을 바짝 들이대고 물었다.

"그놈 참! 어이가 없어서, 아 글쎄, 좆만 한 자식이 지금 교수님이 강의한 것처럼, 나보고 밀린 관리비를 전부 완납하지 않으면, 전기든, 수도든, 사용할 수 없다고 치대는 겁니다."

"정말 법만 없으면 당장 한 대 꽉 쥐어박고 싶더라고요."

그는 말과 동시에 주먹을 불끈 쥐었다. 금방이라도 어퍼컷을 한 대 칠 자세였다.

"왜요? 한 대 꽉 쥐어박지 그랬습니까? 히히!"

둥근 머리 맹비견은 주먹을 힘껏 뻗으면서 비아냥거렸다. 그 모습을 가만히 지켜보던 미모의 명정관은 눈을 살짝 흘겨가며, 그를 경멸에 찬 눈빛으로 쏘아보고 있었다.

"우라질 놈! 지금 생각해도 약이 오르네. 크크!"

삼각 머리 조편재는 순간 차오르는 분노에 울분을 터뜨렸다. 그 순간 미모의 명정관의 이지러지는 표정을 발견한 그는 '괜히 말했나?' 싶은 민망한 얼굴로 히죽거렸다.

"우리가 법으로 아는 사실과 우라질 현장은 완전 다르다는 것을 알아야 합니다."

가만히 듣고 있던 흰머리 윤편인도 한마디를 가세하고 나섰다. 삼각 머리 조편재는 '지가 뭘 안다고 나서는 거야? 나서길…. 젠장!' 하며 인상을 찌푸린 채 그를 째리고 있었다.

"맞아… 완전 살벌한 전쟁터지…. 뭣을 알고 덤벼야지, 휴…!"

큰 머리 문정인은 고개를 끄덕이며, 모지락스럽게 맞장구를 쳤다. 그에게도 숨겨진 경험이 있는 표정이었다.

"만만하게 대들었다가는 낙찰 한번 제대로 받아보지도 못하고, 퇴물 되기 십상이겠습니다. 젠장! 쯧쯧…."

상구 머리 노식신은 뒷맛이 씁쓸해 혀를 차고 있었다.

"제기, 처녀가 밤이 무서우면 시집가지 말랬다고, 아… 경매가 무서우면 아예 발을 들여놓지 말아야지, 젠장맞을! 흐흐흐…."

짱구머리 나겁재는 누구를 들어 보라고 비아냥대는 소리인지…. 개념 없는 똥배짱 소리를 심심치 않게 잘도 지껄였다.

"하하하! 좌우지간 우리 나 형은 천하에 무서운 것이 없는 성격이라 좋겠습니다."

새치 머리 안편관은 슬쩍 눙치고 들어와 온몸을 깝신거리며 빈정거렸다. 눈치 빠른 팀원들은 킥킥대며 소리 죽여 웃고 있었다.

"거… 어째 내 귀에는 좋게 들리지 않습니다."

짱구머리 나겁재가 인상을 잔뜩 찡그린 채 새치 머리 안편관을 쏘아 붙였다. 그때였다.

"하하하! 그만 그만들 하세요, 그러시다가 두 분이 정분이 나겠습니다."

이들을 쳐다보던 속 알머리 봉상관은 두 사람의 분위기가 심상치 않자, 얼른 끼어들었다. 그러고는 이들의 험악한 분위기를 다독거렸다. 그제 서야 싸늘했던 두 사람은 아무 일도 없었던 것처럼 고개를 돌렸다.

그러나 이들은 수업 내내 쌍심지를 켜고 눈에 불꽃이 튀었다. 하지만 수업 분위기를 참작해 으르렁 성질을 참는 것 같았다.

이렇게 팀원들은 서로를 물고 뜯어가며 자존심 싸움을 걸핏하면 했었다. 그러나 넘어서는 안 될 감정의 저지선과 최후의 가이드라인만은 이성을 잃지 않은 채 지냈다.

잔금 납부 마감일

"여기들 보세요!"

사발 머리 나 교수는 뒤적이던 교재에서 고개를 한참 만에 들고서 소리쳤다.

"탁! 탁!"

그는 교탁을 가볍게 두드리며, 수강생들의 시선을 끌어 모아놓고, 다시 주절거렸다.

"낙찰자가 잔금 완납 일까지 대금을 지불하지 못하면 재매각을 실시한다는 사실을 모두 알고들 계시죠?"

그는 두 눈에 힘을 불끈 주고서 엷은 미소로 물어 왔다.

"아니요!"

구석에서 누군가 소리쳤다.

"예…!"

물음에 대한 응답은 여지없이 갈라져 나왔다. 강의실은 금세 두 패로 나누어져 술렁거렸다.

"헐…! 대박! 재매각을 실시한다고…?"

큰 머리 문정인은 고개를 까닥이며 읊조렸다.

"여러분이 낙찰자라고 한다면 언제까지 잔금을 납부해야 낙찰 물건을 취득할 수 있다고 보십니까?"

사발 머리 나 교수는 입찰 보증금을 제외한 잔금 지급의 종료일을 묻고 나왔다.

"헐…! 지금 애들 데리고 장난하나, 그거야 마감일 아니야…?"

중간에서 누군가 중얼거렸다.

"내 말이… 쳇! 말이야 막걸리야…?"

기가 막혀 어이가 없어하는 젊은 수강생 하나가 구시렁거렸다.

"여기에 대해서 누가 대답해 보실 분…?"

사발 머리 나 교수는 말이 채 끝나기 전부터 미모의 명정관을 향해 눈짓을 하고 있었다. 그러고는 여지없이 그녀를 손짓하며 가리켰다.

그의 손끝을 따라 수강생들의 시선이 한곳으로 모아졌다.

"아이… 참! 저 호랑말코 말미잘은 나랑 무슨 원수가 졌는지… 에잇!"

그녀는 혼잣말을 속살거렸다. 속 알머리 봉상관은 째진 눈초리로 사발 머리 나 교수를 쏘아보고 있었다. 그녀의 내연 남 젤 바른 선정재도 구경꾼처럼 보고만 있는데, 자기가 뭐라고 가진 인상을 잔뜩 구긴 채 기둥서방처럼 올려다보고 있었다.

"음…. 매각허가 결정이 나서부터 잔금 납부 마감일까지 아닌가요?"

그녀는 주섬주섬 넘겨짚어 아는 대로 설명을 하고는 사발 머리 나 교수를 원망스럽게 쏘아보았다.

"그렇습니다. 물건이 낙찰되면 일주일 동안에 낙찰결정에 대한 이의 제기를 할 수 있는 기한을 줍니다. 그러고 나서 특별한 사정이나 이유가 없으면 매각허가 결정이 떨어집니다."

사발 머리 나 교수는 눈가에 잔뜩 힘을 주고 말했다.

"헐…! 그걸 누가 몰라."

젤 바른 선정재는 괜히 심통이 나서는 투덜거렸다.

"그러므로 낙찰자는 매각허가 결정이 있는 날로부터 잔금 납부 마감일까지 잔금을 완납하면 되는 겁니다."

그는 실실 웃음을 흘리며 계속 이어 갔다. 가만히 듣고 있던 수강생들은 '당연한 얘기 아니야?' 하며 수런거렸다.

"여기까지가 우리가 기본적으로 알고 있는 일반 경매 상식입니다."

사발 머리 나 교수는 여기까지 말을 하고는 실실 웃어 가며 수강생들의 표정을 살폈다.

"헐…! 뭐야, 또 저 표정은…?"

미모의 명정관은 그의 눈웃음과 표정에서 불안감을 느끼며, 혼잣말을 속살거리고 있었다. 젤 바른 선정재는 그녀의 미묘한 긴장된 표정을 힐끔힐끔 쳐다보면서 별거 아니라는 눈치를 은근히 흘려보내고 있었다.

"아니… 뭐? 다른 개수작이라도 있나?"

상구 머리 노식신은 고개를 갸우뚱거리며 속삭이듯 중얼거렸다. 돈 사랑 팀원들도 자못 의아해진 시선으로 그에게 한바탕 따질 것처럼 눈총을 쏘아 대고 있었다.

"여러분도 그렇게 알고 계십니까?"

사발 머리 나 교수는 의미 있는 표정을 보이며 말끝에 히죽 웃었다.

"예…!"

후미에서 누군가 냅다 소리를 질렀다.

"아니요!"

답변은 여기저기서 폭죽처럼 튀어나왔다. 수강생들 가운데 누군가는 문제의 해답을 알고 있는 눈치였다. 그래서 대답은 둘로 갈라졌다. 강의실은 갑자기 술렁이며, 이곳저곳에서 웅성거렸다.

사발 머리 나 교수는 조용해지기를 기다리면서 잠시 모두를 허망스레 쏘아보고 있었다. 그가 눈에 힘을 잔뜩 주고 불을 켠 포스에 떠들썩한 소리는 서서히 가라앉고 있었다.

사발 머리 나 교수는 소음이 잠잠해지자, 다시 강의를 이어 가기 시작했다.

"민사집행법 제138조를 살펴보면 재매각 3일 전까지 대금(잔금과 이자, 비용)을 완납하면 소유권을 취득할 수 있다고 규정하고 있습니다."

사발 머리 나 교수는 눈가에 힘을 주고 '요건 몰랐지?' 하는 낯익은 표정으로 말했다.

"헉…! 완전 대박!"

대부분의 사람들은 난생처음 듣는다는 표정들로 술렁이고 있었다.

"아니, 그 사실이 정말이야?"

짱구머리 나겁재는 두리번두리번 거리면서 주위 동기들에게 물었다. 미모의 명정관은 짜릿한 전율을 느끼고는, 커다란 눈동자로 희번덕거리며, 혓바닥을 날름대고 있었다.

"알겠습니까?"

사발 머리 나 교수는 숨겨진 비기라도 누설한 표정이었다.

"예…!"

대부분의 수강생들은 생소한 내용에도 우렁찬 목소리로 대답했다. 이들은 기존의 틀을 벗어나 몰랐던 세상을 알았을 때 느끼는 희열처럼 통쾌한 자극을 받았다.

마음속에 카타르시스가 해소되면서 자기도 모르게 소리를 지르게 하는 것처럼 이들도 맘껏 소리쳤다.

사발 머리 나 교수는 창문이 흔들리는 대답 소리에 만족감을 보였다. 그래서 그랬을까? 그는 환한 얼굴로 보충 설명을 이어 가며 주절거렸다.

"그러나 부연 설명을 드리자면 재매각을 위해 사용된 비용과 매각 잔금 90%에 대한 이자를 함께 지불해야 된다는 사실입니다."

사발 머리 나 교수는 요점을 정리하고는 칠판으로 돌아가 민사 집행법을 차분하게 적어 놓았다.

"저, 교수님! 제가 일전에 한번 경험을 했었습니다. 그런데 매각 잔금을 포함해 이자와 비용을 재매각 기일 하루 전에 찾아가 납부를 했는데도 법원에서는 받아 주시더라고요?"

흰머리 윤편인은 지난날 몸소 체험했던 경험을 자랑삼아 떠벌리고 있었다.

옆자리에서 듣고 있던 삼각 머리 조편재는 아니꼬아 죽겠다는 언짢은 낯짝으로 그를 쏘아보고 있었다.

"하하하! 그것은 경매사건을 신속하게 진행하기 위한 방편으로 법원이 융통성을 발휘했다고 보시면 됩니다."

그는 흰머리 윤편인을 쳐다보고는, 그럴 수도 있다며 히죽 웃었다.

"헐…! 갖다 붙이기는 젠장! 귀에 걸면 귀걸이 코에 걸면 코걸이 조상인가…?"

모퉁이에서 누군가 구시렁거렸다.

"다만 어느 사건이나 다 된다는 편견은 버리시는 게 실수를 줄이는 데 도움이 되실 겁니다."

사발 머리 나 교수는 흰머리 윤편인의 자만심에 경각심을 심어 주었다. 그는 혹시나 모를 사고에 주의할 것을 당부시키는 것 같았다.

"저기… 말입니다 교수님!"

새치 머리 안편관은 왼손을 슬며시 들면서 그를 불렀다.

"예, 말씀해 보세요."

사발 머리 나 교수는 소리 나는 쪽으로 고개를 돌려 그를 가리
켰다.

유치권(필요비, 유익비 등)

"유치권(남의 물건을 점유하고 있는 사람이, 그 물건으로 인해 발생한 채권의 변제를 받을 때까지, 그 물건을 맡아 둘 수 있는 권리)을 신고하지 않은 임차인이 경매절차에서 배당을 받지 못하면 낙찰자가 인수해야 합니까?"

새치 머리 안편관은 유치권을 들먹이며, 밑도 끝도 없이 능청스럽게 물어 왔다.

"음…. 임차인이 부동산을 보존이나 개량을 하기 위해 필요비(물건 또는 권리를 보존·관리하는 데에 필요한 비용)나 유익비(물건을 개량·이용하는 데 지출하는 비용) 비용을 지출하는 경우에는 경매 대금에서 우선변제를 받을 수 있습니다."

그는 요점을 말해 주고는 다시 주절거렸다.

"헐…! 경매대금에서 우선변제를 받는다고…?"

새치 머리 안편관은 도리질을 치며, 중얼거렸다.

"지금 묻는 질문의 요지가 무엇입니까?"

사발 머리 나 교수는 임차인이 사용한 지출비용을 언급하는 취지가 무엇인지 궁금한 눈길로 물었다.

"이니… 교수님! 제 말은요, 유치권 신고를 게을리 해서 배당에 참여하지 못한 임차인이, 주택에 사용된 지출(필요비 유익비 등)비용 등을 낙찰자를 상대로 받아 낼 수 있는지를 묻고 싶은 겁니다. 그러니까 한마디로 말하자면 유치권을 주장할 수 있는가? 그 말입니다."

새치 머리 안편관은 문제를 정리해 다시 물어 왔다.

일부 수강생들의 시선이 그의 입을 쫓아가고 있었다.

"아… 그래요? 정답부터 알려드리면 받을 수 있습니다."

그는 새치 머리 안편관을 넌지시 처다보며 빙그레 웃었다.

그는 궁금증이 풀린 표정으로 가볍게 목례를 하며 미소를 지었다. 그러자 사발 머리 나 교수는 보충 설명을 하며 계속 이어 갔다. 수강생들은 '아하! 그런 거야?' 하며 쑥덕거리고 있었다.

"경매절차를 몰라 법원에 유치권 신고를 하지 못한 임차인은 낙찰 대금에서 우선변제를 받지 못할 뿐입니다. 그러나 유치권 권리까지 소멸되는 것은 아닙니다."

그는 임장을 소홀히 하면 그 같은 일이 벌어질 수 있다는 경각심을 심어 주면서 계속 강의를 이어 갔다.

"헐…! 그런데 어떻게…?"

둥근 머리 맹비견은 의혹이 가득 찬 눈매로 웅얼거렸다.

"그러나 임차인은 낙찰자를 상대로 지출된 필요비(물건 또는 권리를 보존·관리하는 데에 필요한 비용)와 유익비(물건을 개량·이용하는 데 지출하는 비용)를 청구하려면 필요비는 지출금액 증빙서류를 갖춰야 합니다. 그리고 유익비는 부동산 가액의 증가액을 증명할 수 있어야 합니다."

사발 머리 나 교수는 수강생들을 돌아보며, 눈동자를 크게 뜨고서 희번덕거렸다. 이들은 '그게 사실이야?' 하며 너도나도 소곤대고 있었다. 그때였다.

"교수님! 임차인은 목적부동산을 계속 점유하면서 채권(필요비, 유익비)의 반환을 청구해야 합니까?"

큰 머리 문정인은 히죽거리며, 중도에 슬쩍 끼어들었다.

"음… 당연하죠, 임차인이 필요비나 유익비를 받기 위해서는 점유물을 확보하고 있어야 권리를 주장할 수 있습니다."

그는 이미 유치권에 관한 강의를 앞에서 충분히 설명해 주었기에 대부분의 수강생들이 대충이라도 개념을 이해하고 있는 줄 알았다.

그런데 막상 질문을 받고 보니 어리석게도 자신의 착각이었다는 황당한 표정이었다. 그는 속이 상했다.

하지만, 내색하기보다 '자신의 강의가 어렵지는 않았을까?' 자책

하는 성숙한 태도로 일관했다.

그래서 그는 처음부터 끝까지 좀 더 쉽고 편안하게 다가서려는 방법을 궁리하면서 이들을 대했는지 모른다.

수강생들에게 유치권이라는 전문용어가 낯선 외국어처럼 개념 잡기가 쉽지 않다는 사실을 그는 잘 알고 있는 표정이었다. 그러나 강의실 분위기는…;

"헉…! 그런 거야…?"

수강생들은 지난 시간을 지우개로 모조리 지워 버린 채 술렁거렸다.

"그러므로 채권을 반환받을 때까지 목적부동산을 계속 점유하고 있어야 한다는 전제조건이 따릅니다."

사발 머리 나 교수는 그를 주목하며, 눈짓을 보냈다.

"헐…! 대박! 쩐…다!"

몇몇 수강생들은 투덜투덜 거리며 술렁이고 있었다.

"꼭 그래야 하는 이유가 있나요?"

미모의 명정관은 아리송하고 답답한 마음에 묻고 나섰다. 그녀는 유치권이라는 단어조차 모르는 척 인상을 구기고 있었다.

"왜냐하면 목적물(부동산)을 비워 준 상태에서 유치권을 행사하면 민법(제328조 점유 상실과 유치권소멸)에 의거해 유치권은 자연 소멸되기 때문입니다."

사발 머리 나 교수는 마땅치 않은 표정으로 살짝 이마 살을 구겼다가 금세 미소 띤 얼굴로 설명을 풀어놓았다.

"헉…! 정말, 점유 상실은 유치권 소멸의 원인이라고…?"

미모의 명정관은 그동안 배운 내용조차 잊고서 속살거리고 있었다.

"이제는 모두들 기억하세요, 아시겠습니까?"

그는 안타까운 마음에 목청을 높였다.

"예…!"

수강생들은 시원스럽게 소리를 질렀다. 유치권이라는 괴물을 이해한 것처럼 말이다.

사발 머리 나 교수는 이들이 알든 모르든 뻔뻔스럽게 대답이라도 하고 있어 고마울 따름이었다.

"저기요, 사정상 점유를 하지 못할 때는 다른 방법은 없나요?"

미모의 명정관은 무슨 이유인지 대놓고 파고들었다. 혹시나 싶은 속 알머리 봉상관은 가지런한 눈을 치켜뜬 채 그녀의 말을 귀담아듣고 있었다.

"하하하! 그거야 누군가 점유를 대신해 준다면 가능합니다."

사발 머리 나 교수는 넉살스럽게 웃어 가며 다정스러운 눈짓을 해 보였다.

"호호! 어떡해요?"

그녀는 아쉬움이 남아 환한 미소로 재차 물었다.

"보통 유치권 권리행사는 본인(유치권자)이 직접 하는 것을 원칙으로 하지만, 사정상 관리인을 사서 고용하는 방법을 쓰기도 합니다."

사발 머리 나 교수는 사랑스러운 연인을 대하는 표정으로 그녀에게 눈길을 주면서 부드럽게 말했다.

그는 여러 가지 방식 중 유치권을 행사하는 간접적인 방법을 한 가지씩 설명해 가면서 강의를 계속 이어 나갔다.

"헐…! 그런 방법이 있었어…?"

그녀는 혼잣말을 속살거렸다.

"또는 점유물에 출입을 막고 유치권 행사가 진행 중이라는 푯말이나 천막을 걸어놓는 명인방법을 사용하기도 합니다."

사발 머리 나 교수는 그녀의 질문을 즐기면서도 모두에게 조리 있게 내용을 정리해 설명을 해 주고 있었다. 수강생들은 '아하! 그렇게도 하는 방법도 있었어?' 하며 쑥덕거렸다.

"헉…! 그런 묘수가…?"

미모의 명정관은 새로운 방법에 눈을 뜨면서 혼잣말을 돼 뇌이며 고개를 끄덕거렸다.

"아… 이제 뭘 어떻게 해야 하는 건지 알 것 같아요."

그녀는 눈웃음을 치며, 배시시 웃었다.

"이제는 임차인이 유치권을 신고하면 우선변제를 받을 수 있다는 사실과, 신고하지 않아도, 낙찰자에게 주장할 수 있다는 사실을 모두 아셨습니까?"

사발 머리 나 교수는 말을 하면서도 이들이 유치권이라는 괴물을 어려워하지는 않는지, 수시로 표정을 살피고 있었다.

"예…!"

많은 수강생들은 안다기보다 지루함을 날려 보내느라 '꽥꽥!' 소리를 질렀다. 사발 머리 나 교수는 잠시 서적을 뒤적이고는 강의실이 잠잠해 지기를 기다렸다가 계속해서 강의를 이어 갔다.

　"여기서 우리가 주의해서 알아야 할 점은 건축업자 등이 공사대금 채권을 회수하기 위해 공사 목적물을 점유할 경우, 경매 절차상 유치권 신고는 법원에 할 수 있지만."

　"…."

　"우선변제는 임차인과 달리 받을 권리가 없다는 겁니다."

　사발 머리 나 교수는 '알아들었습니까?'라는 눈빛으로 해쭉 웃었다.

　"헐…! 그건 또 뭔… 개 같은 경우야 젠장!"

　수강생들은 '으르렁' 짖어 대는 개떼처럼 술렁이고 있었다.

　"따라서 유치권자는 배당에는 참여하지 못하지만, 낙찰자를 상대로 공사대금 채권을 주장할 수 있는 겁니다."

　그는 은연중에 유치권에 대한 포석을 깔고 있었다.

3권에서 계속

독립운동가 김돈金墩

■ 김돈(1887. 9. 12.~1950)

경북 의성 춘산면 금천리 814번지 출생.

항일운동 단체, 독립운동 단체 신민부新民府에 몸담았다.

저자의 외조부로, 2002년 건국훈장애국장을 서훈받았다.

27세 때 아호 '농속膿俗' 김돈의 외침과 업적

난세에 "내가 할 일은 나라를 구할 일밖에 없다."라며 가산을 정리해 북만주로 향했다. 일본 제국주의 타도와 민족 해방운동에 앞장섬과 동시에 한민족 농민조합 운동과 재만 한인의 귀화권 등 법적 지위 향상에 전력했다.

1925년 김좌진 장군 등과 함께 신민부를 결성하고 중앙 집행위원 심판부위원장審判部委員長으로 활동했다.

1926년 국민당과 연계하여 동북 혁명군을 조직하고 직접 전투에 참여했다.

1928년 신민부 계파 중 민정파에서 활동 4월 국민부 결성 교통위원에 선임되었다.

1929년 4월 결성되어 남만주 일대를 관장했던 국민부 창립 대회에서 외무담당 위원을 맡았다.

같은 해 9월에는 길림吉林에서 국민부의 정당으로 결성된 조선혁명당의 중앙 집행 위원에 선임되었으며 조선혁명당이 조직한 길흑특별회의 특별 위원에 선임되어 활동했다.

해방 후 1946년 1월 임시정부 비상정치회의 주비회의에 조선혁명
당 정당대표로 참여, 2월 비상 국민회의에 후생위원으로 활동. 또
같은 해 12월부터 1948년 5월까지 과도임시정부 관선입법의원으로
활동하며 대한민국 건국에 크게 기여했다.

1950년 6·25 동란 겨울 인민군에 의해 납북되어 굶주림과 추위
등에 의해 사망했다.